rororo

Als der Arzt Dru Talbot nach langer Zeit aus dem blutigen Bürgerkrieg heimkehrt, ist seine Ehefrau Sara überglücklich. Doch sie hat ein uneheliches Kind, und das Dorf Magnolia Creek duldet keine «Bastarde». Wird Dru ihr verzeihen können und der Ehe eine zweite Chance geben? Als ein Unbekannter ihr nach dem Leben trachtet und eine Gelbfieberepidemie ausbricht, ahnt Sara, dass die Zeit der Entscheidung naht.

«Die Leser werden weinen vor Schmerz und Freude über Landis' klugen und romantischen Roman.»
Booklist

Jill Marie Landis, geboren in Indiana, wohnt in Kalifornien und Hawaii. Sie gehört in ihrem Heimatland USA zu den herausragendsten Schriftstellerinnen von romantischen Romanen. Ihre Bücher wurden mit zahlreichen Preisen ausgezeichnet.

JILL MARIE LANDIS

Wenn die Magnolien wieder blühen

ROMAN

Deutsch von Tamara Willmann

Rowohlt Taschenbuch Verlag

Die Originalausgabe erschien 2002
unter dem Titel «Magnolia Creek» bei Ballantine
Publishing Group, New York

2. Auflage August 2004

Deutsche Erstausgabe
Veröffentlicht
im Rowohlt Taschenbuch Verlag,
Reinbek bei Hamburg, August 2004

Published by Arrangement with Jill Marie Landis
Umschlaggestaltung any.way, Ulrike Kuhr
(Foto: CMI / Pic24 / Markus Redert)
Satz Adobe Garamond Postscript bei
Pinkuin Satz und Datentechnik, Berlin
Druck und Bindung Clausen & Bosse, Leck
Printed in Germany
ISBN 3 499 23641 9

Ein Mahalo an Shauna Summer
für ihren Scharfblick und an Ken Christison
und Donna Quist für ihre Hilfe bei der
Quellensuche.

Fehlt eine Maid aus Lieb im Herzen,
Erkennt zu spät des Manns Verrat,
Welch Zauber bannt die herben Schmerzen?
Welch Mittel sühnt die schuld'ge Tat?

OLIVER GOLDSMITH
DER PFARRER VON WAKEFIELD

1. Kapitel

IM SÜDEN KENTUCKYS, MAI 1866

Auf der Ladefläche eines Fuhrwerks saß eine junge Frau in Witwenkleidung und betrachtete die vorüberziehende Landschaft durch einen wallenden, ebenholzschwarzen Schleier, der um die breite Krempe ihres schwarzen Hutes geschlungen war. Das dichte Gewebe warf nicht nur einen bedrohlichen, dunklen Schatten über die Welt, sondern verbarg auch ihr kastanienbraunes Haar, ihre fein geschnittenen Züge, die klaren, blauen Augen und den dicken Bluterguss, der ihre linke Wange entstellte.

Sie hielt ihre schlafende Tochter im Arm, ein kleines Mädchen mit goldenen Engelslocken. Die Kleine war in einen dicken, schwarzen Schal gehüllt und spürte die kühle Spätfrühlingsluft ebenso wenig wie die ungeheure Verzweiflung ihrer Mutter.

Sara Collier Talbot war schon seit Tagen unterwegs. Von Ohio aus zu Fuß gen Süden aufgebrochen, über vom Krieg zerstörte Straßen, abseits der niedergerissenen Brücken und der überfüllten Routen voll heimkehrender Soldaten und befreiter Sklaven auf dem Weg nach Norden. Sie hatte, das Kind auf dem Arm, Fuhrleute angefleht, sie mitzunehmen auf ihren Fuhrwerken, auf voll besetzten Planwagen, hoch oben auf Strohballen oder zwischen Warenfässer gezwängt.

Sie hatte kein Heim, kein Geld, keinen Stolz, nichts als

einen abgeschabten Ranzen mit einem sauberen Unterrock, zwei Kleidern für das Kind, ein paar Keksen und einem alten Brotkanten. Das einzig Kostbare, das sie besaß, war die kleine Elizabeth, die Frucht ihrer Schande.

Sie drückte ihre geliebte Tochter fester an sich und wunderte sich, dass das Schicksal sie nach Magnolia Creek heimgeführt hatte.

Eine plötzliche Brise strich über die offenen Felder, und Sonnenstrahlen streiften die Wipfel der Straßenbäume. Hinter der schützenden Anonymität des Schleiers musterte Sara den einzigen anderen Passagier, der außer ihr und Lissybeth auf dem Karren mitfuhr.

Am anderen Ende der Ladefläche lag zusammengerollt ein ehemaliger Soldat in zerlumpter, grauer Wolle, den Resten einer Uniform der einst so stolzen Konföderationsarmee, der eher einem Skelett als einem Menschen glich. Er hatte nur genickt, als Sara auf den Wagen geklettert war, und war dann sofort eingeschlafen. Doch so brauchte sie sich zum Glück nicht zu unterhalten.

Neben ihm auf den Wagenbrettern lag ein Paar zerkratzter, mit Lappen gepolsterter Krücken. Sein rechter Fuß fehlte. Seine Wangen waren stopplig, und seine Augen lagen tief in violetten Höhlen.

Sara seufzte. Auf die eine oder andere Weise hatte der Krieg sie alle zu Krüppeln gemacht.

Sie wandte den Blick ab und starrte in die Landschaft hinaus: Inmitten weiter, jetzt brach liegender Felder erhoben sich sanfte Hügel mit Wäldchen aus Tulpenbäumen, Platanen, Kastanien, Walnussbäumen. Hier und da kräuselte sich Rauch aus den Baumwipfeln und verriet, wo sich Hütten verbargen.

Die Landschaft hatte sich kaum verändert, seit sie sie zuletzt gesehen hatte, anders als die Menschen, die auf den Straßen unterwegs waren.

Vor dem Krieg waren es meist Farmer, Kesselflicker, Händler oder durchreisende Familien gewesen, jetzt eher Kriegsflüchtlinge – darunter zahlreiche Konföderationssoldaten aus Kentucky, die man als Verräter davongejagt hatte, nachdem die Staatsregierung der Union beigetreten war. Nun, ein endloses Jahr nach der Niederlage, befanden sich viele dieser Männer immer noch auf dem Heimweg.

Außerdem waren viel mehr Farbige unterwegs. Ehemalige Sklaven, die nach dem ersten Freudentaumel über ihre Freiheit jetzt genau so benommen wirkten wie die weißen Kriegsopfer. Sie zogen über das Land und suchten nach einer Möglichkeit zu überleben. Ihre Welt war aus den Fugen geraten, und vielen hatte die ungewohnte Freiheit Hunger und Heimatlosigkeit beschert.

Sara hatte fast all ihre Habseligkeiten für ihre schwarze Reisekleidung hergegeben. Im Süden waren zahllose Frauen zu Witwen geworden; auch im Norden, wenn man den Zeitungen Glauben schenken konnte. Der Anblick einer allein reisenden Frau in tristem Schwarz war demnach nichts Ungewöhnliches, und so würde sie nicht weiter auffallen.

Am Stadtrand rumpelte das Fuhrwerk an dem alten Schild vorbei, auf dem es hieß: *Willkommen in Magnolia Creek, Heimat der Talbot Mills, 381 Einwohner*. Offenbar hatte sich niemand die Mühe gemacht, das Schild zu berichtigen. Denn mindestens ein Mann würde nie wieder heimkehren, das war Sara schmerzlich bewusst.

Im Großen und Ganzen sah Magnolia Creek unverändert aus. Die Straßen kreuzten sich in regelmäßigen Abständen wie die Karos einer Wolldecke mit abgenutzten und ausgefransten

Rändern. Die Backsteinhäuser an der Hauptstraße waren durch Unwetter und Gefechte beschädigt worden und wirkten so mitgenommen, wie ihre Bewohner sich vermutlich fühlten.

Der Anblick der Häuser mit dem abblätternden weißen Putz stimmte die junge Frau melancholisch.

Am Rathausplatz waren einige Läden und Lagerhäuser immer noch mit Brettern zugenagelt, doch zeugten die zerbrochenen Fensterscheiben nicht nur vom Kanonenfeuer der Yankees, sondern auch vom Mangel an Ersatzglas. Das Rathaus stand stolz und unbeschädigt da. Triumphierend flatterte das Sternenbanner über dem grünen Park, der das imposante zweistöckige Gebäude umgab.

Sara erinnerte sich, wie sie bei ihrem ersten Besuch in der Stadt stundenlang über die Hauptstraße spaziert war und all die glänzenden, neuen Waren in den Schaufenstern bewundert hatte. Als der Karren nun an den gleichen Fenstern vorbeirumpelte, schaute sie kaum hin.

Schließlich hatte der Farmer sein Ziel erreicht, hielt mit dem Gespann vor dem Gemischtwarenladen und zog die Wagenbremse an. Der erschöpfte Soldat rührte sich nicht einmal, als Sara mit Lissybeth auf dem Arm auf die hölzerne Veranda hinunterkletterte, die sich vor dem Laden erstreckte. Sara dankte dem Farmer fürs Mitnehmen und starrte mit knurrendem Magen sehnsüchtig ins dämmrige Innere des Ladens; dann wandte sie sich ab und machte sich zur Ash Street zwei Straßenzüge weiter auf.

«Jetzt ist es nicht mehr weit, Kleines», flüsterte sie Lissybeth zu. «Bald sind wir da.» Sie hoffte inständig, dass sie das Richtige tat, dass im schönen, vertrauten Haus der Talbots eine warme Mahlzeit und eine sichere Zuflucht auf sie warteten, und sei es nur für eine Nacht.

In der Ash Street fiel ihr Blick sofort auf die Nummer 47. Das Haus hinter dem weißen Palisadenzaun und der weiten Rasenfläche war immer noch das prächtigste der Stadt.

In schlaflosen Nächten hatte Sara sich manchmal gefragt, ob die wunderbare Zeit bei den Talbots Wirklichkeit gewesen war oder nichts als ein Hirngespinst. Ihr Leben vor dem Krieg kam ihr vor wie ein Traum; mit fünfzehn war sie ins Haus gekommen, um sich um Louzanna Talbot zu kümmern; mit siebzehn, nach zwei triumphalen, himmlischen Wochen stürmischer Brautwerbung, war sie Dr. Dru Talbots Frau geworden und fest überzeugt davon, sie wäre nun glücklich bis an ihr Lebensende.

Fünf Jahre später mochte sie kaum noch glauben, dass sie wirklich einmal das unschuldige, blauäugige Mädchen gewesen war, das er zum Altar geführt hatte.

Denn mittlerweile war sie nicht nur Dru Talbots Witwe, sondern in den Augen der Stadt auch eine gefallene Frau. Nachdem der Krieg ihr den innigst geliebten Gatten genommen hatte, hatte sie dem falschen Mann ihr Vertrauen geschenkt, eine Verbindung, aus der ihr nur das Kind geblieben war.

Sara blieb stehen, ließ den Blick von der anderen Straßenseite aus über die großzügige Säulenveranda wandern und spähte nach einer Bewegung hinter den Spitzengardinen der Salonfenster. Dann drückte sie Lissybeth an sich, raffte ihren ganzen Mut zusammen und überquerte rasch die Straße.

Das Tor im Lattenzaun hing schief in den Angeln. Die Blumenbeete an der Hauswand waren von Unkraut überwuchert. Über dem Ganzen lag die gleiche abgrundtiefe Melancholie, die Sara schon vorher empfunden hatte. Trauer hauste unter den Giebeln und lauerte in den Schatten auf der Veranda hinter den alten Schaukelstühlen, die zur Straße hin aufgereiht standen. Die einst so duftig weißen Spitzengardinen hingen schlaff und vergilbt hinter blinden Scheiben.

Als Sara einen vertrauten Stepprahmen hinter einem großen Fenster erspähte, stieß sie einen erleichterten Seufzer aus. Ein kompliziertes Arrangement aus Hunderten von geblümten oder karierten, gleichmäßig zurechtgeschnittenen Stoffquadraten war zum Steppen aufgespannt. Louzanna Talbots Welt beschränkte sich auf Stoffstücke und das Garn, mit dem sie die Baumwollfüllung zwischen Patchwork und Futter festhielt.

Vor der Haustür versuchte Sara die weinende Lissybeth zu beruhigen. Als sie den Türklopfer aus Messing hob, fiel ihr Blick auf ihre schwarzen, fingerlosen Handschuhe, die verbargen, dass sie keinen Ehering trug. Sie klopfte dreimal und wartete geduldig, während sie die Arme fester unter dem Hinterteil ihrer kleinen Tochter verschränkte. Niemand reagierte. Sie wunderte sich, dass Louzanna Talbots farbiger Diener Jamie so lange brauchte, um die Tür zu öffnen, und hob den Klopfer erneut.

In diesem Augenblick sah sie aus dem Augenwinkel eine flüchtige Bewegung. Jemand befand sich im Haus und stand nah genug an der Tür, um den Saum des Vorhangs gegen das Fenster schwingen zu lassen.

«Hallo? Ist jemand zu Hause? Jamie, bist du's?» Sie klopfte an den Türrahmen. «Louzanna? Hörst du mich?»

Louzanna, die unter schweren Nervenkrisen litt und sich vor ihrem eigenen Schatten fürchtete, lebte völlig zurückgezogen. Sara drückte die Stirn gegen die Scheibe, um durch den Vorhang zu spähen, und beschloss, notfalls den ganzen Abend dort stehen zu bleiben.

«Louzanna? Lou, *mach auf*, bitte.» Sie senkte die Stimme. «Hier ist Sara.»

Endlich klapperte ein Riegel, dann noch einer. Die Tür knarrte und schwang langsam einige Zentimeter weit nach innen. Sara konnte nur Louzannas bleiche, schlanke Finger erkennen, die die Türkante umklammerten, und ihre dicken, rehbraunen Haarflechten.

«Louzanna, ich bin's, Sara. Lässt du mich ins Haus?» Sara wusste, wie sehr ihre ehemalige Schwägerin sich überwinden musste, überhaupt die Haustür zu öffnen.

Drus ältere Schwester war mittlerweile achtunddreißig, doch ihre durchscheinende, kaum je vom Sonnenlicht berührte Haut war beinahe faltenlos und das immer noch volle, braune Haar nur von vereinzelten grauen Strähnen durchzogen.

Es blieb still. Lous Handknöchel liefen weiß an. Schließlich, mit schwacher, leiser Stimme, flüsterte sie: «Bist du das *wirklich*, Sara? Bist du das wirklich und wahrhaftig?»

Saras Augen brannten vor Tränen. Sie versuchte heftig, sie fortzublinzeln. «Ich bin's wirklich, Louzanna. Bitte, lass mich ein!»

Wieder eine Pause, wieder ein Dutzend verzweifelter Herzschläge.

Louzanna blieb stumm. Doch weitere Flechten erschienen, dann die Stirn, dann lugten matte, haselnussbraune Augen hinter der Türkante hervor. Die Augen weiteten sich, als sie das Kind in Saras Armen erblickten.

«O Sara.» Louzannas Stimme zitterte.

«Bitte, Lou.»

Louzanna umklammerte die Türkante, hielt sie wie einen Schild, eine Schranke zwischen sich und eine Welt, aus der sie sich schon lange vor Beginn des Krieges zurückgezogen hatte.

Sara konnte sich nicht vorstellen, dass Louzanna über längere Zeit allein zurechtgekommen war. Sie hatte Lou damals nur verlassen können, weil sie sie in Jamies Obhut wusste.

«Wo ist Jamie?», fragte sie.

«Er ist fort. Mit den Soldaten der Union. Du warst kaum gegangen, da haben sie ihn mitgenommen.»

Die Sonne stand tief am Horizont. Die Dämmerung sammelte sich in den dicken, wuchernden Hecken und dem dichten Gehölz hinter den Wohnhäusern an der Ash Street. Da Saras Verzweiflung nicht länger vom Tageslicht gezügelt wurde, stemmte sie besorgt ihre Hüfte gegen die Tür, damit Lou sie nicht plötzlich aus lauter Angst zuschlüge.

Lieber Gott, gib ihr den Mut, mich einzulassen.

Verzweifelt sprudelte es aus Sara heraus, während sie über die Schulter auf die verlassene Straße blickte.

«Ich komme aus Ohio. Ich war zuerst bei meiner Familie, doch mein Vater hat mich abgewiesen. Ich weiß nicht, wohin ich mich sonst wenden soll. Ich flehe dich an, *bitte*, lass mich ins Haus. Wenn nicht um meinetwillen, dann um meiner Tochter willen. Sie trifft keinerlei Schuld an dem, was ich getan habe. Ihr zuliebe nimm uns auf, wenigstens für heute Nacht. Wir brauchen nur eine Mahlzeit und einen Platz zum Schlafen.»

Ihr fiel ein, dass sich hinter dem Haus Jamies alte Hütte befand. «Wir können doch in Jamies Unterkunft schlafen. Du wirst gar nicht merken, dass wir da sind.»

Was spielte es für eine Rolle, wo sie schlief, solange ihr Kind ein Dach über dem Kopf hatte?

«Nimm den Schleier ab, Sara.» Lou schien nervös und ängstlich, sie klang unsicher, als sei sie nicht mehr an ihre eigene Stimme gewöhnt.

Sara löste einen Arm von ihrer Tochter und schlug den Schleier über die breite Krempe nach hinten, um ihr Gesicht zu enthüllen. Sie lächelte, auch wenn das Ergebnis im besten Fall schwach und zittrig war und sie schmerzhaft an die Schwellung auf ihrer Wange erinnerte. Tränen ließen die Tür vor ihren Augen verschwimmen.

«O meine Sara!», sagte Lou mit aufgerissenen Augen und schüttelte den Kopf. «Was ist denn mit deinem Gesicht geschehen?»

«Ich … bin gestolpert und hingefallen», log Sara und wich Lous Blick aus. Ihr Vater schlug immer erst zu, bevor er Fragen stellte. Und bevor er sie heute aus der Hütte der Colliers geworfen hatte, hatte er ihr noch dieses Andenken mitgegeben.

Lou trat zurück und verschwand für einen Moment. Kaum hatte sich die Tür weit genug geöffnet, schlüpfte Sara rasch hinein, denn sie kannte Lous tiefe, hartnäckige Angst vor dem Vorgarten und der Straße dahinter. Im Haus wandte sie sich zu ihrer früheren Schwägerin um, ungeheuer erleichtert, endlich wieder in vertrauter Umgebung zu sein.

Lou war gekleidet wie immer, fast wie Sara jetzt. Das schwarze Seidenkleid mit schwarzen Spitzenborten und Jetknöpfen war zwar verknittert und an den Säumen und Manschetten verschlissen, doch jede Locke saß an ihrem Platz.

Lissybeth hatte sich unter dem Eindruck all des Neuen beruhigt, legte fingernuckelnd den Kopf auf Saras Schulter und starrte Louzanna an.

«Verzeih mir, dass ich so unangemeldet auftauche, aber ich weiß wirklich nicht, wohin», entschuldigte sich Sara.

Lou musterte sie eingehend. Dabei flog ihr Blick immer wieder zur Tür, als fürchte sie, irgendetwas Schreckliches sei Sara ins Haus gefolgt.

«Warum bist du denn allein, Sara? Was ist aus dem Mann geworden, mit dem du fortgelaufen bist?»

Tiefe Scham durchfuhr Sara. Was war sie damals für eine dumme, elende Närrin gewesen, einfach davonzulaufen und Drus Ring mit einer Nachricht für Lou oben auf dem Tisch in der Halle zu lassen!

Sara fuhr sich mit der Zunge über die Lippen und schluckte. Sie hätte lügen können, doch sie hatte fast zwei Jahre mit Louzanna Talbot zusammengelebt, mit ihr Drus Briefe gelesen und Freuden und Herzeleid mit ihr geteilt. Louzanna hatte es nicht verdient, dass man sie belog, doch die ganze elende Geschichte konnte Sara ihr einfach nicht erzählen.

«Er ist für immer aus meinem Leben verschwunden.»

Lou, die ihren Blick nicht von dem Kind lösen konnte, sagte leise: «Und so bist du endlich heimgekehrt.»

«Ja.»

«Ich wusste es. Ich habe die Hoffnung nie aufgegeben.» Lous Mundwinkel krümmten sich zu einem angedeuteten Lächeln. Dann wandte sie sich dem kleinen Mädchen auf Saras Armen zu.

«Und wie heißt sie?» Lou und Lissybeth sahen einander neugierig an.

«Elizabeth. Ich nenne sie Lissybeth», sagte Sara.

Lissybeth streckte der Einsiedlerin ein Händchen mit gespreizten Fingern entgegen.

Zögernd hob Louzanna die Hand und reichte dem Kind ihren Zeigefinger. Als Lissybeths Händchen ihn ergriff, schloss Louzanna die Augen und seufzte tief.

«Lou?» Sara wusste, dass Louzanna häufig mit den Gedanken abschweifte.

Überrascht sah Louzanna zu Sara auf, ihre Blicke trafen

sich, und plötzlich warf Lou Sara die Arme um den Hals. Sie umklammerte sie und schloss Lissybeth in ihre Umarmung ein. Als sie die beiden schließlich losließ, schimmerten Tränen in ihren braunen Augen.

«Ich habe nicht viel», gestand Louzanna leise, «aber ich teile es gern mit euch. Wenn du willst, ist dies immer noch dein Zuhause, Sara. Ich bin so froh, dass du endlich heimgekehrt bist.»

2. Kapitel

Mitten auf staubtrockener Straße stolperte Dr. Dru Talbot über einen Stein und fiel hin. Er schmeckte Staub und unterdrückte ein Stöhnen. Als er den Wald zu beiden Seiten der Straße schließlich wieder erkennen konnte, setzte er sich auf und versuchte, die Sterne aus seinem Kopf zu schütteln. Ausgelaugt vom Krieg, kam er sich vor wie der Dreck, in dem er saß.

Das alte, klapprige Maultier, das er an einer abgelegenen Straße aufgelesen hatte, sah verständnislos auf ihn herunter.

«Ich bin bestimmt ein schrecklicher Anblick», erklärte er dem Maultier, «aber wir passen ganz gut zusammen.»

Auf seinem Weg von Süd-Georgia nach Magnolia Creek hatte er die merkwürdigsten Begleiter gehabt, und das Maultier war bei weitem der angenehmste und erträglichste.

Auf der Suche nach irgendeiner funktionierenden Eisenbahnlinie war Dru vergeblich durch den Süden geirrt, bis es ihm schließlich gelang, die Grenze nach Kentucky zu überqueren. Und nun war er der Heimat so nah, dass er sie beinahe riechen konnte.

Seine Hand zitterte, als er sich vom Boden hochstemmte, und er stöhnte auf. Die Abendluft war kühl, und er wünschte, er hätte den Quilt nicht verloren, den seine Schwester ihm an dem Abend geschenkt hatte, an dem er verkündete, er werde sich der Konföderationsarmee anschließen. Zu Beginn des Krieges hatte er das zerschlissene Andenken ständig getragen, bis es fast ein Teil von ihm war wie der alte Schmerz in der Schulter und die lange Narbe über dem rechten Ohr. Wie die Erinnerung an die Heimat, an seine Schwester und vor allem an Sara.

Seine Beine waren bleischwer, doch er schleppte sich weiter, fest entschlossen, erst zu rasten, wenn das Licht gerade noch zum Feuermachen reichte. Brachte ihn doch jeder Schritt der Heimat ein wenig näher.

Seit dem Morgen nach ihrer Hochzeit hatte er Sara nicht mehr gesehen. Er war so gegangen, wie sie es wünschte, war ohne Abschied fortgezogen, wie er es ihr versprochen hatte. Nach allem, was er durchgemacht hatte, fragte er sich jetzt, ob er wohl ebenso einfach wieder in sein altes Leben schlüpfen konnte, wie er es hinter sich gelassen hatte.

Er erinnerte sich an jeden Augenblick ihrer kurzen, aber leidenschaftlichen Liebe, als wäre alles erst gestern gewesen. Er hatte Sara zwei Jahre vor ihrer Hochzeit kennen gelernt, an einem warmen Frühlingstag, dem Tag seiner Abreise nach South Carolina, wo er Medizin studieren wollte.

Auf der Fähre über den Magnolia Creek, die von ihrem Vater und ihren Brüdern betrieben wurde, hatte er Sara zum ersten Mal erblickt.

Gedankenverloren hatte er die Fähre betreten, als ihn plötzlich jemand am Ärmel zupfte und eine leise, verführerische Frauenstimme ihn ansprach.

«Einen Nickel, Mister. Haben Sie schon bezahlt?»

Er griff in seine Westentasche, fand einen Nickel, wandte sich um und blickte unvermittelt in die blauesten und bezauberndsten Augen, die er je gesehen hatte. Das Plätschern des Flusses, der gegen das riesige Floß schwappte, das leise Husten eines rheumatischen alten Mannes, das Plappern der Kinder, die sich an der Reling drängten, alles, bis auf das Mädchen, verschwand aus seinem Bewusstsein. Seine Zunge klebte am Gaumen, und seine Lippen verzogen sich unwillkürlich zu einem Lächeln.

Er stand wie angewurzelt da, eine Hand halb in der Tasche, mit klopfendem Herzen und außerstande, etwas anderes zu tun, als ihr in die Augen zu sehen, die so unwiderstehlich waren, dass er seine Erstarrung fast genoss.

Ein hinreißendes Lächeln erhellte ihr Gesicht, und trotz der Schmutzspuren auf ihren Wangen strahlte ihre Pfirsichhaut darunter makellos. Sie war groß für eine Frau, wenn auch nicht so groß, dass sie ihm gerade in die Augen schauen konnte, gertenschlank, mit wohlgerundeten Brüsten unter dem groben, handgewebten Stoff ihres verschossenen grauen Kleides, und barfuß.

Sie blinzelte ihm zu, und der Bann war für einen Augenblick gebrochen, gerade so lange, dass er die Hand aus der Tasche zog, als hätte er nie innegehalten. Er nahm die Bilder und Geräusche um sich herum wieder wahr, konnte jedoch den Blick nicht von dem reizenden Mädchen lösen.

«Vielen Dank auch, Mister …»

Sie wartete offenbar darauf, dass er ihr seinen Namen nannte, doch er starrte nur gebannt auf ihre Finger, die sich um den Nickel schlossen, und dachte: Glückliche, glückliche Münze.

Er musste sich erst einmal räuspern, bevor er sich wieder an seinen Namen erinnerte. «Talbot. Dru Talbot.»

Ihre Lider senkten sich, sodass sie durch ihre Wimpern schauen musste. Sie trat so dicht vor ihn hin, dass ihm fast das Herz stehen blieb.

«Talbot von den Talbot Mills?», fragte sie.

Sein Großvater hatte auf dem Gelände der ehemaligen Familienfarm eine Zuckermühle errichtet, was schließlich zur Ansiedlung der nahe gelegenen Stadt geführt hatte. Farmer aus dem ganzen County brachten ihre Zuckerhirse zur Mühle. Nachdem Drus Vater, Gerald, die Mühle übernommen hatte, war die Familie zu einer der wohlhabendsten und bekanntesten im County geworden.

Er nickte zustimmend. «Die Mühle hat einmal meiner Familie gehört.»

Sie stand da, den Nickel fest in der Hand, und Dru war beglückt, dass sie bei ihm verweilte, statt zum nächsten Passagier zu gehen. Wenn es nach ihm ginge, brauchte die Fähre nie am anderen Ufer anzukommen. Er wollte nur in ihre wunderbaren Augen schauen und sich in ihrem warmen Lächeln sonnen.

«Sind Sie verheiratet, Dru Talbot?»

Er lachte über die kühne Frage, die ihm aus solch einem unschuldigen, sinnlichen Mund ganz natürlich vorkam.

«Nein. Ich bin unterwegs zum College, um Medizin zu studieren.»

«Zum College? Sie sind unterwegs zum College? Wo ist das denn?»

«In South Carolina.»

«So weit weg.» Sie schüttelte ehrfürchtig den Kopf. «Das kenne ich alles nicht. Ich bin noch nie über diesen blöden Fluss hinausgekommen.»

Sie schien weitergehen zu wollen, und in plötzlicher Panik entschlüpfte ihm die Frage: «Und wie heißt du?»

«Sara. Sara Collier.»

Sie nannte den Namen mit herausforderndem Stolz. Er hatte den Namen schon gehört, wusste allerdings nur, dass irgendwo unten am Fluss zahlreiche Colliers wohnten. Sie lebten von der Arbeit als Fährleute, von der Jagd und von der Schwarzbrennerei.

«Und wie alt bist du, Sara?» Brennende Neugier und wachsendes Begehren ließen ihn das fragen. Sie wirkte sehr jung, erschien ihm aber in vielerlei Hinsicht älter als er. Er ertappte sich bei dem Gedanken, wie ihre Lippen wohl schmecken mochten.

«Alt genug, denke ich.»

«Und wie alt wäre das?»

«Ich bin gerade fünfzehn geworden.»

Fast enttäuscht dachte er, dass eine Liebschaft mit einem ungebildeten, barfüßigen – wenn auch sehr verführerischen – Landmädchen das Letzte war, was er brauchen konnte.

«Was werden Sie denn auf dem College studieren, Dru Talbot, was Sie nicht auch hier in Kentucky lernen könnten?» Hinreißend unbefangen lächelte sie zu ihm auf und bog den Rücken durch, sodass ihre Brüste sich abzeichneten.

«Medizin.»

«Mein Großvater ist Heiler. Er hat mich unterrichtet. Ich weiß alles über Heilkräuter. Ich kenne auch Zaubermittel.»

Sie war reizend, das musste er zugeben, aber er bezweifelte, dass ein so junges Mädchen viel von der Heilkunst verstand.

Ein stämmiger, schlecht gekleideter junger Mann mit Stoppelkinn beobachtete Sara von der anderen Seite der Fähre aus. Vermutlich ein Verwandter, denn Dru hatte gesehen, wie er den Passagieren am Anleger geholfen hatte.

Dru versuchte ein ernstes Gesicht zu machen, als wäre er mit Sara in ein wichtiges Gespräch vertieft. «Was meinst du mit Zaubermitteln? Ist er Wunderheiler?»

Sie hatte es offensichtlich nicht eilig, ihrem Bruder das Fahrgeld zu bringen. «Er glaubt fest an die Bibel, aber ich meine, es ist immer auch ein bisschen Zauberei dabei. Und das, was Großvater die Macht des Glaubens nennt. Die Leute müssen auch an das Heilmittel oder den Zauber glauben. Manche halten einen Zauber für eine Art Fluch, aber mit Teufelswerk würde Großvater sich nie abgeben.»

Das Floß schwankte, und während Dru Halt suchte, schaute er zu, wie die Brise mit einer Strähne ihres Haares spielte. «Nenn mir ein Beispiel», forderte er sie auf.

«Nun, zum Beispiel, Gürtelrose kuriert man, indem man die betroffenen Stellen mit dem Blut einer schwarzen Katze oder eines schwarzen Huhns einreibt. Oder …» Sie sah auf, um festzustellen, ob er auch zuhörte. «… indem man an den Menschen denkt, den man am liebsten hat.»

Um nicht loszuplatzen und sie damit zu kränken, biss er sich auf die Zunge und heftete seinen Blick auf das andere Flussufer, während sie fortfuhr.

«Großvater behandelt Rheuma mit Stinktierfett und heilt einen Typhuskranken, indem er Zwiebeln und Fisch unter seine Fußsohlen bindet.»

«Unter seine oder die des Kranken?» Diesmal hätte Dru vielleicht sogar gewagt, loszuprusten, doch als sein Blick auf ihre riesigen blauen Augen fiel, die ihn aus nächster Nähe anstrahlten, blieb ihm das Lachen im Hals stecken.

«Sie nehmen mich wohl auf den Arm, Dru Talbot?» Sie trat zurück und tat beleidigt, aber ihr warmes Lächeln und ihre blitzenden Augen verrieten sie.

«Ich befürchte allmählich, es ist eher umgekehrt, Miss Collier.»

«Großvater nimmt das Heilen sehr ernst. Er hat mir eine Menge darüber beigebracht. Manches davon ist sicherlich Aberglaube,

aber ich würde darauf wetten, dass viele seiner Heilkräuter genau dieselben sind, die Sie in Ihrem komischen College kennen lernen werden.» Sie neigte den Kopf ein wenig und blickte ihn unter dichten, schwarzen Wimpern hervor an. «Ich würde Ihnen wirklich gern helfen, wenn Sie als Doktor anfangen.»

«Ich komme erst in zwei Jahren wieder.» Die Bemerkung ernüchterte ihn plötzlich. Zwei Jahre waren eine lange Zeit. Er fragte sich, wo Miss Sara Collier wohl in zwei Jahren sein würde.

«Dru Talbot?» Saras Stimme glitt über ihn wie warme, frische Sahne, als sie ihn erneut am Ärmel zupfte. «Ich warne Sie lieber, damit Sie nicht erschrecken, wenn es passiert.»

«Wenn was passiert?»

«Wenn wir heiraten.»

Während die Nacht immer tiefer in den Wald eindrang, die Schatten vertiefte und die Zikaden zum Singen verführte, nahm die Gegenwart Dru wieder gefangen. Irgendwo im Osten rief eine Eule. Er hatte sich an die tröstlichen Nachtgeräusche des Waldes gewöhnt, daher schenkte er ihnen keine Beachtung, sondern dachte, wie so oft, weiter an Sara.

Als er zwei Jahre nach ihrer ersten Begegnung vom College zurückkehrte, stellte er fest, dass Sara Collier bei seiner Familie wohnte. Dr. Maximus Porter, der einzige Arzt in Magnolia Creek, ein Mann, den er sehr bewunderte, hatte Sara seiner Schwester Lou vorgestellt und sie gedrängt, das Mädchen als Gesellschafterin anzustellen, weil er hoffte, Sara könne während Drus Abwesenheit Louzanna im Kampf gegen ihre nervösen Anfälle unterstützen.

Das Schicksal hatte sie offenbar füreinander bestimmt.

Hinter einer Biegung entdeckte er das gelb-rote Flackern eines Lagerfeuers und verlangsamte vorsichtig die Schritte.

Freischärler durchstreiften die Wälder, Männer, die den Krieg nicht enden lassen wollten, obwohl die Konföderierten schon vor einem Jahr kapituliert hatten. Dru trug allerdings die richtigen Farben, um in diesem Staat ein Minimum an Sicherheit zu genießen.

Seine zerfetzte Uniformhose hatte er jedoch schon vor langer Zeit durch eine billige braune Hose aus handgewebtem Stoff ersetzt, und seine zerlumpte, kadettengraue Offiziersjacke war der klägliche Rest der Feldarztuniform, die er einst so stolz getragen hatte. Mit der grünen Seidenschärpe, dem Kennzeichen seines Berufsstandes, hatte er seine abgewetzte, lederne Instrumententasche auf dem Maulesel festgebunden.

«Talbot, Fünftes Kentuckyregiment!», rief er den zwei Männern am Feuer zu. Es wäre nicht besonders klug, sich so nah an der Heimat umbringen zu lassen.

Die beiden Männer drehten sich zu ihm um. Sie waren unübersehbar Brüder, mit rotem Haar und breiten Zahnlücken. Einer rief einladend: «Dann komm her und setz dich eine Weile hin. Wir werden hier übernachten. Du kannst etwas von unserem gerösteten Eichhörnchen haben.»

Dru führte das Maultier in den gastlichen Lichtkreis des Feuers, nickte den beiden Männern zu und knotete einen Beutel auf, der eine Dose Bohnen enthielt. Dann suchte er in seinen Sachen nach einer Büchse wohl gehüteter Sardinen.

«Wie ich an deinem Rock sehe, bist du Arzt.» Der dünnere der beiden bärtigen Männer im Grau der Konföderierten Staaten von Amerika kaute gerade an einem Happen Eichhörnchen, was ihn aber nicht am Sprechen hinderte.

«Das ist richtig», bestätigte Dru. Einst, als junger Rekrut und frisch gebackener Arzt, war er stolz auf seinen Beruf gewesen. Doch Hochmut kommt vor dem Fall, und kaum war der

Krieg richtig entbrannt, hatte er sich vor allem hilflos und ohnmächtig gefühlt.

Er hatte gelernt, unter den schlimmsten Bedingungen zu arbeiten, wie müde oder seelisch erschöpft er auch sein mochte. Er hatte ständig in das Schicksal seiner Kameraden eingreifen müssen, durch Amputation einer Hand, eines Fußes, eines Arms oder eines Bein oder sogar beider Gliedmaßen, und fragte sich manchmal, wie viele Leben er dadurch wirklich gerettet hatte.

Im Getümmel seiner ersten Schlacht, als die Verletzten unter dem Donnern ferner Kanonen in Zehnerreihen auf die Behandlung warteten, war er ausgesprochen dankbar gewesen, dass er ein paar Wochen bei einem Landarzt hatte assistieren dürfen, bevor er vom College zurückgekehrt war.

Eine Vielzahl so genannter Feldchirurgen hatte vorher nicht einmal bei einer Operation zugeschaut, geschweige denn eine durchgeführt.

Oft konnte er in der Eile nur nach Instinkt und blinder Entschlusskraft handeln. Es gab Tage, da hätte er alles getan, um dem blutigen Kriegsschauplatz zu entfliehen. Gegen das, was er durchgemacht hatte, nahm sich die Arbeit als Arzt in Magnolia Creek bestimmt wie ein Gartenspaziergang an einem warmen Sommertag aus.

Er bot den beiden von seinen Sardinen an, und dann verzehrten sie fast wortlos ihr karges Mahl. Die beiden Brüder waren Farmerssöhne aus Kentucky, die beim Neunten Regiment gedient hatten und nun heim wollten nach Daviess County.

Nach dem Essen gab es nur Eichelkaffee. Seit Jahren schon war im Süden kaum noch echter Kaffee zu bekommen.

Der ältere Bruder brüstete sich damit, ohne jede Schusswunde davongekommen zu sein, und war überzeugt, neun Leben zu besitzen und die meisten noch vor sich zu haben. Doch dem üblen Ausschlag an Hals und Armen nach zu urteilen, litt der Bursche an Gonorrhö im zweiten Stadium.

Leider hatte Dru weder Schwalbenwurz noch Harz oder blaues Vitriol bei sich, die üblichen Medikamente gegen dieses Leiden, deshalb konnte er dem jungen Mann nicht helfen. Dru hatte häufiger derartige Krankheitsfälle behandelt als Kriegsverletzungen, denn viele junge Männer vom Land suchten ebenso oft Huren auf, wie sie ins Gefecht zogen. Und wenn die Soldaten nicht an Geschlechtskrankheiten starben, dann forderten Typhus oder Masern ihren Tribut.

Dru hatte sechs Jahre lang keine Frau berührt. Er hatte Shiloh und Vicksburg überlebt, hatte nach einem Streifschuss über dem rechten Ohr mit dem Tod gerungen und höllische Monate im Gefangenenlager Point Lookout in Maryland verbracht. Dennoch hielt er sich für einen Glückspilz.

Es waren die Erinnerung an die Nacht in Saras Armen und der Traum von all den Nächten, die sie noch miteinander verbringen würden, die ihn am Leben gehalten hatten.

Und so schlief Dru Talbot später trotz des harten Bodens und der kalten Luft mit der Andeutung eines Lächelns ein.

Nach sechs langen Jahren war er nun fast zu Hause.

3. Kapitel

Für Sara bedeutete die Zuflucht im Haus der Talbots Rückkehr in einen Kokon, in dem äußerlich alles noch fast genau so war wie vor dem Krieg. Jedoch konnte sie hier, in seinem

Haus, der Erinnerung an Dru nicht entkommen. Kaum dass sie eingetreten war, hatte tiefe Schwermut ihr Herz ergriffen.

Unter qualvollen Erinnerungen stillte und wickelte sie Elizabeth und brachte dann auf Lous Drängen hin ihr Kind in einem der oberen Schlafzimmer zu Bett. Um der alten Zeiten willen bestand Louzanna dann darauf, das Abendbrot im Esszimmer einzunehmen.

Während Sara Lou beim Tischdecken half, dachte sie an ihre allererste Mahlzeit in diesem eleganten Raum. Damals gehörte alles in dem Haus für sie zu einer glänzenden Zauberwelt, in deren Kerzenschein Kristall und Silber funkelten.

Eigentlich war ihr alles nach dem Einzug ins Haus der Talbots neu gewesen. Ein Märchenland – so vollkommen unbekannt und fremd, dass sie sich oft verloren vorkam und nicht wusste, ob sie nun dorthin gehörte oder nicht.

In diesem Haus herrschten Ruhe und Frieden und ein vornehmer Luxus. Hier gab es Liebe, Verständnis, gute Manieren und freundliche Gespräche. Dru und seine Schwester waren immer von schönen Dingen umgeben gewesen, Dinge, die sie für selbstverständlich hielten: feine Kleider, hübsche Bilder an den Wänden und hohe Kristallvasen mit frischem Frühlingsflieder, Sommerrosen, zarten Farnen oder winterlicher Stechpalme.

An einer Wand des Salons erstreckten sich Borde voller Bücher mit Goldschnitt. Zum Reichtum kam Bildung, umfangreiches Wissen auf den verschiedensten Gebieten. Der Tag, an dem Doc Porter sie am Anlegeplatz der Fähre aufgesucht und gefragt hatte, ob sie als Louzannas Hilfe zu ihnen kommen wolle, war der glücklichste ihres Lebens gewesen.

Doctor Maximus Porter hatte sie gleich mitgenommen in das Heim jenes ausgesprochen gut aussehenden, dunkeläugigen Mannes, mit dem sie erst ein paar Tage zuvor gesprochen und in den sie sich auf den ersten Blick unsterblich verliebt hatte. Sich um Louzanna Talbots Gesundheit zu kümmern war eine einfache Aufgabe. Sara brühte Beruhigungstee aus Kräutermischungen nach dem Rezept ihres Großvaters, legte Louzanna essiggetränkte Kompressen auf die Stirn, wenn diese ihre nervösen Krisen bekam, und lenkte sie mit Plaudereien über den Garten oder das Wetter ab.

Dafür erzählte Louzanna Sara alles über Dru, seine Vorlieben und Abneigungen und seinen Traum, sich nach seiner Rückkehr als Arzt niederzulassen und den alten Doc Porter abzulösen.

Als Dru dann im Frühling des Jahres 1861 zurückkehrte, war Sara immer noch bis über beide Ohren in ihn verliebt, und Dru erwiderte diese Liebe und bat sie nach zwei Wochen, seine Frau zu werden. Seine Liebe war der eigentliche Schatz, den sie hier im Haus der Talbots gefunden hatte.

Doch ebenso schnell, wie ihre Liebe erblüht war, so schnell war ihr Dru vom Krieg auf immer entrissen worden.

Sara stellte behutsam einen Teller auf Louzannas Damasttischtuch. Das Esszimmer war doppelt so groß wie die ganze Hütte der Colliers, groß genug für einen Kirschholztisch mit acht Stühlen, die ihn wie Wachsoldaten umstanden. Vor einer Wand stand immer noch die passende lange Anrichte, auf der einst ein silbernes Teeservice und blinkende Schüsseln geprangt hatten.

Das Silber war verschwunden. Sara erinnerte sich, wie sie Louzanna überredet hatte, Jamie solle das Teeservice im Brunnen verstecken. Doch die Unionssoldaten hatten das Silber trotzdem gefunden.

Wenn die Yankees ihnen doch allein das Silber genommen hätten!

Dru hatte so gut ausgesehen mit seinen dunklen Locken und den seelenvollen, schwarzen Augen. Er war charmant, groß und wohlerzogen. Bei ihrer Heirat war er ein hoffnungsvoller junger Mann, genauso besessen von seinem Traum, sich einmal als Arzt in der Stadt niederzulassen, wie sie davon, seine Frau zu werden und an seiner Seite zu arbeiten.

Sie wusste, sie war nur ein Mädchen vom Land, das nach Ansicht einiger Leute besser hübsch bescheiden geblieben wäre, doch sie hatte den Kopf voller Heilkunde, das Herz voller Liebe und den dringenden Wunsch, zu Dru und Louzanna zu gehören.

Und heute Abend saß sie mit Lou an eben dem Tisch auf eben den Plätzen, an denen sie gesessen hatten, nachdem Dru in den Krieg gezogen war.

Etwas, das sich nicht geändert hatte, war Louzannas Kleidung. Sie trug tiefstes Schwarz und lebte völlig zurückgezogen, seit Mason Blaylock, ihr geliebter Bräutigam, auf dem Weg zur Trauung von seinem Pferd abgeworfen und getötet worden war.

«Ich sehe, du trägst immer noch Masons Ring», bemerkte Sara.

Lou hob den Opalring, den sie an einer Goldkette um den Hals trug, und betrachtete den hübschen, blassen Stein. «Ich habe ihn seit der Tragödie nie abgenommen.» Sie sprach von Masons Todestag immer im Flüsterton als ‹Tragödie›, und sie trauerte immer noch, als wäre alles erst gestern geschehen.

«Es tut mir Leid, dass wir nicht mehr zu essen haben», sagte Louzanna mit der gleichen sanften, melodiösen Stimme, um die Sara sie einst beneidet hatte. «Meine Nachbarin, Minnie Foster … erinnerst du dich noch an sie? Sie hat mir gestern dieses Hühnchen gebracht. Ich versuche immer, möglichst lange mit allem auszukommen.»

Sara musterte die spärlichen Fleischstücke auf ihrem Teller. Sie erinnerte sich in der Tat an Minnie, vor allem aber an Minnies Gatten Abel Foster, obwohl sie am liebsten vergessen hätte, wie Abel sich wenige Tage nach der Nachricht von Drus Tod ihr gegenüber verhalten hatte.

Sie schob diese Gedanken beiseite und sah Lou an. «Wie bist du denn die ganze Zeit allein zurechtgekommen?»

Drus Schwester verließ nie das Haus, bis auf ein paar Schritte in den Hof, um Wasser zu holen und das Häuschen zu benutzen. Als Sara fortging, hatte sie angenommen, Louzannas andere Verbindung zur Außenwelt, Jamie, würde bei ihr bleiben.

«Ich gebe Minnie Geld für Lebensmittel und andere Besorgungen. Manchmal sieht Doc Porter nach mir, und wenn die Nachbarn etwas übrig haben, geben sie mir etwas ab. Ich gehe sparsam mit meinen Rücklagen um, aber es kommt kaum Geld hinzu. Als Jamie fort war, wurden irgendwann die Zahlungen aus der Mühle eingestellt.» Sie blickte verlegen aufs Tischtuch. Bei dem Verkauf der Familienmühle hatte Dru veranlasst, dass die Raten an Lou gezahlt wurden, damit sie versorgt wäre.

«Was ist denn geschehen?», fragte Sara.

«Die Zuckermühle brannte nieder, als die Unionstruppen marodierend durch die Stadt zogen. Ohne Ersatzteile sind die notwendigen Reparaturen nicht möglich, und da Mr. Newberry kein Geld mehr verdient, kann er auch nicht zahlen. Ich habe schon alles Mögliche verkauft und gegen Lebensmittel eingetauscht, Porzellanfiguren meiner Mutter, Silber, das die Yankees nicht entdeckt haben, Gemälde und anderes.» Ihre Augen weiteten sich. «Und letzte Woche habe ich meinen besten Baltimore-Quilt gegen einen Sack Kartoffeln eingetauscht.»

Da Sara wusste, was jede Patchworkdecke für Lou bedeutete, legte sie mitfühlend die Gabel hin und faltete die Hände im Schoß. Dru hatte seiner Schwester immer sehr nahe gestanden, und Sara war froh, dass er nie erfahren würde, wie schlecht es Lou jetzt ging.

«Ich kann dir doch jetzt helfen, Lou», sprudelte sie los. «Die Colliers haben immer von der Hand in den Mund gelebt. Wenn ich etwas kann, dann haushalten. Ich kann jagen und deinen Gemüsegarten bestellen, wie Jamie früher.»

Lous nachdenkliches Schweigen war eher ermutigend als abschreckend.

«Ich kann kochen und putzen», fuhr Sara fort. «Ich kenne alle Wurzeln und Kräuter, die hier in der Gegend wachsen. Ich kann für uns drei sorgen – für dich, mich und Lissybeth.»

Sie sah sich um, und ihr fiel noch etwas ein. «Was hättest du denn gemacht, wenn nichts mehr zum Verkaufen oder Tauschen da gewesen wäre?»

Louzanna zögerte und seufzte dann schwer: «Ich wäre dünner geworden, nehme ich an.»

Sara war verblüfft, bis sie sah, dass Louzannas Lippen sich wahrhaftig zu einem zitternden Lächeln verzogen. Da musste sie zum ersten Mal seit Wochen selbst lächeln.

Wochen, Monate, Jahre standen zwischen ihr und Louzanna. Sie waren einmal wie Schwestern gewesen. Sie hatten zusammen geweint, sich auf die Ankunft des Feindes vorbereitet und für das Damenkränzchen von Magnolia Creek Bandagen für die Konföderierten in Tennessee aufgerollt. Lou hatte ihr beigebracht, die Berichte im *Sentinel* zu lesen. Sie hatten sich von Anfang an nahe gestanden, schon bevor Sara Dru geheiratet hatte, bevor ihre Schwachheit offenbar wurde.

Sara war sehr erleichtert, dass Louzanna ihr offenbar nichts nachtrug und noch einmal neu anfangen wollte.

Die karge Mahlzeit aus Hühnerfleisch und Brot hatte überraschenderweise für sie beide gereicht. Sara war daran gewöhnt, fast nichts zu essen. Sie beugte sich vor und sah zu, wie Louzanna ihre Lippen sorgfältig mit einer Leinenserviette abtupfte.

«Deine Rückkehr ist ein Segen, Sara.»

Sara verschränkte die Hände krampfhaft im Schoß und holte tief Luft.

«Hast du eigentlich von der Konföderationsarmee je eine offizielle Mitteilung über Drus Tod erhalten, Lou?» Als Sara die Stadt verlassen hatte, war nur Hughs Augenzeugenbericht bekannt gewesen.

Mit sanfter Bestimmtheit legte Louzanna die Serviette neben ihren Teller und ließ dann die Hände in den Schoß sinken. Obwohl sie so zerbrechlich wirkte, besaß sie manchmal eine ungeheure Kraft. Wenn sie sich einmal etwas in den Kopf gesetzt hatte, war sie durch nichts davon abzubringen.

«Du weißt doch mittlerweile ganz genau, dass du mich so etwas nicht fragen sollst. Ich habe keine offizielle Mitteilung erhalten, weil Dru *nicht* tot ist. Ich habe dir doch erklärt, ich würde es hier spüren», sie legte die Hand auf ihr Herz, «wenn er nicht mehr am Leben wäre.»

«Er ist in Hugh Wickhams Armen gestorben, Lou. Keith Jackmann hat ihn ebenfalls stürzen sehen.»

«Hugh Wickham kann erzählen, was er will. Ich habe keine offizielle Nachricht und werde auch nie eine bekommen, weil mein Bruder noch lebt. Er wird bald wieder zu Hause sein, das schwöre ich.»

Nachdem die Männer aus Magnolia Creek Kentucky verlassen hatten, um sich zur Armee zu melden, hatte Dru fast täglich aus Tennessee geschrieben. Er berichtete von seinen neuen Pflichten als Feldchirurg, von den zahlreichen Krankheiten und Leiden im Lager und von Todesfällen noch vor den ersten Kampfhandlungen. Dann kam nur noch ein Brief in der Woche, dann ungefähr einer im Monat und schließlich, als auch die Kentucky-Brigade in den Krieg verwickelt wurde, keiner mehr. Briefe der Konföderierten nach Kentucky wurden an der Grenze eingezogen.

Drus letzten Brief trug Sara immer noch bei sich. Er war an den Kniffen durchgescheuert und in Viertel zerfallen, doch hin und wieder setzte Sara die Teile zusammen, um ihn noch einmal zu lesen.

Einige Monate, nachdem der Kontakt abgebrochen war, kam Hugh mit der schrecklichen Nachricht heim: Sara, kaum verheiratet, war bereits Witwe.

Wie Lou hatte auch sie sich zunächst geweigert zu glauben, dass Dru gefallen war, aber nach eineinhalb Jahren im tiefen schwarzen Loch der Trauer wachte sie eines Morgens mit der schrecklichen Vorstellung auf, so zu werden wie Louzanna, mit der Gewissheit, den Rest ihres Lebens in Schwarz zu verbringen und am Rande des Wahnsinns auf ewig endlose Fäden in zahllose Stoffstücke zu sticheln.

Lou blickte Sara nervös in die Augen.

«Es war ein schrecklicher Fehler, mit einem anderen Mann fortzulaufen. Wie konntest du nur, Sara? Wie konntest du nur derart Drus Andenken besudeln?»

Sara wusste bereits, dass sie den schwersten Fehler ihres Lebens begangen hatte. Sie hatte sich von einem Mann, dem sie nie hätte trauen dürfen, umwerben und mit schönen Worten und falschen Versprechungen verführen lassen. Allein und elend, hatte sie ihm geglaubt, in ihrer Verzweiflung Trost bei ihm gesucht und sich trotz ihrer unveränderten Liebe zu

Dru eingeredet, es gäbe einen Platz in ihrem Herzen für einen charmanten, jungen Yankeelieutenant namens Jonathan Smith.

Nie hätte sie Louzanna erzählen können, dass es die Angst davor war, so zu werden wie sie, die Sara aus dem Haus der Talbots vertrieben hatte. Deshalb versuchte sie es zu erklären, so gut es eben ging.

«Ich war doch erst achtzehn, Lou. Die Trauer um Dru drückte mich nieder, ich hatte ein Leben voller Einsamkeit vor mir. Deshalb ließ ich zu, dass ein gut aussehender Mann mich tröstete und umschmeichelte. Ich wollte ihn lieben. Ich wollte die schreckliche, klaffende Wunde in meinem Herzen schließen. Und er versprach, mich zu heiraten, mir die Welt zu zeigen.» Sie seufzte und lehnte sich in ihrem Stuhl zurück. «Und ich war jung und dumm genug, ihm zu glauben. Ich wollte ihm einfach glauben.»

Sie hatte Jonathan vertraut, sich bemüht, ihn zu lieben, und sich für eine Weile sogar eingebildet, sie sei mit ihm glücklich. Vermutlich hatte sie sich zu ihm hingezogen gefühlt, weil er so ganz anders war als Dru. Der blonde, blauäugige Jon war fröhlich und ausgelassen und, was sie damals noch nicht wusste, ein ungemein begabter Lügner.

Aber was die Leute auch denken und sagen mochten, die Wahrheit war ihr ins Herz gebrannt. Das Schicksal hatte sie und Dru zusammengeführt, und Sara würde ihn ewig lieben, auch wenn der Tod ihn ihr genommen hatte.

Sara sah auf und merkte, dass Lou darauf wartete, dass sie fortfuhr.

«Jonathan ...» Sie wandte den Blick ab und fuhr mit dem Finger über das Muster des Tischtuchs aus Leinendamast. «Er war nicht der, für den ich ihn hielt. Er war ganz und gar kein guter Mann.» Nicht wie Dru. Kein ehrenhafter und fürsorglicher Mann.

«Das hättest du wissen sollen, er war schließlich ein Yankee.»

«Du weißt doch, dass ich damals nicht viel vom Krieg wusste. Meine Familie hat nie Partei ergriffen, bis die Kämpfe begannen. Ich verstehe immer noch nicht, wieso es so viele Tote gab, obwohl wir doch alle Amerikaner sind.»

«Hat er dich geheiratet?»

«Nein.» Sara schüttelte den Kopf und sah Lou an. «Angeblich hatte er das vor, allerdings erst nach der offiziellen Bestätigung. Ich habe dir zweimal geschrieben, um zu erfahren, ob du sie bekommen hast, und um dir mitzuteilen, wo ich mich aufhalte.»

«Aber ich habe nie einen Brief von dir bekommen, Sara.» Lou wirkte so überrascht, dass Sara ihr einfach glauben musste.

Aber sie hatte ihre süße Elizabeth. Ihre Tochter war das Einzige an der ganzen elenden Affäre, dessen sie sich nie und nimmer schämen würde, auch wenn jeder in der Stadt wusste, dass sie fortgelaufen war, ohne ihren Liebhaber zu heiraten. Ihr Ruf war so beschädigt, dass ihre eigene Verwandtschaft sich heute geweigert hatte, sie aufzunehmen.

Lous Gedanken bewegten sich offenbar in den gleichen Bahnen. «O Sara, dein armes Kind ist ein … Bastard», flüsterte sie.

Saras Hand zitterte, als sie die Serviette aufnahm und ordentlich faltete, wie Lou es ihr damals beigebracht hatte, als sie noch das ahnungslose Mädchen vom Lande war, das noch nie im Leben reines Leinen berührt hatte.

«Ich wünschte bei Gott, ich könnte etwas daran ändern. Ich wünschte, ich hätte deine Erwartungen erfüllen können, aber ich war damals noch hundert Jahre jünger. Ich litt unendlich und wollte nur, dass der Schmerz vergeht. Ich musste fort, denn mit der Zeit war es mir kaum noch möglich, dem nächsten Tag ins Auge zu sehen. Als ich fort war, vergaß ich manchmal tatsächlich, für wenige gesegnete Augenblicke, dass Dru gestorben war …»

«Aber er *ist nicht* tot!» Mit aufgerissenen Augen und wildem Blick sprang Lou abrupt auf und umklammerte die Tischkante.

Sara erschrak. Sie hatte vergessen, wie leicht man Louzanna aus der Fassung bringen konnte.

«Ist alles in Ordnung, Louzanna? Möchtest du ein Taschentuch mit Lavendel? Oder einen Tee?» Für einen Augenblick war es wie in alten Zeiten, wenn sie Lou beruhigt, ihr einen Tee gekocht und ihr über ihre Krisen hinweggeholfen hatte.

Drus Schwester lebte in einer Traumwelt und ließ ihr Leben vorbeirauschen. Nur der Wechsel der Jahreszeiten und der farbigen Muster ihrer Quilts zeigte, dass die Zeit verging.

Und mochten auch Jahre vergangen sein, mochten die Leute erzählen, was sie wollten, Louzanna klammerte sich immer noch an die Hoffnung, dass Dru zurückkehren würde.

Es war sinnlos, sich mit Lou zu streiten. Auseinandersetzungen regten sie nur auf, deshalb wechselte Sara das Thema.

«Vielen Dank für das Essen, Louzanna, vor allem in dieser schweren Zeit. Und vielen Dank, dass du uns aufgenommen hast. Ich weiß, dass ich in deinen Augen Drus Andenken verraten und mich versündigt habe, weil ich mit einem Mann zusammen war, ohne mit ihm verheiratet zu sein. Doch auch wenn meine Tochter ein Bastard ist, ich bereue nicht eine Minute, sie geboren zu haben. Sie ist ein kostbares Geschenk und in keiner Weise schuldig an allem, was geschehen ist.»

«Sie ist sehr schön», gab Lou sanft zu.

«Es freut mich, dass du das sagst, Louzanna.» Sara blickte auf und sah Tränen in Lous Augen.

«Ich wünschte, sie wäre Drus Tochter.» Louzanna schüttelte traurig den Kopf.

Saras Herz krampfte sich bei diesen Worten zusammen.

Ich auch, dachte sie. *Ich auch*.

4. Kapitel

Später saß Sara in dem Zimmer, in dem sie zu Beginn ihrer Zeit bei den Talbots geschlafen hatte. Und Lissybeth schlummerte friedlich in Lous und Drus altem Gitterbettchen, das sie mit Lou vom Boden geholt hatte.

Lou hatte einige ihrer Quilts zu einer dicken, bunten Matratze gefaltet und das Bettchen damit ausgepolstert. Die elfenbeinfarbene Bettdecke war mit Rosenknospen bestickt.

Für Sara war dieses Zimmer das heimeligste im ganzen Haus. Auf den Nachttischen standen zwei Öllampen mit hübschen Glasschirmen auf kunstvollen Häkeldeckchen. Immer noch zierten rosengemusterte Tapeten die Wände, und mit dem pastellfarbenen Quilt auf dem hohen Himmelbett hatte Lou vor Jahren einen Preis beim Sommerfest gewonnen.

Doch das einst so pieksaubere Zimmer war staubig, die Möbel hätten dringend einer gründlichen Politur bedurft, und die Schranktür hing schief in den Angeln. Louzanna hatte vor dem Krieg nie ein Staubtuch in der Hand gehabt, und ohne Jamie wurde das Haus nicht mehr richtig geputzt.

Im Schrank hingen immer noch ordentlich alle Kleider, die Sara damals zurückgelassen hatte. Sie probierte ein Nachthemd an, und obwohl ihre Brüste jetzt voller waren, passte ihr das weite Gewand. Sie setzte sich an den Frisiertisch und zog die Haarnadeln aus ihrem taillenlangen Haar, vermied es aber, dabei in den Spiegel zu blicken. Schließlich nahm sie sich zusammen und schaute sich an. Das Nachthemd war weiß wie frisch gefallener Schnee, ihr langes, kastanienfarbenes Haar glänzte, doch quer über ihre linke Wange zog sich das hässliche blaue Mal, das sie ihrem Vater verdankte.

Mit ihren zweiundzwanzig Jahren war sie immer noch jung. Ihr Gesicht war faltenlos, und ihrer Haut – nicht ganz so blass wie Louzannas – sah man kaum an, dass Sara im letzten Sommer in Ohio auf dem Feld gearbeitet hatte.

Aber ihre Augen. Himmel, wie alt ihre Augen wirkten! Alte Augen in einem jungen Gesicht. Sie legte nachdenklich die Finger an die Lippen.

Wie Dru jetzt wohl aussähe, wenn er noch lebte?

Wäre sein Gesicht vom Krieg gezeichnet?

Umgeben von vertrauten Dingen, in einem Zimmer, das sie nur eine Nacht miteinander geteilt hatten, überfiel sie der Schmerz – der Schmerz und die Erinnerung, die sie tief in ihrem Herzen hatte vergraben wollen, unerreichbar, auch für sie selbst.

Er war eine Ewigkeit her, dieser Frühling, in dem sie fünfzehn geworden war. An dem Tag, an dem sie Dru kennen lernte, hatte sie in der Morgendämmerung auf dem Dachboden wach gelegen, an die Decke der alten Blockhütte gestarrt und versucht, sich ihren zukünftigen Ehemann vorzustellen. Sie sehnte sich nach einem großen und gut aussehenden Mann, dunkelhaarig, gebildet, vielleicht auch ein bisschen verwegen. Sie fand, es wäre auch nicht zu viel verlangt, wenn er noch alle Zähne hätte.

An ihrem Geburtstag hatte ihr Vater versucht, sie zu verheiraten, aber sie hatte keinen der Männer gewollt, woraufhin ihr Daddy schwor, sie «verdammt nochmal bis zum Herbst unter die Haube» zu bringen.

Sie war wild entschlossen, sich selbst einen Mann nach ihrem Geschmack zu suchen. Sara duckte sich, um sich nicht den Kopf an der Decke zu stoßen, und stieg so behutsam wie möglich über ihre jüngeren Geschwister hinweg, die sich im Schlaf zusammendrängten wie ein Wurf junger Hunde.

Für das, was sie vorhatte, musste sie unbedingt allein sein, was bei den Colliers fast unmöglich war. Rasch stieg sie leise die Leiter hinab, durchquerte das große Zimmer und schlüpfte an dem Bett vorbei, in dem Fannie, Kittie und Arlo, damals vier, fünf und zwei, zwischen Mama und Daddy schliefen.

Sekunden später nahm Sara behutsam das Mehlsieb vom Türknauf, das Mama jeden Abend dort aufhängte – ein altes, todsicheres Mittel, um zu verhindern, dass nachts Hexen ins Brot schlüpften –, und schlich aus dem Haus. Sie rannte über einen alten Indianerpfad, bis der Wald sie verschluckte und sie von der Hütte aus nicht mehr zu sehen war.

Der Saum ihres handgewebten Kleides war taugetränkt, als sie die Wiese erreichte, doch ungeachtet der Nässe steuerte sie auf den alten, knorrigen Stamm einer gestürzten Eiche zu.

Sie schloss die Augen und kniete sich neben dem Baum ins feuchte Gras. Die Rinde des massiven, alten Stammes fühlte sich unter ihren Händen rau an, und bei der Berührung wünschte sie sich, die Weisheit des Baumes möge auf sie übergehen.

Im Stamm befand sich eine flache Mulde, in der sich Tau gesammelt hatte. Dieser Tau war unschätzbar wertvoll, ein kostbares Element, das sie für ihren Zauber brauchte.

Im grauen Dämmerlicht beugte sie sich über die kleine Lache, als wolle sie beten. Als sie beide Hände behutsam in das Wasser tauchte, löste sich ihr Spielbild zitternd auf. Ihr Herz raste vor Aufregung. Sie zählte die schnellen Schläge, bis die Sonne am Horizont erschien und den Wald im Osten erstrahlen ließ. Dreimal benetzte sie ihr Gesicht, damit der Zauber auch ganz bestimmt wirkte.

Als sie das Ritual beendet hatte, hockte sie sich auf die Fersen und schloss die Augen.

«Wasch dein Gesicht bei Sonnenaufgang mit Morgentau, und kein Mann wird dir widerstehen können», hatte Großvater ihr erklärt. «Du wirst deiner wahren Liebe begegnen.»

Er hatte ihr erzählt, der Zauber sei uralt und sie solle vorsichtig damit sein. Sie hielt zwar nicht allzu viel von Großvaters Zauberei, aber sie hatte ja nichts zu verlieren.

Sie beschloss, an diesem Tag mit ihrem Vater und ihren Halbbrüdern auf der Fähre zu arbeiten – was sie sonst selten tat. In dem Augenblick, als sie Dru auf die Fähre kommen sah, bekam sie eine Gänsehaut, und es durchfuhr sie eiskalt bis in die Zehenspitzen.

Einen so gut aussehenden Mann wie Dru hatte sie noch nie gesehen, so männlich in seinem schmucken langen Rock mit passender Weste und einer gerade geschnittenen Hose, die auf elegante, neue schwarze Schuhe fiel. Dru Talbot war anders als alle Männer, die sie kannte – stand turmhoch über den Bauerntölpeln, die sich um ihre Hand bemüht hatten –, und sie wusste, er war ihr Schicksal. Warum sonst setzte er ausgerechnet an dem Tag über, an dem sie sich entschlossen hatte, auf dem Floß zu arbeiten?

Als sie erfuhr, er wolle ans College nach South Carolina, brach es ihr fast das Herz. Gerade erst hatte sie ihn gefunden, da sollte er schon wieder aus ihrem Leben verschwinden!

Sie glaubte, Bedauern in seinen Augen zu lesen, als die Fähre am anderen Ufer des Magnolia Creek anlegte. Immerhin hatte sie ihn zum Lachen gebracht mit ihrer Ankündigung, sie würden eines Tages heiraten.

«Es war schön, dich kennen zu lernen, Sara Collier», sagte er beim Abschied, dann schenkte er ihr ein letztes hinreißendes Lächeln und tippte höflich an seinen Hut wie ein echter Gentleman, während er nach den Zügeln seines Pferdes griff.

«Keine Sorge, Dru Talbot, Sie werden mich noch oft zu sehen bekommen.» Sie lief neben ihm her zum Floßrand. «Vergessen Sie unsere Hochzeit nicht.»

Er warf den Kopf zurück und lachte erneut aus voller Kehle, ein so fröhlicher Klang, dass er sich auf immer und ewig um ihr Herz legte. Als er die Fähre verließ, biss sie sich auf den Daumennagel vor lauter Pein, zusehen zu müssen, wie er aus ihrem Leben verschwand.

Sie hatte ihm ein letztes Lächeln und einen heiteren Abschiedsgruß geschenkt, obwohl ihr das Herz vor Kummer fast stehen blieb, dann kletterte sie auf die Reling und beobachtete, wie er an Land ging. Vorsichtig führte er sein Pferd durch den Uferschlamm, um dann aufzusteigen. Bevor er davonritt, drehte er sich im Sattel noch einmal nach ihr um.

Sara schwenkte beide Arme über dem Kopf und warf ihm kühn eine Kusshand zu, als er seinen Hut zurechtrückte.

Er sah sich noch zweimal um, bis er außer Sicht war. Sie schloss daraus, dass er sie nicht vergessen würde, zumindest eine Zeit lang nicht.

«Hast du das Fahrgeld, Sara?»

Donnie, ihr Halbbruder, stand neben ihr. Er roch nach Tabak und ranzigem Fett. Naserümpfend sah sie zu ihm auf. Mit seinem Stiernacken und dem breiten, von einem Wald schwarzer Stop-

peln bedeckten Kinn bildete er einen schmerzhaften Gegensatz zu Dru Talbot.

«Hab ich.» Sie löste den Beutel von ihrer Taille und reichte ihn ihm. «Alles.»

Doch sie hatte Donnie nicht alles gegeben, nicht den allerletzten Nickel, denn den hatte sie von Dru bekommen. Er lag immer noch in ihrer Faust, warm wie ihre Hand, warm wie ihr Herzschlag.

In jener Nacht schob sie den Nickel unter ihr Kissen, in der Hoffnung, von dem gut aussehenden jungen Mann auf der Fähre zu träumen, in der Hoffnung, das Schicksal würde ihn auf irgendeine Weise wieder zu ihr führen.

Sara seufzte. Später in jenem Frühling war dann das Schicksal in Gestalt Doc Porters erschienen und hatte sie ausgerechnet vor Drus Tür geführt. Sie hatte sich um Louzanna gekümmert, sie aufgemuntert und ihr geholfen, die nervösen Anfälle zu meistern. Dru war vom College zurückgekehrt, und sie waren zusammen gewesen, bis der Krieg – mit seiner kalten Gleichgültigkeit gegen Hoffnungen, Träume und Versprechen – sie auseinander gerissen hatte.

Doch jetzt befand sie sich erneut in Drus Haus, und er würde sie wieder bis in ihre Träume verfolgen.

5. Kapitel

Noch vor Mittag würde er zu Hause sein.

Dru sagte den Brüdern Lebewohl und begab sich auf den Weg in die Zukunft – seine Zukunft mit Sara.

Es war ein Frühlingstag, wie er im Buche steht. Wie eine dicke, glitzernde Decke lag der Morgentau auf dem feuchten Boden. Am Straßenrand wetteiferten Hartriegel und Judasbaum um die ersten Blüten, frühe Farbtupfer, die auch das kälteste Herz erfreuen mussten. Rot und weiß leuchteten sie vor den kahlen Ästen des Zuckerahorns, der Eichen und der Buchen und verhießen neues Leben.

Frühling in Kentucky. Die beste Zeit für einen Neubeginn als Arzt und Familienvater. Er wünschte sich ein Haus voll lärmender Kinder. Er hoffte, Louzanna würde als Tante etwas aus sich herausgehen, zumindest im Kreis der Familie, wenn schon nicht außerhalb. Seine Schwester hatte jede Freude der Welt verdient.

Sara. Immer wieder Sara. Er hatte sie immer noch als die Kindfrau vor Augen, die er geheiratet hatte, und fragte sich, wie sie sich wohl verändert haben mochte. Er hatte seine Braut mit einem Versprechen auf die Zukunft verlassen, und nun war die Zukunft da. So Gott wollte, war er um die Mittagszeit zu Hause.

Die Sonne stieg höher und vertrieb langsam die Morgenkühle. Er war dankbar für seinen schäbigen Filzhut, den er einem sterbenden Korporal abgenommen hatte, der ihn nicht mehr brauchen würde.

Bei Shiloh hatte er eine Kopfverletzung davongetragen und war nach Maryland ins Gefangenenlazarett gebracht worden. Er hatte sein Gedächtnis verloren. Selbst das kleine Etui mit den Skalpellen in seiner Tasche hatte ihm anfangs nichts gesagt, doch im Laufe der nächsten drei Wochen war seine Erinnerung nach und nach zurückgekehrt. Was aber eher ein Fluch als ein Segen gewesen war, denn der Gedanke an die Heimat und an Sara hatte ihn in jeder wachen Minute verfolgt.

Als sein Erinnerungsvermögen zurückgekehrt war, hatte er das zunächst verheimlicht, denn er wusste nur zu gut, dass man ihn als Arzt gegen Unionsgefangene austauschen würde, sobald sein Zustand es erlaubte. Da er sich außerstande sah, schon wieder als Feldchirurg zu arbeiten, gab er sechs Monate lang vor, nicht zu wissen, wer er war, bis sein Gewissen und sein Ehrgefühl es nicht länger zuließen.

Gleich nachdem er seine Identität offenbart hatte, schrieb er an Sara und Lou, erhielt allerdings nie eine Antwort. Nach der Rückkehr zu seinem Regiment erfuhr er dann, dass seine Briefe wahrscheinlich nie in Kentucky angekommen waren.

Enttäuscht hatte er sich mit Tagträumen begnügt, in denen er Hunderte von Briefen entwarf.

Selbst jetzt erinnerte er sich noch genau an seine Überraschung bei der Rückkehr vom College, als ihm Sara die Haustür öffnete.

Sie stand da und blickte lächelnd zu ihm auf, den Blick voll aufgeregter Hoffnung und offensichtlicher Verheißung. Kein abgetragenes Kleid mehr und kein schmutziges Gesicht. Sie duftete nach Louzannas Zitronenseife und sah in ihrem Musselinkleid mit den aufgestickten Blüten ganz und gar wie eine Dame aus. Ein Paar hübscher Schuhe zierte die einst nackten, schlammigen Füße. Innerhalb von zwei Jahren hatte sich das kesse Mädchen mit den leuchtenden Augen in eine atemberaubende junge Frau verwandelt.

«Überraschung und Willkommen, Dru.»

Fassungslos vor Glück trat er ins Haus, ließ seine Tasche fallen und nahm seinen Hut ab.

«Was verschafft mir das Vergnügen, Miss Collier? Was hat Sie hierher, in mein Heim, verschlagen?»

Sie sah ihn mit einem koketten Lächeln an.

«Ich arbeite jetzt für Ihre Schwester. Nach Ihrer Abreise ging es ihr nicht besonders gut, deshalb hat Doc Porter mich als Gesellschafterin vorgeschlagen. Jetzt geht es ihr ausgezeichnet, meistens jedenfalls.»

Er stand so dicht vor ihr, dass er den Zitronenduft ihrer Haut wahrnahm und den Puls an ihrer hübschen Kehle pochen sah, und sein Herz und sein Körper fühlten sich von Sara Collier angezogen wie von keiner Frau zuvor. Mit ihrem schelmischen Lächeln und den blitzenden Augen war sie verführerisch wie köstliches Naschwerk.

Am nächsten Abend nach dem Essen hatte er es eilig, Doc Porter aufzusuchen und sich bei ihm nach Sara zu erkundigen.

Sie saßen auf der Veranda vor Maximus' Haus. Der alte Doktor strich sich über das ergraute Haar und erzählte Dru, wie Sara Louzannas Gesellschafterin geworden war.

«Ihre Schwester hat sich Ihnen gegenüber nichts anmerken lassen, um Sie nicht am Fortgehen zu hindern, aber sie hatte große Angst und war der festen Überzeugung, Ihnen würde etwas Schreckliches zustoßen. Jamie holte mich unzählige Male zu ihr, und schließlich war ich mit meinem Latein am Ende. Als ich eines Tages auf der Fähre gerade über dieses Problem nachdachte, kam ich zufällig mit der jungen Sara ins Gespräch. Sie war trotz ihrer Herkunft aufgeweckt und gewandt, und als wir auf ihren Großvater und ihre Kräuterkenntnisse zu sprechen kamen, wusste ich, sie war genau die Richtige für Louzanna. Sara war begeistert von meinem Angebot, daher nahm ich sie gleich zu Louzanna mit. Und von dem Augenblick an, da Ihre Schwester Sara zu Gesicht bekam, wollte sie sie unter ihre Fittiche nehmen und eine Dame aus ihr machen.» Dann schilderte der Doktor die Lebensumstände der Colliers.

«Bettelarm. Leben mit vierzehn Personen in einem Zimmer. Der Großvater Daniel Wilkes wohnt ebenfalls dort. Ein rechter Sonderling. In einer Hand die Bibel, in der anderen den Aberglauben. Er braut sich nicht nur seine Hausmittel und Tinkturen zusammen, sondern auch seine eigene Heilslehre. Seit Jahren kümmere ich mich um die Leute diesseits des Flusses und überlasse Daniel Wilkes die Leute auf der anderen Seite.

Die Colliers bleiben gerne unter sich. DeWitt Collier ist der Vater der Sippe. Ein ganz gemeiner Mensch. Ein jähzorniger, unangenehmer Mistkerl. Die beiden ältesten Söhne stammen aus seiner ersten Ehe.»

Man konnte sich kaum vorstellen, dass Sara mit ihrem unverdorbenen Gemüt, ihrer Fröhlichkeit und Zuversicht aus solch elenden und barbarischen Verhältnissen stammte. Dass der Doc Sara aus ihrer Familie geholt und damit gleichzeitig eine Gesellschafterin für Louzanna gefunden hatte, erfüllte Dru mit tiefer Dankbarkeit.

«Ich würde am liebsten sofort verbreiten, dass mein Schützling wieder da ist und darauf brennt, endlich meine Nachfolge anzutreten», sagte der Doc.

«Denken Sie lieber noch nicht ans Aufhören», warnte ihn Dru. «Ich werde Hugh Wickham wahrscheinlich nach Camp Boone begleiten, wenn er sich dort zur Armee meldet. Er hat eine Kompanie von Männern aufgestellt und wurde bereits zum Captain ernannt.»

«Über die Sklaverei sind wir doch der gleichen Ansicht», sagte der Doktor. «Nach dem Tod Ihres Vaters haben Sie Jamie noch am gleichen Tag freigelassen. Warum wollen Sie sich dann den Konföderierten anschließen?»

«Ich hatte immer gehofft, Kentucky bliebe neutral. Aber die Abgeordneten haben es anders beschlossen und uns gezwungen,

uns für die eine oder die andere Seite zu entscheiden. Die Männer der Kompanie aus Magnolia Creek stehen mir so nahe wie Brüder. Ich kann nicht ruhig zusehen, wenn meine Nachbarn und Freunde ihr Leben für die Interessen des Südens riskieren. Ich kann die Bitte um Beistand nicht überhören, denn es ist meine Berufung, Leben zu retten. Es ist eine Frage der Ehre, nicht der politischen Überzeugungen, sie so gut ich kann zu unterstützen, Doktor.» Nach dem Krieg würde er weiterhin unter ihnen leben und sich um ihre Familien kümmern. Er würde sich ihnen nicht entgegenstellen. Und er konnte sich auch nicht Hughs Bitte verweigern, sich der Kompanie als Arzt zu verpflichten.

Aber er hatte nicht damit gerechnet, dass er sich Hals über Kopf in Sara Collier verlieben würde.

***

Eine Woche nach seiner Rückkehr aus South Carolina saß er mit Lou und Sara nach dem Essen im Salon. Sara war so kokett und übermütig gewesen wie damals auf der Fähre, und nun saß sie zufrieden am Kamin und hörte zu, wie er die Kriegsberichte im Sentinel *vorlas, während Lou im Schein der Lampe an ihrem Quilt arbeitete.*

Als Sara, die er nun Tag für Tag um sich hatte, so aufmerksam und neugierig an seinen Lippen hing, ertappte er sich plötzlich bei der Vorstellung, die Zeitung zusammenzulegen, durchs Zimmer zu gehen und sie in den Arm zu nehmen.

Kaum war seine Schwester zu Bett gegangen, entschuldigte er sich hastig unter dem Vorwand, er müsse in der Scheune nach den Tieren sehen, und ließ Sara im Salon zurück – nur um nicht allein mit ihr am Kamin zu sitzen. In Wahrheit war er so erregt, so voller Begehren, dass er befürchtete, die Situation auszunutzen.

Er hatte draußen bleiben wollen, bis er sicher sein konnte, dass Sara schlief, doch sie war aus dem Haus geschlüpft, um ihn zu suchen.

«Dru?»

Er fragte weitaus unwirscher als beabsichtigt: «Was wollen Sie denn hier?»

«Mit Ihnen reden.»

«Es ist schon sehr spät, Sara.»

«Ich habe gehört, was Sie vor dem Essen im Flur zu Louzanna gesagt haben, dass Sie ernsthaft erwägen, in den Krieg zu ziehen. Ich könnte es nicht ertragen, wenn Ihnen irgendetwas zustieße. Sie müssen doch nicht gehen. Mein Daddy und meine älteren Brüder werden auch nicht kämpfen. Die wollen ihren Whiskey an beide Armeen verkaufen, wenn sie durchmarschieren. Sie können doch auch zu Hause bleiben und hier ihr Geld verdienen. Es wird immer Kranke und Verletzte geben, und falls die Front näher rückt, wird Doc Porter Ihre Hilfe brauchen.»

Er versuchte ihr zu erklären, dass es ihm nicht um Geld ging, sondern um die Loyalität seinen Freunden und Nachbarn gegenüber. Doch bei ihrer Herkunft konnte sie wahrscheinlich nicht verstehen, dass er der Gemeinschaft, der seine Familie so viel verdankte, etwas zurückgeben wollte.

«Diese letzten Tage mit Ihnen waren die besten in meinem Leben», erklärte sie ihm. «Es wäre mir sehr arg, Sie wieder gehen zu lassen. Und Louzanna empfindet genauso.»

«Seit Sie hier sind, geht es ihr deutlich besser», sagte er wahrheitsgemäß. Doc Porters Einfall hatte sich ausgezahlt.

«Das heißt aber nicht, dass es ihr gut geht, wenn Sie in den Krieg ziehen.»

«Ich werde kämpfen, Sara. Es gibt Dinge, die ein Mann sich einfach schuldig ist.»

«Es gibt auch Dinge, die eine Frau sich schuldig ist, Dru. Ich hätte Ihnen gern ausgeredet, sich umbringen zu lassen.»

Bebend vor Verlangen sah er auf ihr Gesicht hinunter, und er begehrte sie so sehr, dass er sich von ihr abwenden musste. Sie seufzte, berührte ihn leicht am Arm und zwang ihn so, sie wieder anzusehen.

«Verzeihen Sie mir, Dru. Aber ich habe das Gefühl, als würde ich Sie schon ewig kennen, obwohl es erst ein paar Tage sind. Sie … bedeuten mir schon so viel, dass …»

Er ließ sie nicht weitersprechen, sondern gab der Versuchung nach und zog sie an sich. Er vergrub seine Finger in ihrem Haar, umfasste ihren Hinterkopf und presste seinen Mund auf ihre honigsüßen Lippen.

Schließlich löste er sich von ihr. Atemlos schauten sie einander in die Augen.

«Noch einmal», flüsterte sie und nahm sein Gesicht in ihre bebenden Hände. «Das war schöner, als ich es mir je hätte vorstellen können. Bitte, Dru, noch einmal.»

Sie war zärtlich, warm, unschuldig und, ach, so verführerisch. In dem Augenblick, da er ihre Lippen berührt hatte, war es ihm klar geworden. Er wollte nicht nur diese Nacht. Er wollte die Ewigkeit.

Er hielt sie umschlungen und fragte sich, was mit einer schönen jungen Frau wie Sara geschehen würde, wenn ihre Familie sie zurückholte und die Truppen einmarschierten? Er stellte sich vor, wie sie auf einer Fähre voller Soldaten arbeitete oder am Straßenrand Whiskey verkaufte.

Als er plötzlich merkte, dass er alles tun würde, um sie vor Unheil zu bewahren, begriff er, dass er nicht nur verrückt nach ihr war. Er liebte sie.

Ihr Lächeln war so unschuldig wie hinreißend, und er wusste, wenn er sie noch einmal küsste, gäbe es kein Zurück mehr. Lieber hätte er in der Hölle geschmort, als sich ihr gegenüber unehrenhaft zu verhalten.

«Wir kennen uns noch nicht sehr lange, aber niemand weiß, was der Krieg bringt. Willst du mich heiraten, Sara? Willst du meine Frau werden?»

«Ich weiß, dass du ein guter Mann bist, Dru. Ich wusste es schon auf der Fähre. Ich will auf immer und ewig deine Frau sein. Ich werde dir die beste Ehefrau sein, die ein Mann nur haben kann.»

«Dann wollen wir heiraten. Noch diese Woche.»

«Und du willst immer noch mit Hugh nach Tennessee?»

«Ja. Entscheidest du dich jetzt gegen mich?»

«Natürlich nicht. Ich liebe dich, Dru.»

In jener Nacht war sein Herz leicht wie eine Flaumfeder. Wie hätten sich angesichts ihres strahlenden Liebesschwurs düstere Kriegsgedanken halten können?

«Jetzt, da ich weiß, dass die schönste Frau in ganz Kentucky auf mich warten wird, schlagen wir die Yankees bestimmt, und ich bin wieder da, bevor du überhaupt gemerkt hast, dass ich fort bin.»

Im Frühjahr 1861 war er ebenso naiv wie alle anderen gewesen und hatte fest an ein baldiges Kriegsende geglaubt. Weihnachten würde er wieder zu Hause sein, und sie könnten das Fest zum ersten Mal gemeinsam feiern.

6. Kapitel

Louzanna liebte die frühen Morgenstunden. Sie stand gewöhnlich weit vor Morgengrauen auf, ging ins Gewächshaus und schaute zu, wie die erdbeerfarbene Morgenröte langsam am Horizont aufstieg und sich über die Landschaft ausbreitete. Lou genoss es, mit dem neuen Tag allein zu sein, an einem der Fenster zu sitzen, die über den Hof auf die Wälder hinter der Scheune hinausgingen, und von dort aus den Wechsel der Jahreszeiten zu verfolgen.

Die ganze Nacht hatte sie sich unruhig herumgewälzt und war dann zu spät erwacht. Als sie in einen taubengrauen Umhang gehüllt nach unten huschte, fühlte sie sich gänzlich unausgeruht. Die kleine Lissybeth hatte ebenfalls schlecht geschlafen und häufig gequengelt, manchmal auch regelrecht gebrüllt. Lou war leise auf den Flur hinausgegangen und hatte gehört, wie Sara dem hübschen Kind, das dem alten, stillen Haus bereits neues Leben eingehaucht hatte, etwas vorsang.

Nun betrat Lou das Gewächshaus, eine Glaskonstruktion, die Dru und Jamie errichtet hatten, damit sie sich auch vom Haus aus an ihrem Garten erfreuen konnte. Klafterholz und Reisig waren vor der Hintertür gestapelt, sodass sie leicht herankam, ohne sich allzu weit auf den Hof vorwagen zu müssen. Seit Jamie fort war, hatten die Nachbarn für sie Holz gehackt und aufgestapelt, denn es war bekannt, dass Lou lieber erfroren als zum Holzholen nach draußen gegangen wäre.

Rasch nahm sie ein paar Scheite und wollte wieder ins Haus, als sie feststellte, dass Minnie Foster geschäftig über den Hof gelaufen kam.

Von Minnie bekam man nie etwas umsonst. Seitdem das Geld aus der Mühle ausgeblieben war, hatte Lou Minnie für

Lebensmittel und verschiedene Besorgungen alle möglichen geliebten Kleinigkeiten aus dem Besitz ihrer Mutter überlassen, einschließlich einer Sammlung von Gemälden.

Mit flinken, resoluten Schritten war Minnie rasch an der Hintertür, klopfte unerbittlich laut, obwohl sie Lou durch die Scheiben sehen konnte. Louzanna drehte den Knauf und trat so weit zurück, dass Minnie gerade eben durch die Öffnung schlüpfen konnte.

Louzanna hatte Minnie nie besonders gut leiden können, aber die Frau konnte ausgezeichnet quilten, deshalb hatte Lou sie vor Jahren zu ihrem wöchentlich stattfindenden Nähkreis eingeladen. Minnie war in den Vierzigern und mit dem Besitzer und Herausgeber des *Magnolia Creek Sentinel* verheiratet. Ihr einziger Sohn, Arthur, war im Krieg gefallen, kurz nachdem Lou von Drus Tod erfahren hatte.

Die gedrungene Minnie mit ihrem hellgelben Haar war die inoffizielle Marktschreierin von Magnolia Creek. Minnie behauptete stolz, jeden Klatsch als Erste zu erfahren, und sie gab ihn auch gern weiter.

Als Minnie ihr in die Küche folgte, hoffte Lou inständig, Sara würde nicht auftauchen.

«Sie sind aber früh auf, Minnie.» Lou stand stocksteif da, umklammerte das raue Holz und wünschte sich, Minnie würde gehen.

Minnies Blick wanderte prüfend über jede Oberfläche, in jede Ecke und blieb schließlich an der offenen Flurtür hängen.

«Wo ist sie?»

Lou ließ sich Zeit, packte erst einmal das Holz in einen Korb neben dem Herd und klopfte ihr Kleid ab. Dann griff sie nervös nach dem Ring an der Goldkette um ihren Hals, ihre

Verbindung zu einer Zeit, in der sie eine kleine Weile glücklich gewesen war, ihr Talisman.

«Wer?» Ihr ängstlich piepsender Ton strafte die selbstbewusste Haltung Lügen, um die sie sich so bemüht hatte.

Minnie ging zur offenen Tür, steckte neugierig den Kopf in den Flur und kam wieder in die Küche.

«Sie wissen schon wer. *Sie*. Diese Frau. Sara Collier.»

«Sie heißt immer noch Sara Talbot.» Lou hätte sich am liebsten die Zunge abgebissen, dass sie sich so verplappert hatte.

Minnies Augen leuchteten auf. Ihre Lippen verzogen sich zu einem süffisanten Lächeln. «Aha. Sie hat also nicht wieder geheiratet?»

Lou hatte einen groben Taktikfehler begangen, aber sie konnte nicht lügen und schüttelte den Kopf. Ihre Hand schloss sich fester um den Ring. Der kühle Opal grub sich in ihre Handfläche, gewährte ihr jedoch keinen Trost.

«Nein. Nein, hat sie nicht. Ich wollte gerade Kaffee machen. Möchten Sie auch eine Tasse, oder müssen Sie schon wieder gehen?» *Bitte, bitte, gehen Sie.*

«Sie brauchen gar nicht das Thema zu wechseln. Ich habe sie gestern gesehen. Eine schwarz gekleidete Frau mit einem Baby. Schnurstracks ist sie auf Ihre Haustür zumarschiert und hat geklopft. Ich habe ihre Stimme erkannt, als sie nach Ihnen gerufen hat.»

Lou wusste, Leugnen war zwecklos. Minnie entging einfach nichts in der Nachbarschaft.

«Sie darf doch nicht etwa *hier bleiben*?» Minnie wippte auf den Zehen, als wollte sie die Flucht ergreifen.

«Sie hat mich noch nicht gefragt. Aber wenn sie bleiben will, ist sie mehr als willkommen. Dru wird bald zurückkehren. Dann wird sich alles klären.»

Minnie schnaubte. «Sie nehmen mich doch auf den Arm, Louzanna Talbot? Ich weiß ja, Sie sind ein wenig … eigen, aber selbst Sie müssen doch wissen, dass die Anwesenheit dieser Person ihren Ruf in der Stadt schädigt. Du lieber Himmel, sie hat sich mit *Yankees* eingelassen. Ich möchte doch meinen, die Tatsache, dass Sie Ihren Bruder an diese Schurken verloren …»

Minnies Worte trafen Lou wie ein Blitz, setzten jeden zarten Nerv unter Strom, und sie erstarrte. «Ich habe meinen Bruder an *niemanden* verloren. Dru lebt. Er kommt wieder nach Hause.»

Minnie begann hektisch an ihren Manschetten zu zupfen.

«Louzanna, wir alle wissen doch, dass Dru tot ist. Wann sehen Sie es endlich ein?»

Niemals.

Wie ein Schrei gellte das Wort durch Lous Kopf, aber sie gab keinen Ton von sich. Wussten denn nicht alle, dass sie Drus Tod stets bestreiten würde? Sonst verlöre sie sicher noch völlig den Verstand.

Nein, Dru lebte noch, und sie nahm Saras Erscheinen als Zeichen für seine baldige Rückkehr. Alles würde wieder so sein wie damals bei ihrer Hochzeit. Dru würde mit Sara und seinen Kindern in diesem Haus leben, und alle, einschließlich Lou, wären eine große Familie.

«Dru wird nur vermisst. Er ist nicht tot.» Sie wandte Minnie den Rücken zu und begann, Holz in den Ofen zu schieben.

«Gut, selbst wenn er noch lebt, was wollen Sie ihm denn erzählen, wenn er nach Hause kommt und diese Frau hier antrifft? Sie hat jetzt ein Kind von einem anderen! Also, Dru wird sie zum Teufel jagen, sobald er das erfährt. Wie das jeder vernünftige Mann tut, dessen Frau herumgehurt hat. Und obendrein noch mit einem Yankee! Erwarten Sie wirklich, dass ich Tür an Tür mit dieser Frau lebe, nach allem, was ich durchgemacht habe?»

Lous Herz begann zu rasen. Sie hatte keine Ahnung, wie Dru sich verhalten würde, wenn er das mit Sara erführe, nicht die geringste. Doch auch wenn Minnie über den Tod ihres Sohnes bitter geworden war, rechtfertigte das nach Lous Ansicht keineswegs eine derartige Kaltherzigkeit.

«Sie sind nicht die Einzige, die gelitten hat, Minnie.»

«Ich habe meinen *Sohn* verloren. Also erzählen Sie mir nichts.» Minnie trat an den Tisch, rückte die Stühle zurecht und stellte sich mit geballten Fäusten mitten ins Zimmer. «Wenn ich bedenke, dass ich Ihnen eigentlich ein Stück Schinken anbieten wollte.» Gekränkt reckte Minnie das Kinn.

«Unter diesen Umständen», fuhr sie fort, «ist mein Schinken nicht für Sie bestimmt, nicht, solange diese Frau auch nur ein Stückchen davon abbekommt. Oder dieser kleine Bastard.»

Bastard.

Die hübsche kleine Elizabeth mit ihren wunderbaren Augen, den glänzenden, hellblonden Locken und dem unschuldigen Lächeln.

Lou ließ Masons Ring los und steckte eine Strähne in ihrem Nackenknoten fest. Sie war am Rand eines Nervenzusammenbruchs. Die Zeichen waren stets dieselben; zuerst bekam sie keine Luft mehr, dann wurde ihre Kehle eng, die Beine zitterten, und ihr Herz raste. Sie atmete tief durch und rang um Fassung.

«Wollen Sie mich erpressen, Minnie?» Obwohl sie nur flüsterte, hallten die Worte in der kühlen Morgenluft nach.

Minnies Augen wurden langsam schmal. «Die ganze Stadt wird darüber reden.»

«Nur wenn Sie es überall herumerzählen.»

«Meinen Sie denn, Sie könnten sie hier lange verstecken? Seit Jahren leben Sie von der Mildtätigkeit der anständigen Leute in dieser Stadt. Wenn Sie meinen, dass irgendjemand eine wie die und ihren Bastard unterstützen wird, dann täuschen Sie sich.»

Es gab nur wenige Menschen in Magnolia Creek, die nicht jemanden im Krieg verloren hatten. Minnie hatte Recht, die meisten würden Sara für ihr Verhalten verdammen. Sie fühlten sich schon verraten genug durch den Beschluss der Abgeordneten Kentuckys, sich der Union anzuschließen, aufgrund dessen Ehemänner, Söhne und Brüder in den Krieg ziehen mussten. Um Sara zu vergeben, brauchte es weitaus mehr Mitleid und Verständnis, als die meisten Leute aufbrachten. Aber war es gerecht, Sara für einen Fehler verantwortlich zu machen, den sie aus Verzweiflung begangen hatte? Wenn man ihr etwas vorwerfen konnte, dann höchstens Jugend, Dummheit und Einsamkeit.

Lou zitterte heftig. «Bitte, gehen Sie, Minnie», flüsterte sie, bestärkt von dem Gedanken an Sara.

«*Was* haben Sie gerade gesagt?»

«Ich glaube, Sie haben mich verstanden. Das hier ist immer noch mein Heim. Ich betrachte Sara immer noch als meine Schwester, und das wird auch so bleiben. Ich kann willkommen heißen, wen ich will. Und das sind im Augenblick nicht Sie.»

Minnies Mund presste sich zu einer festen Linie zusammen. Ihre Absätze klapperten energisch, als sie durch das Gewächshaus zur Tür marschierte. Mit einer Hand auf dem Türknauf blieb sie stehen, um noch eine letzte Salve abzufeuern.

«Sie werden den Tag noch bereuen, an dem Sie dieser Hure die Tür geöffnet haben, Louzanna. Erwarten Sie nur kein Mitleid von mir, wenn sie Sie heimlich ausraubt und wieder im Stich lässt. Dann wird Ihnen niemand mehr helfen.»

7. Kapitel

«Sie werden den Tag noch bereuen, an dem Sie dieser Hure die Tür geöffnet haben …»

Sara erschauerte, unfähig, einen Schritt zu tun. Die Tür schlug zu. Stille senkte sich über das Haus wie ein schwerer Witwenschleier.

Sie stellte sich vor, wie Lou auf der anderen Seite der Wand stand, und fragte sich, woher Louzanna die Kraft genommen hatte, Minnie Foster die Stirn zu bieten, und warum sie sie überhaupt verteidigte.

Ihr flacher Atem dröhnte ihr in den Ohren wie Kanonendonner. Sie ging in die Küche und blieb stehen, als sie sah, wie Louzanna die Ofentür öffnete. Vor drei Jahren hatte ihre Schwägerin nicht die geringste Ahnung von Küchenarbeit gehabt. Um Haus und Garten hatte sich Jamie gekümmert und um die Mahlzeiten eine Köchin.

Als Sara eintrat, zuckte Lou zusammen und sah ihr mit flackernden, braunen Augen entgegen. Unsicher blieb Sara am Tisch stehen.

«Ich habe gehört, wie du mit Minnie gesprochen hast, Lou.»

Louzanna sah sie an, als wäre ihr Verhalten ihr selbst nicht ganz geheuer. Sie lächelte mit zitternden Lippen. «In deiner Nähe fühle ich mich immer etwas mutiger, Sara.»

«Und warum hast du Minnie weggeschickt?»

«Ich dachte … ich dachte an das, was du mir gestern Abend erzählt hast. Ich dachte an Elizabeth. Sie kann doch wirklich überhaupt nichts dafür. Außerdem ist dies mein Zuhause. Meins und Drus und auch deins, Sara.»

Es war auch einmal meins, dachte Sara. *Ich hatte hier wirklich ein Zuhause.*

Da begriff sie, dass sie nicht bleiben durfte, wenn sie nicht Lous Ruf aufs Spiel setzen wollte. Sie war jetzt verdorbene Ware. Minnie würde nicht als Einzige so denken.

Tieftraurig über ihre enttäuschten Hoffnungen sagte Sara: «Ich möchte dir keine Unannehmlichkeiten bereiten. Sobald Lissybeth wach ist und ich sie gefüttert habe, werden wir gehen …»

«Nein! Du darfst nicht gehen, Sara!» Lou stürzte auf Sara zu, umschlang sie und hielt sie fest.

«Aber Lou …»

«Nein.» Lou trat zurück, ließ Sara los und schüttelte mit mattem, ungläubigem Lächeln den Kopf. «Sie ist doch fast noch ein Baby. Ich lasse nicht zu, dass du mit ihr weggehst, ohne zu wissen, wo du unterkommst.» Sie blickte sich fast panisch um, als suche sie nach weiteren Argumenten, um Sara zum Bleiben zu überreden. «Gestern Abend hast du … hast du angeboten, mir im Garten zu helfen und für uns jagen zu gehen. Versprochen ist versprochen. Du hast mir dein Wort gegeben.»

«Das stimmt», flüsterte Sara und fuhr dann lauter fort, «das stimmt, und ich werde es halten.» Dieses Mal würde sie ihr Wort nicht brechen. Sie würde bleiben, sich um Lou kümmern und sich die Liebe verdienen, die ihre ‹Schwester› ihr so großmütig schenkte.

Sara sah zum Herd. Das Holz knisterte und knackte schon darin. Sie sehnte sich nach einer Tasse heißem Kaffee, echtem Kaffee, bezweifelte aber, dass Lou welchen hatte. Ihr Magen knurrte.

Während Louzanna neben dem Spülbecken einen Wasserkessel füllte, entspannte sich Sara ein wenig, ging ins Nachbarzimmer und starrte durch die Scheiben des Gewächshauses in den Hof.

Der Blumengarten war ein einziges Durcheinander, und die Gemüsebeete bestanden nur noch aus Unkraut. Schütterer, ungepflegter Rasen erstreckte sich bis zur kleinen Scheune, der Remise und den winzigen Hütten am Waldrand.

Sie musste an Minnie Fosters Gatten Abel denken. Er hatte im *Magnolia Creek Sentinel* Hugh Wickhams Augenzeugenbericht über das Schicksal der Kentucky-Brigade abgedruckt. Der Artikel war ein wunderbarer Nachruf auf den Enkel des Stadtgründers gewesen. Deshalb war Sara eines Tages hinausgegangen, um Abel zu danken, als er gerade durch die Hintertür aus seinem Haus kam. Sie hatte keinen Verdacht geschöpft, bis sie mit ihm vor eben der Scheune stand, die sie gerade anstarrte.

«Sie sind jetzt Witwe, Sara, aber Sie sind noch so jung», erklärte Abel, nachdem er ihre Dankesworte entgegengenommen hatte. «Sie haben doch sicher noch … gewisse Bedürfnisse. Sollten Sie sich je einsam fühlen und sich nach einem Freund sehnen, ich kann ausgesprochen diskret sein.»

Zunächst mochte sie kaum glauben, was sie da hörte, aber dann versuchte er ungeschickt, sie zu küssen, drängte sie gegen die Scheune und begrapschte ihre Brüste. Sein Atem ging heiß und schnell, seine tintenbefleckten Hände waren feucht. Sie war so schockiert, dass sie ihn nur fortschieben konnte. Im Davonrennen sah sie noch, wie Abel sich mit einem Taschentuch über sein rotes Gesicht fuhr.

Es war eine der schlimmsten Erfahrungen ihres Lebens gewesen, und bis zum heutigen Tag hatte sie keiner Menschenseele davon erzählt. Jetzt schmerzte sie der Gedanke, dass die arme Louzanna von solchen Leuten wie den Fosters abhängig gewesen war.

Hinter der Scheune begann der Wald. Die Sonne stand mittlerweile so hoch, dass die Strahlen durch die Äste drangen. Sara kannte die Wälder von Kentucky wie ihre Westentasche, jeden Baum, jedes Gestein, jede Blume und jedes Tier. Als sie noch bei ihrer Familie lebte, war sie mit ihrem Großvater oft stundenlang durch das Gehölz gestreift.

Sie konnte es kaum erwarten, auf die Jagd zu gehen, und wandte sich an Lou.

«Würdest du auf Lissybeth aufpassen, wenn ich auf der Jagd bin?»

In Louzannas Augen glänzten ungeweinte Tränen. «Du … du vertraust sie *mir* an?»

«Ich vertraue dir ihr Leben an, Lou.»

«Aber … ich bin nicht immer … bei mir.» Mit großen Augen sah sie Sara zweifelnd an. «Das weißt du doch, Sara. Was ist, wenn ich eine Nervenkrise bekomme? Was ist, wenn ich einen Anfall habe?»

Sara legte Lou liebevoll die Hände auf die Schultern und erwiderte ihren Blick. Diese grundgute, fürsorgliche Frau hatte ihr nicht nur ihr Herz und ihr Heim geöffnet, sondern sie auch unter Einsatz ihrer gesellschaftlichen Stellung verteidigt. Dafür würde Sara ihr immer dankbar sein. Und wie hätte sie ihren Dank besser ausdrücken können als durch den Beweis, dass sie ihre Schwester für einen zuverlässigen, tüchtigen Menschen hielt?

«Also, ich sorge dafür, dass es heute etwas Interessanteres als

Huhn zum Abendessen gibt, und du passt auf Lissybeth auf. Und das wird dir so viel Spaß machen, dass du ganz bestimmt keine nervöse Krise bekommst.»

Eine Stunde später, nachdem Sara ein Ei und eine Scheibe Toast verzehrt hatte, befand sie sich, mit einer alten Hose und einem Hemd von Dru und einem schwarzen Hut seines Vaters bekleidet, in den dichten Wäldern Kentuckys.

Mit einem Gewehr, das Jamie im Gemüsekeller vor den Yankees versteckt hatte, pirschte Sara durch den vertrauten Wald.

Sie fühlte sich in ihre Kindheit im Haus an der Fähre zurückversetzt. Wenn sie die Augen schloss, hörte sie das Geschrei ihrer Geschwister, die zwischen den Baumstämmen Versteck spielten. Die Brise schien ihr die Stimme Großvater Wilkes zuzutragen.

Sie war ein Stück in den Wald vorgedrungen, als sie aus dem Augenwinkel eine Bewegung zwischen den Baumstämmen wahrnahm. Sie blieb stehen und verstärkte ihren Griff um das Gewehr.

Zwischen den Bäumen und Schatten begann sich eine beängstigend vertraute Gestalt abzuzeichnen, ein großer und leicht gebeugt gehender Mann. Als er näher kam, erkannte Sara die breiten, knochigen Schultern, den ruhigen, festen Schritt, den verschossenen Hut. Ein kleiner Beutel hing an einem Strick um seine Taille. Als er ins Sonnenlicht trat, leuchtete sein langer, weißer Bart.

Sie musste nicht fragen, wie er sie gefunden hatte. Er wusste so etwas immer als Erster. Er ahnte sogar bestimmte Ereignisse voraus, lange bevor sie tatsächlich eintraten.

Großvater Wilkes' Gestalt verschwamm, und Tränen traten ihr in die Augen, als er näher kam.

8. Kapitel

«Großvater.»

«Sarie.» Beim Anblick des hässlichen blauen Mals auf ihrer Wange zögerte er eine Sekunde, doch dann breitete er die Arme aus und umarmte sie herzlich.

Daniels Schwiegersohn, Saras Vater DeWitt Collier, war stur wie ein Ochse und doppelt so gefährlich. Als DeWitt verkündet hatte, Sara sei für alle gottesfürchtigen Colliers gestorben, versprach die ganze Familie Gehorsam – nur Großvater nicht. Daniel war schließlich ein Wilkes, kein Collier, und er dachte nicht daran, sich nach DeWitt zu richten.

Saras helle Collier-Augen schimmerten. Sie war ihm immer das liebste unter seinen zahlreichen Enkelkindern gewesen. In ihren himmelblauen Augen hatte einst das Firmament geleuchtet, doch nun waren die Sterne erloschen.

«Es tut mir alles so Leid, Großvater.» Selbst halb erstickt und unsicher klang ihre Stimme immer noch lieblich wie Lerchengesang.

«Mir tut Leid, was dir gestern passiert ist. Wie mir zu Ohren kam, hat dein Vater dich verstoßen.»

Er ließ Sara los und trat einen Schritt zurück. Sie wussten beide, dass er weder an den Umständen noch an DeWitts Beschluss etwas ändern konnte.

«Danke, Großvater.» Ein Grübchen deutete sich auf ihrer linken Wange an und verschwand wieder.

«Ich habe es schon damals bedauert, dass du weggegangen bist, aber wir hätten deinen Bedürfnissen nie gerecht werden können.»

«Ich wollte nicht wie Mama und die Mädchen enden, Großvater. Ich wollte nicht mein Leben lang von früh bis spät schuften. Du hast immer gesagt, ich wäre ein helles Köpfchen. Ich hätte die Gabe zu heilen. Ich bin mit Doc Porter fortgegangen, um sie zu nutzen.»

Er hatte schon früh vorausgesagt, dass das Schicksal etwas Besonderes mit ihr vorhatte. Als er in der Nacht ihrer Geburt in die Hütte gekommen war, hatte er ihr in die Augen geschaut und verkündet, die Sterne darin könnten sie manchmal blind für die Wahrheit machen.

Seiner Sarie war zwar ein langes Leben bestimmt, aber kein geruhsames. Er hatte für dieses Mädchen immer ganz deutlich Kummer und Schwierigkeiten vorausgesehen. Schon als er sie das erste Mal im Arm hielt, hatte er es in den Knochen gespürt. Und da seine Vorahnungen sich oft genug bewahrheiteten, musste man auf der Hut sein.

Er hatte Stunden mit ihr im Wald nach Heilkräutern, Wurzeln und Wildblumen gesucht, um Tinkturen und Salben herzustellen. Und auch jetzt herrschte zwischen ihnen eine wortlose Harmonie. Die Morgenbrise sang ungestört in den Baumwipfeln, bis das träge Gezwitscher eines Kardinals die flüsternde Stille unterbrach.

«Und wo willst du jetzt hin, Mädchen?»

Er wusste, sie war auf der Jagd. Doch er wollte wissen, wie es jetzt mit ihr weitergehen sollte.

Sie hob ein wenig ihr Kinn.

«Louzanna hat mich aufgenommen. Ich gehe für sie auf die Jagd, und ich werde Beete anlegen, damit wieder mehr auf den Tisch kommt.»

Er hatte Drus Schwester bei der Hochzeit kennen gelernt. Eine merkwürdige Frau, gemütskrank. Er hatte als Einziger aus Saras Verwandtschaft an der kleinen Feier in Dru Talbots elegantem Salon teilgenommen. Dabei hatte er sich gefühlt wie ein Dorn im großen Zeh und war noch vor dem Festmahl wieder gegangen.

Nach der Hochzeit hatte Sara ihre Familie nur noch selten besucht, bis er dann erfuhr, sie hätte die Stadt mit einem Yankee verlassen.

«Du hast alle hier ziemlich gegen dich aufgebracht. Die Leute werden dir nie wieder freundlich begegnen.»

«Was bleibt mir denn anderes übrig? Wie soll ich meine kleine Tochter satt kriegen?»

«Dieser Yankee, hat er dich eigentlich geheiratet?»

Noch bevor sie nein sagen konnte, hatte er die Antwort in ihren Augen gelesen.

«Und was ist aus ihm geworden?» Er strich sich nachdenklich über den Bart.

«Ich habe mich in ihm getäuscht.»

«Talbot hätte sich etwas Besseres für dich gewünscht.»

Tiefe Niedergeschlagenheit ergriff ihn. Sie hatte noch viel vor sich. Noch so viel zu lernen. Deshalb mäßigte er seine Worte. «Als ich erfahren habe, dass du wieder da bist und dein Vater dich gestern vor die Tür gesetzt hat, musste ich einfach sehen, wie es dir geht.»

«Sind die anderen wohlauf? Wie ist es euch während des Krieges ergangen?»

«Deine Ma hat nach der Besatzung ein Baby verloren und ist seitdem nicht mehr schwanger geworden. Die Männer haben im Krieg die Fähre betrieben. Außerdem haben sie schwarz gebrannten Schnaps an beide Seiten verkauft und eine Menge Geld damit gemacht. Du weißt doch, wenn etwas zu holen ist, kennen wir keine Vorurteile.»

Daniel hörte ihren Seufzer und fügte hinzu: «Ich würde dir liebend gern voraussagen, dass deine Probleme bald ein Ende haben.» Er griff nach dem Beutel an seinem Gürtel und fluchte auf seine gichtigen Finger, während er sich mit dem Knoten abplagte.

«Hier.» Er reichte ihr einen Hanfbeutel. «Knollen und Samen, alle getrennt verpackt. Etwas Kamille, Mutterkraut, Sarsaparillwurzel, Scullcap, Wanzenkraut. Und sonst noch allerlei. Wenn du das einpflanzt, hast du bald einen guten Heilkräutergarten.»

«Danke, Großvater. Ich habe in Ohio alles verbraucht, nachdem die Leute Wind von meinen Kenntnissen bekommen hatten.» Sie wog den Beutel in ihrer Hand. «Brauche ich das alles sofort?» Sie wollte herausfinden, ob er eine Vorahnung hatte.

Er zuckte die Achseln. «Man kann nie wissen.»

«Aber *du* weißt es?»

«Nicht genau.»

«Ich wünschte, mein Leben würde nicht mehr an jeder Ecke aus der Bahn geraten.» Sie seufzte, rang um die richtigen Worte und sagte dann: «Komm mit mir jagen. Bleib zum Essen. Du musst doch Elizabeth kennen lernen. Sie ist trotz allem deine Urenkelin.»

Er schüttelte den Kopf und erinnerte sie an seine Worte an ihrem Hochzeitstag.

«Du hast dich für ein anderes Leben entschieden. Du wolltest schon immer höher hinaus.»

Ihre Augen schwammen in Tränen. Als sie endlich sprach, war ihre Stimme voller Trauer. «Nicht mehr, Großvater. Das Einzige, was ich mir jetzt noch wünsche, werde ich niemals bekommen.»

Ohne dass sie es aussprach, wusste er, dass sie Dru damit meinte.

Er blinzelte seine eigenen Tränen fort und schalt sich innerlich einen weinerlichen Greis.

Sara drückte ihm die Hände. «Ich weiß nicht, ob die Leute mir je verzeihen werden, aber ich werde alles dafür tun. Mich holt schon nicht der Teufel, wart's mal ab.»

«Du bist jetzt wohl für eine Weile versorgt. Ich sollte jetzt besser gehen.» Er wandte sich in Richtung Fluss, tat ein paar Schritte und blieb dann stehen. «Aber komm nicht zur Fähre oder Hütte, wenn dein Vater in der Nähe ist.»

Er fragte sich, ob sie sein Bedauern spürte. Er war mittlerweile ein alter Mann und zu schwach, um DeWitt die Stirn zu bieten, aber schließlich waren Sara und ihre Geschwister daran gewöhnt, sich von ihrem Vater fern zu halten. Er winkte ihr zum Abschied.

«Warte! Sehe ich dich bald wieder?» Sie rannte hinter ihm her und warf ihre Arme um seinen Hals. Ihr Blick war so umschattet, so betrübt, dass er ihr um jeden Preis das Herz erleichtern, ihr ein Fünkchen Freude schenken wollte.

«Wir sehen uns wieder. Was auch geschehen mag, wir sehen uns wieder.»

«Und wann?»

«Zur rechten Zeit. Du wirst es schon merken.»

9. Kapitel

Dru näherte sich Magnolia Creek von Süden her und bog in die Ash Street ein, die am Stadtrand entlangführte. Als sein Haus in Sicht kam, fiel mit einem Mal die Last des Krieges von ihm ab, und sein Schritt beschleunigte sich mit seinem Herzschlag.

Fast daheim.

Plötzlich tat sein Herz einen Sprung. Er hatte eine flüchtige Bewegung im Garten hinter dem Haus wahrgenommen. Den Blick unverwandt auf eine braun-weiß gekleidete Gestalt gerichtet, eilte er über das freie Feld, zwängte sich durch niedriges Gebüsch und verwünschte das störrisch trottende Maultier, das er hinter sich herzerrte.

Fast angekommen.

Jetzt erkannte er einen Jungen in weißem Hemd und brauner Hose. Der Junge trug ein Gewehr in der rechten, und von seiner linken Hand baumelte etwas herab. Als Dru die Grundstücksgrenze erreichte, war der Junge fast schon an der Hintertür. Etwas anrührend Vertrautes lag im anmutigen Gang des Burschen. Mit angehaltenem Atem beobachtete Dru, wie die einsame Gestalt an der Tür stehen blieb, das Gewehr absetzte und den Hut abnahm.

Die Sonne traf auf kastanienbraunes Haar, das über schmale Schultern auf eine schlanke Taille herabfiel.

Dru erstarrte. Alles um ihn herum gefror – die Brise, das warme Sonnenlicht, das Gezwitscher in den nahen Bäumen.

Sara. Der Junge war Sara, seine Sara, mit zwei toten Kaninchen in der Hand.

Sara.

Er wollte ihren Namen rufen, aber der Laut blieb ihm in der Kehle stecken, ertrank in einer Flut von Gefühlen. Begehren, Liebe und ungeheure Erleichterung überwältigten ihn.

«Sara!»

Sie hatte nicht einmal gemerkt, dass er so nahe war. Er dagegen hätte wohl noch als Blinder ihre Anwesenheit gespürt. Für ihn drehte sich die Welt nur, weil es sie gab. Sie war für ihn die Luft zum Atmen.

Er nahm seine letzte Kraft zusammen und begann zu rennen. Seine Schulter schmerzte, doch er ignorierte den Schmerz, während sich ihr Name auf seine Lippen drängte.

«Sara!»

Beim Klang ihres Namens durchfuhr es sie mit der Gewalt eines verirrten Blitzstrahls, und sie wäre fast in die Knie gesunken. Ihre Hand klebte am Türknauf. Als sie sich umdrehte, ließ sie die Kaninchen auf die Schwelle fallen.

Dru. Er lebt noch.

In zerlumpter Kleidung, mit schäbigem, löchrigem Hut kam er auf sie zugestolpert. Er hob die Hand und schwenkte jauchzend seinen Hut.

Ihr wurde schwindelig. Sie holte tief Luft, um nicht in Ohnmacht zu fallen, und sah ihm ungläubig entgegen.

Fünf Jahre lang hatte sie ihn vermisst, betrogen von einem falschen Liebhaber, dem sie sich nur aus Verzweiflung zugewandt hatte. Nichts davon wäre geschehen, hätte sie von Dru auch nur einen einzigen Brief, ein einziges Lebenszeichen erhalten. Aber sie war auch zu ängstlich gewesen. Reue, Scham und Zweifel überwältigten sie, während er freudestrahlend auf sie zulief.

Dru.

Der Totgeglaubte erweckte ihr wundes Herz wieder zum Leben. Der Mann, in den sie sich mit fünfzehn verliebt hatte, war wieder da. Und im Grunde ihres Herzens liebte sie ihn immer noch. Hatte ihn immer geliebt.

Wird er mich noch lieben, wenn er alles erfährt?

Bringt er es fertig, mir zu verzeihen?

Wie gelähmt stand sie da. Wenn sie nur die Vergangenheit auslöschen und ihr Verhalten ungeschehen machen könnte! Wenn sie sich nur über seine Heimkehr freuen könnte!

So wartete sie nur stumm und warf heimlich einen raschen Blick durch die Fenster des Gewächshauses. Lou und Lissybeth waren nicht zu sehen.

Nur noch wenige Herzschläge, dann wird er alles erfahren.

Doch das Schicksal hatte ihnen Jahre geraubt. Bevor sie Drus Träume zerstörte, standen ihm einige flüchtige Augenblicke des Glücks zu.

Sara versuchte zu lächeln, doch ihre Lippen verzogen sich nur zu einem grotesken Zerrbild. Dann war er bei ihr.

Zwei Stufen unter ihr blieb er stehen, blickte ihr forschend ins Gesicht und streckte die Arme nach ihr aus. Seine Hände zitterten wie die eines alten Mannes. Nase an Nase schauten sie einander in die Augen. Sie hatte das Gefühl, er könne in ihr lesen und müsse ihr die Treulosigkeit ansehen, doch er schloss sie mit einem erstickten Aufschrei in die Arme.

Seine Arme waren der sichere, warme Hafen, nach dem sie sich so gesehnt hatte. Die Zeit schien rückwärts zu laufen, und Sara fühlte sich wieder heil, geborgen, geliebt und klein, während er sie fest an sich drückte und hin und her wiegte.

Dann ließ er sie los, umfasste ihr Kinn und musterte sie noch einmal gründlich.

«Was ist denn mit deiner Wange geschehen?», flüsterte er und zeichnete mit dem Finger den blauen Fleck nach, ohne ihn zu berühren.

«Ich bin gegen einen Baum gerannt», flüsterte sie zurück. Wieder eine Lüge, diesmal eine ausgesprochene.

Und dann, bevor sie noch ein Wort sagen konnte, lagen seine Lippen auf den ihren in einem tiefen, aufwühlenden Kuss, der sie zu den Anfängen zurückversetzte und sich ungeheuer gut, ungeheuer richtig anfühlte. Trotz allem, was sie verschuldet haben mochte, sie gehörten einfach zusammen.

Als sie sich voneinander lösten, rangen sie beide nach Atem. Sara rührte sich nicht, denn sie hatte Angst davor, die Tränen fließen zu lassen. Am liebsten wäre sie in dieser Umarmung verharrt, bis die Welt unterging.

Hätte sie doch nur eine Spur von Lous Sturheit besessen. Im Grunde ihres Herzens hätte sie wissen müssen, dass Dru noch lebte. Sie hätte diejenige voller Hoffnung sein müssen.

Nur Louzanna – die arme, verschrobene, ängstliche Lou – hatte die ganze Zeit Recht gehabt.

Dru löste sich von ihr. Sein Gesicht war schmaler geworden, doch seine sehnsüchtig brennenden Augen waren immer noch schwarz wie die Nacht. Eine tiefe Narbe verlief von der Schläfe aus durch seinen Backenbart bis zum Ohr. Unwillkürlich hob sie die Hand und strich mit der Fingerspitze darüber, während sie an Hughs Bericht über die Schlacht bei Shiloh dachte.

Sofort verdüsterte sich Drus Blick, und sein Mund wurde zu einer schmalen Linie.

Er fuhr ihr mit den Händen über Schultern und Arme, als wolle er sichergehen, dass sie auch wirklich da war. «Sehe ich so schlimm aus?»

Sie schüttelte den Kopf. Er sah gut aus. Besser als gut. Älter und stattlicher, obwohl er an Gewicht verloren hatte. Er war zum Mann geworden und wirkte trotz seiner Ausgezehrtheit gestählt und kräftig. Er sah wunderbar aus.

«Du hast mir so gefehlt, Sara. Ich brauche dich wie die Luft zum Atmen. Wenn du nicht gewesen wärst, hätte ich nicht überlebt. Ohne den Gedanken an dich wäre das Leben die Hölle gewesen.»

Der Schmerz, die Schatten, Spuren und Linien, die sie auf den Gesichtern so vieler anderer Soldaten gesehen hatte, zeigten sich jetzt auch in seinem Gesicht.

«Hast du denn gar nichts zu sagen?» Obwohl er sie lachend umschlang, klang seine Stimme etwas beklommen.

«Willkommen daheim, Dru.» Endlich gelang es ihr, die Worte zu flüstern, von denen sie geglaubt hatte, sie nie wieder sagen zu dürfen.

Ganz langsam löste er sich von ihr. Sein Lächeln wurde eine Spur schwächer. «Was ist los mit dir, Sara?»

«Wir dachten ... wir dachten, du wärst gefallen. Als kein Brief mehr kam, haben wir nach dir geforscht. Louzanna hat sich ans Kriegsministerium gewandt, Briefe an Gefängnisse geschickt und an Krankenhäuser im Süden und im Norden. Manche Briefe kamen zurück, aber nie eine Nachricht von dir. Kein Wort, bis Hugh Wickham Urlaub bekam und sich durch die feindlichen Linien schlich, um seinen neugeborenen Sohn zu sehen.»

«Hugh hat noch einen Sohn?»

Sie zögerte und suchte vergeblich nach Worten für das, was sie durchgemacht hatte.

«Er hat uns erzählt, du wärst tot, Dru. Keith Jackman auch. Hugh glaubt, du seist in seinen Armen gestorben.»

Dru schüttelte den Kopf. «Zum Glück ist er Anwalt und nicht Arzt.»

«Wir mussten annehmen, dass du gefallen bist.»

Er stockte, und seine Miene wurde unversehens nüchtern, als erinnere er sich an etwas, das er lieber vergessen würde. «Wir haben gehört, dass keine Briefe durchkommen, aber mir war nicht klar ... ich hatte mein Gedächtnis verloren und geriet in Gefangenschaft. Ich hatte nichts als die Uniform, die ich am Leib trug. In meiner Rocktasche fand man Skalpelle und schloss daraus, dass ich Arzt bin, aber keiner wusste, wer ich war und woher ich kam. Man brachte mich nach Maryland, und als meine Erinnerung dann zurückkehrte und ich ausgetauscht wurde, lief es für den Süden so schlecht, dass keine Möglichkeit bestand, mit euch Kontakt aufzunehmen.»

Er küsste sie auf Stirn und Wangen und fuhr mit dem Daumen über ihre Lippen. «Es tut mir so Leid, Sara. Kannst du mir verzeihen?»

Ihm verzeihen? Sie verging fast vor Scham.

«Dich trifft keine Schuld», sagte sie leise. Sie hätte gern die Zeit zurückgedreht, sein Gesicht in die Hände genommen und ihn geküsst wie früher.

«Irgendetwas stimmt doch nicht. Ist etwas mit Lou?» Er blickte zur Tür und legte Sara den Arm um die Schulter.

Hastig schüttelte sie den Kopf. «Nein, Lou geht es gut. Sie ist im Haus.»

«Und wo ist Jamie?», erkundigte er sich.

«Er hat sich den Unionssoldaten angeschlossen. Allerdings nicht freiwillig. Er wurde verpflichtet.»

Sie holte tief Luft und fügte leise hinzu: «Es gibt so viel zu erzählen.»

«Dazu haben wir jetzt unendlich viel Zeit.» Er hielt sie fest, als wollte er sie nie mehr loslassen. Dann löste er sich von ihr und nahm das Gewehr auf.

Sara drehte am Türknauf und blickte zum Maulesel, der glücklich an einem Unkrautbüschel knabberte. Als sie durchs Gewächshaus in die Küche gingen, blieb Dru stehen und schaute sich um. Dann setzte er das Gewehr ab, streckte sich ausgiebig und holte tief Luft, als wollte er den Raum einatmen, ganz in sich aufnehmen.

«Wie oft habe ich gefürchtet, ich würde das alles nie wieder sehen.»

«Ich dachte mir, dass du es bist, Sara.» Louzannas Schritte hallten durch den Flur. Sara drehte sich der Magen um.

Lou war noch nicht ganz in der Küche, als sie Dru erblickte. Sie rief seinen Namen und warf sich in seine Arme.

«O Dru! Lieber Gott! Ich *wusste* es! Ich wusste es einfach!» Louzanna hing lachend und schluchzend an seinem Hals und drückte ihn an sich. Sofort versuchte er, sie zu beruhigen und zu trösten.

«Schsch! Ich bin doch wieder da, Lou. Ich bin wieder zu Hause. Sara hat mir erzählt, dass ihr gehört habt, ich wäre bei den Yankees gefallen, aber ich hatte euch beiden doch versprochen wiederzukommen, und da bin ich nun. Pssst, Louzanna. Alles wird wieder gut.»

Er hielt seine Schwester liebevoll im Arm und starrte dabei über ihre Schulter hinweg unverwandt Sara an. Ihr wurden die Knie weich, so stark war das Verlangen in seinen Augen. Er streckte einladend einen Arm aus.

Sie zögerte einen Sekundenbruchteil zu lange. Plötzlich sah er sie zweifelnd an.

Er war zu intelligent und zu wachsam, um sich lange täuschen zu lassen.

Und genau diesen schrecklichen Augenblick wählte Elizabeth, um lachend mit tanzenden, blonden Locken und ausgebreiteten Armen, als wollte sie die ganze Welt umschlingen, in den Raum getappt zu kommen. Sie lief direkt auf Sara zu, umfasste ihre Knie und rief: «Mama!»

Myriaden von Möglichkeiten wirbelten durch Drus Kopf, während das kleine Mädchen an Saras Hosenbeinen zerrte und auf ihren Arm wollte.

Vielleicht war sie ein Findelkind, eine Kriegswaise. Es wäre ganz Louzannas Art, ihr Herz einem Waisenkind zu öffnen – doch als das Mädchen ins Zimmer gekommen war, hatte seine Schwester sich stumm und starr in sich zurückgezogen, wie immer, wenn sich ein Konflikt anbahnte.

Und Sara? Sara wich plötzlich seinem Blick aus.

Als sie sich freundlich bückte, das kleine Mädchen hochhob und mit routiniertem Geschick auf ihre Hüfte setzte, dröhnte ihm der Kopf von einem fürchterlichen Verdacht.

Das ist ihr Kind, aber nicht von mir. Nicht von mir.

«Mama?»

Endlich auf Saras Armen, legte das Kind strahlend den Kopf auf ihre Schulter und lächelte ihn dabei an. Ihre Augen waren unwahrscheinlich blau, wie Kornblumen oder ein blank geputzter Himmel an einem wolkenlosen Tag. Augen von der gleichen Farbe wie Saras, die ihn damals sofort in ihren Bann gezogen und bezaubert hatten.

Nun mieden diese Augen seinen Blick. Ohne jedes weitere Wort wusste er Bescheid. Er wusste, dass sie ihn mit einem anderen Mann betrogen hatte. Plötzlich konnte er den Anblick des Kindes nicht mehr ertragen.

Louzanna war bis auf gelegentliche Schluchzer verstummt. Die Frauen verständigten sich wortlos. Lou ging zu Sara und nahm ihr das kleine Mädchen ab. Das Kind begann zu zappeln und wollte auf den Boden. Es streckte die Arme nach Sara aus, als Lou es auf den Flur hinaustrug.

«Mama! Mama!» Die jämmerlichen Schreie hallten im schmalen Gang.

Als er schließlich den Mut fand, Sara wieder anzusehen, starrte sie, eine Hand an die Kehle gepresst, verloren und ratlos durch die offene Tür. Dann griff sie mit wächsernem Gesicht Halt suchend nach der Stuhllehne, als stünde sie kurz vor dem Zusammenbruch.

«Möchtest … möchtest du nicht Platz nehmen?» Die höflichen Worte klangen gepresst und unnatürlich.

«Nein.»

Sie zog den Stuhl heran und ließ sich schwer darauf fallen. Schweigend starrte sie auf das Tischtuch hinunter.

Er musste sich zwingen, die Frage zu stellen, die unausgesprochen zwischen ihnen stand.

«Was ist hier los, Sara? Wer ist die Mutter des Mädchens?»

«Ich, Dru.»

Ich. Keine Entschuldigung, kein Flehen, keine Tränen. Er ließ ihr noch einen Augenblick Zeit, denn er hoffte auf einen Hinweis, dass sie sich nicht klar ausgedrückt hätte. Er wollte glauben, es handele sich um ein Missverständnis.

«Du willst damit sagen, du hast sie angenommen?»

«Nein. Ich will damit sagen, dass sie meine Tochter ist.»

Meine Tochter. Zwei Worte, die seine Welt für immer veränderten.

Ihn ergriff ein derartiger Zorn, dass er sich abwenden musste. Er schlug mit der Handfläche gegen den festen Rahmen der Eichentür und starrte blind vor Wut ins Gewächshaus.

Sara, die vom Ausmaß seiner Erbitterung nichts ahnte, trat hinter ihn und berührte ihn am Ärmel. Sie hätte genauso gut auf ihn schießen können. Er zuckte zusammen und schüttelte ihre Hand ab.

«Dru, bitte, lass mich alles erklären.»

Um sich seine Aufgewühltheit und tiefe Betroffenheit nicht anmerken zu lassen, fuhr er sie an: «Was erklären? Dass du mit einem anderen Mann geschlafen hast? Das ist die einzige Erklärung dafür, dass du so ein kleines Kind hast. Die einzige. Ich will nichts davon hören.»

«Aber du musst doch …»

«Warum? Warum, Sara? *Ausgerechnet jetzt?*»

Das verzweifelte Weinen des kleinen Mädchens aus dem Nebenzimmer verschärfte die Spannung noch. Hin- und hergerissen, schaute Sara immer wieder verzweifelt zur Tür.

Das Blut pochte in seinen Ohren. Seine Hände ballten sich zu Fäusten. Sie bemerkte es, zuckte sogar zusammen, wich aber nicht vom Fleck. Ihre Angst fügte seinem Schmerz noch die Kränkung hinzu.

Glaubte sie ernsthaft, er würde sie *schlagen*?

Das Jammern des kleinen Mädchens steigerte sich zu schrillen Ausbrüchen. Saras Augen schwammen in Tränen.

«Dru, was vergangen ist, ist vergangen. Bitte, lass mich dir alles erklären.»

Begriff sie denn nicht, dass die Vergangenheit äußerst lebendig war und in seinem Salon brüllte?

«Dein Kind braucht dich, Sara. Ich nicht.»

«Aber Dru …»

«Lass mich in Frieden!» Er wandte ihr erneut den Rücken zu und versuchte, seinen Zorn zu beherrschen, indem er sich auf die gähnende Leere in seinem Innern konzentrierte. Wie ein Blinder ging er durchs Gewächshaus und öffnete die Hintertür.

Sie lief hinter ihm her, bis er noch einmal herumfuhr, so heftig, dass sie fast zusammenstießen.

«Ich meine es ernst, Sara. Geh mir aus den Augen, *verdammt nochmal.*»

* * *

Hilflos sah Sara zu, wie er fluchtartig das Haus verließ. Die Tür fiel mit solcher Gewalt hinter ihm ins Schloss, dass die Scheiben des Gewächshauses in ihren Rahmen klirrten. Elizabeth schrie.

Viel zu verzweifelt, um zu weinen, wirbelte Sara herum. Sie rannte durch die Küche und den Flur entlang bis zur fest geschlossenen Salontür. Dahinter brüllte Lissybeth. Sara riss die Tür weit auf und stürzte in den Raum. Lou hielt die zappelnde Elizabeth an der Taille fest, um sie am Fortlaufen zu hindern. Sobald Lou Sara erblickte, ließ sie Elizabeth los, und das Kind flog in Saras Arme.

«Danke, Lou.» Sara umschlang ihre schluchzende Tochter und drückte sie tröstend an sich.

Louzannas verzweifelte, gerötete Augen wirkten riesig in ihrem bleichen Gesicht. Bestürzt und verwirrt fragte sie: «Wo ist mein Bruder?»

«Draußen. Er muss wohl eine Weile allein sein.»

«Und was hat er gesagt zu …» Lou verstummte und starrte Elizabeth an.

Sara schüttelte den Kopf. «Er wollte nicht, dass ich darüber spreche.»

Lou griff sich an die Kehle, ihre Finger suchten die goldene Kette, tasteten nach dem Opalring und hielten ihn fest.

«Vielleicht braucht er einfach ein bisschen Zeit», flüsterte Lou.

Sara sah sein finsteres, wutentbranntes, tief enttäuschtes

Gesicht vor sich und fragte sich, ob die Ewigkeit dafür wohl ausreichte.

★★★

Kaum hatte Sara den Raum verlassen, ging Louzanna durch die Küche und das Gewächshaus bis zur Hintertür, streckte jedoch nicht einmal die Hand nach dem Türknauf aus. Dort draußen wartete nichts Gutes, nur eine Welt voller Schmerz, Gefahr und Tod. Lou schritt vor den Fenstern des Gewächshauses auf und ab, überlegte, wo Dru wohl hingegangen sein mochte, und machte sich Vorwürfe.

Wäre er doch nur ein paar Minuten früher zurückgekehrt, als Sara noch unterwegs war. Dann hätte Lou ihn in ruhigem, mitfühlendem Ton über Saras Untreue informieren können. Doch so hatte der Schock ihn völlig unvorbereitet getroffen.

Lou legte die Hände an die Hintertür, ließ sie jedoch gleich mutlos wieder sinken. Normalerweise ging sie höchstens bis zum Brunnen im Hof. Nie bis zu den Hütten und zur Scheune. Niemals. Seit fünfzehn Jahren hatte sie sich kaum ein paar Schritte von der Hintertür entfernt.

Seit dem Tag, an dem Mason gestorben war – der stille, belesene, ihr ergebene Mason –, war sie immer auf der Hut. Zwischen ihnen hatte keine blinde Leidenschaft geherrscht, zumindest nicht so, wie zwischen Dru und Sara. Mason hatte gleich beim ersten Mal, als Dru ihn mitgebracht hatte, ein Auge auf sie geworfen, und er war von diesem Augenblick an die Liebe ihres Lebens gewesen.

Vermutlich hatte es die ganze Stadt überrascht, als Mason um ihre Hand anhielt. Die meisten Leute argwöhnten wohl, er wolle sie nur heiraten, weil sie eine Talbot war. In Magnolia Creek stand ihr Name für Geld und Erfolg.

Aber Mason hatte hinter ihre Zerbrechlichkeit und Schüchternheit geschaut und sie akzeptiert, wie sie war. Er umwarb sie aufmerksam und war sogar bereit, ins Haus der Talbots zu ziehen, damit sie weiterhin ihre kranke Mutter pflegen konnte.

Er las ihr Gedichte vor und machte unzählige Skizzen von ihr. In seine Briefe voller Lobeshymnen auf ihre Güte klebte er selbst gepresste Wildblumen.

Sie schenkte ihm ihr Herz und hätte diesem freundlichen, sanften Menschen gern ihr Leben geweiht, so wie sie ihre Jugend ihrer Mutter geweiht hatte.

Aber dann, als sie an ihrem Hochzeitstag in einem elfenbeinfarbenen Kleid aus Seide, Spitzen und Perlen auf ihn wartete, klopfte es an der Haustür.

Papa stärkte sich im Salon mit Bourbon für die Feier. Mama lag – natürlich – mit einem essiggetränkten Tuch auf der Stirn auf dem Sofa in ihrem Zimmer. Dru war spät aus der Mühle gekommen und zog sich noch um. Jamie war hinter dem Haus und konnte nicht öffnen, also musste sie selbst es tun.

Beim Öffnen fiel ihr ein, dass es Unglück brachte, wenn der Bräutigam die Braut vor der Trauung in ihrem Hochzeitskleid sah. Aber nicht Mason stand vor ihr, sondern ein düster blickender Doc Porter mit Blutspritzern auf seinem besten Gehrock, die Augen voller Mitgefühl.

Sie würde nie den Anblick der Kutsche vergessen, die hinter Doc Porter am Zaun stand. Mason lag darin – blutend und mit gebrochenen Gliedern. Voller Mitleid versuchte ihr Doc Porter zu erklären, dass Mason einen schrecklichen Unfall erlitten hatte, dass er vom Pferd gefallen und zu Tode getrampelt worden war, aber sie hörte nichts. Seine Worte gingen in ihren Schreien unter, die selbst jetzt noch in ihrem Kopf widerhallten.

Die schreckliche Szene hatte sich ihr unauslöschlich eingeprägt. An diesem Tag war ihr Mut dahingeschwunden, wie ein Stück Papier sich in einer Flamme kräuselt und zu Asche zerfällt. Das Haus wurde ihre Zuflucht, die Mutter zu pflegen ihre Lebensaufgabe.

Und nach dem Tod ihrer Mutter hielt nur noch das Garn, mit dem sie ihre Quilts zusammensteppte, als zarter Faden ihr Leben zusammen. Die komplizierten Muster, die verschiedenen Stoffe und Farben wurden ihr Lebensinhalt. Ihre Welt beschränkte sich auf das Innere des Hauses, den Blick auf den Garten, den nächsten Quilt. Nur wenn sie das Getümmel der Welt ausschloss, fühlte sie sich sicher.

Selbst jetzt, da Dru sie dringend brauchte, brachte sie es nicht über sich, ihn suchen zu gehen. Sie konnte das Haus nicht verlassen. Nicht einmal für ihn.

11. Kapitel

Wie betäubt trug Dru die toten Kaninchen hinter die Scheune und begann, sie auszunehmen. Seine Hände bewegten sich wie von selbst, sein Kopf war so leer wie sein Herz.

Ohne Sara fühlte er sich unversehens seiner Zukunftsträume beraubt und völlig verloren, leer wie ein unbeschriebenes Blatt, hohl wie ein löchriger Eimer.

Als er die Arbeit beendet hatte, ging er benommen zum Maultier und führte es in die leere Scheune. Dabei fiel ihm auf, dass ein bei seinem Fortgang noch fast neuer Einspänner, eine alte Stute und eine Kuh verschwunden waren. Außer den Tauben unter den Dachbalken und dem Schimmel bevölkerten nur noch Erinnerungen die Scheune.

Als Dru seinem Freund Hugh Wickham zwei Tage vor der Trauung von seinen Hochzeitsplänen erzählt und ihn gebeten hatte, sein Trauzeuge zu sein, hatte sich Überraschung in Hughs markanten Zügen gespiegelt.

Auf den ersten Blick sah Hugh nicht besonders gut aus. Seine Adlernase war ein wenig schief, sein Kinn ein wenig zu eckig, seine Augen verwaschen grau, aber er war ein tatkräftiger Mann, ein begabter Organisator, ein geborener Führer, ein Anwalt mit politischen Ambitionen. Er trug seine Meinungen und Überzeugungen immer auf der Zunge und war damals Dru gegenüber grausam ehrlich gewesen wie immer.

«Du lieber Himmel, Dru! Du kennst sie doch erst seit zwei Wochen. Das kann doch nicht dein Ernst sein. Wenn du mit ihr schlafen willst, tu's einfach. Leute wie wir heiraten doch keine Collier. Selbst du kannst es doch mit der Ehre nicht so übertreiben.»

Nach dieser Unterredung hatte Hugh bei seiner Freundschaft zu Dru schwören müssen, nie wieder ein böses Wort gegen Sara zu äußern. Dru hatte seinem Freund sein Ungestüm nicht begreiflich machen können, doch konnte er sich dieses schließlich selbst kaum erklären.

Seine Liebe zu Sara war wie ein Wirbelsturm über ihn gekommen und hatte ihn bis ins Mark erschüttert. Von dem Augenblick an, als er bei seiner Rückkehr durch die Tür getreten war, war Sara ein Teil seines Lebens geworden.

Sie war schön, klug und immer in Louzannas Nähe, denn sie nahm ihre Aufgabe äußerst ernst. Mit Sara am Tisch wurden die Mahlzeiten zu lebhaften Gesprächsrunden. Sie unterhielten sich nicht nur über den Krieg, sondern auch über sein Studium. Sie diskutierte mit ihm über viele der Heilmethoden, die er dort erlernt hatte.

Da sie bereits alles über ihn wusste, war er ihr gegenüber oft im Nachteil. Louzanna hatte ihr den Kopf mit Geschichten gefüllt. Sara wusste, dass er am liebsten Apfelkuchen aß und schon immer Arzt werden wollte wie der verehrte Doc Porter, obwohl er nach dem Willen seines Vaters eigentlich die Zuckermühle hatte übernehmen sollen.

Er hingegen wusste über Sara nur, was Doc Porter ihm erzählt hatte, und außerdem, dass sie sich mit Heilkräutern auskannte, liebevoll mit seiner Schwester umging und ihm beim Öffnen der Haustür auf der Stelle das Herz geraubt hatte.

Jetzt, da sich die liebliche Frühlingssonne durchs halb offene Scheunentor stahl, trat Dru ins kühle, schattige Innere zurück, lehnte sich an die Wand, verschränkte die Arme und starrte durch den Spalt hinüber zum Haus.

Dort befand sich Sara, nur wenige Meter entfernt, in seinem Haus, mit ihrem Kind. Dem Kind eines anderen. Er brachte es immer noch nicht über sich, wieder hineinzugehen.

* * *

Die vier zur Hochzeit geladenen Paare waren fort. Am Abend hatte sich Louzanna verschämt und aufgeregt vorzeitig auf ihr Zimmer zurückgezogen.

Er nahm seine entzückende Sara bei der Hand und führte sie hinauf in sein Zimmer. Endlich waren sie allein. Nervöser, als er es sich je hätte träumen lassen, stand er inmitten all der vertrauten Dinge, mit denen er fast sein ganzes Leben verbracht hatte, das nun, mit Sara an seiner Seite, eine so glückliche Wendung nahm. Er ergriff ihre Hände, sah ihr in die Augen und flüsterte: «Ich begehre dich mehr, als ich je etwas in meinem Leben begehrt habe.»

«Ich bin jetzt deine Frau, Dru. Liebe mich.» Sie sah so hinge-

bungsvoll, so unglaublich reizend, so unschuldig aus, dass er plötzlich fürchtete, ihr weh zu tun.

«Wenn du noch nicht dazu bereit bist, Sara, musst du es nur sagen.» Es würde ihn zwar umbringen, wenn er sie nicht bekäme, doch sollte er sie versehentlich verletzen, könnte er sich das niemals verzeihen.

Statt zu antworten, hob sie nur die Hand und fuhr ihm zärtlich über Wangen und Lippen.

Ein Schauer lief ihm den Rücken hinab. Er umfasste ihr Kinn und hob ihr Gesicht an. Dann senkte er seine Lippen langsam und zärtlich zu ihr hinunter. Ihre Lippen öffneten sich und hießen seinen Mund willkommen.

Er küsste sie lange und innig, bis sie nach Atem rang, und überließ sich ganz seiner Leidenschaft. In jener Nacht gab es keine Bedenken, keine Vorbehalte, kein Zaudern. Keine Schuldgefühle. Nur Liebe. Nur Sara und seine Liebe zu ihr.

Ihre Daumen strichen über seine Wangen. Ihre Zunge umspielte die seine. Ihr Seufzen war ein Lied, zu dem sein Herz tanzte. Sie wirkte nicht ängstlich, und er vermutete, dass sie genau wusste, was zwischen ihnen in jener Nacht geschehen würde. Das Leben auf dem Land war hart und brutal. Wo sie aufgewachsen war, gab es keine Wände, keine Privatheit, keine Geheimnisse.

«Ich will dich, Dru.»

«Du weißt, was du da sagst, Sara?»

Sie fuhr mit den Händen seinen Hals hinab, über seine Hemdbrust bis zur Taille. Er hob sie hoch, trug sie zum Bett und legte sie auf einen schweren, kastanienbraun und indigoblau gemusterten Quilt, den Louzanna eigens für ihn angefertigt hatte.

Dann löste er Nadel um Nadel ihre mit Blüten aufgesteckten Locken, sodass die Rosenknospen auf das Kissen regneten und das Haar sich über seine Hände auf ihre Schultern ergoss.

Nun zog er ihr Schuhe und Strümpfe aus, berührte ihre nackten Zehen und fuhr mit den Händen über ihre Waden. Doch als er zu ihr aufblickte, erstarrte er.

«Du weinst?» Er hob die Hand, um ihr die Tränen abzuwischen. So wahnsinnig er sie auch begehrte, sollte sie ihre Meinung geändert haben, würde er sie in ihr Zimmer bringen.

«Willst du es immer noch, Sara?»

Langsam erhob sie sich vom Bett und fasste ihr Kleid, um es auszuziehen. Ihre Finger zitterten, als sie sich umwandte.

«Kannst du mir bei den Knöpfen helfen?», flüsterte sie.

Seine Finger zitterten ebenfalls, als er ihr aus Kleid und Unterkleid half, bis sie im dünnen Musselinhemdchen vor ihm stand. Sie ließ die Träger von den Schultern gleiten und schob den Stoff über ihre Hüften. Ihre Brüste, fest und üppig, mit aufgerichteten, verführerischen Brustwarzen, fesselten seinen Blick, während der zarte Stoff zentimeterweise an ihrem elfenbeinweißen Körper hinabglitt und ihren Nabel enthüllte, die schlanke Taille, die runden Hüften und schließlich das dunkle Dreieck zwischen ihren Schenkeln. Das Hemd fiel zu Boden.

Als sie sich ihm so lächelnd darbot, so unbefangen, mit der ganzen Ungeduld der Jugend, im Kerzenschein in flackerndes Gold getaucht, blieb ihm vor Bewunderung und Begehren fast das Herz stehen.

Er streckte die Arme aus, zog sie an sich, küsste ihren flachen Bauch und ihren Nabel und fuhr mit der Zunge über ihre Schenkel. Schwelgte in ihrem Duft. Sie griff in sein Haar und schrie leise auf.

Er lehnte sich zurück, strich mit den Händen an ihren Beinen entlang, öffnete ihre bebenden Schenkel und berührte ihre Scham. Seine Finger glitten in die heiße Feuchtigkeit, und sie stöhnte zitternd auf.

Unvermittelt begann er, sich wie ein Wahnsinniger die Kleider vom Körper zu reißen. Knöpfe flogen. Kragen und Manschetten rollten über den Boden. Hemd und Hose landeten verknittert vor dem Schreibtisch, auf dem Waschtisch oder auf dem gemusterten Webteppich. Die Stiefel fielen mit dumpfem Gepolter zu Boden, was bei Sara ein nervöses Kichern hervorrief.

Er erstickte das Geräusch, indem er sie umschlang und ihren Mund mit dem seinen bedeckte, begierig, sie zu schmecken. Er trug sie wieder zum Bett, wo er sie von Kopf bis Fuß zu liebkosen begann. Sie erschauerte und zog ihn zu sich hinunter. Er teilte ihre Schenkel mit einer Berührung und einem Flüstern. Langsam legte er sich auf sie, behutsam drang er in sie ein, spürte einen Widerstand. Sie war jungfräulich, unschuldig.

In dieser Nacht sollte sie wirklich die seine werden. Er überwand das letzte Hemmnis, dehnte sie, füllte sie, bis sie aufschrie und er erstarrte.

Er keuchte im Takt mit ihren flachen, erregten Atemzügen und wartete, bis sie seinen Namen flüsterte und drängte: «Bitte …»

Erst jetzt begann er sich in ihr zu bewegen. Als sie den Höhepunkt erreichte, aufschrie und ihre Beine um seine Taille schlang, stieß er tief in sie hinein und ergoss sich in sie mit einem heiseren Schrei.

So wurden sie in dieser Nacht eins, er und seine Sara. Danach hielt sie ihn fest an sich gedrückt und flehte: «Bitte, Dru, du darfst morgen nicht nach Tennessee.»

Nichts wäre ihm lieber gewesen, als hier bei ihr im Bett zu bleiben.

«Ich muss», gab er flüsternd zurück. «Ich habe Hugh mein Wort gegeben.»

«Ich weiß. Aber ich liebe dich so, Dru. Ich liebe dich so sehr, dass ich den Gedanken an den Abschied einfach nicht ertrage.»

«Dann werden wir uns nicht verabschieden. Wenn du willst, gehe ich, ohne dich zu wecken, und wenn du mich wieder siehst, ist der Krieg vorbei.»

Sie sah ihm in die Augen und versuchte, sich sein Gesicht einzuprägen, während ihr die Tränen an den Schläfen hinabrannen und in ihrem Haar verschwanden. Dann nickte sie.

«Wenn du gehen musst, dann geh, Dru. Geh ohne Abschied. Ich glaube, ich würde das nach dieser Nacht nicht überleben.»

Er hatte sein Versprechen gehalten und sich am nächsten Morgen im Dunkeln angekleidet, ganz leise, um sie nicht zu wecken. Er wusste nicht, ob er es fertig bringen würde zu gehen, wenn sie jetzt aufwachte und ihn nochmals anflehte.

Als er schließlich reisefertig war, setzte er sich ans Bett, streichelte ihr über das Haar, deckte ihre Schultern zu und versuchte, sich das sanfte, rhythmische Geräusch ihres Atems, ihren Geruch, die Rundung ihrer Wangen, den Schwung ihrer Lippen einzuprägen. Er verfluchte sein Ehrgefühl, das ihn an das Versprechen seinen Freunden gegenüber band.

So leicht und sanft, dass sie sich nicht einmal rührte, küsste er sie auf die Wange und flüsterte: «Auf Wiedersehen, Sara.» Und dann verließ er sie, während die aufziehende Morgendämmerung den Raum in schwaches Licht tauchte, ein Licht, so grau wie die Uniform, die er so lange tragen sollte.

So quälte sich Dru im dunklen Schatten der Scheune mit Erinnerungen an die Hochzeitsnacht, während er in die grelle Frühlingssonne hinausstarrte. Am liebsten wäre er nie wieder ins Haus gegangen, um nicht der Frau zu begegnen, die er noch vor zwei Stunden so heftig begehrt hatte. Törichterweise hatte er angenommen, sie wäre seit dieser Nacht für immer und ewig die Seine.

12. Kapitel

Als Dru eine ganze Weile später endlich mit den ausgenommenen Kaninchen in die Küche kam, wartete seine Schwester auf ihn. Es duftete nach Hühnersuppe, die auf dem Herd vor sich hin köchelte. Als Dru die Kaninchen in eine saubere Schüssel legte, rumorte sein Magen.

«Du bist bestimmt hungrig», sagte Lou.

«Eigentlich nicht.» Während seiner Gefangenschaft in Maryland hatte er sich angewöhnt, sehr wenig zu essen. Die meisten Lebensmittel waren verdorben, das Trinkwasser verschmutzt, der Boden, auf dem sie lagerten, schlammig und voller Krankheitskeime. Mitunter hatte er sich gewünscht, kein Mediziner zu sein, dann hätte er so sorglos sein können wie die anderen. Allerdings verdankte er der Vorsicht wohl seine Gesundheit.

«Nimm doch Platz, Dru. Du musst etwas in den Magen bekommen. Ich kann das Knurren von hier aus hören.»

Er bezweifelte, dass er etwas hinunterbringen würde, setzte sich jedoch an den Küchentisch, auf dem Suppenlöffel und Serviette lagen. Den Kopf voller unaussprechlicher Fragen, sah er zu, wie seine Schwester Suppe in eine Porzellanschale schöpfte, die sie dann vorsichtig durch die Küche trug. Ihre Hände zitterten so, dass die Suppe überzuschwappen drohte. Er nahm ihr die Schale ab, bevor sie sie auf seinen Schoß fallen ließ.

«Danke, Lou.»

Die Suppe war eher eine Brühe mit einigen Fasern Hühnerfleisch und dem einen oder anderen Zwiebel- und Möhrenschnipsel.

«Ich habe sie selbst gekocht.» Lous Stolz war so offensichtlich wie ihre Unsicherheit.

Als Dru zum Löffel griff, sah er sich zum ersten Mal richtig in der Küche um.

«Hast du denn alles allein machen müssen?» Er konnte sie nicht fragen, ob Sara ihr denn nicht geholfen habe. Er brachte nicht einmal ihren Namen über die Lippen.

«Ich habe jemanden gefunden, der mir gezeigt hat, wie man einfache Gerichte kocht.»

Vor Drus Abreise hatte Louzanna seines Wissens noch nie eine vollständige Mahlzeit zubereitet. Er legte den Löffel wieder hin und lehnte sich auf dem knarrenden Stuhl zurück. Lou starrte auf ihre ineinander gekrampften Hände, als hätte sie sie noch nie gesehen.

«Lou …»

Sie sah auf. In ihren Augen glänzten Tränen.

«Oh, Dru. Es tut mir so Leid, dass du bei deiner Heimkehr alles in solchem Zustand vorfinden musst. Ich … ich habe mich wirklich bemüht.» Sie brach in Tränen aus und bedeckte das Gesicht mit den Händen.

Er fuhr vom Stuhl hoch, trat zu ihr und nahm sie in den Arm. Sie war älter als er, aber ihre Nerven waren zart und empfindlich wie Porzellan. Er hatte sie fast sein ganzes Leben lang behüten müssen.

«Pssst, Lou. Nicht weinen.»

«Der Krieg hat alles verändert. Du hast uns keine Briefe mehr geschrieben, und dann ist Hugh zurückgekehrt und hat erzählt, du wärst gefallen. Dann ist Sara fortgegangen. Jamie ist bei mir geblieben, obwohl ich ihn nicht bezahlen konnte. Dann haben ihn die Yankees mitgenommen, und als dann schließlich die Zahlungen aus der Mühle ausgeblieben sind …»

Bestürzt trat er zurück. «Was heißt das, die Zahlungen aus der Mühle sind ausgeblieben?»

Sie nahm sich so weit zusammen, dass sie nach dem Geschirrhandtuch greifen und ihre Tränen trocknen konnte. «Die Yankees haben vor ihrem Abzug die Mühlen zerstört, um der Stadt eine Lektion zu erteilen. Ohne jede Möglichkeit, sie wieder in Gang zu setzen, konnte Mr. Newberry nicht mehr zahlen. Die meisten Felder liegen immer noch brach, und die Geschäfte hier sollen fast völlig zum Erliegen gekommen sein.»

Nie hätte er sich träumen lassen, dass Lou je ohne Einkünfte dastehen könnte.

Aber er hätte sich ja auch nie träumen lassen, dass Sara ihr Ehegelübde brechen würde. Wie konnte ein gebildeter Mann ein solcher Einfaltspinsel sein!

«Und wie bist du zurechtgekommen?» Er tat das Einzige, was ihm übrig blieb, er bemühte sich, die Gedanken an Sara zu verdrängen.

Lou zuckte die Achseln. «So einigermaßen. Die Nachbarn haben mir geholfen. Doc Porter ist häufiger vorbeigekommen. Dass Sara gestern hier aufgetaucht ist, ist wirklich ein Geschenk des Himmels.» Sie blickte auf die ausgenommenen Kaninchen.

Dru schob die Daumen in den Hosenbund. Allmählich wurde alles klar. Sara war erst gestern zurückgekehrt. Vielleicht hatte Louzanna sie nur aufgenommen, weil sie ihre Hilfe benötigte.

Falls es noch nicht stadtbekannt war, dass Sara ihn zum Hahnrei gemacht und ein Kind von einem anderen Mann hatte, würde das sicher bald der Fall sein.

«Wir dachten, du wärst gefallen.» Saras Worte klangen ihm noch in den Ohren.

Er hatte das Kind absichtlich kaum beachtet. Es mochte

eineinhalb, vielleicht auch zwei Jahre alt sein. Wie lange genau hatte seine reizende junge Frau gewartet, bis sie sich einem anderen Mann an den Hals geworfen hatte? Tage? Oder Wochen?

Plötzlich schoss ihm durch den Kopf, dass seine Briefe womöglich noch durchgekommen wären, wenn er sofort geschrieben hätte, nachdem er sein Gedächtnis wiedererlangt hatte.

Hatte sein innerer Konflikt ihm seine Frau geraubt?

Nicht jetzt. Noch nicht. Noch nicht darüber nachdenken.

«Was wirst du jetzt tun, Dru?» Lou stand am Tisch, und ihre Hände umklammerten den Opalring, während sie ihn aufmerksam ansah.

«Die meisten Männer würden sie hinauswerfen.»

«Nein! Das darfst du nicht!» Ihre Reaktion war so spontan wie heftig. «Bitte, hör sie an. Du musst versuchen, es zu verstehen. Du ahnst ja nicht, was der Krieg uns allen angetan hat.»

Er wusste sehr genau, was der Krieg *ihm* angetan hatte. Geistesabwesend rieb er seine Narbe.

Hör sie an. Lass dir von deiner Frau all die schmutzigen Einzelheiten ihrer Affäre erzählen.

Er versuchte, jeden Gedanken an Sara und ihr Kind zu verdrängen, denn er wusste, er musste sich im Augenblick ganz darauf konzentrieren, sein Leben wieder in den Griff zu bekommen.

«Ich habe Geld auf einem Sparkonto. Jedenfalls hatte ich es vor dem Krieg», erklärte er Louzanna. «Damit kommen wir sicher aus, bis ich mich als Arzt niedergelassen habe.»

Sie schenkte ihm ein schwaches, zitterndes Lächeln. «Das Letzte, was ich dir bei deiner Heimkehr gewünscht hätte, sind Geldsorgen.» Ihr Blick wanderte forschend über sein Gesicht und blieb an der Narbe über seinem Ohr hängen. Dann riss sie sich merklich zusammen und sagte: «Du hast noch gar nicht von der Suppe gekostet. Bitte, setz dich wieder hin und iss!»

Seine Sinne waren völlig taub, und die Suppe schmeckte wie Wasser, doch er löffelte sie in sich hinein. Über ihnen knarrte die Decke und erinnerte ihn daran, dass Sara dort oben umherlief und ihr Kind versorgte.

Er schob die leere Suppenschale beiseite und starrte auf seine Hände, Hände, die heilen, doch eine Frau nicht halten konnten.

«Ich muss baden und mich rasieren», erklärte er Lou. «Ist die Wanne immer noch in der Kammer hinter dem Gewächshaus?»

«Ich mache dir Wasser heiß. Deine Kleider sind immer noch in deinem Zimmer. Alles ist noch genau so, wie du es damals verlassen hast.» Ein Lächeln huschte über ihr Gesicht. «Ich wusste doch, dass du wiederkommst.»

Froh darüber, ihm helfen zu können, schien sie sich rasch zu beruhigen. Ihr Leben hatte immer nur in der liebevollen Sorge für ihre Familie und den kleinen Kreis von Freundinnen bestanden, die alle zwei Wochen zum Nähen kamen. Falls Sara zurückgekommen war, um Lou auszunutzen …

Er ballte die Fäuste.

«Wenn du das Wasser aufsetzt, sehe ich nach der Wanne.» Er stützte sich vom Tisch ab und stand dann ratlos und verlegen herum. Wegen der Frau ein Stockwerk über ihm hatte er Hemmungen, durch sein eigenes Haus zu laufen.

«Warum gehst du nicht nach oben und holst dir saubere Kleider?» Lou ließ Wasser in den Kessel laufen. «Oder soll ich das für dich tun?»

«Ich gehe schon.» Doch er rührte sich nicht.

Unausgesprochen hing Saras Untreue im Raum. Seine Schwester würde ihm nie unaufgefordert Einzelheiten mitteilen, doch bestimmt die Wahrheit sagen, wenn er sie danach fragte. Aber er wollte sie nicht noch mehr aufregen.

Er wusste, wenn er die Wahrheit erführe, dann nur von Sara selbst.

13. Kapitel

Das Haus war ihm sofort wieder vertraut, als er die Treppen hinaufstieg. Das meiste war unverändert geblieben, wirkte aber nun öde und leer. Vielleicht, weil sein Herz hier nicht länger weilte.

Doch offenbar war tatsächlich einiges verschwunden. Im oberen Flur irritierten ihn blasse Felder auf der Tapete, bis er begriff, dass eine Reihe von Gemälden von Matthew Jouette fehlte. Der Gedanke, dass Louzanna gezwungen gewesen war, nicht nur eines, sondern etliche dieser kostbaren Besitztümer zu verkaufen, erboste ihn.

Er blieb stehen, um sich die Wand über der Täfelung näher anzusehen, als Saras Stimme, begleitet vom Knarren eines Schaukelstuhls, durch die Tür an sein Ohr drang.

Er hob die Hand, um zu klopfen. Ihre hübsche Stimme war klar und rein, und er stellte fest, dass er sie in der kurzen Zeit ihres Zusammenseins nie hatte singen hören.

Es gab so viel, was er nicht von ihr wusste. Aber er hätte ja auch nie ein so wankelmütiges Herz bei ihr vermutet.

Ergriffen von der sanften Lieblichkeit des Klanges, so melodisch, so tröstlich und so anders als alles, was er im Krieg erlebt hatte, schloss er die Augen und ließ sich von der Wärme ihrer Stimme durchströmen.

Er stellte sich vor, wie sie langsam im sanften Rhythmus des Liedes schaukelte, den Kopf angelehnt, in den Armen das Kind eines anderen.

Er klopfte an die Tür, und der Gesang brach ab. Es dauerte ein Weilchen, bis Sara öffnete.

Er hatte sich eingebildet, gegen den Ansturm der Gefühle gewappnet zu sein, die der Anblick ihres Gesichts in ihm auslöste. Sie trug immer noch sein Hemd und seine Hose, in denen sie klein und ungeheuer zart wirkte. Kalkweiß leuchtete das Leinenhemd vor dem blassen Elfenbein ihrer Haut mit dem abscheulichen blauen Mal unter ihrem linken Auge.

Mit dem geübten Blick des Arztes musterte er den blauen Fleck erneut. Da war nichts aufgeschürft. Sie konnte kaum gegen einen Baum, höchstens in eine Faust gelaufen sein – und zwar vor kurzer Zeit. Hatte ihr Liebhaber sie gerade erst davongejagt? War sie deshalb so plötzlich nach Magnolia Creek zurückgekehrt?

«Wir müssen miteinander reden.» Er versuchte, ihre roten, geschwollenen Lider zu übersehen, doch er beneidete sie um ihre Tränen.

Sie nickte und trat zur Seite, um ihn einzulassen. Er blieb auf der Schwelle stehen und ließ den Blick durch den Raum schweifen. Auch hier hatte sich kaum etwas verändert, nur dass jetzt ein Kinderbettchen unter dem Fenster stand, in dem ihr schlafendes Kind lag.

Nichts war verändert und gleichzeitig alles.

Er verschränkte die Arme und blieb stumm und reglos stehen. Sie war diejenige, die etwas zu erklären hatte. Sara musterte ihn, bis sich schließlich ihre Blicke trafen.

«Ich kann die Vergangenheit nicht ungeschehen machen, Dru, aber Gott ist mein Zeuge, dass ich dich wirklich für tot hielt. Als kein Brief mehr von dir kam, war ich außer mir vor Sorge. Louzanna und ich versicherten uns gegenseitig immer wieder, dass schon alles in Ordnung wäre, dass wir bestimmt wieder von dir hören würden. Aber dann kam Hugh heim und erzählte uns, du wärst in seinen Armen gestorben.»

Hugh. Sein bester Freund seit Kindertagen. Der Mann, der ihn überredet hatte mitzukämpfen.

«Wir brauchen dich, Dru. Du bringst noch mehr als alle anderen etwas wirklich Wertvolles ein, nicht nur eine weitere Waffe. Du hast immer gesagt, du wolltest der Stadt, die deine Familie reich gemacht hat, deine Dankbarkeit beweisen. Nun ziehen die Söhne der Stadt in den Krieg. Sag, dass du mitkommst, Dru. Komm mit und hilf uns, am Leben zu bleiben.»

Hugh. Der Mann, der ihm die Ehe mit Sara hatte ausreden wollen.

Sara sah sich nach dem schlafenden Kind um.

«Wann?», fragte er.

Beim Klang seiner Stimme fuhr ihr Kopf herum.

«Was?», fragte sie.

«Wann hat Hugh euch erzählt, ich wäre gefallen?»

«Ein paar Monate nach Shiloh.»

Etwa ein Jahr, nachdem er fortgegangen war. Er verdrängte seine Schuldgefühle darüber, dass er zu lange im Gefangenenlazarett geblieben war, und verwandelte sie in Zorn.

«Und wie lange hast du getrauert, Sara? Wie lange hast du um mich geweint?» Er schaute zum Kinderbettchen und wandte sich dann hastig wieder ab. «Eine Woche? Einen Monat?»

«*Bitte nicht*, Dru.»

«Einen ganzen Monat, Sara? Hast du nicht wenigstens einen Monat gewartet, bevor du mit einem anderen Mann ins Bett gehüpft bist?»

Er hätte am liebsten das Zimmer verlassen, aus Angst, sich in ihren Augen zu verlieren und ihr jedes verdammte Wort zu glauben.

«Ich dachte, du wärst *tot.*»

«Und ich dachte, wenn ich dich heirate, hole ich dich aus deinem alten Leben. Du solltest es hier besser haben als bei den Colliers, aber Hugh und die anderen hatten offenbar Recht. Deine Familie ist Abschaum, Sara, und du gehörst dazu …»

«*Du warst tot!*», rief sie mit weit aufgerissenen Augen und bedeckte den Mund mit den Händen.

«Und ich wette, das wäre ich immer noch, wenn es nach dir ginge.»

Sie brach in Tränen aus. Das Kind begann in seinem Bettchen zu jammern, beruhigte sich jedoch wieder. Sara ließ die Hände sinken, richtete sich auf und holte tief Luft.

«Ich hatte keinen Grund, Hugh nicht zu glauben. Ich war keine Ehefrau mehr, ich war Witwe.»

«Dann bin ich jetzt von den Toten auferstanden, und mir gefällt das alles nicht.» Er trat näher und zwang sie, ihm in die Augen zu schauen. «Warum bist du *hierher* zurückgekehrt? Warum nicht zu den Colliers?»

«Das wollte ich ja. Aber mein Vater hat mich davongejagt.»

«Und ich soll dich jetzt wieder aufnehmen?» Er senkte die Stimme und seufzte tief. «Hast du mich jemals *wirklich* geliebt, Sara?»

«Ich habe dich geliebt, Dru. Vom ersten Augenblick an.»

Er schüttelte den Kopf und spürte, wie sich seine Lippen zu

einem sarkastischen Lächeln verzogen. «Ich bin nicht mehr der Mann, der vor fünf Jahren in den Krieg gezogen ist. Ich habe Dinge gesehen, bei denen dir das Blut in den Adern gefrieren würde. Es gab Zeiten, da hätte ich mir beinahe gewünscht, tot zu sein, aber ich war dumm genug, von einer Zukunft mit dir zu träumen. Der Gedanke an dich hat mich am Leben gehalten, Sara», er zeigte auf das Bettchen, «und nun erwartet mich das hier?»

Überraschend packte sie ihn am Handgelenk und hielt ihn fest.

«Ich habe dich wirklich geliebt, Dru. Als ich von deinem Tod erfuhr, bin ich fast wahnsinnig geworden. Lou hat versucht, mir einzureden, dass du noch am Leben wärst. Sie wollte alle, einschließlich Hugh, davon überzeugen, dass du zurückkehren würdest. Ich habe Schwarz getragen. Ich habe um unsere Liebe getrauert und um die verlorene Zukunft geweint. Bevor wir überhaupt die Gelegenheit hatten, unser gemeinsames Leben zu beginnen, da war es schon vorüber.»

«War es so einfacher für dich? Aber vielleicht hast du dich ja erst davongemacht, als das Leben schwierig und das Geld knapp wurde.»

«Als ich ging, war noch alles in Ordnung. Louzanna bekam immer noch das Geld aus der Mühle, und Jamie war hier und kümmerte sich wunderbar um sie. Ich habe ihm gezeigt, wie man ihre Beruhigungstees zubereitet, und er wusste genauso gut wie ich, wie sich ihre Anfälle ankündigen. Ich wäre nie auf die Idee gekommen, dass die Yankees die Mühle niederbrennen und Jamie mitnehmen würden. Ich bin fortgegangen, weil ich es hier nicht mehr ausgehalten habe, in diesem Haus, deinem Heim, wo mich alles, was ich berührte, an dich erinnerte, wohin ich mich auch wandte. Ich war erst achtzehn, Dru. Fast noch ein Kind. Ich hatte fürchterliche Angst, so zu werden wie Louzanna und in meiner Trauer gefangen mein Leben verstreichen zu sehen.»

Von der Berührung ihrer Hand strömte Hitze durch seinen Arm. Er roch den Wald in ihrem Haar, spürte die Wärme ihres Atems, die Spannung, die von ihr ausging. Er begehrte sie verzweifelt, sehnte sich danach, sie zu spüren, mit der Hand ihre glatte Haut zu streicheln und sein Gesicht in ihrem seidigen Haar zu bergen.

«Und lass dir das gesagt sein, Dru Talbot. Ich habe dich immer geliebt. Immer. Wenn wir irgendeine Nachricht von dir oder vom Kriegsministerium erhalten hätten, wenn uns ein Funken Hoffnung geblieben wäre … aber Hugh war sich ganz sicher. Als dein Name dann im *Sentinel* stand, war ich gezwungen, es zu glauben.»

«Du hast also mit einem anderen Mann geschlafen, um mich zu vergessen. Und wer war's? Jemand, den ich kenne? Jemand aus der Stadt?»

«Nein. Es ist vorbei, Dru. Es war schon vor langer Zeit vorbei.»

«Du hast ein Kind von ihm.»

Sie schlug die Augen nieder. Ihre Finger lösten sich, und sie gab seinen Arm frei.

«Dem Gesetz nach bin ich immer noch deine Frau.»

Alles in ihm verkrampfte sich. Sein Herz rebellierte gegen die Wahrheit. «Meine Frau? Obwohl du dich für verwitwet hieltest, hast du ihn nicht einmal geheiratet?»

«Er wollte nicht. Er erfand immer neue Ausreden. Zuerst sagte er, wir müssten auf die offizielle Mitteilung warten, aber dann … dann hat er sich anders entschieden.» Sie machte einen Schritt auf ihn zu, hielt dann aber inne. «Wir können noch einmal von vorn anfangen, Dru.» Sie griff wieder nach seiner Hand. Dieses Mal schüttelte er sie ab.

«So einfach ist das nicht, Sara.»

Eine absurde Vorstellung. War sie so naiv zu glauben, er könnte einfach vergeben und vergessen? Wenn er nicht so gelitten hätte, wenn er im Krieg nicht fast den Verstand verloren hätte in seinem Leid und seiner Verwirrung, vielleicht könnte er *dann* verstehen und verzeihen. Sicher, er hatte seine Identität für einige Monate nicht preisgeben wollen, aber das war nichts im Vergleich zu dem, was Sara getan hatte.

Die ganze Zeit, in der er um seine geistige Gesundheit gerungen und versucht hatte, das Vertrauen zu sich und seinen Fähigkeiten wiederzugewinnen, hatte Sara mit einem anderen geschlafen.

Um sich zu beruhigen, atmete er tief durch und senkte die Stimme. «Es geht hier nicht um ein angebranntes Essen, Sara. Wir können nicht einfach wieder von vorn beginnen.»

«Warum nicht? Wir haben einander geliebt. Wir haben unsere Hoffnungen, unsere Träume geteilt. Warum können wir nicht den Krieg und alles, was passiert ist, hinter uns lassen und noch einmal von vorn anfangen?»

Plötzlich drang ein Schrei aus dem Bettchen und dann: «Mama?»

Das Kind setzte sich auf, rieb sich die Augen mit den Fäustchen und starrte Dru mit einem neugierigen Lächeln an.

«Deshalb.» Er zeigte auf das kleine Mädchen mit den großen Augen Saras. Als die Grübchen des Kindes sich vertieften, wandte er sich ab. Wie sehr sie wohl ihrem Vater ähnelte?

«Woher weiß ich, dass ihr Vater nicht in einer Stunde vor meiner Tür steht und dich zurückhaben will?», fragte er.

Saras Gesicht wurde noch blasser. «Keine Sorge. Er wird nicht nach mir suchen.»

«Wie kannst du dir da sicher sein? Vielleicht will er dich nicht mehr, aber was ist mit seiner Tochter?»

Sara schüttelte den Kopf. «Bitte, Dru», flehte sie.

«Ich will dich jedenfalls nicht mehr, Sara.»

Das war eine Lüge, eine Lüge, die Sara verletzen sollte und sie bis ins Mark traf. Ihre Augen füllten sich mit tiefer Hoffnungslosigkeit, als triebe sie in einem sinkenden Boot auf einem Meer aus Schmerz. Und er wusste genau, wie sie sich fühlte, denn genau dort befand er sich auch, trieb neben ihr dahin.

«Ich bin immer noch deine Frau», flüsterte sie.

Würde er je aufhören können, sie sich in den Armen eines namen- und gesichtslosen Fremden vorzustellen?

«Das lässt sich ändern», sagte er kalt.

Sie schien in sich zusammenzusinken. «Ich liebe meine Tochter, Dru. Ich muss an ihre Sicherheit und ihr Wohlergehen denken. Du kannst dich von mir scheiden lassen, wenn du möchtest, aber gib mir bitte die Möglichkeit, alles zu klären. Wenn nicht, lass mir wenigstens Zeit, eine andere Unterkunft zu finden.»

Wollte sie damit sagen, sie brauche Zeit, um den nächsten Mann, den nächsten Trottel zu finden?

«Ich werde dir eine gute Ehefrau sein, wenn du mir noch eine Chance gibst.»

Gerade wollte er erklären, dass er ihr kein Wort glaubte, als plötzlich das Fenster neben dem Kinderbettchen zersplitterte. Glas fiel klirrend zu Boden, ein Stein flog ins Zimmer und landete mit einem lauten Knall vor Saras Füßen.

Sie rannte sofort zum Bett, hob das schreiende Kind auf und

drückte die Wange der Kleinen schützend an ihre Schulter, bevor sie in den Flur flüchtete. Dru hob den Stein auf und trat ans Fenster. Er schob den Rahmen hoch und steckte Kopf und Schultern hinaus, geradezu eine Herausforderung für den Übeltäter, einen zweiten Stein zu werfen. Der Vorgarten und die Straße waren menschenleer. Die dicht bepflanzten Wiesen und das wuchernde Gebüsch zu beiden Seiten der Straße boten unzählige Verstecke. Sinnlos, draußen nach dem Schuldigen zu suchen.

Er zog den Kopf zurück und starrte den Stein in seiner Hand an, als wäre er ein Stück vom Mond. Er war locker mit braunem Papier und einem Stück unauffälliger Kordel umwickelt. Dru zog die Schnur auf, nahm vorsichtig das Papier ab und strich es glatt. Auf dem Blatt standen zwei Zeilen in plumpen, kindlichen, krakeligen Buchstaben.

Verschwinde aus Magnolia Creek, du verräterische Yankee-Hure.
Hier ist nur Platz für anständige und gottesfürchtige Leute.

Nur ein Feigling würde einer Frau einen Stein ins Fenster werfen und dann wegrennen. Dru knüllte das Blatt zusammen. Der Stein fühlte sich hart und kalt an, unbarmherzig und gnadenlos wie die Worte auf dem Papier. Der Brocken hatte beim Aufschlag den Boden tief eingedrückt. Saras Kind hätte tot sein können.

Dru ging in den Flur, wo Sara die jammernde Kleine in den Armen wiegte. Beide wandten ihm das gleiche Paar erschrockene Augen zu.

«Offenbar will dir jemand übel und möchte dich aus der Stadt vertreiben», erklärte er.

Sie war entsetzt, und zwar so sehr, dass ihr bestürzter Gesichtsausdruck sein Herz trotz seines Zorns und seiner Erbitterung berührte. Er empfand immer noch den Drang, sie zu beschützen. Sollte er den feigen Missetäter je entdecken, dann gnade ihm Gott.

Dru reichte ihr zögernd den Zettel und beobachtete ihr Gesicht, während sie ihn langsam las.

«Du hast also tatsächlich mit dem Feind geschlafen, Sara?»

Das war die letzte Kränkung. Bevor sie etwas entgegnen konnte, kehrte er ihr samt ihrem Bastard den Rücken zu und ging langsam in sein Zimmer. Als er das letzte Mal darin gewesen war, hatte Sara in seinem Bett geschlafen.

Der Raum erinnerte an einen kalten, stillen Schrein. Laken schützten die Möbel vor Staub. Er riss sie von Bett und Stühlen, schleuderte sie beiseite und ging zum Kleiderschrank. Die Tür knallte gegen die Wand, als er sie zu heftig öffnete. Es fehlte nichts. Alle seine Hemden und Hosen hingen ordentlich nebeneinander.

Er drehte sich einmal um die eigene Achse und sah seine Vergangenheit. Er musste fort. Er würde baden, sich umziehen und dann in die Stadt gehen. Vielleicht fand er dort die Antworten, die er suchte. Vielleicht konnte er den Feigling aufspüren, der sein Haus entehrt hatte.

14. Kapitel

Sara kehrte die Scherben zusammen und ließ Lissybeth in der Obhut einer verweifelten Louzanna. Sie ging in die Scheune, suchte Hammer, Nägel und Holz; und da sie Dru nicht um Hilfe bitten wollte, nagelte sie die Bretter selbst über die zerbrochene Fensterscheibe.

Dann wusch sie sich und zog ein dunkelblaues Kleid mit Paisleymuster an. Bevor sie Magnolia Creek verlassen hatte, hatte es perfekt gepasst, doch nun hing es ihr locker um die Taille, während das Mieder sich um ihre vollen Brüste spannte. Sie bürstete sich flüchtig das Haar und hockte sich dann zu Lissybeth, die zufrieden mit einem ihrer Schuhe spielte.

Sara streckte die Hand aus, betastete die Stelle auf dem Eichenboden, wo der Stein eine tiefe Delle hinterlassen hatte, und erschauerte.

Sie wusste nicht, was in Dru vorgegangen war, als er sie vor ein paar Minuten verlassen hatte. Er war so kalt und verschlossen geworden. Ihr war früher gar nicht aufgefallen, dass er auch eine so harte, bedrohliche Seite besaß, und erkannte diesen vom Krieg verwundeten, finsteren Fremden kaum wieder.

Lissybeth kam herangetappelt. Sara drückte sie mit einem Küsschen an sich, dann stand sie auf und nahm ihr kleines Mädchen auf den Arm. Im Spiegel neben dem Kleiderschrank erblickte sie ihr Spiegelbild und berührte ihre verunstaltete Wange.

Sicherlich hatte Dru gesehen, dass auch sie sich verändert hatte. Wie auch nicht? Sie war nicht mehr das Mädchen, das er einst geheiratet hatte, aber er hatte sie geliebt, all die Kriegsjahre hindurch, bis vor wenigen Stunden. Es war nicht so leicht, von einer Liebe zu lassen, das wusste sie sehr gut. Sie hatte ihn nie aus ihrem Herzen verbannen können, nicht einen Augenblick, nicht einmal, als sie mit Jonathan zusammen war.

Sie wünschte sich verzweifelt einen Neubeginn und schwor sich, alles nur Mögliche zu tun, um seine Vergebung zu erlangen und seine Liebe wieder zu gewinnen. Bis dahin würde sie darum kämpfen, ihm zu beweisen, dass sie immer noch die richtige Frau für ihn war, die Frau, die er hatte heiraten wollen.

Außerdem hatte sie eine Vereinbarung mit Louzanna getroffen, und die wollte sie einhalten.

Als sie das Zimmer verlassen wollte, um Kanincheneintopf zum Abendessen zu kochen, fiel ihr Blick auf das zugenagelte Fenster. Sie drückte Lissybeth fester an sich und schloss rasch die Zimmertür vor dem hässlichen Beweis dafür, dass jemand sie zur Hölle wünschte.

***

Dunkelgraue Wolken waren aufgezogen, während Dru zu Dr. Maximus Porter in der Maple Street unterwegs war. Er hatte den Hut tief ins Gesicht gezogen und war froh, dass nur wenige Leute auf der Straße waren. Er war nicht in der Stimmung, erkannt zu werden und Erklärungen abzugeben.

Doc Porter lebte in einem weiß verputzten, zweistöckigen Haus mit großer, überdachter Veranda. Eine Seitentür führte zu den Behandlungsräumen im Erdgeschoss. Dru erinnerte sich noch, wie er als Kind immer hierher gekommen war und sich gefreut hatte, wenn Doc Porter das dicke Bonbonglas auf seinem Schreibtisch öffnete.

Dru klopfte an die Seitentür. Nach ein paar Sekunden versuchte er es erneut, und schließlich schwang die Tür auf. Zuerst starrte Doc Porter ihn nur sprachlos an, dann zog er Dru in eine kräftige, bärenhafte Umarmung.

«So wahr ich hier stehe, ich hätte nie geglaubt, Sie in diesem Leben noch einmal wiederzusehen!» Der Doktor zog ihn in sein Büro und klopfte ihm dabei unaufhörlich auf die Schulter. «Herzlich willkommen unter den Lebenden, mein Sohn. Wie schön, Sie zu sehen.»

Docs alte Mischlingshündin Goldie kam langsam hereingetrottet und stupste mit der Nase an Drus Hosenbein. Er tätschelte ihr den Kopf, woraufhin sie sich zufrieden vor seinen Füßen auf den Boden fallen ließ.

«Dem Himmel sei Dank, dass Sie noch leben. Ich habe schon darum gebetet, dass sich ein neuer Arzt für diese Stadt findet. Kommen Sie ins Wohnzimmer, es gibt viel zu erzählen.» Doc Porter ging voran. «Ich habe gerade Teewasser aufgesetzt.»

Dru stieg über Goldie hinweg und folgte Doc Porter aus dem Behandlungszimmer in den Wohnraum des Haupthauses. Die Hündin kam hinterhergetrottet und legte sich auf einen Häkelteppich an der Haustür.

Die Wohnung war voll gestopft mit Dingen, wie Paare sie in vielen Ehejahren ansammeln. Die Tische waren mit Büchern, Bildern, Fotos, Vasen und Figuren überfüllt. An den Wänden hingen Familienporträts und Landschaftsbilder. Schondeckchen aus Häkelspitze schützten die Rücken- und Armlehnen zweier üppiger Polstersessel vor dem Kamin. Auf dem Treppenabsatz stapelten sich Zeitungen.

Doc Porter und seine Frau Esther waren kinderlos. Das kleine Haus, das sie sich als junge Eheleute gebaut hatten, genügte ihnen immer noch.

Dru stand neben einem Sessel, auf dem offenbar Esther am liebsten saß. Auf dem Beistelltisch lagen ein Buch und eine zusammengelegte Brille. Daneben stand ein Korb voller Stoffreste und fertiger Musterstreifen für einen Quilt. Esther hatte jahrelang zu Louzannas Nähkränzchen gehört. Dru schaute zur Küchentür und lauschte auf ihre Schritte, aber das Haus blieb still.

«Wo ist Esther?»

Maximus Porters dunkle Augen begannen verdächtig zu

glänzen. Der alte Mann nahm die Brille von der Nase, wandte sich ab und begann mit einem Hemdzipfel konzentriert die runden Gläser zu polieren. Schließlich räusperte er sich, legte dann sorgsam die dünnen Bügel um die Ohren und drehte sich wieder um.

«Sie ist gestorben. Vor sechs Monaten. Ihr Herz hat einfach aufgehört zu schlagen.»

«Das tut mir Leid.» Doch was halfen alle Worte. Sein Mitleid brachte dem Doktor seine Frau nicht zurück, aber mehr hatte Dru nicht anzubieten.

«Mir tut es auch Leid.» Maximus deutete auf Esthers Sessel. Dru versank in dem weichen Polster. «Ich hole Tee», sagte Doc Porter.

Dru war ganz und gar nicht nach Tee, aber der Doktor brauchte vermutlich eine Entschuldigung, um den Raum zu verlassen und seine Fassung wieder zu erlangen, also blieb Dru sitzen und starrte in den kalten Kamin, bis Doc Porter mit zwei Tassen starken, dunklen Gebräus auf einem Tablett zurückkam.

«Wir waren siebenundvierzig Jahre verheiratet», sagte Maximus unvermittelt mit bebender Stimme. «Ich habe mich noch nie im Leben so allein gefühlt. Ich dachte immer, ich würde vor ihr sterben, aber diesen maßlosen Schmerz würde ich niemandem wünschen, am wenigsten ihr.»

Dru saß schweigend da und nippte am dampfenden Tee. Sie bildeten ein schönes Paar, zwei Männer mit gebrochenem Herzen, die in ihre Teetassen starrten, aber Dru wollte sich seine Betroffenheit nicht anmerken lassen. Er erzählte Doc Porter, was er im Krieg erlebt und was ihn so lange fern gehalten hatte, wenngleich nicht alles.

«Ich hoffe, Sie sind bereit, mich abzulösen», sagte Maximus, als Dru fertig war. «Sie sind wirklich die Antwort auf meine

Gebete. Ich suche schon einen Nachfolger, seit ich von Ihrem Tod gehört habe. Esther und ich», er stockte und schluckte, «wir hatten immer auf Reisen gehen wollen. Sie wollte so gerne nach Schottland, in das Dorf ihrer Vorfahren.» Wieder musste er schlucken, aber nach einer Weile sagte er: «Ich muss fort. Hier erinnert mich alles an sie.»

Das waren fast genau Saras Worte. Auch sie hatte Dru angeblich überall gesehen.

«Und wann wollen Sie fort, Doc?»

«Je eher, desto besser. Und bevor Sie Geld für eigene Behandlungsräume ausgeben, benutzen Sie meine. Ich habe immer noch einiges an medizinischem Material. Manches war nach dem Krieg schwierig zu beschaffen, aber es wird allmählich wieder besser.»

«Ich kann doch nicht Ihre Praxis übernehmen», widersprach Dru.

«Warum nicht? Sie würde sonst leer stehen. Ich werde den Rest des Hauses abschließen. Sie können durch den Seiteneingang kommen und gehen.»

Doc Porters Angebot war ein Geschenk des Himmels. Er könnte nicht nur ab sofort praktizieren, sondern auch Sara aus dem Weg gehen.

Maximus setzte seine Teetasse auf einer Fußbank ab. An der Haustür kratzte Goldie sich träge am Hals.

«Die Hündin sitzt nur noch an der Tür und wartet auf Esther.» Der Doktor warf einen raschen Blick auf den Hund. «Ich fürchte, ich muss sie töten. Niemand will eine einsame alte Hündin.»

«Ich werde mich um sie kümmern», sagte Dru kurz entschlossen. Doc Porter hatte genug verloren. Er sollte nicht auch noch seinen Hund umbringen müssen.

«Manchmal komme ich mir so nutzlos vor wie Goldie.» Der Doktor seufzte und fuhr mit den Fingern hinter die Brille, um sich die Augen zu reiben.

«Sie haben doch noch viele Jahre vor sich, Doc.»

«Das befürchte ich auch.»

«Ich brauche Ihren Rat», erklärte Dru, und zum ersten Mal lächelte Doc Porter. Dru fragte sich, ob Maximus über Sara Bescheid wusste.

«Da gibt es noch eine Sache. Eine Sache, über die ich am liebsten gar nicht sprechen würde.» Dru stellte ebenfalls seine leere Tasse ab.

«Sara», sagte Doc Porter. «Ich glaube, jetzt ist es an mir zu sagen, dass es mir Leid tut. Es muss schrecklich für Sie gewesen sein, nach Hause zu kommen und festzustellen, dass Ihre Frau nicht mehr da ist.»

«Sara ist wieder da. Sie ist gestern zurückgekommen.»

«Demnach unmittelbar vor Ihnen.»

«Richtig.»

«Die Wege des Herrn sind unerforschlich», murmelte Doc Porter kopfschüttelnd.

«Sie hat ein Kind mitgebracht. Es ist nicht von mir.» Er schämte sich, davon zu sprechen, als wäre auch er schuld daran. Doch vor ihm saß ein Mann, der nicht nur körperliche Leiden behandelte. Doc Porter wusste auch vorurteilslos zuzuhören. So fühlte sich Dru unbefangen genug hinzuzufügen: «Sie meint, ich solle vergeben und vergessen und neu anfangen.»

«Einfach so?»

«Ja, einfach so.»

«Sie hat Sie für tot gehalten, Dru. Wie wir alle.»

«Das höre ich nicht zum ersten Mal.»

«Ich muss Sie warnen. Wenn Sie sie wieder aufnehmen, wird das nicht ohne Folgen bleiben. Einige Leute hier werden kein Verständnis für Ihre Entscheidung haben. Der Krieg war furchtbar. Wir hatten zeitweilig stark unter der Besatzung zu leiden. Als die Unionstruppen endlich abzogen, haben sie die Mühle niedergebrannt. Und alle arbeitsfähigen Sklaven eingezogen.»

«Sie haben Jamie mitgenommen, obwohl ich ihn gleich nach dem Tod meines Vaters freigelassen hatte.»

«Und Ihre Sara hat sich nicht gescheut, sich mit einem Unionssoldaten in der Stadt blicken zu lassen. Sie können sich vorstellen, was man davon gehalten hat, selbst wenn damals noch alles ganz harmlos gewesen sein sollte. Aber als die Yankees abgezogen waren, hieß es, sie sei mit einem von ihnen auf und davon.»

Dru rieb sich die Stirn, um die pochende Spannung dort zu lindern. «Sara hat vor dem Krieg nie wirklich Stellung bezogen, weil sie das von ihrer Familie her nicht kannte, deshalb wird es ihr gleichgültig gewesen sein, welche Uniform der Mann trug. Ihr war sicher nicht klar, dass die Leute in der Stadt das als Verrat ansehen würden, oder dass es selbst jetzt, nach Kriegsende, noch eine Rolle spielen könnte, was aber offensichtlich der Fall ist.»

«Wie ich von Esther weiß, hat es Louzanna sehr lange belastet, aber sie hat nie schlecht von Sara gesprochen. Lou hat hartnäckig behauptet, Sie wären noch am Leben, aber alle hielten das natürlich nur für eine ihrer Schrullen. Ich bin verdammt froh, dass Ihre Schwester Recht gehabt hat.»

Es herrschte Schweigen, während Dru verarbeitete, was Maximus gesagt hatte.

«Ich muss Ihnen nicht erzählen, dass wir in Kentucky harte

Zeiten durchgestanden haben, Dru, aber Sie haben bestimmt Schlimmeres erlebt. Sara hatte wahrscheinlich Todesangst. Der Krieg bringt die Leute dazu, Dinge zu tun, die sie sonst niemals tun würden.»

Als Doc Porter innehielt, sagte Dru: «Jemand hat Sara einen Stein ins Fenster geworfen.» Er griff in die Tasche und reichte Maximus den Zettel. Der Doktor las ihn und schüttelte den Kopf.

«Haben Sie eine Ahnung, wer das getan haben könnte?», fragte Dru.

«Es könnte jeder in der Stadt sein. Wie ich schon sagte, Sie dürfen nicht glauben, dass sich die Leute über Saras Anwesenheit freuen werden, aber bevor Sie sie verurteilen, sollten Sie bedenken, dass sie davon überzeugt war, Sie würden nie mehr zurückkehren. Ich weiß selbst nur zu gut, dass die Einsamkeit eine unerträgliche Last ist. Außerdem trübt ein gebrochenes Herz manchmal den Verstand.»

Sie schwiegen lange, dann fragte Doc Porter: «Und wie werden Sie sich Sara gegenüber verhalten?»

«Ich habe mich noch nicht entschieden», sagte Dru ehrlich und wünschte sich, es gäbe nichts zu entscheiden.

«Sie ist immer noch Ihre Frau.»

«Sie ist immer noch meine Frau.» Sein Magen krampfte sich zusammen. Eine Frau, die vielleicht gerade aus dem Bett eines anderen kam.

«Also, wie ich schon sagte», erklärte Doc Porter, «seien Sie gewappnet. Wenn sie hier bleibt, haben Sie womöglich die ganze Stadt gegen sich.»

15. Kapitel

Dru verließ Doc Porter mit neuer Entschlossenheit. Die häusliche Situation war sicherlich schwierig, aber immerhin hatte er jetzt ein Ziel. Dank der Großzügigkeit Doc Porters konnte er sofort mit der Arbeit beginnen.

Der Himmel wurde aschgrau, und ein leichter, unsichtbarer Nieselregen setzte ein, doch während Dru durch die vertrauten Straßen ging, umgab ihn Magnolia Creek wie ein vertrauter alter Mantel.

Gewundene, von zweistöckigen Häusern hinter gepflegten Rasenflächen gesäumte Straßen führten ins Zentrum mit seinen Geschäftshäusern und dem Rathausplatz mit Musikpavillon. Es war eine Bilderbuchstadt, die ihre einstige Blüte der von seinem Großvater erbauten Zuckermühle verdankte.

Wie lange würde Magnolia Creek brauchen, um sich wieder zu erholen? Wie lange würde es dauern, bis die Menschen den Krieg vergessen konnten? Er jedenfalls konnte sich nach jahrelangem Warten endlich als Arzt in der Stadt niederlassen.

Sein Vater hatte ihm brutal vorausgesagt, er würde es sicherlich bald satt haben, mitten in der Nacht aus dem Haus zu stürzen, um Erbrochenes aufzuwischen oder jemandem beim Sterben zuzusehen.

«Welcher richtige Mann wünscht sich einen Beruf, in dem er mit Hühnern und Gemüse bezahlt wird, wenn überhaupt?»

Drus Wunsch führte immer wieder zu Streit mit seinem Vater, aber Dru hatte sich schon früh darauf versteift, obwohl er nie genau hätte sagen können, warum.

Schließlich häuften sich die Auseinandersetzungen, unter denen seine kranke Mutter und Louzanna sehr litten, derart, dass Dru seinen Traum begraben und die Leitung der Mühle übernommen hatte, bis sein Vater eines Tages an Herzversagen starb.

Seine Mutter, Mary, die aufgrund nervöser Zustände und allgemeiner Schwäche schon lange ans Bett gefesselt war, folgte ihrem Mann wenige Wochen später.

Genau sechs Wochen nach der Beerdigung seines Vaters verkaufte Dru die Mühle, veranlasste die monatlichen Zahlungen an seine Schwester und ging nach South Carolina, um Medizin zu studieren.

In der Nähe des Stadtzentrums bog Dru in die Hauptstraße ein und spürte sofort die erstaunten Blicke der Passanten. Er musste immer wieder stehen bleiben, weil man ihn erkannt hatte. Endlich erreichte er die Bank, wo er einen Teil seiner Ersparnisse abhob und dem Bankdirektor eine vorläufige Erklärung zu seinem Überleben gab. Als er am Büro des *Magnolia Creek Sentinel* ankam, hatte er sich unzählige Aufschreie angesichts seiner Auferstehung anhören müssen.

Der *Sentinel* erschien ungefähr einmal in der Woche, je nach Berichtslage. In den Monaten vor dem Krieg waren die Seiten mit politischen Nachrichten aus Kentucky und dem ganzen Land gefüllt gewesen, doch in friedlicheren Zeiten beschränkten sich die wichtigsten Meldungen auf «Addie Smith versucht sich in Porzellanmalerei», «Gus Brown erntet Riesenkürbis» oder sogar «Der kleine Aimes verschluckt Penny und überlebt.»

Dru stieß die Tür zum Zeitungsbüro auf, in dem ein ihm unbekannter Halbwüchsiger an einem Schreibtisch saß.

«Ich bin Dru Talbot. Ist Abel da?» Er wartete, während der Bürojunge aufsprang und in den hinteren Raum schlüpfte, in dem die Druckerpresse stand. Innerhalb von Sekunden war der Junge wieder da, gefolgt von Abel Foster.

Abel hatte sich kaum verändert. Er war groß und schlank, sein hellbraunes, mit Pomade nach hinten gekämmtes Haar fiel ihm bis auf den Kragen. Sein Gesicht war lang, was durch den Backenbart noch betont wurde. Die Mundwinkel zog er stets skeptisch herab. Als er eine schmale Hand mit tintenbefleckten Fingern ausstreckte, schüttelte Dru sie kurz und kräftig.

«So, so.» Zunächst starrte Abel ihn nur an. «Wer ist denn da von den Toten auferstanden? Ich hole rasch Papier, damit ich mir gleich Notizen machen kann. Die Gelegenheit, einen Geist zu befragen, hat man schließlich nicht alle Tage.» Abel lachte über seinen eigenen Scherz und wühlte in seinem Schreibtisch, bis er ein Blatt, einen Federhalter, Federn und ein Tintenfass gefunden hatte.

Dru war nicht nach Lächeln zumute. «Ich wollte eine Anzeige aufgeben. Ich werde Doc Porters Nachfolge antreten.»

«Was Sie nicht sagen. Wie lange sind Sie denn schon zu Hause?»

«Seit heute Mittag.»

«Prima. Dann erscheint der Artikel über Sie ja noch, bevor allzu viele Leute davon gehört haben. Ich verstehe nicht, warum Minnie Sie nicht gesehen und mir Bescheid gesagt hat.» Er stockte, warf ihm einen verächtlichen Blick zu und sagte: «Wie ich gehört habe, kam Ihre Frau gestern wieder angeschlichen. Wenigstens können Sie sie jetzt vor die Tür setzen. Meine Frau hat mir erzählt, dass Ihre Schwester sie tatsächlich aufnehmen wollte. Louzanna war so stur, dass sie Minnie heute Morgen aus dem Haus geworfen hat.»

«Louzanna?» Dru konnte sich kaum vorstellen, woher seine Schwester den Mumm dazu genommen hatte. Er hätte fast gelächelt. Minnie Foster war eine der größten Klatschbasen der

Stadt, und vermutlich hatte die Nachricht von Saras Rückkehr schon überall die Runde gemacht.

«Wie geht es Arthur? Ist er gesund und munter zurückgekehrt?», wechselte Dru das Thema. Der Sohn der Fosters war älter als Dru. Er hatte sich als einer der Ersten aus Magnolia Creek zur Armee gemeldet.

Abel Fosters langes Armesündergesicht versteinerte. «Er ist in Vicksburgh gefallen.» Er schluckte, als könne er noch mehr sagen, wolle aber nicht. «Wann kann ich Sie wegen des Artikels befragen?»

Dru würde sich kaum Abel und damit der ganzen Stadt offenbaren. Sara hatte ihm offensichtlich schon viel zu viel Berühmtheit verschafft. Der Krieg war zu Ende. Soweit es Dru betraf, war seine Geschichte damit vorbei und vergessen.

«Ich möchte die Vergangenheit ruhen lassen, Abel. Warum sagen Sie mir nicht einfach, was ich unternehmen muss, um eine Anzeige aufzugeben?»

Abel reichte ihm ein Blatt Papier, sagte ihm, er solle seinen Text aufschreiben, und dieser würde in einem hübsch umrahmten Block unten auf Seite eins erscheinen.

Während sich Dru über den Schreibtisch beugte und seine Anzeige niederschrieb, stand Abel aufrecht neben ihm. «Wie war Ihnen denn zumute, als sie bei Ihrer Heimkehr Ihre Frau dort mit dem Kind eines anderen antrafen?»

Der Federhalter in Drus Hand glitt über die Seite und hinterließ einen Tintenklecks und eine geschlängelte Spur. Dru verharrte bewegungslos und kämpfte gegen den Drang an, Abel an die Kehle zu gehen.

«Was meinen Sie denn, wie mir zumute war, Abel?»

«Hat sie Ihnen gesagt, wer der Vater ist?»

«Ich habe nicht danach gefragt.»

«Sie hat es mit einem Yankee getrieben.»

Dru griff nach einem sauberen Blatt. Seine Hand umklammerte den Federhalter, als er sich zum Weiterschreiben zwang. *Neuer Arzt in der Stadt. Sprechstunden von Acht bis Fünf.*

«Sie hat sogar einmal versucht, mich zu verführen», sagte Abel und wippte auf den Fersen. «Ich an Ihrer Stelle würde sie davonjagen. Niemand in der Stadt würde Ihnen einen Vorwurf machen. Die meisten Leute haben Sie ohnehin für verrückt gehalten, eine Collier zu heiraten.»

Dru richtete sich zu seiner vollen Größe auf, machte einen Schritt auf Abel zu und blieb drohend vor ihm stehen, bis Abels selbstgefälliges Lächeln erlosch.

«Was in meinem Haus, mit meiner Frau geschieht, ist einzig und allein meine Sache, Abel. Haben Sie mich verstanden? Vielleicht sollten Sie lieber auf Ihre eigene Frau Acht geben.»

«Sara hat sich vor aller Augen mit einem ganzen Yankee-Regiment eingelassen, und das wird ihr niemand vergessen. Mein Junge wurde von diesen Mistkerlen umgebracht.»

«Wollen Sie Geld für diese Anzeige, Abel, oder soll ich jetzt lieber gehen?»

«Ich drucke Ihre Anzeige, aber so lange diese Frau unter Ihrem Dach weilt, würde ich an Ihrer Stelle keine großen Geschäfte erwarten.»

Als Dru fertig war, reichte er Abel das Blatt.

«Ich bin immer noch der einzige Arzt im Umkreis von fünfundzwanzig Meilen. Falls die Leute bis nach Hopkinsville laufen wollen, wenn sie Hilfe brauchen, dann sollen sie das ruhig tun.» Er griff in die Tasche und zog eine Hand voll Yankee-Dollars hervor, eine Währung, die ihm nun fremd vorkam.

Abel nannte eine Summe. Dru reichte ihm einen Dollar.

«Lassen Sie sie zwei Monate lang erscheinen», sagte er schon fast im Gehen.

«Aber klar, *Doc.*» Abel wartete, bis Dru beinahe zur Tür hinaus war, dann sagte er: «Vergessen Sie meine Worte nicht. Niemand wird Ihre Frau je wieder achten. Nicht nach dem, was vorgefallen ist.»

Dru ging, ohne sich noch einmal umzusehen. Er musste sich sehr beherrschen, die Tür nicht zuzuknallen. Bevor er sich auf den Heimweg machte, bestellte er noch im Gemischtwarenladen einige Waren, die ihm ins Haus geliefert werden sollten. Bei jedem Schritt in Richtung Ash Street hallten Abel Fosters Worte ihm in den Ohren.

«Sara hat sich vor aller Augen mit einem ganzen Yankee-Regiment eingelassen, und das wird ihr niemand vergessen.»

Einer hatte sich nicht einmal gescheut, Sara einen Stein ins Fenster zu werfen.

★★★

Sara stand in der Küche und badete Elizabeth in einer Abwaschschüssel, als sie die Haustür zufallen hörte. Bei dem Geräusch krampfte sich ihr Magen zusammen. Sie hatte den Tisch mit einem gefalteten Laken bedeckt und einen Stapel sauberer Handtücher bereit gelegt. Louzanna hatte ein Stück kostbarer Zitronenseife geopfert. Lissybeth planschte fröhlich im Wasser und sang vor sich hin.

Als Sara Drus Schritte im Flur hörte, erstarrten ihre Hände mitten in der Bewegung. Sie ließ die Seife fallen, die rasch im trüben Wasser verschwand. Elizabeth hörte Dru ebenfalls und begann, zu zappeln und sich zu winden, um über Saras Schulter schauen zu können.

Dru blieb in der Tür stehen, Haar und Schultern feucht vom leichten Regen. Sein schwarzes Haar glänzte. Er zögerte kurz, als ihre Augen sich trafen, und streifte Elizabeth mit kühlem Blick.

Er ging nicht weiter in die Küche, aber auch so füllte er den Raum mit seiner Anwesenheit. Jedes Mal, wenn Sara ihn sah, erinnerte sie sich wieder an seine Größe und Körperkraft, doch sie hatte ihn nie gefürchtet wie ihren Vater. Drus Kraft wirkte wohlbeherrscht, wenngleich nie der Eindruck entstand, er sei ein leichter Gegner.

«Wo ist Lou?» Seine dunklen Augen wanderten durch den Raum und bohrten sich wieder in ihre.

«Sie ist oben und liest.»

Sein Gesicht blieb ausdruckslos. Sie erwartete, dass er sich umdrehen und hinausgehen würde, aber er blieb im Türrahmen stehen, offenbar ebenso verlegen wie sie.

«Louzanna hat gesagt, du wolltest Doc Porter besuchen.» Sie seifte Elizabeth erneut ein, obwohl sie wusste, dass er sie immer noch ansah.

«Stimmt.» Er schien fest entschlossen, ihr die Unterhaltung nicht leicht zu machen.

«War er zu Hause?»

Er trat ein paar Schritte näher und geriet in Lissybeths Blickfeld. Das Mädchen quiekte und patschte ins Wasser, sodass Seifenwasser in Saras Augen spritzte.

Lissybeth begann gegen die Schüsselwand zu treten, während Sara, von der Seife geblendet, sich bemühte, sie mit einer Hand festzuhalten. Schließlich schloss sie die Augen und hielt Elizabeth mit beiden Händen fest.

Plötzlich spürte sie Dru direkt neben sich.

«Könntest du sie bitte für mich halten?» Sara konnte ihre

Augen immer noch nicht weit genug öffnen, um sich selbst zu helfen, und wagte nicht, Elizabeth loszulassen.

Er erstarrte, blieb aber, wo er war. Er stand so dicht vor ihr, dass Sara bei einer Bewegung seine Brust berührte und hörte, wie sein Atem rascher ging.

«Wenn du still hältst, wische ich dir die Augen ab», erklärte er.

Die Augen fest geschlossen, wandte sie ihr Gesicht dem Klang seiner Stimme zu. Sanft tupfte er mit dem Handtuch über ihre Augenlider, wobei er vorsichtig jede Berührung der verletzten Wange vermied. Dann hielt er ihr das Tuch unter die tränenden Augen, bis das Brennen ein wenig nachließ.

«Ich glaube, es geht wieder», sagte sie leise.

Er nahm das Handtuch fort, trat aber nicht zurück. Als Sara die Augen aufschlug, sah sie, wie vertraulich nahe er stand. Auch ihm fiel das offenbar auf, denn er trat rasch zurück, als sie ihm mit einem gezwungenen Lächeln leise dankte, und warf das feuchte Handtuch auf den Tisch.

Dass er sich weigerte, Elizabeth zu berühren, schmerzte sie, doch er hatte ihr geholfen. Die kleine Geste bedeutete vielleicht nicht viel, aber sie war ein Anfang.

* * *

Dru verweilte in der warmen Küche, in der es appetitlich nach Kaninchen und Lous Zitronenseife roch. Gegen seinen Willen zog Sara ihn magnetisch an, er fand sie betörend und verführerisch wie bei ihrer ersten Begegnung.

Während des Krieges hatte er sie sich immer wieder vorgestellt, jede Kleinigkeit, ihr Lachen, ihr Lächeln, die Art, wie ihr Blick ständig den seinen suchte. Er hatte sich ihre Unterhaltungen ins Gedächtnis zurückgerufen, die Art, wie sie kokett den Kopf zurückwarf und ihn immer unter gesenkten Wimpern hervor ansah. Im Augenblick war sie zwar keineswegs kokett, doch er fühlte sich immer noch unwiderstehlich von ihr angezogen.

Mittlerweile hielt er das Aussehen einer Frau eigentlich für weniger wichtig als ihren Verstand und ihre Bereitschaft, mit ihm durch dick und dünn zu gehen. Er hatte eine gütige, kluge und zärtliche Frau heiraten wollen, die einmal eine gute Mutter sein würde – und das zumindest war ihm offenbar auch gelungen. Er sah, wie sehr Sara ihr Kind liebte.

Sie hatte ihn schon immer instinktiv angezogen. Nicht einmal jetzt konnte er diese unwiderstehliche Kraft leugnen. Sara war nicht mehr das junge Mädchen, das er verlassen hatte, sondern eine Frau mit einer sehr viel üppigeren und umso verführerischeren Figur. Das Mieder ihres Kleides war feucht und viel zu eng. Unter dem dünnen Stoff zeichneten sich ihre aufgerichteten, lockenden Brustwarzen ab.

Während er zusah, wie sie das patschnasse Kind aus der Schüssel hob und es abzurubbeln begann, verspürte er einen Hunger, der stärker war als der auf den appetitlich duftenden Kanincheneintopf. Er konnte sich mühelos vorstellen, wie sich ihre glatte Haut unter seinen Händen anfühlte. Während sie damit beschäftigt war, ihre Tochter abzutrocknen, weidete sich sein Blick an der Biegung ihres weißen Halses und den feuchten Ringeln an ihrer Schläfe. Dann, als spüre sie seinen Blick, ließ sich Sara von ihrer Aufgabe ablenken.

Ihre Blicke trafen sich. So nah, dachte er. So nah an allem, was er sich so lange gewünscht hatte. Und doch so weit davon entfernt.

Ihre Blicke hielten einander fest, bis das Kind nach dem Seifenstück griff, daran leckte und Spuckgeräusche von sich gab. Sara lenkte die Kleine mit einem Küsschen auf die Nase ab und stibitzte ihr dann die Seife.

Damit war Dru wieder zum Außenseiter geworden. Er wandte sich ab und verließ den Raum, bevor Sara wieder in seine Richtung sehen und ihn mit einem Blick fesseln konnte.

16. Kapitel

Das ganze Abendessen hindurch bemühte Lou sich nach Kräften, trotz der angespannten Atmosphäre ein Gespräch in Gang zu halten, aber Dru saß kalt schweigend da und schlang den Eintopf hinunter, bis Sara sich hastig ins Gästezimmer zurückzog.

Dort schob sie Elizabeth in ihrem Bettchen so weit wie möglich vom Fenster weg, in die Lücke zwischen dem eigenen Bett und der gegenüberliegenden Wand.

Als Lissybeth eingeschlafen war, zog Sara ihr Nachthemd an und bürstete ihr Haar, bildete sich aber gar nicht erst ein, sie könnte Ruhe finden.

Neben Dru am Tisch zu sitzen war ein quälendes Erlebnis gewesen, das sie mehr als erschüttert hatte. Aus den Augenwinkeln hatte sie ihn beim Essen beobachtet, vor allem seine Hände – starke, heilende Chirurgenhände, Hände, die sie einst so wunderbar und zärtlich geliebt hatten. Er hatte damit nicht nur ihren Körper, sondern auch ihre Seele berührt.

Zahllose Erinnerungen an jene wenigen und umso kostbareren Tage ihrer jungen Liebe stürmten auf sie ein. An müßigen Nachmittagen, wenn Louzanna mit ihren Quilts beschäftigt war, hatten sie die Wälder hinter dem Haus durchstreift, und Sara hatte Dru gezeigt, wo die Kräuter zu finden waren, deren Anwendung er während des Studiums kennen gelernt hatte. Sie wanderten unter Baldachinen aus Zuckerahorn und Buche. In der fruchtbaren Erde darunter entdeckte sie Blutkraut, Glockenblume, Wasserblatt und Baldrian. Sie rasteten zwischen goldgelben Butterblumen, und Dru kniete nieder und pflückte ihr eine Hand voll – der erste Strauß, den man ihr je geschenkt hatte –, und die bloße Berührung seiner Hand jagte ihr Schauer über den Rücken.

Ruhelos begann sie auf und ab zu laufen. Dort, wo kein Teppich lag, fühlten sich die Dielen unter ihren bloßen Füßen kalt an. Sie rieb sich die Oberarme und wünschte, ihr Nachthemd wäre nicht aus Musselin, sondern aus dickerem Stoff.

Nachdem sie sich vergewissert hatte, dass Lissybeth gut zugedeckt war, kroch Sara ins Bett und zog die Decken über sich. Sie hörte das Einschnappen einer Tür auf der anderen Seite des Flures. Auch Dru war endlich schlafen gegangen.

Es musste ihm doch möglich sein, zu vergeben und vergessen.

Es musste ihr doch möglich sein, zu ihm durchzudringen.

Sie warf die Decken zurück, trat vor den Spiegel, fuhr sich mit den Händen über den Körper, stellte sich auf die Zehenspitzen, legte die Hände vor den Bauch und drehte sich hin und her. Nach Elizabeths Geburt hatte sie ihre Figur rasch wiedergewonnen, was hauptsächlich am Nahrungsmangel lag.

Früher wäre sie vor keiner Herausforderung davongelaufen. Dru hatte sich in ein mutiges, tatkräftiges Mädchen verliebt – zwei Eigenschaften, von denen man in letzter Zeit wenig gesehen hatte.

Sie sah Dru in seinem Zimmer vor sich, allein mit seinem

Kummer, und plötzlich erinnerte sie sich an eine von Großvaters Weisheiten.

Die Liebe schweißt die Menschen zusammen, mehr noch als Blut, mehr als jeder Schwur.

Die Liebe ist der Schlüssel.

Die Liebe macht alles wieder gut.

Sie fuhr sich mit den Händen durchs Haar und trat an Lissybeths Bettchen. Das Kind lag fest schlafend auf dem Rücken, die kleinen Fäuste neben dem Kopf. Mit seinen goldenen Locken, dem Schmollmund und den weichen Wimpern auf den zarten Wangen sah es aus wie ein Engel.

Sie liebte Elizabeth von ganzem Herzen, genauso wie Dru. Aber auch Louzanna, Großvater und Mama hatten einen Platz in ihrem Herzen.

Sie war überzeugt davon, dass die Liebe keine Grenzen kennt. Es wurde Zeit, dass auch Dru das einsah.

Sara holte tief Luft, ging leise zur Tür und ließ sie einen Spalt offen stehen, falls Elizabeth aufwachen und nach ihr rufen sollte.

Dann trat sie in den Flur hinaus und machte sich auf den Weg zu Dru.

★ ★ ★

Dru stand im Dunkeln am Fenster und schaute in den Regen, der durch den Lichtkegel der Gaslaterne an der Straßenecke fiel. Der weiße Lattenzaun vor dem Haus musste geflickt werden. Einige Latten fehlten oder hatten sich gelockert und standen schief. Er durfte nicht vergessen, sich bald darum zu kümmern, und da das früher Jamies Aufgabe gewesen wäre, wanderten Drus Gedanken zu ihm.

Er war so in Gedanken versunken, dass er nicht hörte, wie die Tür aufging, sondern nur den kühlen Luftzug wahrnahm. Er spürte, dass Sara gekommen war.

Sie blieb in ihrem dünnen weißen Nachthemd im Türrahmen stehen und wartete unsicher auf seine Reaktion. Sein Körper reagierte prompt und verräterisch, obwohl er seine Erregung zu bekämpfen suchte.

Er blieb mit dem Gesicht zum Fenster stehen, holte tief Luft, ballte die Fäuste und versuchte, sich auf die Regentropfen zu konzentrieren, die außen an der Scheibe hinunterrannen. Obwohl ihm heiß war, lief ihm kalter Schweiß über die Stirn.

Er hätte sie gleich beim Eintreten wieder wegschicken sollen, aber da kam sie schon zu ihm. Die Dielen protestierten, doch er blieb kalt und stumm wie ein Fisch. Er wusste genau, dass sie hinter ihm stand. Er konnte ihre Wärme spüren.

Plötzlich berührte sie ihn unversehens an der Schulter und fuhr ihm mehrmals mit der Hand über den Arm. Als ihr warmer Atem seinen Hemdrücken streifte, wäre er fast schwach geworden. Er ließ seine Hilflosigkeit an ihr aus und fuhr sie an:

«Verschwinde, Sara.»

«Bitte, Dru, sieh mich an.»

Er verweigerte ihr die Antwort und wandte ihr weiter schweigend den Rücken zu, erbittert über die pochende Hitze in seinen Adern und die Regung in seinen Lenden. Sie wusste genau, was sie ihm damit antat, im Nachthemd hier im Dunkel aufzutauchen und ihn zu berühren. Er hasste sie für die Macht, die sie über ihn hatte.

«Du hast mich doch geliebt, Dru. Wäre es so schwer, mich wieder zu lieben?»

Er hätte gern das Gesicht an die kalte Fensterscheibe gepresst, seine erhitzte Haut gekühlt, aber er wollte ihr gegenüber keine Schwäche zeigen.

«Die Zeiten haben sich geändert», sagte er.

Er wünschte sich, sie würde gehen. Sie presste sich von hinten an ihn und legte ihre Hand auf seine Schulter. Die Berührung war fast zu viel für ihn.

«Geändert? Inwiefern geändert? Du hast mich geliebt, als du heute über den Hof gelaufen kamst. Du hast mich geliebt, als du mich in den Arm genommen und geküsst hast. Du hast mich geliebt, bis Elizabeth Mama rief und dir aufging, was geschehen ist.»

Ihre Stimme war so warm und verführerisch wie ihre Berührung. Sie ließ ihm keine Zeit zu antworten.

«Behaupte nicht, du würdest mich nicht lieben, Dru Talbot, denn ich weiß, dass du lügst. Liebe hört nicht plötzlich auf. Das weiß ich leider genau. Ich *weiß* es, weil ich aufhören wollte, dich zu lieben, und es mir nicht gelungen ist.»

«Herrgott nochmal, du warst mit einem anderen Mann zusammen!» Er schüttelte ihre Hand ab und wirbelte herum. Ihre Zehen berührten sich. Er war barfuß wie sie, aber wenigstens noch angezogen. Er lehnte sich an das Fenster, sodass die frostige Kühle der feuchten Scheibe sein Leinenhemd durchdrang – was nicht besonders hilfreich war.

«Die ganze Stadt weiß es.»

«Seit wann kümmert dich die Meinung anderer Leute, Dru? Sie hat dich doch auch nicht daran gehindert, mich zu heiraten. Bestimmt glaubten viele, ich wäre nicht gut genug für dich, aber das hat dich nicht gestört. Die Meinung der Leute hat dich auch nicht davon abgehalten, Jamie freizulassen oder nach dem Tod deines Vaters die Mühle zu verkaufen. Du bist ein Mann, der tut, was er für richtig hält, egal, was die

Leute dazu sagen. Zumindest warst du das vor dem Krieg. Vielleicht haben sich gar nicht die Zeiten geändert. Vielleicht hast nur *du* dich geändert.»

Er musterte sie von oben bis unten und stellte sich vor, wie er in ihrem taillenlangen Haar ertrank, während sie sich liebten.

«Du hast Recht. Ich verstehe wirklich nicht, wie du hier einfach hereinmarschieren und behaupten kannst, du würdest mich immer noch lieben, nach allem, was du mir angetan hast. Hat dir dein Liebhaber denn gar nichts bedeutet? Gab es etwa mehr als einen?» Nun hatte er sie doch getroffen, denn sie trat einen Schritt zurück. «Mit wie vielen Männern hast du geschlafen, Sara? Weißt du überhaupt, von wem das Kind ist?»

Ihre Hand kam aus dem Nichts. Sie schlug ihn so fest, dass er zurücktaumelte, bevor er ihr Handgelenk packte und sie an sich zog, so eng, dass ihre Brüste an seinen Brustkorb gepresst wurden. Dass sie ihm körperlich nicht gewachsen war, lag auf der Hand, aber sie wusste so gut wie er, dass er nie eine Frau schlagen würde. Sonst hätte sie bestimmt nicht gewagt, die Hand gegen ihn zu erheben.

So unvermittelt, wie er sie gepackt hatte, ließ er sie wieder los, als hätte er sich an ihrer Haut verbrannt. Dann, erschöpft von all den Ereignissen der letzten, schrecklichen Stunden, seufzte er müde und enttäuscht auf.

«Ach, Sara. Es war ein netter Versuch, aber ich will dich wirklich nicht mehr.» Er machte einen Schritt und wollte an ihr vorbei.

Sie hakte sich bei ihm ein und zwang ihn, ihr in die Augen zu sehen: «Ich glaube dir nicht.»

«Glaubst du denn, ich könnte dich jemals wieder berühren, ohne mich zu fragen, ob du nicht in Gedanken bei ihm bist?»

«Das wäre ich ganz bestimmt nicht, das garantiere ich dir.» Ihr Ton war schneidend wie der Nordwind.

Dru wollte zum Bett, besann sich dann aber und stellte sich hinter einen Stuhl am Schreibtisch. Durchs Seitenfenster konnte man Abel Fosters Haus erkennen. Bis auf ein Licht in einem der oberen Zimmer war es dunkel.

Ihm fiel ein, was Abel über Sara geäußert hatte, und das bestärkte ihn in seinem Entschluss.

«Was soll nur aus uns werden?» Ihr Mut hatte sie verlassen, und an seine Stelle schien Verwirrung getreten zu sein.

Er umklammerte die Stuhllehne. Statt hinauszugehen, kam sie auf ihn zu und stellte sich allzu dicht vor ihn. Ihre Stimme berührte ihn wie eine Liebkosung. «Ich würde gehen, wenn ich irgendwo anders hin könnte, Dru, aber mit Elizabeth geht das nicht. Glaube mir, ich habe versucht, Arbeit zu finden.» Sie stockte. «Dem Himmel sei Dank, dass Lou mich aufgenommen hat, sonst hätte ich nie erfahren, dass du noch lebst.»

Sie verschränkte die Hände vor der Taille, sodass ihr Nachthemd sich eng an den Körper schmiegte und ihre Figur betonte. Rasch redete er sich ein, dass sie diese verführerische Geste berechnet hatte, und versuchte, über ihre Reize hinwegzusehen.

«Ich habe Lou versprochen, dass ich ihr im Haushalt helfe», sagte sie. «Ich will mit dem Garten anfangen, sobald der Regen nachlässt. Dir kann ich auch helfen, Dru. Großvater hat mir Kräutersamen gegeben, die du benötigen wirst. Ich will alles tun, damit du Erfolg hast.»

«Deinetwegen und wegen deines Rufes in dieser Stadt werde ich vielleicht nicht einmal Patienten haben.» Seine Enthüllung traf sie bis ins Mark, und ihre Augen füllten sich mit Tränen.

«Es tut mir so Leid.»

«Spar dir die Entschuldigung. Geh einfach wieder in dein Zimmer.»

Sie sah sich um und tat sogar einen Schritt in Richtung Tür, blieb aber noch einmal stehen. Heiße Wellen der Anspannung durchliefen ihn. Wenn sie noch lange blieb, würde er sich nicht länger beherrschen können, denn heute Nacht hatte er eigentlich seine Heimkehr feiern, endlich wieder mit ihr schlafen wollen. Sein Blick wanderte zum großen, leeren Bett.

Mit jedem Schlag forderte sein Herz ihn auf, sie in die Arme zu schließen, zu nehmen, was sie ihm darbot, doch das würde alles nur noch schwieriger machen. Er beherrschte sich und schwieg.

«Was nun, Dru?» Sie seufzte tief. Eine Hand am Türrahmen, sah sie sich noch einmal um und flüsterte fast unhörbar: «Wenn du mich nicht mehr lieben kannst, dann solltest du dich von mir scheiden lassen.»

***

Im Schutz der Dunkelheit lehnte sie vor Drus Zimmer an der Wand, um die Reste ihrer Selbstachtung zu sammeln. Nicht nur, dass er sie abgewiesen hatte, er hatte ihr soeben auch unterstellt, mit einem ganzen Yankee-Regiment geschlafen zu haben. Und was noch schlimmer war, er glaubte, ihr Ruf könne seinen Ruin bedeuten.

Wenn Elizabeth nicht wäre, würde sie ihre Sachen packen und fortgehen, aber mit dem Kind würde sie kaum eine Anstellung als Haushälterin oder Kindermädchen finden.

Im Augenblick hatte sie keine andere Wahl. Doch wie lange

würde sie Drus Verachtung ertragen können? Wie lange würden sie beide dieses Leben aushalten?

Er konnte ja nicht einmal mit ihr in einem Raum sein. Aber sie wollte einfach nicht aufgeben und versuchte sich einzureden, dass er vielleicht doch noch auftauen würde. Langsam ging sie über den Flur und zwang sich, nicht mehr an ihren Kummer zu denken.

Falls der Regen aufhörte, würde sie morgen früh Lous Garten umgraben. Dann wären ihre Hände, und hoffentlich auch ihr Kopf, beschäftigt. Außerdem hatte sie Lou am Abend versprochen, ihr zu zeigen, wie man Maisbrot backt.

Das Leben ging weiter. Sie musste nur stark bleiben und Dru beweisen, was für eine verteufelt gute Ehefrau sie war, oder daran zugrunde gehen.

17. Kapitel

Kaum war Saras Zimmertür zugefallen, floh Dru nach unten in den Salon. Er schenkte sich etwas von dem besten Bourbon Kentuckys ein. Seine Hand zitterte, als er ein Kristallglas halb voll goss.

Na wunderbar. Ein Chirurg, der seine Hände nicht unter Kontrolle hat.

Schon nach wenigen Wochen war er zum Chefchirurgen ernannt worden, sodass er nicht mehr nur erste Hilfe leistete. Die Verwundeten brachte man in Fuhrwerken, Kutschen, auf schmutzigen, blutbefleckten Tragen zu ihm in die Feldlazarette und Ambulanzen. Er lernte, in Scheunen, Schuppen, Schulen, Amtsräumen und Wohnungen zu operieren. Mehr als einmal hatte er Türen aus Gebäuden gerissen und zu provisorischen Operationstischen umfunktioniert.

Gegen Kriegsende, als die Konföderierten überall an Boden verloren, hatte er mitten im Kampfgetümmel komplizierte Operationen durchführen müssen.

Und nicht ein einziges Mal hatten seine Hände gezittert. Nicht ein einziges Mal hatte er um sein Leben gefürchtet, obwohl er sich oft fragte, ob sein Entschluss, zur Armee zu gehen, wohl richtig gewesen war und ob er wirklich alles ihm Mögliche für die Verwundeten tat.

Als er in seinen Whiskey starrte, der in seinen zitternden Händen schwappte, traf ihn wie ein Blitzschlag die Erkenntnis, dass sein Verlangen nach Sara mehr Macht über ihn hatte als die Angst vor einer Kugel der Yankees.

Er stürzte den Whiskey hinunter, schenkte sich noch einmal drei Finger breit ein, hob das Glas und sah zu, wie das Lampenlicht in den kristallenen Facetten tanzte. Dieses Mal zwang er sich, langsam zu trinken, denn es wäre eine Sünde gewesen, das volle, milde Aroma des edlen Bourbon nicht zu genießen. Doch den brennenden Schmerz in seiner Seele konnte auch der Alkohol nicht lindern.

Der zweifellos längste Tag seines Lebens wollte anscheinend kein Ende nehmen. Nachdem er Sara abgewiesen hatte, würde Dru wohl nicht so bald einschlafen können.

Er versuchte, sich mit Arbeit abzulenken. Er klappte den Sekretär seines Vaters auf, zog einen Stuhl heran und setzte sich, um aufzuschreiben, welche Materialien er benötigte. Morgen würde er dann nachsehen, was Doc Porter davon vorrätig hatte. Er legte sich das Blatt zurecht, prüfte die Feder auf dem Federhalter, spielte mit dem Tintenfass, aber er konnte sich nicht konzentrieren.

Mit jedem Atemzug musste er an Sara denken. Bei jedem Knarren des alten Hauses stockte ihm das Herz. Er erinnerte sich daran, wie sie ausgesehen hatte, als sie an ihrem Hochzeitstag die Treppe heruntergekommen war.

Wie lange konnte er sich versagen, was er sich auf der ganzen Welt am meisten wünschte?

Als er das Whiskeyglas geleert hatte, ließ seine Anspannung nach. Er schloss die Augen, streckte sich und hörte im Geist Saras Stimme.

«Was nun, Dru?»

«Dann solltest du dich von mir scheiden lassen.»

Was nun? Er konnte sich immer noch in die Arbeit stürzen.

Doch ganz bestimmt würde er sie nicht vor die Tür setzen, bevor er nicht wusste, dass es einen sicheren Ort für sie gab.

Er hatte keine Ahnung, was man unternehmen musste, um sich scheiden zu lassen. In seiner Bekanntschaft war so etwas noch nie vorgekommen, aber Hugh Wickham war Anwalt und hoffentlich immer noch sein bester Freund.

Außerdem war Hugh ihm nach den Ereignissen in Shiloh wohl eine kostenlose Beratung schuldig.

Dru griff noch einmal zur Whiskeykaraffe, und dieses Mal schenkte er sich einen kleinen Schuss mehr ein. Er prostete sich selbst zu und ließ die hellbraune Flüssigkeit im Glas kreisen, bevor er einen Schluck trank. Dann drehte er sich zur leeren Treppe um und hob erneut das Glas.

«Auf unsere Heimkehr, Sara», sagte er. «Auf unsere Heimkehr.»

* * *

Es war ein heller, sonniger Morgen, wie es sich für einen Frühlingstag gehörte.

Louzanna stand wie gewohnt in aller Frühe auf, um Dru ein herzhaftes Frühstück zu bereiten, damit er wieder etwas auf die Rippen bekam, doch wie sie enttäuscht feststellte, war er schon fort. Er hatte Feuer im Herd gemacht und einen Zettel auf den Küchentisch gelegt. Er wollte zur Farm der Wickhams, um Hugh zu besuchen.

Neben Drus Zettel lag der *Magnolia Creek Sentinel*, noch gefaltet und zusammengebunden. Sie zog das Band ab, schlug ihn auf und überlegte, ob Minnie die Zeitung wohl als Friedensangebot auf die Hintertreppe gelegt hatte.

Die Ausgabe umfasste wie üblich nur kümmerliche sechs Seiten. Lou blätterte sie durch und überflog die Schlagzeilen, bis ihr Blick an einem Artikel von Abel Foster hängen blieb. Die Überschrift lautete: «Verräterin in unserer Mitte».

Lous Herz begann heftig zu schlagen, als sie feststellte, dass es in dem Artikel einzig und allein um Saras Heimkehr ging. Abel stellte die Frage, wie eine Frau mit einem unehelichen Kind es wagen konnte, wieder in Magnolia Creek aufzutauchen.

Den letzten Absatz las Lou tief erschüttert zweimal.

«Es ist die erklärte Meinung des Herausgebers, dass die Talbots eine Verräterin in unserer Mitte beherbergen. Das oben genannte verdorbene Flittchen erdreistet sich nicht nur, mit der Frucht ihrer Schande in den Armen wieder in der Stadt aufzutauchen, sondern es ist ihr außerdem gelungen, sich bei eben der Familie einzuschleichen, die sie in aller Öffentlichkeit bloßgestellt hat. Gott möge ihnen beistehen.»

Dann rief Abel alle anständigen Bürger auf, nicht zu vergessen, was Magnolia Creek im Krieg durchgemacht hatte, und sich nicht von Gefühlsduseleien beeinflussen zu lassen. Louzanna knüllte die Seiten zusammen, ging zum Herd, öffnete die Klappe und schleuderte die Zeitung hastig ins Feuer. Mit einem lauten Knall warf sie die Eisenklappe zu und verriegelte sie fest. Dann legte sie die Hände an die Wangen und sah zu, wie die infamen Seiten im Ofen verbrannten.

Was, in Gottes Namen, sollten sie tun? Würde Abels Artikel nicht die ganze Stadt gegen sie aufhetzen?

Falls Dru den Artikel zu Gesicht bekäme, *wenn* er ihn zu Gesicht bekam – denn sicher würde jemand ihn darauf aufmerksam machen –, wer weiß, wie er dann reagieren würde. Ärgerlich holte Lou Besteck und Geschirr aus dem Schrank.

Ausgerechnet heute war ihr Quilt-Tag. Um zehn sollte ihr Damenkränzchen kommen. Aus den Lebensmitteln, die Dru gestern besorgt hatte, hatte sie einen Teekuchen backen wollen, denn ihre Freundinnen sollten unbedingt an ihrem Überfluss teilhaben. Für die meisten Leute war Mehl immer noch unerschwinglich, und sie selbst hatte nicht einmal versucht, welches zu bekommen, seit es so ein Luxusgut geworden war. Jetzt fragte sie sich, ob überhaupt eine der Damen erscheinen würde. Mit Minnie Foster brauchte sie ganz gewiss nicht zu rechnen.

Lous Nerven waren so überreizt, dass sie schließlich Masons Ring umklammerte und zusammenhanglose Melodien zu summen begann. So stand sie neben der Anrichte mit dem offenen Mehltopf und starrte ins Leere, als Sara hereinkam.

***

Sara trug wieder Drus alte Sachen, um den Garten umzugraben, solange die Erde noch feucht war und die Sonne schien.

Der Mond nahm gerade zu, eine gute Zeit, Blattgemüse zu pflanzen. Mit Lissybeth im Arm betrat sie die Küche und fand Louzanna Melodiefetzen summend mit entsetzt aufgerissenen Augen vor.

«Louzanna? Geht es dir gut?» Sie berührte Lou an der Schulter.

Drus Schwester zuckte zusammen, nestelte an ihrem Rock und begann dann wütend Mehl aus dem offenen Topf in eine Schüssel zu schaufeln, dass es nur so stäubte.

«Ja, ja, mir geht es gut. Hast du gut geschlafen? Ich schon. Aber sicher. Heute kommt doch das Nähkränzchen. Ich will einen Kuchen für die Damen backen, für uns natürlich auch.» Ihre Stimme klang hoch und gepresst. Sie sprach zu schnell, ihr Blick flackerte.

Als Lou sich die Hände an ihrem schwarzen Rock abwischte und Mehlabdrücke darauf hinterließ, kam Sara zu dem Schluss, dass irgendetwas ganz und gar nicht in Ordnung war, und eilte in die Speisekammer, wo sie Louzanna kleine Päckchen mit gemahlenen Kräutern und Wurzeln hinterlassen hatte, damit Jamie und ihre Schwägerin Tee daraus kochen konnten.

«Ich mache dir eben einen kleinen Beruhigungstee, Lou. In Ordnung?» So wie Louzanna im Augenblick aussah, stand sie offensichtlich kurz vor einem Zusammenbruch.

Sara ging zur Kochplatte des Holzofens und setzte den Kessel direkt aufs Feuer. «Machst du dir Sorgen, was deine Freundinnen davon halten könnten, dass ich hier wohne?»

«Huch!» Lou zuckte zusammen, und sie hörte sich an, als hätte man sie gezwickt. «Aber nein.» Sie blickte zum Herd und schüttelte den Kopf.

Da Sara wusste, was die wöchentlichen Treffen mit ihren

Freundinnen für Lou bedeuteten, mochte sie gar nicht daran denken, dass sie möglicherweise Lous einzigen Kontakt mit der Außenwelt gefährdete. Sie ging ins Esszimmer, um die Porzellankanne zu holen.

Louzannas Stimme schallte hinter ihr her, ungewöhnlich hoch und gepresst. «Wenn jemand nicht kommen will, weil Dru und ich dich wieder bei uns aufgenommen haben, dann war diejenige doch wohl keine besonders gute Freundin, oder?»

Sara ging wieder in die Küche zurück und prüfte, über den Kessel gebeugt, ob das Wasser kochte.

«Wo ist denn Dru?», fragte sie mit bemüht gleichgültiger Stimme.

«Er ist zur Farm gegangen, um Hugh Wickham zu besuchen. Ich nehme ihm nicht übel, dass er sofort zu ihm wollte. Schließlich hat Hugh doch Schuld an all diesen Problemen. Wenn er nach seiner Rückkehr nicht behauptet hätte, Dru wäre in seinen Armen gestorben, dann wäre das alles doch gar nicht geschehen.»

Hugh Wickham. Natürlich würde Dru ihn besuchen wollen, um ihm mitzuteilen, dass er noch lebte, doch Hugh Wickham war auch Anwalt.

Wenn Dru beschlossen hatte, sich scheiden zu lassen, dann war Hugh genau der Mann, den er aufsuchen musste.

An dieser Stelle begann Elizabeth zu quengeln und wollte heruntergelassen werden. Sara küsste sie auf die Wange, bevor sie sie absetzte, und stellte sich vor, wie ihr Leben wohl ohne das Kind aussähe – wenn das alles, wie Lou gesagt hatte, tatsächlich gar nicht geschehen wäre.

Die Schande konnte sie ertragen, aber ein Leben ohne Elizabeth schien ihr undenkbar.

«Mag die Kleine Kuchen?» Lou sah zu, wie Lissybeth ins Gewächshaus tappelte und auf die Holzkiste zusteuerte.

«Ganz bestimmt.»

«Ich möchte mich an Mamas Lieblingsrezept versuchen», sagte Lou über die Schulter. «Dank Dru gibt es Speck zum Frühstück, außerdem haben wir noch einige Eier.»

Das Wasser begann zu sieden. Sara gab die Kräuter für Lous Tee in die Kanne. «Eine Tasse solltest du zügig trinken, dann die zweite ganz langsam.»

Louzanna, die gerade ein Ei an der großen Rührschüssel aufschlagen wollte, hielt inne und sah Sara an. «Es ist wirklich alles in Ordnung.»

«Nur zur Vorbeugung», sagte Sara freundlich. «Damit du dich nicht so schnell aufregst.»

Dann füllte sie die Kanne mit Wasser und stellte sie beiseite, damit der Tee ziehen konnte. Um Lous kritischen Zustand nicht aufzubauschen, sagte sie: «Ich esse schnell einen Happen und gehe dann in den Garten. Lissybeth nehme ich mit, solange deine Freundinnen da sind.» Lou war nicht in der Verfassung, auch noch Elizabeth um sich zu haben.

«Ach, Sara.» Lous Unterlippe bebte. Ihre Augen füllten sich mit Tränen.

Sara kam durchs Zimmer und legte ihrer Schwägerin den Arm um die Schulter. «Ich wollte dich keineswegs verletzen.»

Lou bekam große Augen. Sie versuchte die Tränen fortzublinzeln. «Bitte sei draußen vorsichtig, ja? Was ist, wenn der Steinewerfer noch einmal kommt? Was machst du dann? Bleib im Haus. Du musst dich nicht draußen vor meinen Freundinnen verstecken, das ist völlig unnötig. Und ich würde auch das Kind nicht verstecken.» Sie bedeckte ihre Augen mit den Händen und atmete tief durch.

«Ich habe keine Angst vor einem feigen Steinewerfer», versicherte ihr Sara.

«Dann lass mich wenigstens auf Elizabeth aufpassen.»

«Dann kommst du aber kaum zum Nähen.» Sara lachte leise, als sie sich ihre Tochter zwischen all den Scheren und Nadeln vorstellte. Dann wurde sie rasch wieder ernst. «Es hat doch nicht wieder so einen schrecklichen Zettel gegeben, oder?» Sie warf einen prüfenden Blick auf die Fenster.

Louzanna schüttelte hastig den Kopf. «Nein. Keinen Zettel. Es ist alles in Ordnung ... aber vielleicht solltest du das Gewehr griffbereit halten.»

Sara fasste Louzanna bei den Händen und zwang sie, ihr in die Augen zu sehen. «Lou, jetzt hör mir mal zu, wenn sonst noch etwas passiert ist, muss ich das wissen.»

Lou schüttelte den Kopf. «Nein. Es ist alles in Ordnung.»

Sara hätte ihr gern geglaubt, aber während sie die Zutaten für das Frühstück zurechtstellte und eine Pfanne aus dem Schrank holte, kam sie zu dem Schluss, dass Dru Louzanna so durcheinander gebracht hatte. Er war offenbar so früh fortgegangen, um Sara nicht begegnen zu müssen.

Trotz Lous Beteuerungen befürchtete sie, dass es noch lange dauern würde, bis alles wieder in Ordnung kam.

18. Kapitel

Am Mietstall verkaufte Dru das Maultier und mietete sich ein Pferd, denn er hatte in Shiloh nicht nur sein Gedächtnis, sondern auch ein Rassepferd verloren.

Er hatte gehofft, auf dem Ritt zu Hugh einen klaren Kopf

zu bekommen. Die Straße führte über Bachläufe hinweg, die sich durch flaches Weideland schlängelten, vorbei an großzügigen Anwesen mit Obstwiesen und Gärten und durch Buchen-, Walnuss- und Eichenhaine.

Das Haus der Wickhams war ein zweistöckiges Gebäude mit weit heruntergezogenem Dach und einem säulengerahmten Eingang im griechischen Stil. Als Hugh die Veranda betrat, schallte Gelächter aus den offenen Fenstern. Dru klopfte und wartete. Vor dem Krieg hätte ein Diener ihm geöffnet, aber jetzt kam Anne Wickham selbst an die Tür.

Als sie Dru erblickte, stieß sie einen Schrei aus und schlug die Hand vor den Mund.

«Hallo, Anne. Ich bin kein Geist.» Dru ergriff ihren Ellbogen, denn es sah aus, als wolle sie in Ohnmacht fallen.

Weinend und lachend zugleich umarmte ihn Anne und zog ihn in den Hausflur. Zwei kleine Jungen stürzten ihnen entgegen. Beide waren Hugh wie aus dem Gesicht geschnitten.

Die Jungen rannten zu ihrer Mutter, und der jüngere klammerte sich an ihren Rock, während der ältere Dru neugierig ansah.

«Ach du meine Güte, Dru! Ich kann es immer noch nicht glauben, obwohl ich hier vor dir stehe und deine Hand halte.» Anne strahlte ihn an. «Lieber Gott, Hugh dachte, du wärst gestorben.»

Dru nickte. «Das habe ich schon gehört. Ist er zu Hause? Ich glaube, er sollte bald erfahren, dass ich noch lebe, damit er sich nicht einbildet, er könnte Arzt werden.»

Anne lachte und drückte seine Hand. «Er arbeitet wie immer im Salon. Ich weiß nicht, wie er das schafft mit den Jungen um sich herum, aber er will es so.»

Dru sah auf Hughs prächtige Söhne hinunter. «Ich kann verstehen, warum er sie gerne um sich hat.»

Beide besaßen das selbstbewusste Lächeln Hughs und den gleichen prüfenden Blick. Hugh brauchte immer eine Weile, bevor er sich auf jemanden einließ, doch dann war das eine Freundschaft fürs Leben.

«Wer ist das, Mama?», fragte der ältere der beiden.

Anne stellte ihm beide Jungen vor. Dru wusste bereits, dass der ältere Hugh junior hieß. Anne zögerte und lachte, strich dem jüngeren über den Kopf und sagte dann: «Dieser kleine Bursche heißt Dru Matthew Wickham. Hugh und ich haben ihn nach dir benannt.»

Es durchfuhr Dru regelrecht, und er war so gerührt von der liebevollen Geste, dass ihm die Worte fehlten. Er räusperte sich, dann strich er dem Jungen über das braune Haar.

Schließlich brachte er ein «Danke schön, Anne» heraus.

Mit tränenfeuchten Augen sah sie lächelnd zu ihm auf. «Komm, wir wollen zu Hugh gehen.»

Von allen Wickhams begleitet, ließ Dru sich von ihr in den Salon führen. Es war ein gutes Gefühl, nicht im eigenen Haus zu sein. Die Atmosphäre auf der Wickham-Farm war immer warm und herzlich gewesen.

Anne und die Jungen betraten den Raum zuerst. Beide Söhne rannten sofort zu ihm.

«Daddy, Dru ist da!», rief Hugh junior.

Hugh, der über Papiere gebeugt an seinem Schreibtisch saß, murmelte: «Ich weiß, mein Sohn. Nun lass deinen kleinen Bruder mal in Ruhe, hörst du?»

«Nicht *der* Dru, Daddy. Der große Dru.»

«Hugh?» Anne, die mit dem ‹großen Dru› an der Hand in der Tür stand, lenkte Hughs Aufmerksamkeit auf sich.

«Was ist, Liebes?» Hugh las noch eine Sekunde weiter und sah dann zu seiner Frau auf. Als er Dru erblickte, blieb ihm der Mund offen stehen. Er schüttelte den Kopf, wollte aufstehen und ließ sich dann wieder in seinen Stuhl fallen.

Dru ging lachend auf ihn zu. Es war ein schönes Gefühl zu lachen, es war schön, die Freude über seine Heimkehr mit diesem Mann zu teilen, der ihm immer nahe gestanden hatte wie ein Bruder.

Doch Hugh Wickham war immer noch vor Bestürzung wie erstarrt. Alle Farbe war ihm aus dem Gesicht gewichen. Als die Jungen ihren Vater so sprachlos erlebten, was ihm sonst selten passierte, klatschten sie jauchzend in die Hände vor Begeisterung darüber, dass sie das Geheimnis zuerst erfahren hatten.

Dru blieb vor dem Schreibtisch stehen. «Ich dachte, es ist besser, ich komme her und teile dir persönlich mit, dass ich von den Toten auferstanden bin, bevor du es von jemand anderem erfährst.»

Hugh schüttelte den Kopf. «Aber wie …?»

«Das ist kein großes Wunder, Hugh. Denn ich war gar nicht tot.» Dru breitete die Arme aus. «Willst du denn nicht einmal aufstehen und mich willkommen heißen?»

Dru entging nicht, dass Anne neben ihm unmerklich erstarrte. Hugh junior bückte sich hinter dem Schreibtisch, tauchte mit einem Paar Krücken in der Hand wieder auf und reichte sie Hugh.

«Steh auf, Daddy, und begrüße den großen Dru.»

Nun verstummte Dru, als er sah, wie Hugh seinem Sohn zulächelte, die Krücken unter die Achseln klemmte und den Stuhl zurückschob. Er kam langsam, aber geschickt um den Schreibtisch herum, als würde er die Krücken schon eine ganze Weile benutzen. Ihm fehlte der linke Unterschenkel.

Als die beiden Männer sich Auge in Auge gegenüberstanden und Dru seinen Freund umarmte, bedurfte es keiner weiteren Worte mehr.

Schließlich trat Dru einen Schritt zurück und betrachtete Hugh eingehend.

«Du siehst aber um Längen besser aus als ich», sagte er.

«Na, du warst ja auch tot.» Nun lächelte Hugh doch. Anne stellte sich neben ihn und legte ihren Arm um seine Taille.

«Hast du schon gefrühstückt, Dru?»

Er hätte fast abgelehnt, aber sein Magen knurrte verräterisch. «Ein Happen wäre wunderbar.»

«Dann komm ins Esszimmer.» Hugh ließ Anne und die Jungen vorangehen. «Ich wollte vor dem Frühstück schon einiges erledigen. Die Tage sind offenbar nicht mehr lang genug.»

«Bewirtschaftest du immer noch die Farm?»

«Ja, und ich arbeite auch wieder als Anwalt. Seit dem Krieg gibt es so viele Zwangsvollstreckungen und Bankangelegenheiten zu bearbeiten, ganz zu schweigen von den Erbschaftssachen, da viele Familien Angehörige verloren haben. Ich bin Tag und Nacht damit beschäftigt. Es wird noch Jahre dauern, bis die Kriegsfolgen abgearbeitet sind.»

Sie betraten das Esszimmer. Dru blieb verlegen stehen, denn er wusste nicht, ob er Hugh beim Hinsetzen helfen sollte, aber da Anne und die Jungen nicht eingriffen, ließ auch Dru ihn in Ruhe.

Sie setzten sich an den Tisch, während Anne in die Küche ging. Als sie kurze Zeit später mit Tassen voll Bohnenkaffee zurückkehrte, war Dru freudig überrascht.

«Ich weiß gar nicht, wann ich zum letzten Mal richtigen Kaffee getrunken habe.» Er nahm einen Schluck, schloss die Augen und schwelgte in dem berauschenden Aroma.

«Annes Tante lebt in Boston. Sie hat ihn uns letzten Monat geschickt. Es gibt ihn nur zu besonderen Anlässen», erklärte ihm Hugh.

«Ich freue mich, dass meine Auferstehung solch einen besonderen Anlass darstellt.» Dru setzte die Tasse ab und versuchte zu lächeln.

Hughs Lächeln erstarb. Er beugte sich auf dem Tisch vor und sah Dru direkt in die Augen. Die Jungen spürten, dass es ernst wurde, denn auch sie verstummten.

«Ich hätte dich nie im Stich gelassen, wenn ich gewusst hätte, dass du noch lebst», erklärte Hugh.

«Das weiß ich. Ich habe nur noch wenige Erinnerungen an den Tag. Bevor ich getroffen wurde, waren uns die Tragen ausgegangen. Selbst die Männer, die die Verwundeten holen sollten, fielen reihenweise. Innerhalb weniger Minuten hatte ich keine Stauschläuche und Verbände mehr, und ich konnte nur noch von einem Verwundeten zum nächsten laufen und allen versichern, dass Hilfe unterwegs wäre, was natürlich eine dreiste Lüge war. Als die Yankees uns zu überrennen drohten, evakuierten wir die Zelte.»

«Dabei sind wir uns dann über den Weg gelaufen.» Hugh begann die fehlenden Stücke zu ergänzen. «Wir waren keinen Meter voneinander entfernt, als du am Kopf getroffen wurdest. Ich habe dich geholt, so schnell ich konnte. Es qualmte und knallte von allen Seiten. Du warst voller Blut. Du hast mir in die Augen geschaut und nur ein Wort gesagt, bevor du das Bewusstsein verloren hast. Ich konnte keinen Puls mehr tasten, und ich habe ihn lange gesucht, das kannst du mir glauben. Überall schlugen Granaten ein. Irgendjemand rief, die Yankees würden erneut angreifen. Da mussten wir uns zurückziehen.»

Hugh schüttelte den Kopf, und die Farbe wich aus seinem

Gesicht, als er sich wieder an die Schlachtszene erinnerte. Die Kentucky-Brigade hatte über ein Drittel ihrer Männer verloren, viele davon blutjunge Rekruten. Dru wusste nur zu genau, was Hugh auf dem Schlachtfeld erlebt haben musste.

«Du musstest mich liegen lassen, Hugh.»

«Ich hätte dich nie allein gelassen, wenn ich nicht von deinem Tod überzeugt gewesen wäre.»

«Ich mache dir keinen Vorwurf. Ich hätte genauso gehandelt.»

Hugh starrte ihn eindringlich an. «Irgendwie glaube ich das nicht. Ich glaube, du wärst bei mir geblieben.»

«Du kannst glauben, was du willst. Es war Krieg, Hugh. Und wir haben unsere Pflicht getan.» Dru schüttelte den Kopf und sah Hughs Söhne an. «Ich bete zu Gott, dass sie so etwas nie erleben müssen.» Dann schaute er Hugh wieder an. «Wann hast du dein Bein verloren?»

«Ein Jahr später.»

«Du scheinst damit zurechtzukommen», bemerkte Dru.

Als Hugh Anne anlächelte, fühlte sich Dru plötzlich noch einsamer als zuvor. Sein Freund führte offenbar eine perfekte Ehe, hatte zwei stramme Jungen und eine Frau, die ihm im Krieg die Treue gehalten hatte. Ohne dass Hugh ein Wort sagen musste, war Anne stets zur Stelle, schenkte ihm Kaffee nach, fügte die richtige Menge Milch hinzu und holte ihm ein Kissen, damit er es unter seine Hüfte schieben konnte. Sie kannte seine Bedürfnisse und Wünsche und erfüllte sie, bevor Hugh sie überhaupt geäußert hatte. Und Hugh gab ihr mit jedem Lächeln und jeder Geste zu verstehen, dass er das zu schätzen wusste.

Dru beneidete sie um ihre liebevolle Beziehung.

«Ich kann dir eine gute Ehefrau sein, Dru.»

Der Nachhall von Saras Worten erschütterte ihn bis ins Mark und erfüllte ihn mit einer brennenden Sehnsucht, die ebenso stark war wie sein Verlangen nach ihrem Körper. Einst hatte er sich alles gewünscht, was Hugh gefunden hatte: eine Familie, Sicherheit, Kinder, ein glückliches Heim.

«Dru, geht es dir gut?», fragte Hugh.

«Jaja, es ist alles in Ordnung.»

Die Köchin brachte das Frühstück. Man hatte mehr Lebensmittel aufgetischt, als Dru seit Jahren zu Gesicht bekommen hatte, und ihm wäre fast übel davon geworden. Aber sein Magen beruhigte sich rasch wieder, und er begann mit den anderen zu tafeln.

«Was ist nach Shiloh passiert, Dru?»

«Ich bin in einem Gefangenenlazarett der Yankees aufgewacht, ohne zu wissen, wer ich war oder wo ich herkam. An meinem Rock und der grünen Schärpe erkannten sie, dass ich Arzt war, außerdem hatte ich noch mein Instrumentenetui in der Tasche mit der Gravur «Von deinem Onkel Nathaniel», aber ohne meinen Namen konnten sie mich nicht auf die Verwundetenlisten setzen. Ich … ich lag monatelang ohne Gedächtnis da. Ganz langsam kamen die Erinnerungen wieder, Namen, Orte, Bilder von zu Hause. Ich wusste wieder, wer ich war und wohin ich wollte, und versuchte, mit Sara und Lou Kontakt aufzunehmen.»

Ihm entging nicht, dass Hugh und Anne bei der Erwähnung von Saras Namen einen Blick tauschten. Offenbar wussten sie über die Eskapaden seiner Frau Bescheid. Dru fuhr fort, als hätte er nichts bemerkt.

«Meine Briefe sind nie angekommen.» Er legte die Gabel hin und starrte auf den Berg Kartoffeln mit Ei, den er plötzlich nicht mehr essen mochte. «Nach der Kapitulation brauchte ich Monate für die Heimkehr. Es fahren immer noch keine Züge, und die Schifffahrt ist nahezu eingestellt. Die Brücken sind zerstört. Ich bin erst gestern nach Hause gekommen.»

Hugh und Anne lauschten stumm. Die Jungen waren fertig und zappelten auf ihren Stühlen, sodass Anne sie hinausschickte, um nach den Welpen in der Scheune zu sehen. Als sie außer Hörweite waren, lehnte Anne sich zurück und faltete die Hände im Schoß.

«Es tut uns Leid, dass dich zu Hause so schlechte Nachrichten erwarteten.» Von allen Ehefrauen seiner Freunde war Anne bei der Hochzeit die Einzige gewesen, die sich Sara gegenüber halbwegs anständig verhalten hatte.

«Verdammt, Dru. Das ist alles meine Schuld.» Hugh warf die Serviette auf den Tisch und umklammerte die Stuhllehnen. «Ich habe Sara und Louzanna erzählt, du wärst tot.» Er schüttelte immer wieder den Kopf. «Sara war so verzweifelt, dass ich innerlich Abbitte tun musste für meine schlechte Meinung über sie bei eurer überstürzten Hochzeit. Als ich nach meiner Verwundung wieder nach Hause kam und hörte, sie sei mit einem Yankee davongelaufen, war ich froh über ihr Verschwinden. Ich weiß nicht, was ich tun würde, wenn ich ihr je gegenübertreten müsste.»

«Sie ist wieder da», sagte Dru leise. «Sie ist am Abend vor mir zurückgekehrt, und Lou hat sie aufgenommen.»

Hugh rollte die Augen. «Sie ist also wieder aufgetaucht.»

«Geht es ihr gut?», erkundigte sich Anne.

Sie soll sich das Mitgefühl sparen, dachte Dru. Es quälte ihn, auch noch den Rest erzählen zu müssen, aber er hätte sich bei niemand anderem Rat geholt.

«Ihr geht es gut. Aber sie hat ein Kind. Ein kleines Mädchen.»

Da weder Anne noch Dru reagierten, beantwortete Dru die Frage, die sie nicht stellen mochten. «Das Kind ist nicht von mir.»

«Hol's der Teufel», sagte Hugh. «Und was wirst du jetzt tun?»

«Können *wir* irgendetwas tun?», erkundigte sich Anne.

«Ich brauche eigentlich vor allem eine Rechtsberatung.» Dru leerte seinen Kaffee, schlug das Angebot einer weiteren Tasse aber dankend aus.

«Ich habe heute Morgen viel zu tun, deshalb lasse ich euch jetzt allein.»

Anne stellte das Kaffeeservice und die Teller der Kinder auf ein Tablett. Dann umarmte sie Dru. «Ich bin so froh, dass du wieder da bist. Es wird schon alles wieder gut, Dru, warte nur ab.»

Nachdem sie taktvoll den Raum verlassen hatte, wandte sich Dru an Hugh.

«Du würdest bestimmt gern sagen, dass du es ja gleich gewusst hast.»

Hugh schüttelte den Kopf. «Dafür tut es mir viel zu Leid für dich. Ich wünschte, ich könnte etwas daran ändern.»

«Das kannst du vielleicht auch.»

«Du ziehst eine Scheidung in Erwägung?»

Dru nickte. «Aber ehrlich gesagt gefällt mir die Vorstellung ganz und gar nicht, was Sara auch getan haben mag. Ich habe einen Schwur geleistet. Ich mag gar nicht darüber nachdenken, was es bedeutet, ihn rückgängig zu machen.»

«Liebst du sie denn immer noch?»

«Ich bringe es nicht über mich, sie zu berühren. Ihr Kind kann ich nicht einmal ansehen.» Trostlosigkeit ergriff ihn. Er hoffte, dass man ihm das nicht anmerkte.

«Aber du begehrst sie immer noch.»

«Natürlich.» Dru schob seinen Stuhl zurück, streckte die Beine aus und schlug die Füße übereinander. Die schwere Mahlzeit machte ihn träge. «Ich wäre ein Trottel, wenn ich dich anlügen würde. Du weißt ja aus eigener Erfahrung, wie es ist, ständig an eine Frau zu denken, die unerreichbar ist, und nur für das Wiedersehen mit ihr zu leben.»

«Hat sie dir erzählt, wo sie währenddessen war?»

«Ich habe nicht danach gefragt. Ich wollte es gar nicht wissen. Aber sie ist in dieser Hinsicht auch nicht gerade mitteilsam. Sie sagte, es sei vorbei, und sie wolle noch einmal von vorn anfangen.»

Hugh wirkte skeptisch. «Hast du ihr gegenüber von Scheidung gesprochen?»

Dru fuhr sich mit der Hand durchs Haar und zischte: «Zum Teufel, ich kenne nicht einmal jemanden, der geschieden ist. Und Sara ist bereits Stadtgespräch.»

«Scheidungen sind heutzutage nicht mehr so selten, wie du meinst. Ich habe von einem Richter im benachbarten County gehört, dass die Anzahl der Scheidungsfälle seit dem Krieg beträchtlich gestiegen ist. Offenbar haben die vor Kriegsausbruch überstürzt geschlossenen Ehen jetzt, da die Männer wieder daheim sind, zu Enttäuschungen auf beiden Seiten geführt.» Hugh lehnte sich in seinem Stuhl zurück. «Du warst nur einen Tag lang verheiratet. Wir könnten versuchen, die Ehe annullieren zu lassen.»

Sara zu verlieren, selbst unter diesen Umständen, ein Leben ohne sie zu führen, sie aus seiner Welt zu verbannen, wäre für Dru so schmerzhaft wie eine Amputation.

«Ich bin noch nicht fähig, darüber nachzudenken. Ich muss einfach wissen, ob du für mich da bist, wenn ich mich entschieden habe.»

«Das weißt du doch. Aber ich möchte dir einen Rat geben. Warte nicht allzu lange. Du weißt ja, wie Wundbrand sich ausbreiten kann? Du wirst verrückt, wenn du nicht Acht gibst.»

Dru erhob sich und wartete, bis Hugh aufgestanden war und seine Krücken ergriffen hatte.

«Ich bin unverwüstlich», versicherte Dru. «Schließlich bin ich von den Toten auferstanden.»

«Das stimmt.»

Man hörte nur das dumpfe Aufsetzen der Krücken, als sie schweigend zur Haustür gingen.

Dru nahm seinen Hut, öffnete die Tür und versuchte sich einzureden, er sei bereit, wieder nach Hause zu gehen.

«Noch eine Frage.» Dru sah Hugh prüfend ins Gesicht.

«Und die wäre?»

«Du hast erzählt, ich hätte noch etwas gesagt, bevor ich auf dem Schlachtfeld das Bewusstsein verlor. Weißt du noch, was?»

Hugh atmete tief durch und schaute an Dru vorbei auf ein Feld, das gerade gepflügt und für die Tabakpflanzung vorbereitet wurde.

«Sara.» Hugh sprach es widerwillig aus, als bereite es ihm Schmerzen. «Du hast ‹Sara› gesagt.»

19. Kapitel

Dru wusste nicht, ob er sich nach diesem Besuch bei Hugh nun besser oder schlechter fühlte.

Bei dem Gedanken an die liebevolle Vertrautheit zwischen Hugh und Anne, nicht zu vergessen die offene Bewunderung, die Hughs Söhne für ihren Vater empfanden, wurde seine ohnehin düstere Stimmung noch durch Neid verstärkt.

Eigentlich hatte er direkt zu Doc Porter reiten wollen, stattdessen bog er, von Sehnsucht und Unbehagen getrieben, am Stadtrand in einen Seitenweg Richtung Ash Street ein.

Ich reite nur vorbei. Ich will nur sehen, ob alles in Ordnung ist.

Das jedenfalls redete er sich ein, bis er Sara auf dem verwilderten Beet hinter dem Haus Unkraut jäten sah. Ihr Hemd – sein Hemd – stand am Hals offen und entblößte ihre hübsche Kehle und viel zu viel von der sanften Rundung ihrer Brüste. Wenn sie sich nach dem Unkraut bückte, enthüllte die geborgte Hose die Form ihres Hinterteils.

Offenbar war sie schon eine ganze Weile an der Arbeit, denn in der Nähe lag ein beachtlicher Haufen gejäteter Pflanzen. Dru stützte sich auf den Sattelknauf und beobachtete, wie sie sich dabei anstrengte, eine Pflanze herauszuziehen. Sie taumelte einen Schritt rückwärts und wäre fast gefallen.

Im Schatten der Scheune halb verborgen, sah er, wie sie sich aufrichtete, das Kraut auf den Haufen warf und dann ihre Hände ins Kreuz stemmte. Als sie den Rücken durchbog, zeichneten sich ihre Brüste unter dem Hemd ab, und eine heftige Woge des Begehrens durchlief ihn. Er wandte den Blick ab. Als er sich unter Kontrolle hatte, schaute er wieder hin. Sara wischte sich die Stirn mit dem Ärmel ab.

Das verdammte sture Weib würde sich noch umbringen.

* * *

Sara ließ ihre schmerzenden Schultern kreisen. Es erstaunte sie, wie lange sie an diesem Morgen schon gehackt und gejätet hatte. Beim Anblick der unkrautüberwucherten Beete fürchtete sie, nie fertig zu werden, aber trotz ihrer Rückenschmerzen und der Blasen an ihren Händen genoss sie es, im Freien zu sein, sich die Sonne auf den Pelz scheinen zu lassen und ihre Lunge mit dem Duft frisch umgegrabener Erde zu füllen.

Die anstrengende Hackbewegung hatte etwas Beruhigendes. Vielleicht war es der immer gleiche Rhythmus, vielleicht lag es daran, dass ihre Hände beschäftigt waren. – Sie kam nicht zum Nachdenken, sondern sah einfach nur zu, wie die Erde unter ihren Hieben zerkrümelte. Ihre Schuhe waren schlammig, der Hosenbund schabte auf der Haut, doch sie verspürte einen inneren Frieden, wie gestern, als sie durch den Wald gelaufen war.

Sie richtete sich auf und winkte Elizabeth zu, die auf einer Decke im Schatten der rückwärtigen Veranda stand. Das Kind klatschte immer wieder fröhlich lachend in die Hände im Takt einer Musik, die nur es allein hörte.

Sara hatte Lissybeth ein langes Seil um die Taille geschlungen und dieses am Stamm eines jungen Ahorn verknotet, so wie ihre Mutter es mit den Kleinen zu Hause getan hatte. Im Augenblick war Elizabeth zufrieden.

Sara begann nun den bereits gejäteten Boden umzugraben, hörte aber bald wieder auf, um eine brennende, offene Blase in ihrer Handfläche mit dem Hemdzipfel abzutupfen. Eine plötzliche Bewegung erregte ihre Aufmerksamkeit.

Sie fuhr herum und sah Dru, der gerade auf einem kastanienbraunen Pferd zur Scheune ritt, wo er abstieg und es an den Pfosten neben der Krippe band.

Ihr stockte der Atem, als er über den Hof auf sie zukam. Ausgerechnet in diesem Augenblick begann Lissybeth hinter ihr zu quengeln. Dru starrte sie einen Augenblick kalt an, bevor er sich wieder Sara zuwandte. Sie ließ den Hemdzipfel los. Der scharfe, brennende Schmerz in ihrer Handfläche bewies, dass dies kein Traum war; Dru lebte, und nichts war mehr so wie zuvor.

«Du warst schon früh unterwegs», bemerkte sie, weil ihr nichts Besseres einfiel.

Er nickte und sah erneut zu Elizabeth hinüber, da das Kind mittlerweile aus Leibeskräften brüllte.

«Ich bin zu Hugh geritten.»

«Das hat mir Louzanna schon erzählt.» Ihr Herzschlag dröhnte ihr jetzt in den Ohren, und bei jedem Pochen tönte es in ihrem Kopf: *Scheidung, Scheidung, Scheidung*. Sie schluckte krampfhaft und fragte dann: «Wie geht es ihm?»

«Ganz gut. Er hat seinen linken Unterschenkel verloren, aber er kommt offenbar zurecht.»

«Na, das ist doch was.» Als sie merkte, dass er auf ihre Bluse starrte, fuhr ihre Hand zum Hals.

«Knöpf das Hemd zu, Sara.» Dru wandte sich ab und musterte den Unkrautberg. Mit schamrotem Gesicht fingerte Sara an den beiden obersten Hemdknöpfen herum und blickte dabei aufs Nachbarhaus, überrascht, dass Minnie Fosters Gesicht nicht hinter einem der Fenster klebte.

Als Dru sich schließlich wieder umdrehte, war Sara immer noch rot, aber das Hemd war zugeknöpft. Sie fuhr sich mit dem Arm über die Stirn und stellte fest, dass ihre Haut schweißnass war.

Erbarmungslos schweigend starrte Dru ihr in die Augen, während Lissybeth weiter klatschte und quietschte. Sara holte tief Luft und fragte: «Woher hast du denn das Pferd?»

«Gemietet. Lass mich mal die Blase sehen.» Er streckte die Hand aus.

Nach kurzem Zögern legte sie ihre Hand in die seine. Behutsam untersuchte er die Blasen in ihrer Handfläche. Sie waren aufgegangen, roh, rot und schmutzgerändert. Darunter lagen alte Schwielen, und Sara wünschte sich, sie hätte die weichen, gepflegten Hände einer Dame und nicht die einer Bäuerin.

Er ließ ihre Hand los und schüttelte den Kopf. «Hast du wirklich geglaubt, du könntest das alles alleine schaffen? Offenbar bist du noch genauso stur wie früher, Sara.»

«Ich weiß, was ich will, und ich arbeite dafür», sagte sie leise, «falls du das meinen solltest. Ich habe Lou versprochen, dass ich ihre Beete in Ordnung bringe, und ich werde mein Wort halten. Lou hat noch ein paar Melonensamen vom letzten Jahr, und ich habe eine Menge Samen von Großvater bekommen, sodass ich Beete mit Heilkräutern anlegen kann.»

Elizabeth begann am Seil zu zerren, weil sie zu ihnen wollte, und fiel wie eine Lumpenpuppe auf die Decke zurück. Dru warf ihr einen Blick über die Schulter zu.

«Du solltest dich lieber um sie kümmern, bevor sie sich wehtut.»

«Sie beruhigt sich schon. Warum gehst du nicht ins Haus? Ich glaube, einige von Lous Quilt-Freundinnen sind noch da. Sie würden dich sicher gerne begrüßen.»

«Das hat mir noch gefehlt, dass puderduftende, alte Damen um mich herumscharwenzeln und in ihre Taschentücher schniefen.»

Um auf keinen Fall etwas zu tun oder zu sagen, was ihn verärgern könnte, griff Sara wieder zur Hacke. Dru tat einen Schritt zur Seite, um ihr auszuweichen.

Erfreulicherweise ging Elizabeths Geschrei in vereinzelte Juchzer über, genau, wie Sara vorausgesagt hatte. Trotz aller Mühe kam Sara mit der Arbeit nicht recht voran und wünschte, Dru würde gehen. Da hörte sie einen unterdrückten Fluch, und als sie den Kopf hob, zog er gerade seinen Mantel aus und warf ihn auf die Hintertreppe, bevor er wieder zu ihr kam.

Er streckte die Hand aus. «Gib mir die Hacke.»

«Ich brauch deine Hilfe nicht.»

Doch Dru rührte sich nicht vom Fleck, und schließlich übergab ihm Sara die Hacke.

Wortlos legte er seinen ganzen Groll in jeden Schwung und Hieb. Der Boden war noch regenfeucht, die Arbeit also nicht ganz so anstrengend wie bei steinhartem Boden, aber immer noch mörderisch genug. Trotzdem hatte er im Handumdrehen die gehackte Fläche fast verdoppelt.

Sara ergriff das gelockerte Unkraut und warf es auf den wachsenden Haufen. Das Schweigen zwischen ihnen war ohrenbetäubend. «Möchtest du etwas Wasser?»

«Nein, danke.»

Ohne sie zu beachten, setzte er die Hacke ab, knöpfte sein Hemd auf, zog es aus und fuhr dann mit der Arbeit fort.

Er war jetzt dünn wie eine Peitschenschnur, aber sehr viel muskulöser, als sie vermutet hätte. Nicht, dass er vor dem Krieg ein Hänfling gewesen wäre, aber jetzt hatte er den drahtigen Körper eines Mannes. Da er sich nicht um sie kümmerte, genoss sie den Anblick des Sonnenlichts auf seiner Haut und das Spiel seiner Muskeln. Körperliche Arbeit war ihm offensichtlich nicht fremd.

«Man könnte dich ohne weiteres für einen Farmer halten», rutschte ihr heraus.

Er hielt kurz inne, wischte sich die Stirn und sagte achselzuckend: «Als Gefangener musste ich eine Menge Latrinen ausheben, bevor meine Erinnerung zurückkehrte und man mich im Lazarett beschäftigte.»

«Du wirst ja ganz schmutzig.»

«Und ich wollte eigentlich schon längst bei Doc Porter sein. Jetzt muss ich mich auch noch waschen und umziehen.»

Schweiß glänzte auf seinen breiten Schultern. Sie bewunderte seinen Oberkörper mit dem schwarzen Brusthaar, das zum Hosenbund hin in einer schmalen Spur auslief. Sie verzehrte sich danach, ihn zu berühren. Die dunkle Glut seiner Augen hatte sie schon damals entflammt. Unter seinen behutsamen Händen hatte sie sich wie ein kostbarer Schatz gefühlt, und er hatte sie auf eine Art angesehen wie kein anderer zuvor. Sie würde alles geben, alles – außer Elizabeth –, um wieder diesen Blick in seinen Augen zu entdecken. Plötzlich hob er den Kopf. Seine Augen waren schwarz wie Obsidian, und sein Blick strahlte keine Kälte aus, nur Wachsamkeit.

Wie sehr sehnte sie sich danach, dass er sie wieder in die Arme nähme, wie sehr wünschte sie sich, alles käme wieder in Ordnung. Er war immer noch der Mann, in den sie sich mit fünfzehn verliebt hatte, der Mann, den sie geheiratet hatte. Der Mann, den sie immer und ewig lieben würde.

«Sara!»

Beim Klang seiner Stimme zuckte sie zusammen und begegnete abermals seinem prüfenden Blick. Offenbar hatte er ihren Namen mehr als einmal gerufen?

«Was ist?»

«Ich sagte, sie weint.» Er wies mit dem Kopf in Elizabeths Richtung.

Lizzybeth wälzte sich jammernd auf dem Boden, zerrte an einer ihrer Locken und strampelte mit den Beinen.

«Sie ist wahrscheinlich müde. Ich sollte sie ins Haus bringen.»

Dru blickte auf seine schlammigen Schuhe und seufzte.

«Das wird dauern, bis ich wieder sauber bin. Ich muss doch noch zu Doc Porter.»

«Ich lege nur eben Elizabeth hin. Dann kümmere ich mich um deine schmutzigen Schuhe.»

Er schob das Kinn vor. «Spar dir die Mühe, Sara. Ich brauche und wünsche deine Hilfe nicht.»

Sie schluckte die Kränkung hinunter. Alles Wichtige brauchte seine Zeit. «Großvater sagt immer, ein Vogel fliegt besser mit zwei Flügeln. Du hast mir hier geholfen, jetzt möchte ich dir dafür einen Gefallen tun.»

Sie wandte sich rasch ab, bevor er antworten konnte, und ging zu Lissybeth, um das Seil aufzuknoten. Als sie sich aufrichtete, kam Abel Foster um das Haus gerannt.

Dru unterbrach die Arbeit, warf die Hacke weg und stellte sich mit höchst abweisendem Gesicht neben Sara. Sara spürte Drus Anspannung, als Abel in einigem Abstand vor ihnen stehen blieb.

«Was wollen Sie, Foster?»

Abels teigige Haut lief blutrot an. Sein Blick schoss zwischen Sara und Dru hin und her.

«Ich dachte, Sie sollten es zuerst erfahren, denn er hat Ihnen offenbar eine Nachricht hinterlassen.»

Dru sagte mit leiser, gepresster Stimme: «Geh ins Haus, Sara.»

Sie drückte Lissybeth fester an sich. Drus Tonfall, weit mehr als Abels finstere Blicke, sorgte dafür, dass sie langsam zur Hintertür ging.

«Wer? Und was für eine Nachricht?» Dru schien Böses zu ahnen. Als Sara auf der Hintertreppe zögerte, bedeutete er ihr mit einem Kopfnicken, ins Haus zu gehen.

Abel schob die Daumen in seine Westentasche und wippte

auf den Fersen. Es schien ihn ausgesprochen zu befriedigen, etwas zu wissen, das Dru noch nicht wusste.

«Doc Porter hat vor ein paar Minuten Selbstmord begangen.»

20. Kapitel

Louzanna betrat die Küche, wo Sara Drus schmutzige Schuhe mit einem feuchten Lappen abwischte. Elizabeth saß auf dem Boden, stopfte sich mit einer Hand Kekse in den Mund und zermatschte sie mit der anderen auf den Dielen.

«Wo ist denn Dru?», fragte Lou.

Sara hängte Drus Hemd über eine Stuhllehne. «Er wäscht sich draußen an der Pumpe. Er hat gesagt, er sei zu schmutzig, um nach oben zu gehen.»

Lou flog durch die Küche und griff nach einem Kessel. «Ich werde Wasser heiß machen. Vielleicht möchte er ein Bad nehmen.»

Sara schüttelte den Kopf. «Er muss sofort wieder weg.»

«Aber er ist doch gerade erst gekommen.» Da stimmte doch etwas nicht, schloss Lou aus Saras Blick und ihrem zögernden Tonfall. «Was ist los?»

«Doc Porter ist tot. Er hat Selbstmord begangen.»

Lous Hand tastete nach der Kette an ihrem Hals. Die Küche begann zu schwanken, und dann stand auch schon Sara neben ihr und stützte sie.

«Lieber Gott, nein», flüsterte Lou.

«Atmen, Louzanna. Versuch an etwas anderes zu denken», beschwor Sara sie. «Setz dich, bis es vorbei ist.»

Lou schüttelte den Kopf. Sie musste stehen bleiben. Sie musste sich beschäftigen. «Vielleicht sollte ich Dru etwas zu essen machen.»

«Er muss weg. Der Marshal und Abel Foster warten in Doc Porters Haus auf ihn.»

Louzanna bemühte sich, den Schwindel zum Stillstand zu bringen. In ihrer Brust sprühten Funken. Sie konnte nur dastehen und auf den Stapel schmutziger Teller, das Silberbesteck und die Platte mit dem Kuchenrest starren – es war einer der besten Kuchen, die sie je gebacken hatte.

Von den neun Damen ihres Nähkränzchens waren fünf erschienen, mehr als erwartet. Manche meinten, sie hätte Sara nur aufgenommen, weil sie nicht resolut genug war, sie abzuweisen, und drängten sie, Sara wieder davonzujagen, doch es gab auch Stimmen zu Saras Verteidigung.

Lou hasste sich für ihre Feigheit und wünschte, sie hätte den Mut besessen, ihnen die Stirn zu bieten, wie sie es Minnie gegenüber getan hatte, aber nachdem sie heute Morgen den Artikel gelesen hatte, war sie so ungeheuer froh gewesen, dass überhaupt jemand gekommen war, dass sie nur stumm hatte nähen und nicken können, nähen und nicken, und sich ganz eigennützig gewünscht hatte, dass ihre Freundinnen blieben.

«Lou?»

Sie schreckte auf und merkte, dass sie immer noch erstarrt am Tisch stand und den Ring umklammerte. Als sie die Hände sinken ließ und aufsah, kam Dru zur Hintertür herein.

«Ist alles in Ordnung mit dir, Lou?» Er zog sein Hemd über und knöpfte es zu.

Der gute Dru. Er hatte genug Probleme, auch ohne dass sie wieder zusammenbrach. Sie zitterte innerlich, aber er sollte es nicht merken.

«Mir geht's gut.»

«Ganz bestimmt?»

Lou nickte vorsichtig. Sara reichte Dru seine Schuhe. Dru, das Hemd noch über der Hose, zog einen Stuhl heran und setzte sich, um sie anzuziehen.

Sara entdeckte die Kekskrümel auf dem Boden.

«Ich hole einen Besen», erbot sie sich.

Als sie in die Kammer ging, kämpfte sich Elizabeth auf die Füße und wackelte auf Dru zu. Sie wurde immer schneller und stand eine Sekunde schwankend vor ihm, bis sie mit ihrem beschmierten Händchen sein Hosenbein zu fassen bekam.

Dru starrte sie in stummem Entsetzen an. Alles in ihm sträubte sich, Elizabeth anzufassen, obwohl sie ihm mit einer Hand auf den Schenkel patschte und sich mit der anderen an sein wollenes Hosenbein klammerte.

Als immer schmerzhafter deutlich wurde, dass er sich nicht mit dem Kind abgeben wollte, riss Lou sich zusammen, eilte durch die Küche und zog Elizabeth fort.

«Nun komm, Lissybeth. Dru wird wieder schmutzig, und er hat sich doch gerade erst sauber gemacht.» Sie sprach mit ruhiger Stimme, selbst überrascht von ihren geheimen Kraftreserven.

Dru erhob sich wortlos, warf Elizabeth einen finsteren Blick zu und begann, sein Hemd in die Hose zu stopfen. Lou drehte sich um und entdeckte Sara, die die Szene von der Tür aus beobachtet hatte. Dru schien Sara ebenfalls bemerkt zu haben.

Elizabeth begann in Lous Armen zu zappeln.

«Bitte, überlass die Verantwortung für das Kind nicht Lou. Es strengt sie zu sehr an.» Er nahm seinen Mantel vom Haken neben der Tür und zog ihn über.

Lou widersprach hastig. «Es macht mir nichts aus, auf sie

aufzupassen, Dru. Wirklich nicht. Es macht mir Spaß.» Sie berührte Lissybeths goldene Locken. Irgendwie tat es ihr gut, nicht nur an sich selbst denken zu müssen.

Sara starrte Dru an. «Kannst du meine Tochter wirklich so sehr hassen für etwas, das ich getan habe?» Ihre Stimme klang brüchig wie Glas.

Lous Magen verkrampfte sich, als sie sah, wie Sara den Besen wegstellte und sich vor Dru aufbaute. «Du kannst deinen Zorn an mir austoben, aber lass mein Kind in Ruhe.»

«Genau das habe ich auch vor», schoss er zurück.

Ihre Stimmen klangen leise und beherrscht, aber Unheil verkündend. Sie tauschten glühende Blicke aus, und Lou wäre am liebsten aus dem Zimmer gerannt. Doch die kleine Elizabeth war schon recht kräftig für ihr Alter und streckte zappelnd die Arme nach ihrer Mutter aus. Lou wagte nicht, sich zu rühren.

Als dann Dru nach seinem Hut griff und durch die Hintertür verschwand, bebte Louzanna am ganzen Leib. Sara nahm ihr rasch Elizabeth ab, ging zum Küchenschrank, nahm einen nassen Lappen und begann Elizabeth die matschigen Krümel von Händen und Gesicht zu wischen.

«Es tut mir Leid, Louzanna», sagte Sara leise. «Ich weiß, wie sehr solche Auseinandersetzungen dich aufregen.»

Mit hastigen Trippelschritten eilte Lou ins Gewächshaus, spähte hinaus und sah, wie Dru ein Pferd vom Pfosten an der Scheune losband. Sie eilte wieder an den Tisch, zog sich ungeachtet des schmutzigen Geschirrs einen Stuhl heran und ließ sich schwer darauf fallen.

«Ich habe etwas Schreckliches angestellt, Sara.» Das Geständnis entschlüpfte ihr, bevor sie an sich halten konnte.

Sara putzte immer noch an Lissybeth herum. «Aber du doch nicht, Lou.»

Verzweifelt schüttelte Lou den Kopf. «Heute Morgen lag eine zusammengefaltete Zeitung auf dem Tisch. Minnie hat sie mir immer überlassen, wenn sie sie gelesen hatte, deshalb dachte ich, es sei vielleicht ein Friedensangebot, das Dru beim Hinausgehen auf der Hintertreppe entdeckt hatte. Er hatte bestimmt noch keinen Blick hineingeworfen, denn sie war noch tadellos gefaltet.»

Lou blickte auf und sah, dass Sara mit Elizabeth fertig war und ihr aufmerksam zuhörte.

«Ich habe sie durchgeblättert und festgestellt, dass Abel einen Artikel verfasst hat, in dem er die Leute in der Stadt auffordert, uns zu meiden, weil … weil wir dich aufgenommen haben.»

Sara erblasste. Sie ließ sich ebenfalls am Tisch nieder. «Und wo ist die Zeitung?»

«Ich habe sie im Herd verbrannt.»

«Weiß Dru davon?»

«Nein, und jetzt fürchte ich, dass er arglos in die Höhle des Löwen geht.»

* * *

Als Dru bei Doc Porter ankam, fuhr gerade die Totenkutsche ab. Eine kleine Menschenmenge hatte sich vor dem Haus versammelt. Als die Zuschauer ihn erkannten, wichen sie zurück, um ihn durchzulassen. Er tippte an seinen Hut, grüßte Bekannte mit Namen, doch seine Herzlichkeit wurde mit eisigem Schweigen beantwortet.

Er trat von der Veranda ins Haus. Neben Marshal Damon Monroe stand Abel Foster. Dru nickte beiden zu, wusste nun aber, woher der Wind wehte. Aus der Küche drang die Totenklage einer Frau. Goldie lag zusammengerollt auf der Matte, die Nase auf den Vorderpfoten, und ihr Blick huschte von einem zum anderen.

Offenbar hatte die Nachricht von Saras Rückkehr bereits die Runde gemacht, und obwohl sich Dru genauso für die Sache der Konföderierten eingesetzt hatte wie alle anderen, wenn nicht sogar mehr, musste er feststellen, dass man die Affäre seiner Frau nicht so schnell vergeben und vergessen würde.

Er sah an den Männern vorbei und erblickte die blutbespritzte Wand hinter dem Sessel des Doktors, und ein Gewehr auf dem Boden.

«Wann ist es passiert?»

«Vor ungefähr einer Stunde.» Marshal Damon Monroe verdankte seine Stellung hauptsächlich seiner Größe. In einer so friedlichen Stadt gab er mit seinen 1,90 Meter einen imposanten Gesetzeshüter ab. «Das Hausmädchen war auf dem Weg zum Haus, als sie den Schuss hörte. Der Doktor hatte bestimmt vergessen, dass sie heute zur Arbeit kommen sollte. Er hätte bestimmt nicht gewollt, dass sie ihn findet.»

Dru teilte diese Meinung. Doc Porter wäre nie und nimmer so rücksichtslos gewesen, auch in tiefster Verzweiflung nicht. Abel belauerte Dru derart, dass Dru nicht überrascht gewesen wäre, wenn der Mann ihn für den Tod des Doktors verantwortlich gemacht hätte.

«Abel hat gesagt, der Doc hätte eine Nachricht für mich hinterlassen.» Drus Blick mied die Wand, die mit Blut, Knochen und einer grauen Masse beschmiert war – er war den Anblick zwar gewohnt, aber unter diesen Umständen drehte sich ihm der Magen um.

Der Marshal nahm einen Briefumschlag vom Tisch neben dem Sessel, in dem Doc Porter gestern gesessen und in aller

Ruhe Tee getrunken hatte. Darauf stand in hastig hingeworfenen Buchstaben Drus Name. Da die Männer offensichtlich bleiben wollten, bis er die Nachricht gelesen hatte, riss er den Umschlag auf und überflog das Blatt, was bei Doc Porters schlecht leserlicher Handschrift nicht ganz einfach war.

Dru,

ich habe mich für ein anderes Reiseziel entschieden. Sie sollten nicht um mich trauern. Ich bin jetzt da, wo ich sein will, bei Esther, deshalb hinterlasse ich Ihnen mein Haus, mein Pferd, meinen Einspänner und das wenige Bargeld, das ich auf der Bank habe. Auf dem Friedhof erwartet mich der Platz neben meiner lieben Frau, auf den ich mich sehr viel mehr freue als darauf, mir auf einer einsamen Reise durch das verdammte Schottland den Hintern abzufrieren.

Wenn nach der Beerdigung noch Geld übrig ist, verwenden Sie es zur Aufstockung des medizinischen Inventars. Denken Sie an mich, wenn Sie bei einer Geburt helfen oder einem Kind Bonbons in die Hand drücken.

Alles Gute für Sie

Ihr Freund

Dr. med. Maximus Porter

Als die Schrift auf dem Blatt zu verschwimmen begann, gab Dru Monroe den Brief zu lesen und ging zu Goldie. Er hockte sich hin und kraulte die Hündin an den Ohren und unter dem Kinn. Als seine Augen wieder trocken waren, richtete er sich auf und ging zu Marshal Monroe, der ihm den Brief zurückgab.

«Da gibt's nicht viel zu sagen, oder?», fragte Damon.

Dru schüttelte den Kopf. Er wollte sich nicht zu dem Ganzen äußern, denn er hatte selbst erfahren, wozu ein Mann aus übergroßer Liebe fähig war. Er faltete den Brief zusammen und steckte ihn sorgsam ein.

Bevor Monroe sich verabschiedete, nahm er Dru beiseite. «Wurden heute bei Ihnen noch weitere Fenster eingeworfen?»

«Nein. Und Sie haben auch keine Idee, wer das getan haben könnte?»

Monroe zuckte die Achseln. «Es kann jeder gewesen sein. Vielleicht nur ein Scherzbold.»

«Ich habe das Gefühl, Sie nehmen die Sache nicht ernst, Marshal. Befolgen Sie so Ihren Diensteid?»

«Ich sage Ihnen, was ich machen werde, Talbot. Ich werde ein paar Mal täglich bei Ihnen vorbeireiten, wenn Sie das glücklich macht.»

«Das wäre immerhin ein Anfang.» Dru verabschiedete sich vom Marshal. Er wandte sich um und sah, dass Abel noch im Zimmer stand.

«Sollten Sie nicht zusehen, dass Sie wieder in die Redaktion kommen?», erkundigte sich Dru. «Das ist doch eine echte Sensation, Abel. ‹Einsamer alter Mann schießt sich das Hirn aus dem Schädel.› Sie sollten das Blut und die Hirnmasse an der Wand beschreiben, dann verkaufen Sie vielleicht ein paar Exemplare mehr.»

«Die Zeitung verkauft sich sehr gut. Der heutige Leitartikel ist in aller Munde.»

«Wie schön für Sie.»

«Haben Sie die Zeitung gelesen, die ich Ihnen vor die Tür gelegt habe?»

«Ich habe weder Zeit noch Lust, Ihre Meinung über irgendetwas zu lesen.»

«Das ist schade. Vielleicht hat Ihre Schwester es gelesen. Oder Ihre hübsche kleine Frau.»

Die Art, wie der Mann das Wort betonte, ließ Dru mit den Zähnen knirschen. «Und was haben wir damit zu tun?»

«Es geht darin um Sie. Doc Porter hat eine Ausgabe, falls es Sie interessiert. Da vorne auf dem Schemel.» Er wies mit dem Kopf auf eine dick gepolsterte Fußbank mit abgestoßenen Ecken und einem durchhängenden Fransensaum.

«Verschwinden Sie, Abel.»

«Mit Vergnügen.» Er ging an Dru vorbei, schob den alten Hund mit der Fußspitze von der Haustür weg und ging hinaus.

Dru starrte auf die zusammengefaltete Zeitung und beschloss, nicht so ohne weiteres nach Fosters Pfeife zu tanzen. Er ging in die Küche, wo ein stämmiges Hausmädchen am Tisch saß und herzerweichend schluchzte. Die Frau war noch jung, vermutlich Ende zwanzig.

Dru fand einen Wasserkrug auf der Anrichte, befeuchtete ein Geschirrtuch und trat an den Tisch. Dann legte er ihr freundlich die Hand auf die Schulter, sodass sie zu ihm aufblickte.

«Wie heißen Sie?»

«M… Mercy.»

«Mercy, legen Sie sich das auf die Augen.» Er zog einen Stuhl heran und setzte sich neben sie. «Versuchen Sie ganz ruhig durchzuatmen.»

Mercy erschauerte, und ihre Schultern zuckten. Er sah das Entsetzen in ihren Augen, bevor sie sie mit dem feuchten Tuch bedeckte.

«Ist … ist die Leiche weg?», murmelte sie.

«Der Doc ist weg. Sie können jetzt nach Hause gehen, wenn Sie wollen.»

Er dachte, sie würde auf der Stelle zur Hintertür hinausstürzen, aber sie schluchzte noch einmal auf, ließ das Tuch fallen und sah ihn hilflos an.

«Heißt das, ich bin meine Stelle los?»

Er schüttelte den Kopf, während er überlegte, wie lange er es sich wohl leisten konnte, ihren Lohn zu zahlen.

«Nein. Sie können alle zwei Wochen vorbeikommen und hier für mich sauber machen.»

«Wirklich?»

«Wirklich.»

«Muss ich auch die Wand sauber machen?»

«Darum kümmere ich mich schon.»

Das zumindest konnte er für den Mann tun, der ihm seinen Einstieg ermöglicht hatte.

«Ich bin Dr. Talbot.»

«Recht schönen Dank.» Sie stand mühsam auf und ging zur Hintertür. «Vielen Dank, Doc.»

***

Zwei Stunden später hatte Dru die grausame Pflicht hinter sich gebracht, und er konnte die Ärmel wieder herunterrollen. Der Nachmittag neigte sich dem Ende zu, und die Sonne stand dicht über den Baumwipfeln, als er sich noch einmal flüchtig im Wohnzimmer umsah und ihm die Zeitung auf dem Polsterschemel ins Auge fiel. Er verfluchte Abel Foster, nahm den *Magnolia Creek Sentinel* und wollte das Haupthaus abschließen, als er merkte, dass Goldie sich nicht gerührt hatte. Sie lag immer noch auf der Matte an der Haustür.

«Steh auf, altes Mädchen.»

Der Blick des Hundes wanderte traurig zu den beiden leeren Sesseln und dann wieder zu ihm.

«Du bist ein alter Hund, weißt du. Dich will niemand mehr.»

Dem Doktor war es offenbar leichter gefallen, sich selbst umzubringen als seinen Hund. Dru schüttelte den Kopf und schlug sich ungeduldig mit der Zeitung ans Bein.

«Komm, Goldie. Nun komm mit.»

Goldie rührte sich nicht.

«Nun komm schon, altes Mädchen.» Dru klopfte der alten Hündin freundlich mit der Zeitung aufs Hinterteil, bis sie aufstand. «Nun komm.»

In der Küche fand er etwas Speck, gab ihn der Hündin zu fressen und stellte eine Schale Wasser auf die Veranda hinter dem Haus. Dann holte er seine Jacke, schloss die Tür ab und steckte den Schlüssel ein. Er ging mit Goldie in die Praxis, die aus drei kleineren Räumen bestand, und schloss auch dort die Tür von innen ab.

In seiner Manteltasche steckte immer noch die Inventarliste, aber für heute war es genug. Seine Schultern und sein Rücken schmerzten vom Hacken und vom Reinigen der Wand. Er fühlte sich so erschöpft, wie Goldie aussah. Zum Lesen reichte das Sonnenlicht noch, deshalb beschloss er, seiner verdammten Neugier nachzugeben. Goldie folgte ihm auf die Veranda. Als Dru sich auf die oberste Stufe setzte und die Zeitung aufschlug, ließ sie sich mit einem schweren Seufzer neben ihm nieder.

Nachdem er den Leitartikel gelesen hatte, hob Dru den Kopf und starrte in die Sonne, die durch die Baumwipfel auf der anderen Straßenseite drang. Der Inhalt des Artikels erklärte eindeutig den kühlen Empfang von vorhin.

Foster hatte Sara benutzt, um die Stadt gegen ihn aufwiegeln zu können.

Dru rieb sich den Nacken, dann legte er seine Hand zwischen die Ohren der Hündin und begann sie zu streicheln.

Er hatte geglaubt, alle kriegerischen Tumulte hinter sich zu haben. Während er sich nach Magnolia Creek durchschlug, hatte er sich sogar eingeredet, sein Leben daheim würde einfach sein. Stattdessen kam er sich vor, als hätte er zwei Tage lang einen Stein den Berg hinaufgerollt.

Je länger er darüber nachdachte, desto klarer wurde ihm, dass es sich bei dem Stein eigentlich um sein Herz handelte.

21. Kapitel

Auch eine lange Woche nach Doktor Porters Beerdigung hatte Sara immer noch ein Dach über dem Kopf, obwohl sie mit angehört hatte, wie Dru Louzanna erzählte, er habe Abels Leitartikel gelesen.

Dru hielt sich hauptsächlich in seinen neuen Behandlungsräumen auf, während Sara tagsüber Unkraut jätete und sich nachts ruhelos im Bett herumwälzte. Sie wünschte sich so sehr, alles wieder in Ordnung bringen zu können, doch ihr Großvater hatte immer gesagt: «Wenn Wünsche Pferde wären, dann säßen Bettler hoch zu Ross.»

Nach drei trockenen, warmen Tagen brauchte die Aussaat Wasser, deshalb füllte sie immer wieder den Eimer und schleppte ihn durch den Garten.

Den ganzen Morgen über hatte sie so intensiv an Großvater Wilkes denken müssen, dass sie fast erwartete, ihn am Waldrand stehen zu sehen. Stattdessen kam Dru den Weg entlang mit einer Holzkiste voll roter Geranien, hinter der nur seine

Augen und sein Schopf zu sehen waren. Seine dunklen Augen waren auf sie gerichtet.

Sara ließ den Eimer stehen und eilte ihm entgegen.

Er stellte die Kiste zwischen ihnen ab, reckte sich und rieb sich die Hände. In der Kiste lagen vier üppige Geranienpflanzen, deren Wurzelballen einzeln in Jutesäcke gewickelt waren, außerdem Zwiebelgebinde und hübsche Tütchen mit Samen für verschiedene Kohlsorten, Tomaten, Wurzelgemüse und sogar Sonnenblumensaat.

Sara kniete sich neben die Kiste und nahm ein hübsch bebildertes Päckchen nach dem anderen in die Hand.

«O Dru, die waren bestimmt teuer.»

Er zuckte die Achseln. «Ich dachte mir, du brauchst etwas zum Anpflanzen.»

Mama hatte immer Samen von ihren Bohnen-, Erbsen-, Melonen- und Kürbispflanzen abgenommen. Auch Louzanna hatte einige aufbewahrt und sorgfältig in Papier gewickelt. So etwas Hübsches wie die neuen, bebilderten Samentüten aber hatte Sara noch nie zu Gesicht bekommen. Dann betastete sie die weichen, haarigen Blätter der kräftigen Geranienpflanzen.

«Die Farmersfrau, die sie in den Laden brachte, hat gesagt, sie wären widerstandsfähig und würden bis in den Spätherbst hinein blühen», sagte Dru.

Sara blickte auf und sah, dass er die Stirn runzelte. «Ich werde sie dicht ans Haus pflanzen, damit Louzanna sich an ihnen freuen kann», erklärte sie ihm.

Er sah sich zum Haus um, dann schaute er sie wieder an. «Ich muss in die Praxis.»

Sara stand auf und klopfte ihren Rock ab. «Ich hätte nicht gedacht, dass du zur Hauptstraße gehst.»

«Ich lasse mich doch nicht von Abel Foster einschüchtern,

und das soll er wissen. Ich werde mit Sicherheit jeden Tag über die Hauptstraße laufen.»

Ihre Wangen begannen zu glühen. «Es tut mir so Leid, dass ich euch das antue, Dru.»

«Es bleibt immer noch abzuwarten, wie viele Leute sich auf Fosters Seite schlagen werden.» Er drehte sich um und ging zur Scheune, in der Doc Porters alter Einspänner stand. Sara sah ihm nach, bis er auf dem Weg zur Straße war. Dann nahm sie zwei Geranienpflanzen aus der Kiste. Während sie auf die zarten, leuchtend roten Blütenblätter hinunterblickte, fragte sie sich, ob Dru die Samen und die Blumen auch gekauft hätte, wenn er wüsste, dass diese schlichte Gabe für sie kostbarer war als Gold.

Sie brachte die Pflanzen an die Stelle, wo sie sie einsetzen wollte. Der erste Ziegenmelker des Jahres hatte schon gerufen, also war es an der Zeit, die Bohnen zu setzen. Sie würde sie neben die Sonnenblumensamen pflanzen, sodass die Bohnen sich um die kräftigen Stängel ranken konnten und sie keine Stangen zurechtschneiden musste. Melonen hatte Mama immer im Mai gesät, die wären also erst später an der Reihe.

Bei dem Gedanken an ihre Mutter daheim seufzte sie. Als der Wassereimer leer war, streckte sie sich und suchte den Waldrand nach irgendeinem Anzeichen dafür ab, dass Großvater unter den Walnuss- und Ahornbäumen weilte, aber vergeblich.

Plötzlich lenkte ein Klopfen am Gewächshausfenster ihre Aufmerksamkeit aufs Haus. Louzanna stand da und winkte sie zu sich.

«Dru hat seinen Imbiss vergessen», rief Louzanna und hielt einen zugedeckten Korb hoch. «Ich gebe auf Elizabeth Acht, wenn du ihm den bringst.»

Als Sara ins Haus kam, rannte Lizzybeth sofort zu ihr und umschlang ihre Knie.

Dass Dru Elizabeth wie Luft behandelte, bekümmerte Sara mehr als seine Kälte ihr gegenüber. Sie hatte es verdient. Elizabeth hingegen nicht. Sie dachte, wenn er mehr Zeit mit Lissybeth verbrächte, sähe er vielleicht, wie süß und lieb die Kleine war, und verhielte sich ihr gegenüber weniger feindselig.

«Ich nehme Elizabeth mit», beschloss Sara. «Es ist so ein schöner Tag und außerdem noch früh. Sie wird bestimmt brav sein.»

Louzanna nickte zustimmend. «Im Korb sind Brot, Käse und aufgeschnittenes Huhn. Mehr als genug für euch alle.»

«Ach, Lou. Dru wird kaum in der Stimmung für ein Picknick mit uns sein.»

«Man soll die Hoffnung nie aufgeben. Ich wünsche mir so, dass alles anders wäre.» Lou seufzte.

Als Sara sie daraufhin fest umarmte, spürte sie sofort, dass diese spontane Geste Louzanna nicht behagte, und ließ sie rasch wieder los. Dann wusch sie sich und Elizabeth Hände und Gesicht, bevor sie den Korb ergriff und ihre Tochter an der Hand nahm. Lou folgte ihnen durch den Flur, blieb dann aber weit von der Tür entfernt im Dämmer zurück.

«Ich habe meine Meinung geändert», rief sie aus. «Vielleicht solltet ihr doch nicht gehen.»

«Es ist doch nur zwei Straßen weiter, Lou. Ich will mich nicht verstecken und den Leuten diese Genugtuung gönnen. Dru übrigens auch nicht.»

«Und was ist mit Elizabeth? Vielleicht solltest du sie doch bei mir lassen.»

Es war ein wundervoller Frühlingsmorgen. Die Vögel sangen, und die Bäume blühten. Sara war sicher, an einem so schönen Tag würde ihnen nichts geschehen.

«Es wird schon alles gut gehen», beruhigte sie Lou.

Lou umklammerte Masons Ring mit beiden Händen. «Dann geht jetzt, wenn ihr denn gehen müsst, damit ihr recht bald wiederkommt.»

Als Elizabeth zum Abschied winkte, befürchtete Sara fast, Lou würde ihnen die Tür vor der Nase zuschlagen und sie einsperren, aber bald waren sie auf der Straße und Hand in Hand zum Haus Doc Porters unterwegs.

Als Sara mit Lissybeth das hübsche, weiße Haus erreichte und die Veranda betrat, bewunderte sie das neue, handgeschriebene Schild, auf dem es hieß: *Dr. med. Dru Talbot*. Sie setzte den Korb auf der Veranda ab, lächelte zu Elizabeth hinunter und klopfte. Das Herz schlug ihr bis zum Hals, und ihre Knie zitterten. Sie hatte keine Ahnung, wie Dru reagieren würde, wenn er sie erblickte.

***

Dru warf ein zusammengeknülltes Blatt Papier in den Abfallkorb und kippelte auf seinem Stuhl, den er an den großen Eichenschreibtisch im Behandlungszimmer gestellt hatte. Er war immer noch nicht daran gewöhnt, das alles hier sein Eigen zu nennen, und hoffte, es nicht verkaufen zu müssen, bevor er auch nur einen einzigen Patienten behandelt hatte.

Sein Schild hing nun schon fast eine Woche, und nicht einmal war jemand vorbeigekommen, um seine Hilfe in Anspruch zu nehmen. Magnolia Creek war entweder die gesündeste Stadt im ganzen Land, oder die Leute ließen sich woanders behandeln.

In den drei Räumen war inzwischen alles abgestaubt, katalogisiert und geordnet. Im Behandlungszimmer standen die Phiolen in Reih und Glied in den Regalen, die Arzneimittel waren sorgsam beschriftet und in den kleinen Fächern des Holzschrankes neben dem Fenster untergebracht. Er hatte das Messing poliert und die Instrumente gereinigt, bereit gelegt und mit sauberen, weißen Tüchern bedeckt.

Alles wartete auf seinen ersten offiziellen Patienten, aber je mehr Zeit verstrich, desto mehr glaubte er, dass Abels Leitartikel ihn in den Ruin treiben würde.

Im Augenblick musste er sich damit begnügen, morgens in die Stadt zu gehen und sich den Nachmittag mit der Lektüre der alten medizinischen Zeitschriften Doc Porters zu vertreiben. Das war besser, als nach Hause zu gehen, wo Sara offenbar allgegenwärtig war. Wollte er sich ein Glas Wasser holen, traf er sie in der Küche, wo sie Lou das Kochen beibrachte. Vor dem Zubettgehen blieb er vorsichtshalber im Salon, bis ihre Schlafzimmertür geschlossen war. Morgens beim Frühstück erschien sie so zerschlagen, wie er sich fühlte, doch er mied jeden Blickkontakt mit ihr und brütete über seinem Kaffee, bis er schließlich gehen musste.

Insgesamt war es eine höllische Woche gewesen, seit man Doc Porter zu Grabe getragen hatte. Es musste sich bald etwas ändern, sonst würde er noch den Verstand verlieren.

Als es an der Tür klopfte, wäre er fast hintenüber gestürzt. Er ließ die Vorderbeine seines Stuhls zu Boden sinken, sprang auf, zog seine Weste zurecht, schlüpfte in seinen Kittel, strich sich übers Haar und lächelte seinem Spiegelbild in dem kleinen Spiegel im Wartezimmer zu.

Dann riss er die Tür auf. Sein hoffnungsvolles Lächeln erlosch, als er Sara dort stehen sah. Und als sein Blick auf das

Kind fiel, wich auch die letzte Spur dieses Lächelns aus seinem Gesicht, obwohl sein Puls eindeutig rascher ging.

«Sara.»

«Bist du beschäftigt?»

Er schüttelte sprachlos den Kopf. Sein hungriger Blick wanderte über ihr Gesicht, und er verfluchte insgeheim seine Schwäche.

«Können wir hereinkommen? Louzanna lässt dir dein Essen schicken.» Sie hielt den Korb hoch, als wäre er eine Eintrittskarte in seine Behandlungsräume.

Am liebsten hätte er einfach den Korb genommen und sie weggeschickt, nicht, weil er sie nicht gern hereingebeten hätte, sondern weil er plötzlich feststellen musste, wie willkommen sie ihm war.

Bevor er reagieren konnte, entdeckte das Kind Goldie, die hinter dem Schreibtisch lag, und begann heftig an Saras Hand zu zerren und zu rufen: «Da! Da!»

Die alte Hündin hob den Kopf, rührte sich aber nicht vom Fleck. Dru trat zur Seite, als Elizabeth schnurstracks auf Goldie zusteuerte und Sara hinter sich herzog.

«Beißt sie?», fragte Sara, als sie an ihm vorbeisausten.

«Das weißt du doch besser als ich.»

«Ich meine den Hund.»

«Dazu fehlt es ihr vermutlich an Energie.» Jetzt musste er ein Lächeln unterdrücken.

Sara hielt Elizabeth zurück und näherte sich Goldie als Erste, kniete neben ihrem Kopf nieder und streichelte sanft das weiche Fell zwischen den Ohren. Sie klopfte neben sich auf den Boden, und Elizabeth setzte sich.

«Das ist ein Wauwau. Sag ‹guter Wauwau›.» Saras warme Stimme war voller Zärtlichkeit, als sie leise mit dem Kind sprach. «Den guten Wauwau musst du ganz vorsichtig streicheln.»

Als Elizabeth das Fell des Hundes berührte und entzückt lachte, lachte Sara mit. Es klang so melodiös und fröhlich, dass es ihn wie ein Messerstich durchfuhr und ihn an all das gemahnte, was hätte sein können.

Er hob den Korb auf, spähte unter das karierte Tuch und versuchte, die beiden zu ignorieren. Doch dann stellte er den Korb zur Seite und lehnte sich mit verschränkten Armen an den Untersuchungstisch. Derweil kraulte Sara Goldie hinter den Ohren. Wenn ihr seine Verärgerung auffiel, so ließ sie es sich nicht anmerken.

Die alte Hündin legte schwanzwedelnd den Kopf in Saras Schoß, obwohl Elizabeth beschlossen hatte, das Tier als Kissen zu benutzen.

«Heia, Mama. Heia, Wauwau.» Die Kleine schloss lächelnd die Augen und tat so, als schliefe sie auf Goldies Rippen.

Goldie wandte den Kopf und leckte Elizabeth übers Gesicht. Das Mädchen quietschte entzückt. Sara lachte, und selbst für Dru war es schwierig, bei einer solchen Kundgebung reiner Freude nicht zu lächeln.

Wie lange war es her, dass er selbst so gelacht hatte? Jahre, entschied er auf der Stelle. Ganz bestimmt Jahre.

Während Sara und Elizabeth Goldie mit ihrer Zuneigung überschütteten, starrte er auf Saras glänzende, kastanienbraune Mähne, die sie geschickt zu einem dicken Nackenknoten gewunden hatte. Bei jeder Bewegung wurde unter ihrem Kragen elfenbeinfarbene Haut sichtbar. Die Sonne hatte ihr Gesicht vergoldet und ein paar verstreute Sommersprossen auf ihrer Nase hervorgelockt.

Er schob die Hände in die Taschen, stieß sich vom Tisch ab,

ging zum Fenster und sah einem vorbeifahrenden Fuhrwerk nach. Er hörte Stoff rascheln, und da stand auch schon Sara neben ihm.

«Es sieht doch schon recht ordentlich aus hier», verkündete sie. Ein fragender Ton lag in ihrer Stimme, fast, als hätte sie Angst, ihn anzusprechen. Er wusste, dass sein unfreundliches Benehmen sie nervös machte, aber wie, zum Teufel, sollte er sich unter solchen Umständen anders verhalten?

«Ja, ordentlich leer.»

«Aber du hast doch reichlich Material und Instrumente und so was», sagte sie.

Er zuckte mit den Achseln. «Alles, nur keine Patienten.»

«Großvater sagt immer ‹Abwarten und Tee trinken›.»

Als er sich umdrehte, war ihr Gesicht beunruhigend nah. Ihre hellen Augen suchten in seinen aufmerksam nach etwas, das hoffentlich nicht zu sehen war. «Und was soll das heißen?», fragte er.

«Das heißt, man muss warten, bis die Dinge sich wieder beruhigen. Du musst warten, bis die Leute zu dir kommen. Früher oder später werden sie einen Arzt brauchen. Meinst du, ein Mann lässt seine Frau oder sein Kind leiden, wenn er gleich um die Ecke Hilfe bekommen kann?»

«Ich weiß es nicht, Sara. Ich weiß nicht, wie weit die Leute gehen werden, um an uns ein Exempel zu statuieren.»

Das fragte er sich jeden Tag aufs Neue. Er wusste genau, dass die Leute sich oft genug aus reiner Sturheit töricht verhielten, selbst wenn Unschuldige dabei leiden mussten.

Die goldenen Sommersprossen auf Saras Nase waren so reizend, dass er, um sie besser bewundern zu können, Sara am liebsten an sich gezogen hätte. Er wandte sich ab und sah, wie Elizabeth, einen Arm um Goldie gelegt, durchs Wartezimmer spazierte. Es war das erste Mal, dass er Goldie freiwillig herumlaufen sah.

Hinter ihm seufzte Sara. «Wir gehen jetzt lieber wieder nach Hause, damit Lou sich keine Sorgen macht.»

Plötzlich ging ihm auf, dass Sara ein ziemliches Risiko eingegangen war, um herzukommen. Seines Wissens war es das erste Mal, dass sie sich seit ihrer Rückkehr vor die Tür gewagt hatte.

«Ich begleite euch nach Hause.»

Ein Lächeln schien über ihr Gesicht zu huschen, aber er war sich nicht ganz sicher. Sie schüttelte den Kopf. «Sei nicht albern. Es sind ja nur zwei Straßen. Außerdem hast du die ganze Zeit auf Patienten gewartet, deshalb bleibst du lieber hier, falls doch noch jemand kommt.»

Sie nahm Elizabeth auf den Arm, bevor er widersprechen konnte. Das Kind weinte, wehrte sich, als es merkte, dass Goldie nicht mitkam. Goldie trottete bis zur Tür hinter ihnen her, doch dann hielt Dru sie am Genick fest, damit sie Sara nicht auf die Veranda folgte.

Bevor Sara die Treppe hinunterging, schenkte sie ihm ein wehmütiges Lächeln und schüttelte den Kopf. «Mach dir keine Sorgen, Dru. Es wird schon jemand kommen. Warte nur ab.» Doch der Zweifel in ihren Augen verriet ihm, dass sie sich selbst kein Wort glaubte.

Er blieb in der Tür stehen, den hechelnden Hund neben sich, und sah ihnen nach, während Elizabeth lebhaft über Saras Schulter winkte und rief: «Wauwau! Mein Wauwau!»

Dru musste Goldie ins Haus zerren, bevor er die Tür schließen konnte. Er sah ihr in die traurigen braunen Augen und murmelte: «Du Verräterin.»

22. Kapitel

«Sara, warum gehst du denn schon wieder fort? Und warum hast du dich so angezogen?»

Lou folgte Sara ängstlich durch den Flur, weil die junge Frau offenbar schon wieder das Haus verlassen wollte. Sara trug ihr schwarzes Kleid und schwarze Handschuhe, hielt den Hut mit dem Schleier in einer Hand und steuerte, Elizabeth im Arm, auf die Treppe zu.

«Ich muss etwas unternehmen, um Dru zu helfen. Ich kann nicht zulassen, dass er meinetwegen ruiniert wird, noch bevor er überhaupt angefangen hat. Und wenn ich ihm nicht helfen kann, muss ich mir eben eine andere Stadt suchen.» Sara war außer sich.

«Das darfst du nicht!», rief Lou. Sie wusste nicht, ob sie sich auf Sara stürzen und sie aufhalten oder sich in ihr Zimmer flüchten und dort einschließen sollte.

Sara drückte ihr Lissybeth in die Arme, stülpte sich dann den übergroßen Hut auf den Kopf und befestigte ihn mit einer tödlich langen Hutnadel in ihrem Haar.

«Versuche nicht, mich aufzuhalten, Lou. Ich werde keine Ruhe geben, bis ich etwas unternommen habe.»

«Wo willst du denn hin? Und was willst du tun?» Lou verlor allmählich die Beherrschung. Sie konnte nicht einmal dem Drang nachgeben, die Hände zu ringen, nicht mit dem Kind auf den Armen.

«Zuerst will ich zur Zeitung, um Abel Foster zur Rede zu stellen. Dann will ich … nun ja, ich bin noch vor Einbruch der Dunkelheit zurück.» Sie raffte ihren Rock und ging die Treppe hinunter.

«Was hast du noch vor, was du mir nicht erzählen willst?»

«Dru soll nicht den Eindruck bekommen, dass ich seine Hilfe brauche. Er könnte sich gezwungen sehen, mir nachzukommen.»

«Ich sage ihm nichts. Ehrenwort.»

Sara wartete unten an der Treppe, bis Lou bei ihr war. An der Haustür wollte Lou sie erneut aufhalten.

«Du kannst mich hier nicht einfach so mit Elizabeth allein lassen. Was ist, wenn ich in Ohnmacht falle?»

Sie schrie auf, als Sara sie unversehens bei den Schultern packte und ihr eindringlich in die Augen sah.

«Ich würde Elizabeth nicht bei dir lassen, wenn ich nicht der Meinung wäre, dass du allein auf sie Acht geben kannst. Halte durch, Louzanna. Ich tue das für Dru, und du musst dich jetzt einfach zusammennehmen und mir helfen.»

Louzanna war sich sicher, dass sie kurz vor einem Nervenzusammenbruch stand, aber Sara küsste Elizabeth auf die Wange und hatte die Hand am Türknauf, bevor Lou es richtig begriffen hatte. Sie erstarrte, als die Tür aufging, wich zurück und umfasste Elizabeth unwillkürlich fester, um sie vor all den unsichtbaren Gefahren draußen zu beschützen.

«Spiel ein bisschen mit ihr, und dann leg sie kurz hin. Ich bin schneller wieder da, als du denkst.»

Dann sah Lou nur noch, wie Sara den dunklen Schleier zurechtzog.

«Wahnsinn. Einfach Wahnsinn», murmelte Lou leise.

«Wauwau?» Elizabeth tätschelte ihre Wange und blinzelte sie an.

«Nein. Nicht Wauwau.» Lou hatte alles über Elizabeths erste Begegnung mit dem Hund in Drus Praxis gehört. «Wahnsinn. Ich fürchte, deine arme Mutter ist genauso wahnsinnig wie ich.»

Sara eilte in ihrer schwarzen Witwenkleidung über die Hauptstraße, aber dieses Mal mit weit entschlosseneren Schritten als an dem Tag, an dem sie sich zurück nach Magnolia Creek geschleppt hatte. Einige Passanten drehten sich im Vorbeigehen nach ihr um, doch der Schleier erfüllte seinen Zweck.

Vor dem Gemischtwarenladen hörte sie eine vertraute Stimme und blieb stehen, als sie Elsie Jackman erkannte. Die Jackmans hatten zu ihren Hochzeitsgästen gehört. Sara nahm all ihren Mut zusammen und hob leicht den Schleier.

«Elsie?»

Bis auf die Tatsache, dass ihr Gesicht spitzer geworden und ihr Paisleykleid abgetragen und am Saum voller Stockflecken war, hatte Elsie sich seit ihrer letzten Begegnung nicht sehr verändert. Ein Laufbursche schleppte eine Holzkiste voller Waren hinter ihr her.

Elsies kühler, abschätzender Blick wanderte von Saras abgetragenen Schuhen bis zu ihrem Gesicht unter dem Schleiersaum hinauf.

«Elsie, ich bin's, Sara. Wie geht es Ihnen? Wie geht es Keith und den Kindern?» Sara machte einen Schritt auf sie zu.

Abwehrend hielt Elsie die Hände hoch, schaute sich hastig um, raffte ihren Rock zusammen und wich zurück.

«Sara Collier, würden Sie mich bitte nie, nie wieder ansprechen.»

Mit diesen Worten wandte Elsie sich ab und eilte davon, ohne sich noch einmal nach Sara umzudrehen.

Sara ließ den Schleier fallen und schaute sich um. Offenbar hatte niemand den kurzen Wortwechsel bemerkt.

Sie eilte weiter, betroffen, jedoch keineswegs überrascht von Elsies Reaktion. Sie hoffte, dass sonst niemand sie erkannt hatte, denn sie wollte bei ihrem ersten Besuch den Überraschungseffekt ausnutzen.

Ein Stück weiter die Hauptstraße hinunter blieb sie vor dem Schaufenster stehen, in dem das Schild mit dem Schriftzug des *Magnolia Creek Sentinel* stand.

Sie beugte sich so nah ans Fenster, wie ihr Hut es zuließ, und beschattete die Augen mit ihrer behandschuhten Hand. In einer Art Vorzimmer saß ein junger Bursche hinter einem Schreibtisch. Mit seiner spitzen Nase und den Segelohren sah er aus wie vierzehn.

Sara rückte den Hut zurecht, und als sie die Tür öffnete, ging eine Glocke. Der Junge blickte auf. Aus dem hinteren Raum drang ein Riesenlärm.

Der junge Mann sprang auf und bemühte sich, durch den Schleier zu spähen. Mit wichtigtuerisch geschwellter Brust schlang er einen Finger um den Hosenträger.

«Kann ich Ihnen helfen, Madam? Wollen Sie eine Todesanzeige aufgeben?»

«Wie heißt du?»

«Pete, Madam.»

«Ist Mr. Foster da, Pete?» Sara wollte ihre Trümpfe keinesfalls zu früh ausspielen.

«Er ist an der Druckerpresse.»

«Ich würde ihn gern sprechen», sagte sie über den Lärm hinweg. «Es ist äußerst wichtig.»

Interessiert riss Pete die Augen auf. «Er kann's nicht leiden, wenn er gestört wird.»

«Er wird noch verärgerter sein, wenn du ihn *nicht* holst. Ich bin sicher, dass er mit mir sprechen will.»

Der Junge kratzte sich an der Schläfe. «Wen soll ich denn melden?»

«Sag ihm, Sara Talbot will ihn sprechen.»

Petes Augenbrauen schossen bis zum Haaransatz hoch, und er war verschwunden, bevor sie noch einmal Luft holen konnte. Schon bald war er wieder da: «Er kommt sofort.»

Doch noch bevor Pete ausgeredet hatte, tauchte Abel auf. Er trug schwarze Ärmelschoner und einen Augenschirm.

«Was wollen Sie?» Er errötete und sah sie missbilligend an.

«Begrüßt man so eine Nachbarin, Mr. Foster? Ich bin nur vorbeigekommen, um Ihnen zu sagen, dass ich den wahren Grund für Ihren Artikel kenne.»

«Sie haben ihn also gelesen?»

Sie schüttelte den Kopf und hob ihr Kinn ein wenig. «Das brauchte ich gar nicht.» Sie würde ihm nicht verraten, dass sie nur einfache Sätze entschlüsseln konnte. Lou hatte ihr immer Drus Briefe vorgelesen und ihr beim Schreiben der eigenen geholfen.

«Sie haben die ganze Stadt gegen Dru aufgehetzt, weil ich mich damals in unserem Hof gegen Ihre Zudringlichkeiten gewehrt habe.»

Sara sah sich nicht nach Pete um, aber sie hätte eine glänzende, neue Goldmünze gewettet, dass er begierig auf jedes Wort lauschte.

«Ich glaube, Sie gehen jetzt besser, Mrs. Talbot.»

«Nicht bevor ich gesagt habe, was zu sagen ist.» Sara deutete mit dem Zeigefinger auf Abel. «Ich bin gekommen, um Sie daran zu erinnern, dass Sie versucht haben, mich nach der Nachricht über Drus Tod zu küssen und zu begrapschen. Und das auch noch direkt hinter Ihrem Haus, Abel Foster. Und nun bezeichnen Sie mich als Verräterin und werfen Dru vor, dass er mich nicht davonjagt, obwohl Sie nicht besser sind als ich. Sie waren damals verheiratet, und Sie sind es noch. Ich habe Sie abgewiesen, und ich glaube, das ist der eigentliche Grund für den bösen Artikel. Sie sind nur enttäuscht, dass ich damals nicht mit *Ihnen* angebändelt habe.»

«Ich wäre Ihnen dankbar, wenn Sie den Mund halten würden.»

«Warum denn? Wovor haben Sie Angst, Abel? Dass Minnie davon erfährt?»

«Sie würde Ihnen nie glauben.»

«Meinen Sie? Ich wette, wenn es Gerede gäbe, kämen ihr schon gewisse Zweifel, oder?»

«Raus», befahl er.

«Ich gehe, aber vergessen Sie eins nicht. Sie haben es nicht mit einem ängstlichen Dummchen zu tun, Mr. Foster. Ich bin eine Collier, und wir lassen uns nicht unterkriegen. Sollten Sie nichts gegen die augenblickliche Stimmung unternehmen, dann werde ich wohl selbst einen kleinen Artikel schreiben müssen. Und wenn ich fertig bin, dann wird es in der ganzen Stadt niemanden mehr geben, der nicht meine Fassung der Geschichte kennt.»

«Wollen Sie etwa abstreiten, dass Sie ein uneheliches Kind haben?»

«Wollen Sie etwa abstreiten, dass Sie sich hinter der Scheune an mich herangemacht haben?»

«Das können Sie nicht beweisen.»

Sie beugte sich vor und sah ihm in die Augen. «Können Sie das Gegenteil beweisen?»

Bevor er noch etwas sagen konnte, wirbelte sie herum und wäre fast mit Pete zusammengestoßen. Als sie hinausging, hinterließ sie im Laden ein gereiztes Schweigen.

Sie drückte sich selbst die Daumen und machte sich auf den Weg zum Stadtrand, wo sie dann von der Hauptstraße auf die

Straße zur Fähre einbog. Es waren immer noch so viele Menschen unterwegs wie damals bei ihrer Rückkehr, deshalb hielt Sara den Blick gesenkt.

Sie hatte die drei Meilen bis zur Anlegestelle fast hinter sich, als sie einen großen, kräftigen Farbigen auf einer gefleckten Stute sah. Bei einem genaueren Blick auf seine ausgeprägten Züge mit dem freundlichen Lächeln erkannte sie Jamie. Er wäre einfach an ihr vorbeigeritten, wenn sie ihn nicht angerufen hätte. Einige Leute sahen sich daraufhin nach ihr um, schenkten ihr aber weiter keine Beachtung, doch er kam herangeritten, stieg ab und zog höflich den Hut.

«Kennen wir uns, Madam?»

Da sie wusste, was Jamies Rückkehr für Dru bedeutete, konnte sie vor Aufregung kaum sprechen. «Ich bin's, Jamie.» Sie sprach mit gedämpfter Stimme, damit sie nicht erkannt wurde und ihr Daddy davon Wind bekam, falls er auf der Fähre arbeitete. «Ich bin's, Sara.»

«Miss Sara! Was machen Sie denn hier draußen ganz allein? Wollen Sie Ihre Familie besuchen?»

«Gewissermaßen.»

«Wie geht's Miss Louzanna?»

Etwas in seinem Tonfall, als er Louzannas Namen nannte, etwas in seinen seelenvollen dunklen Augen veranlasste Sara, sich zu fragen, warum ihr bisher nicht aufgefallen war, dass Jamies tiefe Sorge um Lou weit über das übliche Maß hinausging.

«Es geht ihr gut. Eigentlich sogar sehr gut. Dru lebt, Jamie. Genau, wie Lou immer gesagt hat.»

Sein Lächeln wurde breiter, und er schlug sich mit dem Hut auf den Schenkel. «Das ist ja unglaublich!»

«Er wird sich riesig freuen, dich zu sehen. Wir haben uns alle gefragt, was du wohl treibst und wo du dich aufhältst.»

Er schüttelte den Kopf, musterte prüfend die Menge und sagte mit gedämpfter Stimme: «Sie würden nicht glauben, was ich erlebt habe und wo ich gewesen bin. Ich war sogar in New York City.»

Früher hätte sie ihn um seine Abenteuer beneidet, aber mittlerweile war ihr klar geworden, dass sie sich nur noch ihr altes Leben an Drus Seite wünschte.

«Offenbar haben Sie ebenfalls heimgefunden.» Er sah lächelnd auf sie hinunter und erbot sich, sie zu begleiten. Sie lehnte dankend ab, doch er drängte so lange, bis sie zu einer Notlüge griff und sagte, Dru wüsste, wo sie wäre, und sie käme bald zurück.

Nachdem er weitergeritten war, machte sie sich zur Fähre auf. Ihre Kehle schnürte sich zu, als sie Daddy mit ihren Halbbrüdern Donnie und Darrel bei der Arbeit sah. Die drei konnten sie im wahrsten Sinne des Wortes auseinander nehmen.

Aus Angst wäre sie fast umgekehrt, aber eigentlich hatte sie sich genau das erhofft. Wenn alle drei Männer auf der Fähre arbeiteten, konnte sie sich einfacher zu Großvater Wilkes und Mama schleichen und auch unbehelligt wieder verschwinden.

23. Kapitel

Sie gab Donnie ihren Nickel für die Überfahrt und betrat die Fähre; nicht einmal ihr Vater erkannte sie, als sie an ihm vorbeikam. Ihr blieb zwar beinahe das Herz stehen, denn er hatte sie schon in diesem Aufzug gesehen, aber Kleid und Schleier waren unauffällig und nicht eben selten. Sie hielt fast während der ganzen Überfahrt den Atem an, und achtete darauf, dass sie mit den ersten Passagieren von Bord kam.

Als sie die Straße zur Hütte entlangeilte, erhaschte sie einen Blick auf Arlo und ihre beiden jüngsten Schwestern Kittie und Fannie, die zu dritt auf dem Indianerpfad im Wald verschwanden. Sie sah ihnen mit Tränen in den Augen nach, machte sich aber nicht bemerkbar. Sie eilte zur Tür, klopfte leise an, und als ihre Mutter öffnete, schlug sie den Schleier zurück.

Mama presste die Hand auf den Mund und brach in Tränen aus, während sie ungläubig den Kopf schüttelte. Sie bestand eigentlich nur aus Armen und Beinen, ihre Ellbogen waren knochig, ihre Hände dünn und ihr Schwanenhals vom jahrelangen Schuften gebeugt. Mama war erst dreiundvierzig, bewegte sich aber an manchen Tagen wie eine Siebzigjährige.

Tessa Colliers Leben bestand aus einem endlosen Pflichtenreigen – Wasserschleppen, Brotkneten, falls Geld für Weizenmehl da war, oder Kornmahlen, falls nicht. Sie spann Garn, webte Stoffe, nähte die Kleidung für die ganze Familie und schnitt alte, noch brauchbare Kleidungsstücke für die Kleineren zurecht.

Daddy predigte, Eva habe mit der Verführung Adams den Frauen all die Mühen und Plagen beschert. Mama hatte Daddy mit vierzehn geheiratet und gleich die Erziehung Donnies und Darrels übernehmen müssen, deren Mutter erst drei Tage zuvor gestorben war. Auf den Tag genau neun Monate später bekam sie selbst das erste ihrer vielen Kinder.

Sara ließ sich von Mama ins Haus ziehen und in die Arme schließen.

«Sarie? Sarie, bist du das wirklich?»

Sara nickte und wischte sich heiße Tränen ab, während Mama sie fest an sich drückte und in den Armen wiegte. Dann schob Mama sie auf Armeslänge von sich weg und fuhr mit der Hand über den gelben Fleck auf Saras Wange.

«Verdammt soll er sein», flüsterte sie.

«Es geht schon, Mama. Es ist schon fast verheilt.»

«Wie geht es dir, Sarie? Wo bist du denn untergekommen? Ich bin fast gestorben vor Sorge. Großvater sagte, du würdest wieder bei den Talbots wohnen. Gleich, nachdem ihr euch getroffen hattet, bekam er einen rheumatischen Anfall und konnte nicht noch einmal nach dir sehen.»

Sara erkannte jetzt, warum sie so viel an ihn hatte denken müssen.

«Ich wusste doch, dass etwas nicht in Ordnung ist. Geht es ihm sehr schlecht?»

«Nicht allzu schlecht. Ich bringe dich besser zu ihm, bevor DeWitt nach Hause kommt.» Sie warf einen Blick zum Wald, wo ihre jüngeren Sprösslinge auf der Erde spielten. «Hat einer von den Kleinen dich gesehen?»

Sara schüttelte den Kopf. «Ich habe mich versteckt gehalten.»

Großvaters Anbau war so oft erweitert worden, dass er jetzt fast so groß war wie die Hütte selbst. Er stand direkt an der Wand der baufälligen Hütte und war vom Vorplatz aus nicht zu sehen. Die beiden Gebäude stützten einander wie zwei lahme alte Freunde, die nicht allein stehen können.

Unzählige Kräuter- und Blütengarben hingen von den rohen, offenen Dachbalken des Anbaus herab. Außerdem baumelten dort Mullsäckchen mit ganzen und gemahlenen Wurzeln, geräucherter Schinken und Tabak.

Großvater fühlte sich allein am wohlsten, und so traf Sara ihn auch an. Sie trat an die schmale Bettstatt, die er selbst geschnitzt hatte, wie all die Möbel der großen Hütte – Hocker,

Tische, Bänke und das Bett der Eltern. In jungen Jahren hatte Daniel Wilkes einen guten Ruf als Holzschnitzer genossen, aber seit einiger Zeit fertigte er höchstens noch Puppen für die Kinder.

«Hallo, Sarie.» Er grüßte sie ohne das geringste Zeichen der Überraschung, als hätte er sie erwartet.

Sara nahm Hut und Schleier ab, setzte sich auf die bucklige Matratze aus Maisstreu und ergriff seine Hand.

«Hallo, Großvater. Mama sagte, du hast wieder Rheuma.»

«Ein wenig. Es wird bald Regen geben, und das spüre ich in den Knochen.»

«Hast du es mit einem Pflaster aus zerstoßenen Blättern der Königskerze versucht?»

«Hab ich», nickte er.

«Und hast du auch eine rohe Kartoffel in der Tasche?»

«Hab ich.»

Sie hatte den Eindruck, dass er unter seinem Bart lächelte, aber sie konnte es nicht genau sehen.

«Was ist mit dem Blut einer schwarzen Katze?»

«Bevor ich so weit gehe, muss es erst schlimmer werden.»

Sie saßen stumm beieinander und lauschten auf das leise Rauschen des Windes in den Baumwipfeln. Sara und Großvater Wilkes brauchten keine Worte. Sie waren sich so nah wie immer.

«Was soll ich dir holen, Großvater?» Sie schaute zur Decke hinauf und versuchte, sich an weitere Rheumamittel zu erinnern.

«Bei mir hilft nur noch, die Zeit zurückzudrehen. Und das schaffst auch du nicht, Sarie.»

Sie hielt seine raue, alte Hand fest. «Sag so etwas nicht. Es muss doch etwas geben. Soll ich dir eine Puppe machen?» Sie musterte das lange Regal, auf dem er seine Kerzen, Tongefäße, Garnrollen und Stoffbündel aufbewahrte – Dinge, die er für Zauber oder Heilrituale brauchte.

Eines der ersten Dinge, die er ihr beigebracht hatte, war das Anfertigen einer Puppe – nicht eine von den Holzpuppen, mit denen die Kinder spielten, sondern einen Zauberbeutel, gefüllt mit Kräutern, Haaren und Fingernagelschnipseln, der so abgebunden wurde, dass er einer kleinen Menschenfigur ähnelte. Obwohl sie nicht mehr so vom alten Aberglauben überzeugt war wie Großvater, würde sie alles tun, um seine Gelenkschmerzen zu lindern.

«Keine Puppe und keinen Zauber diesmal. Ich weiß, dass es vom Regen kommt. Setz dich einfach hin und sprich einen Zauber mit mir.»

Sie versuchte sich einzureden, dass er schon wieder gesund würde, und unterdrückte jeden Zweifel in ihrem Herzen, denn der Unglaube hatte schon manche Heilung verhindert.

«Warum schlagen eigentlich einige Heilmittel an und andere nicht, Großvater?»

«Manchmal sieht es nur so aus, als würden die Heilmittel und Zaubersprüche nicht wirken, nämlich dann, wenn sie anders wirken, als wir erwartet haben.» Er sprach sehr leise, ein Zeichen dafür, dass sie genau zuhören sollte. «Wir vergessen, dass alles in der Hand des Allmächtigen liegt. Daran vor allem musst du denken, wenn du und dein Mann jemanden heilen wollt, hörst du?»

Sie nickte und beugte sich näher zu ihm hin, als er weitersprach.

«Wenn man jemanden heilen will, ist man nur ein Bote, eine Verbindung zwischen Gott und der armen, kranken Seele. Du kannst den Körper behandeln, aber mit der Seele hat Gott seine eigenen Pläne. Wenn sein Plan und deine Wünsche übereinstimmen, dann sieht es so aus, als wäre das Heilmittel wirksam. Manchmal aber sagt Gott nein. Das ist alles. Das ist die ganze Heilkunst. Sie erfüllt nur Gottes Willen. Verstehst du, Sara?»

Sie verstand, aber sie wollte einfach nicht glauben, dass auch er bald in Gottes Hand war. «Ich will dich nicht verlieren, kaum dass ich wieder da bin», sprach sie ihre Gedanken laut aus.

«Du hast noch einen weiten Weg vor dir, liebe Sara, und noch viel zu tun. Schwere Zeiten kommen auf dich zu, aber du wirst sie überstehen. Vergiss das nie.»

Großvater glaubte an die Macht des Herrn wie die meisten Leute vom Land, auch wenn sie noch nie einen Fuß in eine Kirche gesetzt hatten. Seine Bibel war vor langer Zeit mit seinen Vorfahren über den Ozean gekommen, und er nahm ihre Verse ganz wörtlich und lebte nach ihnen.

«Du bist doch nicht den ganzen, weiten Weg gekommen, nur um mich zu besuchen, oder?»

«Ich brauche Hilfe, Großvater. Die ganze Stadt hat sich gegen Dru gestellt, weil er mich aufgenommen hat. Ich bin gekommen, um herauszufinden, ob ich ihm die Last ein wenig erleichtern kann.»

«Dein Mann hat so breite Schultern, dass er die Last ganz gut alleine tragen kann.»

«Aber ich habe alles verursacht, und ich möchte ihm helfen.»

«Wenn die Zeit gekommen ist, wirst du ihm zur Seite stehen können und er dir. Folge immer deinem Gewissen, dann werden die Leute früher oder später auf dich zugehen.»

«Dru wird mir vergeben müssen, bevor er mir beisteht. Ich glaube nicht, dass er das jemals kann.»

«Hast du ihm denn erzählt, *warum* du weggegangen bist?»

«Ich habe ihm erzählt, dass ich befürchtete, verrückt zu werden wie seine Schwester. Und dass ich jung und ängstlich war.»

«Und was ist mit dem anderen Mann, Sara? Hast du mit Talbot über ihn gesprochen?»

«Nein, das kann ich nicht.» Kopfschüttelnd blickte sie zu Boden.

«Im Kopf eines Mannes geht es merkwürdig zu. Wenn er den Feind nicht kennt, weiß er nicht, wie er ihn bezwingen soll. Sprich mit ihm über den Mann, mit dem du weggegangen bist, Sara. Sonst fressen ihn seine Zweifel noch auf.»

«Er sagt, er will davon nichts hören.» Ihre Hände, wachsbleich vor dem dunklen Stoff des schwarzen Kleides, waren in ihrem Schoß verschränkt. Sie schluckte bittere Tränen.

«Zwing ihn, dich anzuhören. Was er sich vorstellt, ist wahrscheinlich tausendmal schlimmer als die Wahrheit.»

«Meinst du?»

«Ich weiß es.»

Sie stieß einen langen, schweren Seufzer aus und presste die Wange an sein Herz. Sein langer, seidenweicher Bart fiel ihm über die Hemdbrust. «Ich weiß nicht, ob ich das schaffe.»

«Du schaffst fast alles, denn du bist etwas Besonderes, Sarie. Bring die Sache mit deinem Mann in Ordnung. Sei in guten und schlechten Zeiten seine rechte Hand, und für den Rest wird Gott schon sorgen. Du bist doch immer noch die Frau, in die er sich einmal verliebt hat.»

Gestärkt von seinen beruhigenden Worten, stand Sara auf und ordnete ihren Rock. Dann beugte sie sich zu ihm nieder und umfasste seine Hände.

«Ich verspreche dir, dass ich Dru so schnell wie möglich alles erzähle, damit er sich endlich keine Gedanken mehr macht. Und irgendwann werden mir auch die beiden Dinge zuteil, die nur er mir geben kann.»

«Und die wären?»

«Seine Vergebung und seine Liebe.» Sie lächelte auf Großvater hinunter, mit leichterem Herzen jetzt, da es wieder von Hoffnung erfüllt war. «Ich komme bald wieder, heimlich, und dann können wir vielleicht auf Waschbärenjagd gehen, nicht wahr, Großvater?» Sie drückten sich die Hände. Nachdem sie wieder den Hut aufgesetzt hatte, blieb Sara an der Tür stehen, lächelte dem alten Mann im Bett zu und wünschte, sie könnte ihn besuchen, wann immer sie wollte.

«Danke, Großvater.»

Er nickte. «Sei vorsichtig, wenn du gehst. Lass dich nicht von deinem Daddy erwischen.»

Ihr Lächeln erstarb. «Bestimmt nicht.»

Sara öffnete die Tür. Die Schatten der Bäume wurden schon länger. Bald würde der Gesang der Zikaden beginnen und sich zu einem großen Chor steigern. Später würden die Glühwürmchen um die Baumstämme tanzen und so verlockend leuchten, dass selbst alte Herzen sich wieder jung fühlten und barfuß durch die Wälder liefen, um einen Funken dieses Nachtzaubers zu erhaschen.

Sie hätte gerne eine Hand voll dieses Zaubers für Dru eingefangen.

24. Kapitel

Louzanna saß im Schaukelstuhl im Gästezimmer und hielt Lissybeth fest im Arm, obwohl das Kind schon lange friedlich eingeschlafen war. Die runden Wangen der Kleinen lagen so weich und tröstlich an ihrer Schulter, dass Lou sich wenigstens für ein Weilchen einbilden wollte, Elizabeth sei ihr Kind. Lächelnd schloss sie die Augen und ließ sich von der Wärme des kleinen Körpers und einem Gefühl der Ruhe durchströmen, wie sie es sonst kaum noch kannte.

Sie strich mit der Hand über Lissybeths glänzende Locken. Das Holz des Schaukelstuhls knarrte auf dem Dielenboden. Sie blickte auf die zerbrochene Fensterscheibe, die Sara grob geflickt hatte. Dru hatte neues Glas bestellen wollen, aber man hatte ihm erklärt, es würde Wochen dauern, bis eine neue Scheibe einträfe. Der Mangel konnte immer noch eine Folge des Krieges sein, vielleicht wollte der hiesige Ladenbesitzer ihnen aber auch nur das Leben schwer machen.

Lou erstarrte, als sie ein Klopfen an der Hintertür zu hören meinte. Sofort schlug ihr das Herz bis zum Hals. Mit zitternden Händen legte sie Elizabeth behutsam in das Kinderbettchen, bevor sie auf Zehenspitzen das Zimmer verließ.

Auf dem Treppenabsatz warf ein buntes Glasfenster bleiche, elfenbeinfarbene Lichtblüten auf den Teppichläufer. Lou blieb stehen, denn nun hörte sie eindeutig ein Klopfen. Sie wusste, dass weder Sara noch Dru dort standen, denn die beiden wären einfach hereinspaziert.

Von der Küche aus spähte sie ins Gewächshaus und sah einen großen dunkelhäutigen Mann draußen stehen. Als er sie erblickte, winkte er ihr lächelnd zu.

«Jamie!» Lou holte tief Luft und öffnete vorsichtig die Tür.

«Komm herein, Jamie! Komm herein!» Kaum war er eingetreten und die Tür wieder fest geschlossen, warf sie ihm überwältigt vor Freude die Arme um den Hals und drückte ihn fest an sich.

«Willkommen zu Hause! Du lieber Himmel, das ist vielleicht ein Monat! Jetzt sind tatsächlich *alle* wieder am heimischen Herd versammelt. Ich traue meinen Augen nicht!»

Sie hielt seine breiten Schultern umschlungen und klopfte ihm auf den Rücken, als ihr plötzlich bewusst wurde, was sie da tat. Jamie war zu einem Klotz erstarrt und atmete kaum.

Abrupt ließ Lou ihn los, wich drei Schritte zurück und presste die Händen an ihre brennenden Wangen.

«Entschuldige, Jamie. Ich ... ich weiß gar nicht, was in mich gefahren ist. Ich war einfach so ... froh, dich gesund und munter wieder zu sehen.»

Während er stumm dastand, senkte sie den Blick und konzentrierte sich auf eine hartnäckige Fluse auf ihrem Rock.

Jamie wirkte riesig, wie er da mit dem Hut in der Hand mitten in der Küche stand, und sie hätte für ihr Leben gern gewusst, warum sie noch nie bemerkt hatte, was für ein ansehnlicher Mann er war. Dann musste sie sich eingestehen, dass sie sich bis zu diesem Augenblick nie erlaubt hatte, in ihm etwas anderes als den Diener und Helfer zu sehen. Als er nun in seinem Tweedjacket und den neuen schwarzen Stiefeln vor ihr stand, so gelassen, so würdevoll, konnte sie kaum glauben, dass sie ihn so wenig wahrgenommen hatte.

Er wirkte nicht nur gesünder als früher, sondern strahlte auch etwas anderes aus, Stolz ohne Überheblichkeit. Er wirkte entspannt und selbstbewusst, als wäre er sich seiner selbst und seiner Ziele sicher.

Sie beschloss, selbst das Schweigen zu brechen, da er das offenbar nicht wollte. «Und das Schönste ist, Dru lebt noch, genau, wie ich es immer gesagt habe. Er ist wieder zu Hause.»

«Das habe ich schon gehört. Ich habe Miss Sara auf der Straße getroffen.»

«Was? Du hast Sara getroffen? Heute?»

«Ja, sie war unterwegs zur Fähre und wollte ihre Familie besuchen.»

«Ich hoffe, sie weiß, was sie tut. Ich bin mir ziemlich sicher, dass ihr Vater sie bei ihrem letzten Besuch verprügelt hat.» Sie begann hin und her zu laufen.

Jamie trat unbehaglich von einem Fuß auf den anderen. «Ich habe ihr angeboten, sie zu begleiten, aber sie wollte nichts davon wissen. Sie hat gesagt, Mr. Dru wüsste, wo sie hin will, und es wäre in Ordnung, dass sie alleine geht.»

«Mir wollte sie nicht sagen, was sie vorhatte, nur, dass sie Dru helfen müsse. Dass sie hier aufgetaucht ist, hat … nun, zu ziemlichen Schwierigkeiten geführt.» Während sie ihn rasch aufklärte, rang sie die Hände, bis sie schließlich Masons Verlobungsring ergriff und ihn umklammerte.

«Miss Louzanna, beruhigen Sie sich doch. Miss Sara sah ganz so aus, als wüsste sie, was sie tut.»

«Ja, du hast natürlich Recht. Es ist sinnlos, sich Sorgen zu machen … vorläufig jedenfalls.» Sie blieb stehen und versuchte sich auf Naheliegenderes zu konzentrieren. «Um deine Hütte hat sich leider niemand gekümmert, seit du fort bist. Sie muss sicher gründlich geputzt werden, aber du hast sie ja in Windeseile wieder in Ordnung gebracht»

Er schaute auf seine großen Hände. «Ich bleibe nicht, Miss Louzanna.»

Es dauerte einige Sekunden, bis sie begriffen hatte, was er sagte. «Du bleibst nicht?»

Er schüttelte den Kopf. «Nein, Madam. Jedenfalls nicht lange. Ich will in New York ein neues Leben beginnen. Vorher wollte ich noch sehen, wie Sie allein zurechtkommen. Aber jetzt ist Mr. Dru ja wieder da, und Miss Sara ist auch wieder zu Hause und kann Ihnen helfen, deshalb werde ich wohl nicht allzu lange bleiben.»

«Aber … du hast die weite Reise unternommen. Warum?» Sie hatte befürchtet, ihn nie wieder zu sehen, und jetzt fand sie es zutiefst betrüblich, dass er schon bald wieder fortgehen wollte.

«Ich wollte sichergehen, dass Sie wohlauf sind, Miss Lou.»

«Ach, Jamie.» Überwältigt von dem Gedanken, dass er nur aus diesem Grund quer durchs Land gereist war, wandte sie sich ab und hantierte mit dem Kessel, um ihre allzu heißen Wangen zu verbergen.

«Soll ich das machen, Miss Louzanna?»

«Was machen?»

«Tee aufsetzen?»

Sie hielt inne und drehte sich um. Er wirkte plötzlich verlegen, und rasch ging ihr auf, warum: Jahrelang hatte Jamie sie in dieser Küche bedient, wenn die Köchin nicht da war. Bevor er mit den Yankees davongezogen war, hatte sie nicht einmal selbst eine Teetasse ausgespült.

Sie hatte Jahre gebraucht, um die Küchenarbeit allein zu bewältigen, und jetzt wollte sie unbedingt einmal etwas für ihn tun. Sie lächelte und schüttelte voller Stolz auf ihre bescheidenen Fähigkeiten den Kopf. «Mittlerweile hat sich wohl alles verändert, nicht wahr?»

«Ja, Miss. Ganz sicher. An manchen Orten geht es ganz anders zu als in Kentucky, Miss Louzanna. Ich habe Städte gesehen, wo jemand wie ich Arbeit findet und wo er ein anständiges Leben führen und sich wie ein unabhängiger Mensch fühlen kann.»

«Was sagst du da, Jamie? Hast du dich denn etwa von uns abhängig gefühlt?»

Er nickte wieder. «Ja, Miss, um ehrlich zu sein. Als Mr. Dru mich frei gelassen hat, wusste ich gar nicht, wie man ein freies Leben führt. Ich hatte Angst, wenn ich wegginge, würde ich aufgegriffen und wieder verkauft, womöglich an jemanden, der nicht so anständig ist wie Sie hier. Aber jetzt sind die Tage der Sklaverei vorbei, und ich weiß, wie sich Freiheit anfühlt. Aber wenn ich hier bleibe, vergesse ich womöglich alles, was ich erlebt und erreicht habe, und falle wieder in alte Gewohnheiten zurück. Deshalb möchte ich nicht bleiben.»

«Trotzdem kannst du gerne in der Hütte wohnen, solange du willst.»

«Danke, Miss. Dann bringe ich jetzt meine Sachen dorthin und mein Pferd in die Scheune. Ich hatte in der Stadt einige Freunde. Ich würde gerne sehen, was aus ihnen geworden ist, bevor ich aufbreche.»

Sie wusste nichts mehr zu sagen. Zum ersten Mal ging ihr auf, dass Jamie ein eigenes Leben hatte und dass mehr in ihm steckte, als sie sich je vorgestellt hatte.

Keiner von ihnen sagte ein Wort, und eine unbehagliche Stille herrschte in der Küche, bis das Wasser zu sieden begann. Genau in diesem Augenblick öffnete sich die Hintertür, und Dru trat ein, so erschöpft wie der goldfarbene Hund, der ihm folgte.

* * *

Dru warf einen langen Blick auf den großen Mann, der da in der Küche stand, dann ging er mit ausgestreckter Hand auf ihn zu.

«Willkommen daheim, Jamie.» Nach kurzem Zögern nahm Jamie sie, und Dru schüttelte ihm vergnügt die Hand. «Willkommen daheim.»

«Vielen Dank, Mr. Dru. Wir haben uns lange nicht gesehen.»

«Viel zu lange. Wie geht es dir?»

«Gut. Einfach gut. Sie sehen prima aus.»

«Ich kann nicht klagen. Ein paar Narben, aber sonst ist alles in Ordnung.» Keiner von ihnen erwähnte den Krieg oder die Tatsache, dass das Schicksal sie gezwungen hatte, auf gegnerischen Seiten zu kämpfen.

«Jamie ist nur vorübergehend hier.» Lou sah zu, wie Goldie sich vor dem Herd niederließ.

Dru fand, dass seine Schwester ausgesprochen nervös wirkte. Außerdem war das Haus ungewohnt still. Nicht ein Zeichen von Sara oder Elizabeth, auch nicht die üblichen Krümel oder Spielsachen auf dem Küchenboden.

Er gestand sich nur ungern ein, dass er heftig enttäuscht gewesen war, als er Sara nicht wie erwartet im Garten angetroffen hatte.

«Woher hast du denn den Hund?», fragte Louzanna.

Er zuckte die Achseln und sah auf Goldie hinunter. «Sie hat dem Doktor gehört.»

Lou kniete nieder und tätschelte der Hündin den Kopf. «Das ist also Goldie. Esther hat nie von ihr erzählt.» Sie stand wieder auf und sagte: «Dann gehört sie jetzt wohl uns.»

«Wo ist denn Sara?» Dru versuchte beiläufig zu klingen, obwohl ihn die bedenkliche Stille beunruhigte.

Louzanna goss das Wasser ein wenig zu konzentriert in eine angeschlagene Teekanne und antwortete nicht. Sie holte eine dritte Tasse aus dem Schrank, suchte dann hastig in Schränken und Schubladen herum und wurde mit jedem Moment fahriger, bis Jamie zu ihr trat, an ihr vorbeigriff und eine abgestoßene silberne Teedose hinter einem hohen weißen Keramikkrug hervorholte.

«Danke», murmelte sie.

Plötzlich ging Dru auf, dass Lou seiner Frage auswich, deshalb fragte er noch einmal: «Wo ist Sara?»

Als Lou nicht antwortete, wandte er sich ungeduldig an Jamie.

«Weißt du, was hier los ist?»

«Ich habe Miss Sara auf der Straße gesehen, auf dem Weg zur Fähre.»

Wilde Panik ergriff Dru. Seine Hand krampfte sich um die Stuhllehne, und er ließ seine Schwester nicht aus den Augen.

«Louzanna, bitte, dreh dich um.»

Als Lou sich endlich umwandte, war ihr alle Farbe aus dem Gesicht gewichen. «Ich wollte nicht, dass sie geht», flüsterte sie und schüttelte den Kopf.

Dru hätte sich am liebsten hingesetzt, aber seine Arme und Beine hatten sich in Brei verwandelt, und er konnte sich nicht rühren. Louzanna sprach weiter, aber durch seinen Kopf wirbelten bereits ganz andere Gedanken.

Sie ist schon wieder fort. Sie ist gegangen und hat dich verlassen.

Sie hat dir eine Chance gegeben, aber du hast ihr nicht die geringste Hoffnung gemacht.

Er zwang sich, seiner Schwester zuzuhören.

«… weiß nicht, was sie vorhatte, aber sie sagte, sie müsse etwas unternehmen, um die Lage zu ändern ... es wäre schließlich alles ihre Schuld.» Lou zitterte und wartete auf seine Reaktion.

«Was war alles ihre Schuld?»

«Abels Artikel. Dass die Leute sich gegen dich stellen. Ich habe ihr gesagt, sie dürfe nicht gehen, aber sie war fest entschlossen. Sie hat *versprochen*, vor Einbruch der Dunkelheit wieder zu Hause zu sein.»

Er fuhr sich mit der Hand durchs Haar. Sein Herz rutschte wieder an seinen Platz, und sein Blut begann wieder zu fließen. «Sie ist nicht ausgezogen?»

Louzanna schüttelte den Kopf. «Du lieber Himmel, nein. Wie kommst du denn auf die Idee? Außerdem ist Elizabeth oben und schläft fest. Sara würde sie nie zurücklassen.»

Also war Sara mit der verrückten Absicht unterwegs, irgendetwas zu unternehmen, um die öffentliche Meinung zu ändern. So, wie er Sara kannte, würde sie mit verbissenem Eifer kämpfen, ohne im Geringsten an die Folgen zu denken.

«Und warum wollte sie zur Fähre?», fragte sich Dru laut.

«Sie sagte, um ihre Familie zu besuchen», teilte ihm Jamie mit.

Louzanna ergänzte: «Als sie das letzte Mal dort war, hat ihr Vater sie verprügelt.»

Dru ließ den Stuhl los und war schon unterwegs zur Tür. Im Vorbeigehen fischte er seinen Hut vom Haken. Er hatte sich eingeredet, ihr Liebhaber hätte sie geschlagen, aber wenn es ihr Vater gewesen war und sie zur Fähre unterwegs war, dann brachte sie sich wieder in Gefahr.

«Weißt du sicher, dass er es war?»

Lou nickte. «Sie hat nichts gesagt, aber an dem Tag ihrer Rückkehr hatte sie eine schreckliche, rote Schwellung auf der

Wange. Die war offenbar frisch, und obwohl Sara es nicht zugab, war ich mir ziemlich sicher, dass ihr Vater sie verprügelt hatte, denn sie kam gerade von ihren Eltern.»

Dru holte ein Gewehr aus der Ecke und ging auf die Tür zu. Goldie hob den Kopf, bewegte sich aber nicht vom warmen Ofen weg.

«Wo willst du hin?» Lou stürzte auf ihn zu, ergriff seinen Arm und starrte entsetzt auf die Waffe in seiner Hand. «Dru, bitte, bleib hier. Sie wird schon heil nach Hause kommen. Sie hat es versprochen.»

«Lass mich los, Louzanna.»

Ihre Unterlippe begann zu zittern, doch sie hielt ihn fest.

Dru senkte die Stimme und sagte in sanftem Ton: «Bitte, Lou.»

Ihre Hand glitt von seinem Mantelärmel. Jamie trat neben sie, nahm sie am Ellenbogen und nickte Dru zu.

«Miss Louzanna, nun setzen Sie sich, dann bringe ich Ihnen den Tee. Mr. Dru ist heil aus dem Krieg zurückgekehrt. Der lässt sich doch von keinem Collier unterkriegen.»

25. Kapitel

Das Sonnenlicht schwand, doch statt abzukühlen, wurde die Luft immer wärmer und feuchter. Dru folgte der Hauptstraße zur Fähre und musterte die Passanten. Sara musste jetzt unter ihnen sein, wenn sie bei Sonnenuntergang zu Hause sein wollte.

Dru hielt immer wieder Fremde an, beschrieb ihnen Sara und fragte, ob sie sie gesehen hätten, allerdings vergeblich. Dabei verfolgten ihn Lous Worte.

«Sie müsse etwas unternehmen … es wäre schließlich alles ihre Schuld.»

An der letzten Biegung vor der Fähre hielt er an, nahm seinen Hut ab und wischte sich den Schweiß von der Stirn. Fackeln säumten die Anlegestelle und flackerten gespenstisch in der zunehmenden Dämmerung. Das leere Floß befand sich mitten auf dem Magnolia Creek, auf dem Weg zum diesseitigen Ufer.

Sara, wo zum Teufel bist du?

Wie kommst du auf die Idee, dass du meine Schlachten schlagen musst?

Wegen der zunehmenden Dunkelheit war es wohl die letzte Überfahrt des Tages. An der Anlegestelle sah er, dass nur noch vier Leute zur Collier-Seite übersetzen wollten: ein junger Mann in einer zerlumpten Konföderiertenuniform mit seiner Frau und zwei kleinen Kindern. Dru nickte ihnen zu und stieg ab.

Nachdem die Fähre angelegt hatte, wartete Dru, bis der Soldat mit seiner Familie an Bord gegangen war, und sprach den stämmigen jungen Mann an, der das Fährgeld einsammelte und tatsächlich die letzte Überfahrt des Tages ankündigte. Soweit Dru es im Fackelschein erkennen konnte, war der Fährmann Ende zwanzig. Seine Kleidung bestand aus einer seltsamen Zusammenstellung von ausgebeulten Wollsachen und Selbstgewebtem, dunkle Stoppeln sprenkelten sein schweres Kinn, und ein dicker Schnurrbart verbarg seine Oberlippe.

«Sind Sie ein Collier?», fragte Dru.

«Wer will'n das wissen?» Der Mann kratzte sich hinter dem Ohr, als müsse er wirklich eine Minute über die Antwort nachdenken.

«Ich bin Dru Talbot. Ich suche Sara, meine Frau.»

Der Fährmann drehte sich um und brüllte: «Pa!»

In verblüffendem Tempo für einen Mann seiner Statur kam eine ältere Ausgabe des jungen Mannes eilig über das Floß gepoltert. Er war einen guten Kopf kleiner als Dru, aber kräftig und muskulös. Dru knirschte mit den Zähnen bei der Vorstellung, dass dieser Mann die Hand gegen Sara erhoben hatte, versuchte jedoch, seinen Zorn zu unterdrücken.

«Das ist Talbot», informierte der Jüngere seinen Vater. «Der Mann, der Sara geheiratet hat.»

Der Ältere kniff die Augen zusammen und reckte seinen Stiernacken, um Dru ins Gesicht zu sehen.

«Ich bin DeWitt Collier. Was, zum Teufel, wollen Sie denn, Talbot?»

«Ich bin auf der Suche nach Sara. Haben Sie sie gesehen?»

DeWitt zuckte mit der Schulter und spie einen Strahl trüben Speichels aus, bevor er eine Mücke auf seinem Unterarm erschlug.

«Klar. Hab se vor zwei Wochen weggejagt. Die wird sich hier wohl nich so bald wieder blicken lassen.» Er stellte sich auf die Fersen und kratzte an einem Wanzenbiss auf seinem Arm. «Ich hab gehört, Sie wärn tot.» Er kratzte sich wieder, dieses Mal am schmierigen Hals. «Hoffentlich waren Sie auch so gescheit, se rauszuschmeißen.»

«Haben Sie sie heute gesehen, oder nicht?»

«Zum Teufel, nein.» DeWitt drehte sich missmutig um, spuckte wieder aus und sah seinen Sohn an. «Hast du se gesehn, Darrel?»

«Nä.»

Dru wusste nicht, ob er ihnen glauben sollte. Doch wenn er die letzte Fähre zur anderen Seite nahm, musste er Meilen bis zum nächsten Übergang zurücklegen, um wieder nach Hause zu kommen.

«Wir legen ab», erklärte ihm DeWitt. «Wollnse nun mit oder nich?»

Drus Pferd scheute vor der Fähre und zerrte am Zügel. Er starrte über die dunkle Strömung des Magnolia Creek. Sara hatte Louzanna versprochen, jetzt wieder zu Hause zu sein. Sie hatte ihr Kind zurückgelassen, also könnte höchstens eine Katastrophe sie an der Rückkehr hindern.

Er beschloss, nicht die Fähre zu nehmen, sondern auf der Stelle umzukehren und auf der Straße nach ihr zu suchen, doch erst musste er von Collier die Wahrheit erfahren.

«Haben Sie meine Frau geschlagen, als sie bei Ihnen Hilfe suchte, Mr. Collier?» Als er merkte, dass er Sara unwillkürlich wieder als seine Frau bezeichnet hatte, durchfuhr es ihn wie ein Blitzschlag.

DeWitts Mund verzog sich zu einem falschen Lächeln, das seine Schweinsäuglein noch kleiner werden ließ.

«Zum Teufel, ja, ich hab se verprügelt. Einfach daherzukommen. So …»

Drus Faust traf DeWitt Colliers Kinn mit einem äußerst befriedigenden Geräusch. DeWitt taumelte rückwärts, seine Arme ruderten hilflos durch die Luft, und seine Beine gaben nach wie zwei zerbrochene Federn, bevor er mit einem dumpfen Knall auf dem Floß landete.

Darrel schoss nach vorn, wich aber wieder zurück, als er Drus Gesichtsausdruck bemerkte. Sein Blick wanderte von seinem Vater zu Dru, als könne er nicht fassen, dass sein Vater wirklich bewusstlos war.

Dru starrte Darrel wütend an. «Wenn Sara etwas geschehen sollte, dann werde ich Ihre ganze Familie dafür zur Verantwortung ziehen.»

Zum Abschied gab er einen Schuss ab und schwang sich in

den Sattel. Auf dem Rückweg versuchte er, sich mit dem Gedanken zu beruhigen, dass Sara wahrscheinlich gesund und munter daheim war.

***

Tief in Gedanken lief Sara durch den Wald auf den Stadtrand zu. Sie nahm die gleiche Abkürzung wie ihr Großvater damals bei seinem Besuch. Um den schmalen Pfad besser zu erkennen, hatte sie den Schleier zurückgeschlagen. Sie sorgte sich um Großvaters Gesundheit und dachte an Abel Foster und ihre Drohung gegen ihn. Während sie vorsichtig über den zugewachsenen Pfad ging, lächelte sie bei dem Gedanken an Abels gehetzten Blick, als sie sein Büro verlassen hatte.

Sie meinte es ernst; sie würde nicht zögern, Minnie von seinen Übergriffen zu erzählen, wenn er nichts unternahm, um die Stimmung zu Drus Gunsten zu beeinflussen.

Gerade wollte sie eine lästige Mücke fortscheuchen, als sie unversehens mit dem Fuß an einer vorstehenden Ahornwurzel hängen blieb. Sie verlor das Gleichgewicht, fiel schwer auf die Knie und schürfte sich die Hände am steinigen Boden auf. Jammernd saugte sie an einem Schnitt in ihrer Handfläche, und als sie schließlich wieder auf den Beinen stand, zitterten ihr die Knie. Sie wollte gerade ihren Rock abklopfen und ihren Hut zurechtrücken, da hörte sie ein Scharren hinter sich.

Sie fuhr herum und stieß einen Seufzer der Erleichterung aus, als sie den Umriss eines riesigen Waschbären erkannte, der über einen Ast rutschte.

Sie tastete mit den Händen über den Waldboden, bis sie einen kräftigen, etwa einen Meter langen Stock gefunden hatte, und hob ihn auf. Dann ging sie weiter, doch es kam ihr wie eine Ewigkeit vor, bis sie endlich einen Lichtschimmer zwischen den Bäumen erspähte.

Bald hatte sie den Waldrand hinter den Häusern an der Ash Street erreicht. Beim Anblick der erleuchteten Gewächshausfenster, die vom Haus der Talbots herübergrüßten, atmete sie auf.

Sie wollte gerade um die Scheune biegen, als aus dem Nichts eine dunkle Gestalt auf sie zustürzte. Instinktiv hob sie den Stock und schlug fest damit zu. Jemand stöhnte unterdrückt auf. Sie wollte weglaufen, doch dabei verfing sie sich in ihrem Rock. Bevor sie drei Schritte weiter war, traf ein Hieb sie seitlich am Kopf. Sie stolperte und wäre fast gefallen; in diesem Moment durchfuhr ein stechender Schmerz ihre Schulter. Ein weiterer Schlag ließ sie gegen die Scheune taumeln, und ihr Kopf prallte mit einem dumpfen Geräusch gegen die Wand.

Sterne tanzten ihr vor den Augen, und sie rutschte an den rauen Planken der Außenwand entlang zu Boden. Zwei Bilder drangen durch den Nebel, der langsam ihr Bewusstsein einhüllte. Erst Elizabeths lächelndes Gesicht. Dann Drus.

26. Kapitel

Dru konnte sich nicht länger beherrschen und begann auf und ab zu gehen. Wieder und wieder lief er von der Küche durchs Haus und hinaus auf die vordere Veranda, wo er Jamie postiert hatte, um nach Sara Ausschau zu halten. Mittlerweile fiel ein gleichmäßiger, leichter Regen, der jedoch keinerlei Abkühlung brachte.

Dru sah prüfend auf seine Taschenuhr, als er zum tausendsten Mal in die Küche zurückkehrte – in der ein einziges Chaos herrschte.

Lou stand mit tränenüberströmtem Gesicht vor dampfenden Töpfen am Herd. In einem brodelten Kartoffeln so heftig, dass der Schaum über den Rand wallte. In einem anderen waren Rüben zu einem wässrigen Brei verkocht. In einem dritten war das Wasser verdampft und hatte ein nacktes Huhn hinterlassen, das als bleiche Insel in einem Ring aus verkohlten Möhren auf dem Topfboden klebte.

Saras Kind jagte Goldie unter dem Tisch hin und her. Gerade, als Dru das Zimmer verlassen wollte, sauste die Kleine mit dem Kopf gegen die Tischkante und begann zu schreien.

Goldie begann, Elizabeth zu lecken, aber die Kleine heulte weiter. Louzanna hielt sich ein Geschirrtuch vors Gesicht. Dru fluchte grob, was seine Schwester mitbekam.

«Dru Talbot. Nicht in diesem Haus!», jammerte sie.

Er zuckte die Achseln. Immerhin hatte der Fluch bewirkt, dass sie das verdammte Küchentuch vom Gesicht nahm.

Die Kleine schrie immer noch so laut, dass er sich schließlich unter dem Tisch vergewisserte, dass sie nicht verblutete. Lou war im Augenblick nicht in der Lage zu helfen, und Goldies Fürsorge blieb offensichtlich wirkungslos. Er gab sich geschlagen und nahm Elizabeth auf den Arm.

Kaum hatte er sie hochgehoben, begann sie wütend zu treten, ein einziger Wirbelwind aus harten Schuhen und Unterrockrüschen. Sie heulte aus Leibeskräften, und Goldie ließ sich davon anstecken. Jamie erschien in der Tür, warf einen Blick auf die Szene, schüttelte den Kopf und verschwand rasch wieder.

Dru zog einen Küchenstuhl heran und setzte sich. Er nahm

das Kind freundlich, aber fest in den Arm und sagte immer wieder beruhigend: «Psst. Es ist doch gut.»

Allmählich ging das Geheul in Jammern über und dann in ein gelegentliches, dramatisches Schluchzen. Als der Anfall vorüber war, legte die Kleine den Kopf auf seinen Arm, schniefte und sah ihn an. Dru erwiderte den Blick dieser Augen, die leuchteten wie Saras. Zögernd strich er dem Kind die Locken aus der Stirn und untersuchte die kleine Beule.

«Mama?» Sie streckte die Hand nach seinem Mund aus. Er erstarrte, bis er merkte, dass sie nur seine Lippen berühren wollte, also ließ er sie gewähren. Obwohl er sie bisher kaum beachtet hatte, schmiegte sie sich vertrauensvoll in seine Armbeuge.

Als sie seinen Mund untersucht hatte, seufzte sie auf und blickte Louzanna an. «Mama?»

Lou bedeckte ihr Gesicht wieder mit dem Handtuch, und ihre Schultern bebten in stummem Schluchzen.

«Mama kommt gleich», flüsterte Dru. «Noch eine Minute, dann ist Mama wieder zu Hause.»

«Ich kann das nicht!» Lou sah sich mit wildem Blick in der Küche um. «Es ist etwas passiert. Ich *spüre* es. Ich muss nach oben.»

Dru wollte ihr gerade sagen, sie solle Elizabeth mitnehmen, in der Hoffnung, dass ein gewisses Maß an Verantwortung seine Schwester beruhigen könnte, aber in diesem Augenblick schlug etwas laut und heftig an die Hintertür. Er schoss vom Stuhl hoch und übergab Lou im Vorbeigehen das Kind. Als er die Tür aufriss, fiel mit einem Regenschwall Saras schlaffe Gestalt über die Schwelle.

Ebenholzschwarz lag sie wie ein zerbrochener Schatten halb im Haus und halb davor. Ihr Kleid war vom Hals bis zum Ärmelsaum zerrissen. Unter ihr sammelte sich eine Blutlache.

«Lieber Gott!», flüsterte er. Sein Herz schlug ihm bis zum Hals. Als er sie dort liegen sah, überfiel ihn eine Panik, wie er sie in all den Kriegsjahren nicht erlebt hatte.

«Ist sie tot?», kreischte Lou.

Ungeachtet ihrer durchnässten Kleider und Haare hob er Sara auf. Schuhe und Kleidersaum waren mit Schlamm, Zweigen und Blättern bedeckt. Beim Anblick der zerdrückten roten Geranienblüten an ihrem Rock hätte er beinahe die Fassung verloren.

Er eilte mit Sara in die Küche, ohne zu bedenken, dass Lou mit Elizabeth auf dem Arm keinen halben Meter danebenstand. Seine Schwester warf einen Blick auf Saras misshandelte, blutende Gestalt, erbleichte und begann zu stöhnen. Gerade als Jamie durch die Küchentür kam, rollten ihre Augäpfel nach hinten. Jamie griff mit einer Hand nach Elizabeth und fing mit dem anderen Arm Lou auf.

«Ich schaff das schon», rief Jamie, während er Louzanna auf den Boden legte. Elizabeth rief: «Mama!» und klatschte in die Hände. Ohne sie weiter zu beachten, stürzte Dru mit Sara auf den Armen hinaus.

Obwohl Sara völlig durchnässt war, wog sie fast nichts. Dru nahm zwei Stufen auf einmal und stürmte durch den Flur. Ihre Zimmertür war nur angelehnt, deshalb stieß er sie mit dem Fuß auf. Er schlug die rosa Patchworkdecke und das Laken zurück und legte Sara aufs Bett, wobei er Lous feine Bettwäsche mit Blut und Schlamm beschmutzte. Rasch zündete er die Nachttischlampe an.

Er verfluchte DeWitt Collier, während er mit den Knöpfen an Saras Kleid kämpfte. Schließlich verlor er die Geduld. Er riss das Kleid auf und erweiterte den Schlitz an der Schulternaht, um die Wunde freizulegen.

Jemand hatte ihr in die Schulter gestochen und nur knapp die Kehle verfehlt. Außerdem hatte sie offenbar einen Schlag auf den Kopf bekommen, denn ihre Schläfe war geschwollen. Am Schulterblatt war ein blauer Fleck und am Hinterkopf eine tüchtige Beule zu sehen.

Sie musste zur Hintertür gekrochen sein, denn ihre Hände waren schmutzverkrustet und ihr Kleid vorne schlammig.

Er schaute auf ihre reglosen, vollkommenen Züge und hoffte inständig, sie möge zu sich kommen und ihn anlächeln. Er würde ihr versprechen, dass er die Vergangenheit vergessen wollte, dass alles wieder gut würde. Als er sie verletzt und zerrissen auf der Schwelle gesehen hatte, hatte er sich gewünscht, die letzten zwei Wochen wären nur ein böser Traum gewesen.

Er rieb ihre kalten Hände. «Mach die Augen auf, Sara.»

Aber ihre Augen blieben geschlossen. Wenn sie durchkommen sollte, brauchte es jetzt mehr als gute Worte. Sie benötigte jetzt sein Können als Arzt und nicht den Mann, der um das fürchtete, was ihm einst das Liebste auf der Welt gewesen war.

Er überließ sich ganz seinem Instinkt und seiner Erfahrung. Er verdrängte die heftigen Gefühle und begann zu tun, was getan werden musste. Er holte Handtücher vom Waschtisch und drückte eins davon fest auf die klaffende Wunde an ihrer Schulter, bis die Blutung nachließ. Dann zog er ihr die nassen Kleider aus und rieb ihre bleiche, kalte Haut mit einem Waschlappen ab.

Im Flur wurde es unruhig – Louzanna schluchzte hysterisch, das Kind plapperte, Goldie rannte hechelnd auf dem langen Flur hin und her. Dru kümmerte sich nicht darum, und bald wurde es wieder ruhig. Als er schließlich aufsah, stand Jamie in der Tür.

»Ich habe Miss Louzanna auf ihr Zimmer gebracht und die Kleine mit dem Hund bei ihr eingeschlossen. Wie kann ich Ihnen helfen?» Sein Gesicht war voller Sorge.

«Meine Arzttasche ist im Salon neben der Flügeltür. Du könntest sie holen, und außerdem Whiskey, Gläser und saubere Handtücher.»

Dru wusch die Wunde aus. Als Jamie voll beladen wieder zurückkehrte, bat Dru ihn zu bleiben. Die Arzttasche enthielt nicht nur Verbände, Nadeln und Faden, sondern auch eine Flasche Chloroform samt Inhalator.

Rasch erklärte er Jamie, wie er den Inhalator unter Saras Nase halten und das Chloroform in das Sieb auf der winzigen rechteckigen Vorrichtung tropfen sollte.

Jamie blieb ruhig und gelassen, während Dru die Wunde schloss und sich bemühte, die winzigsten und genauesten Stiche seines Lebens zu machen, um Saras Narbe möglichst klein zu halten. Bei der Arbeit sprach er leise mit Jamie, um sich davon abzulenken, dass es Sara war, die da verletzt und blutend unter seinen Händen lag.

Behutsam zog er den dunklen Faden durch die Wundränder, während Sara friedlich schlief. Chloroform war im Süden knapp, und der von einem Chirurgen der Konföderierten erfundene Inhalator ermöglichte den Ärzten eine sparsamere Verwendung als beim Aufträufeln der Flüssigkeit auf einen Schwamm.

Als Dru endlich fertig war, verband er Saras Schulter. Er wusste allerdings, dass das Schlimmste noch nicht überstanden war. Nach chirurgischen Eingriffen, wie groß oder klein auch immer, drohten Wundstarrkrampf, Fäulnis und Wundbrand. Durch derartige Folgeerkrankungen hatte er ebenso viele Soldaten verloren wie durch die Verletzungen selbst.

Erst als er die Decke über Saras nackte Schultern gezogen hatte, begannen seine Hände so heftig zu zittern, dass er sie zwischen die Knie klemmen musste.

«Sollen wir ihr Whiskey einflößen?» Jamie stapelte blutige Handtücher neben der Schüssel mit rotem Wasser.

Whiskey half gegen den Schock, aber Sara war bereits bewusstlos.

«Ich glaube, im Augenblick habe ich ihn nötiger als sie. Trinkst du ein Glas mit?»

Dru goss einen ordentlichen Schuss in die beiden Gläser, die Jamie mit nach oben gebracht hatte. Sie stürzten den Whiskey hinunter, dann bat er Jamie, nach Lou zu sehen.

Als Jamie hinausging, waren Saras Augen immer noch geschlossen. Dru streckte die Hand aus, fuhr mit dem Handrücken über ihre Wange und berührte mit den Fingerspitzen ihre dichten Wimpern.

Dann stellte er den Schaukelstuhl an ihr Bett, setzte sich, nahm ihre Hand und tat, wonach es ihn schon verlangte, seit er zur Hintertür hereingekommen war und von Saras Fehltritt erfahren hatte.

Er presste ihren Handrücken an seine Stirn und weinte.

27. Kapitel

Als er sich wieder im Griff hatte, ging er durch den Flur, um nach Louzanna zu sehen. Er öffnete die Tür und wäre fast über Elizabeth gestolpert, die, einen Arm um Goldie gelegt, auf dem Fußboden eingeschlafen war.

Der Raum war überheizt, aber Lou in ihrem hohen Himmelbett lag unter einem Berg von Steppdecken. Er hörte sie immer wieder stammeln: «Genau wie Mason. Genau wie Mason.»

Die Hände in die Hüften gestemmt, starrte er auf seine Schwester hinunter, und zum ersten Mal in all den Jahren verlor er die Geduld und hätte sie am liebsten geschüttelt. Aber er fasste sich wieder und griff nach ihrem Handgelenk. Ihr Puls ging rasch, aber kräftig.

«Lou, Sara wird wieder gesund.» Es konnte zwar noch alles Mögliche geschehen, aber im Augenblick war er zuversichtlich.

Lou blinzelte und sah zu ihm auf, als begreife sie nicht, wer er war und was er da sagte.

Er beugte sich zu ihr hinunter. «Louzanna, ich bin's. Dru.»

«Das weiß ich», sagte sie schwach. «Aber du lügst mich doch an. Sara ist tot, oder?»

«Nein. Sie wird wieder gesund.»

Lou bedeckte das Gesicht mit den Händen. «Aber … all das Blut!»

«Ich habe sie verbunden, und sie sieht aus wie neu.» Er stellte sich Sara vor, wie sie am anderen Ende des Flurs lag, Schneewittchen gleich, weiß wie ein Laken, das Haar wie kastanienfarbene Seide über das Kissen gebreitet.

Zum ersten Mal im Leben begriff er, warum die Angst Louzanna derart beherrschte. Er erkannte, wie leicht sie einen Menschen durchdringen und ihm den Verstand rauben konnte. Als er die Hintertür geöffnet und Sara dort liegen gesehen hatte, wäre ihm fast das Gleiche widerfahren.

Der Kopf seiner Schwester sank auf das Kissen zurück. Sie starrte mit wildem Blick zur Decke.

«Lou, du hast mich doch auch nie aufgegeben. Wenn du all

die Jahre hindurch glauben konntest, dass ich noch lebe, dann musst du auch glauben, dass Sara alles überstehen wird.»

«Ich weiß nicht … all das Blut.» Sie schüttelte den Kopf mit flackerndem, gehetztem Blick.

«Lou, es ist zu warm hier. Warum öffnest du nicht das Fenster und legst einige Decken zur Seite?»

«Nein!» Sie umklammerte den Quiltberg.

Er musterte sie kurz und sagte dann: «Ich komme gleich wieder.»

Als er das Zimmer verließ, hörte er sie jämmerlich weinen. Bald kehrte er mit einem Glas voll goldgelber Flüssigkeit zurück und sagte: «Ich habe dir ein neues Medikament mitgebracht.»

Sie hob den Kopf und musterte misstrauisch das Glas. «Und was ist das?»

«Zegonia-Tinktur. Beruhigt die Nerven und hilft beim Einschlafen.»

«Davon habe ich noch nie gehört.»

«Ein altes Soldatenmittel.»

Sie nahm das Glas, schnüffelte daran und rümpfte die Nase. «Das riecht ja schrecklich.»

«Trink es in einem Zug aus.» Er legte eine Hand unters Glas und half ihr, es an die Lippen zu setzen.

Beim ersten Schluck spuckte und hustete sie, dann leerte sie langsam das ganze Glas. «Das muss ja helfen. Es schmeckt scheußlich.»

Er lächelte gedankenverloren. Unter den verwundeten Soldaten hatte es nicht einen gegeben, der nicht davon überzeugt war, dass Arzneimittel scheußlich schmecken mussten, wenn sie wirken sollten. «Morgen geht es dir bestimmt viel besser.»

«Ich habe das Gefühl, das strömt mir in alle Glieder.»

«Das ist gut.»

«Und du meinst, ein Glas reicht?»

«Im Augenblick ja.» Er verbiss sich ein Lächeln. Seine Schwester hatte soeben ein halbes Glas Whiskey geleert, und schon wollte sie mehr. «Das Elixier hat dir bereits wieder rosige Wangen beschert.»

«Danke, Dru.»

«Schlaf gut, Louzanna.»

Er sah ein, dass er Elizabeth nicht die ganze Nacht mit dem Hund auf dem Boden schlafen lassen konnte, deshalb hockte er sich hin und betrachtete die leise schnarchende Kleine. Sie lag mit dem Kopf auf den Eichendielen und schwitzte in dem überheizten Raum.

Behutsam hob Dru sie auf. Kaum hatte er ihren Kopf an seine Schulter gelegt, schreckte sie auf und starrte ihn an.

«Mama?» Sie patschte mit der Hand an seine Wange.

«Mama geht's gut», flüsterte er. «Mama liegt im Bett.»

«Mama Bett.» Sie nickte ernsthaft. «Mama sehen?»

Er trug sie auf den Flur und wartete, bis Goldie hinter ihnen hergetrottet kam, bevor er Louzannas Tür schloss.

«Du darfst Mama sehen, aber du musst ganz, ganz leise sein.» Er legte den Finger an die Lippen und sagte: «Psst. Leise.»

Sie legte einen winzigen Finger auf ihren Schmollmund und sagte ebenfalls: «Psst.»

«Richtig. Nicht sprechen. Mama schläft.»

Mit Elisabeth, die ihren Arm um seinen Hals gelegt hatte, betrat er Saras Zimmer und fragte sich, wie ein Mann ein so reizendes Kind im Stich lassen konnte. Wer brachte es übers Herz, Elizabeth zu verlassen? Oder Sara?

Er setzte sich auf den Schaukelstuhl und nahm Elizabeth

auf den Schoß. Goldie streckte sich mit einem leisen Schnaufer neben ihnen aus.

«Mama heia», wisperte Elizabeth leise wie ein Engelsflügel.

«Richtig», flüsterte er zurück. «Mama schläft.» Er lehnte sich zurück, drückte Elizabeths Kopf an seine Schulter und begann behutsam in dem alten Stuhl zu schaukeln.

* * *

Sara kämpfte sich durch einen dichten Nebel, bevor sie wieder klar sehen konnte. Erleichtert erkannte sie die rosengemusterte Tapete im Gästezimmer und wollte den Kopf heben. Doch gleich sah sie wieder Sterne. Es dauerte eine Weile, bis das Pochen nachließ und ihr wieder einfiel, dass sie auf dem Heimweg von der Fähre angegriffen worden war.

Das Zimmer war sanft vom Schein einer heruntergedrehten Lampe erleuchtet. Sara versuchte ihre Schulter zu bewegen, aber die schmerzte derartig, dass sie es aufgab. Unter der Bettdecke war sie nackt.

Jemand hatte sie in der Dunkelheit überfallen, sie geschlagen, mit einem scharfen Gegenstand auf sie eingestochen und dann gegen die Scheune gestoßen. Sie erinnerte sich noch, dass sie im Regen aufgewacht war, sich an die Schulter gefasst hatte und ihre Finger hinterher mit warmem Blut bedeckt gewesen waren.

Da sie sich nicht mehr auf den Beinen hatte halten können, war sie durch den Hof zum hell erleuchteten Gewächshaus gekrochen. Durch den strömenden Regen hindurch hatte sie hin und wieder Dru und Louzanna im Haus hin und her laufen sehen und nach ihnen gerufen, aber dann war der Regen immer stärker geworden, und es war ihr nichts anderes übrig geblieben, als weiterzukriechen.

Sie versuchte noch einmal, sich zu bewegen, doch sie konnte nur den Kopf auf dem Kissen drehen. Was sie dann sah, rührte sie zu Tränen.

Im Schaukelstuhl neben dem Bett schlief Dru, und Elizabeth lag auf seiner Brust. Ihre Tochter schlief tief und fest und hatte einen Arm um seinen Hals geschlungen. Drus Wange ruhte auf Elizabeths Kopf.

Von Erleichterung und Erschöpfung überwältigt, schlief Sara wieder ein, doch nun mit einem Lächeln auf dem Gesicht.

28. Kapitel

Als Sara am nächsten Morgen wieder erwachte, sah sie, dass Elizabeth fort war, obwohl Dru immer noch im Schaukelstuhl schlief. Vor dem offenen Fenster sangen die Vögel, und der verführerische Duft von gebratenem Speck zog durchs Haus. Nach den Erlebnissen der letzten Nacht kam ihr die scheinbare Alltäglichkeit des Ganzen seltsam vor.

Dru war in Sonnenlicht getaucht, doch er schlief weiter. Offensichtlich war sie ihm doch nicht völlig gleichgültig. Ein Mann, der sie hasste, hätte sicher nicht die ganze Nacht bei ihr gewacht.

Er ist Arzt. Es ist seine Pflicht, sich um Kranke zu kümmern.

Er hätte dasselbe für einen Fremden getan.

Als hätten ihre Gedanken ihn geweckt, schlug er langsam die Augen auf, und ihre Blicke trafen sich. Für einen Sekundenbruchteil sah er sie an wie früher, doch ebenso schnell verschwand dieser Blick wieder, und tiefe Besorgnis stand in seinen Augen. Sie hoffte, dass nicht nur ärztliches Interesse, sondern auch Wärme und Mitgefühl darin lagen.

Dru stand mühsam auf, trat steifbeinig an ihr Bett, griff nach ihrem Handgelenk, fühlte ihren Puls und ließ es sanft wieder los.

«Wie geht es dir?» Sein Stimme klang gepresst, fast rostig.

Sie musste ihre Lippen lecken, bevor sie antworten konnte. «Gut, glaube ich. Ein wenig zerschlagen.»

Plötzlich erinnerte sie sich wieder vage, dass sie ihn mit Elizabeth im Arm schlafen gesehen hatte, und empfand wieder die gleiche Hoffnung wie in der Nacht. Oder hatte sie das nur geträumt?

«Ich würde mir gerne die Wunde noch einmal ansehen und den Verband wechseln, wenn du nichts dagegen hast.» Er hatte sich wieder unter Kontrolle; sein Gesicht blieb ausdruckslos.

«Natürlich.» Er hatte sie nackt gesehen, sie vielleicht sogar selbst ausgezogen; dennoch wurde sie rot und schaute mit brennenden Wangen fort.

Er setzte sich ans Bett und zögerte, bevor er nach der Decke griff und sie bis über die Brust herunterzog, um den Verband um ihre Schulter freizulegen. Sie wollte den Arm heben, aber ein stechender Schmerz ließ sie aufschreien.

«Entschuldige.» Er mied ihren Blick. «Ich möchte den Arm auf ein Kissen lagern.» Als er den Verband abwickelte, bog sie den Kopf zurück und versuchte den Schaden zu begutachten. Beim Anblick der ordentlichen schwarzen Stiche, die wie eine Kleidernaht über ihre Schulter liefen, wurde ihr schwindelig, und sie schloss die Augen.

«Alles in Ordnung?»

«Wie geht es Elizabeth? Wo ist sie?»

«Ihr geht's gut. Sie ist unten beim Frühstück. Jamie ist bei ihr. Und wie fühlst du dich?»

«Nur ein wenig schwindelig. Ist es schlimm?» Sie konnte nicht hinsehen.

«Ein bisschen näher an deiner Kehle, und du hättest tot sein können.» Dru legte den alten Verband fort und ging zur Arzttasche auf dem Waschtisch.

«Hast du die Blutung mit Spinnweben gestillt?»

Er hielt inne und sah sie an, als wäre sie nicht ganz bei Trost. «Nein.»

«Kaminruß und Schmalz?»

«Nein, Sara. Ich habe einen Druckverband angelegt und die Wunde genäht.»

«Großvater hätte sie erst versiegelt.»

«Um dich zu heilen oder dich umzubringen?»

Er zögerte und war dann wieder an ihrer Seite, die Tasche in der Hand.

«Wenn du willst, besorge ich Spinnweben, aber ich würde es nicht empfehlen», sagte er freundlich.

Kaum hatte er das angeboten, begannen ihre Augen zu brennen. Als sein Bild verschwamm und ihre Tränen sie zu verraten drohten, wandte sie den Kopf ab, denn er sollte nicht sehen, wie verletzlich sie im Augenblick war. Dru setzte sich wieder neben sie und suchte in seiner Tasche nach einer neuen Rolle sauberen, weißen Verbandmaterials.

Er begann, die Wunde frisch zu verbinden. «Was ist denn passiert, Sara? Kannst du darüber sprechen?»

Sie sah ihm in die Augen und erkannte darin gespanntes Drängen. Sie wusste, er würde es für seine Pflicht halten, den Angreifer aufzuspüren. «Ich möchte dich nicht mit hineinziehen.»

«Du brauchst nicht meine Schlachten zu schlagen. Das vor allem hat dich doch in diese Lage gebracht.»

Sie verstummte, und er umfasste mit beiden Händen ihre Hand. Ein Gefühl der Wärme und des Trostes, wie sie es schon lange nicht mehr erlebt hatte, erfüllte sie.

«Es tut mir Leid, Sara. Es ist nur so, dich so zu sehen und zu wissen, dass du allein unterwegs warst, um mir zu helfen – das ist kaum zu ertragen.»

«Ich wollte etwas in Ordnung bringen.»

«Du hast etwas in Ordnung gebracht, gut. Erzähl mir, was passiert ist.»

Sie erzählte ihm von ihrem Besuch bei Großvater, von der Abkürzung durch den Wald, weil sie diesen Weg für sicherer gehalten hatte als die offene Straße. «Und im Wald war ich auch sicher», schloss sie. «An der Scheune ist dann irgendjemand wie aus dem Nichts aufgetaucht und hat mich überfallen.»

«Hast du denjenigen erkannt?»

Sie schüttelte den Kopf. «Nein, aber ich hatte einen Wanderstock, und mit dem habe ich ihn getroffen.» Sie runzelte nachdenklich die Stirn. «Ich habe ein Stöhnen gehört. Ich habe ganz bestimmt ein Stöhnen gehört. Dann wurde ich an der Schulter verletzt und bin gegen die Scheunenwand gestürzt. Ich bin erst eine ganze Weile später wieder zu mir gekommen. Es hat geregnet, aber ich konnte noch das Haus erkennen. Ich hatte allerdings Angst, mich bemerkbar zu machen.»

Er drückte ermutigend ihre Hand.

«Dann bin ich zur Hintertür gekrochen und wieder ohnmächtig geworden.»

«Dein Vater.» Er sprach seine Vermutung laut aus.

«Was?»

«Es muss dein Vater gewesen sein.»

Sie runzelte die Stirn. Daddy hatte sie mehr als einmal geschlagen. Er prügelte alle seine Kinder, wenn es ihn überkam, aber er hätte nie versucht, sie umzubringen. Sie schüttelte entschieden den Kopf. «Das war nicht mein Vater.»

«Bist du dir da sicher?»

«Dru, wenn er mich hätte umbringen wollen, dann wäre ich jetzt tot. Er will mich nicht mehr zu Hause haben, aber das heißt doch nicht, dass er mich töten würde.» Als Dru zum Sprechen ansetzte, dann aber schwieg, fragte sie: «Was ist?»

«Ich habe ihm vielleicht einen Grund geliefert.»

«Wie bitte?»

«Als Jamie mir erzählte, er hätte dich auf der Straße gesehen, bin ich dich suchen gegangen. Ich bin bis zur Fähre gekommen. Dein Vater und ich hatten eine Auseinandersetzung, und ich habe ihm eins mit der Faust verpasst.» Er zuckte die Achseln. In seinem Ton schwang nicht das geringste Bedauern mit.

«Du hast *was*?»

«Na ja, ich habe ihn zu Boden gestreckt.»

«Du hast ihn *niedergeschlagen*?»

«Als er zugab, dass er dich damals bei deiner Rückkehr nach Magnolia Creek verprügelt hat. Lou hatte es schon vermutet. Ich habe ihn danach gefragt, und er war so stolz darauf, dass ich dachte, ich sollte ihm eine Lektion erteilen.»

«Ach, Dru.» Überwältigt biss sie sich auf die zitternden Lippen. Er hatte sie nicht nur gesucht, sondern auch ihrem Vater die Stirn geboten.

Er schaute sie weiter prüfend an. «Du hast mir immer noch nicht alles erzählt. Wie soll mir denn dein Großvater helfen?»

«Großvater kennt ein paar mächtige Zauber.»

«Du wolltest Zaubersprüche anwenden, um meine Lage zu verbessern?» Er schüttelte den Kopf. «Bist du denn wirklich noch so abergläubisch?»

«Nicht so wie Großvater, aber ich war verzweifelt.»

«Hier geht es nicht mehr um ein eingeworfenes Fenster, Sara. Das ist eine ernste Angelegenheit.»

Sie schluckte. «Es sieht ganz danach aus.»

«Und wo warst du noch?» Als sie zögerte, fragte er hastig: «Ist Elizabeths Vater in der Nähe? Könnte er es gewesen sein?»

«Ach du lieber Gott, nein!» Sie sah, dass er erst Ruhe geben würde, wenn er die Wahrheit wusste. «Ich war bei Abel Foster. Ich weiß, dass sein Zeitungsartikel der Grund dafür ist, dass niemand deine ärztliche Hilfe in Anspruch nimmt. Ich konnte den Gedanken nicht ertragen, dass du Tag für Tag dasitzt und auf Patienten wartest. Ich musste etwas unternehmen. Ich … ich weiß etwas über Abel, mit dem ich ihn zum Einlenken zwingen wollte.»

Dru war vollkommen ruhig. Mit dem dunklen Bartschatten und den zusammengezogenen Brauen sah er so Furcht erregend aus, dass sie sich kaum traute, den Rest zu erzählen, aus Angst, er würde über Foster herfallen wie über ihren Vater.

«Du hast etwas gegen Abel in der Hand? Was denn?»

«Dru, ich glaube nicht …»

«*Was*, Sara?»

Sie entzog ihm ihre Hand und presste ihre Hände zusammen. «Nur ein paar Wochen nach der Nachricht von deinem Tod hat sich Abel an der Scheune an mich herangemacht. Er … er hat versucht, mich zu küssen. Er hat mich angefasst und mir erzählt, dass ich bestimmt Bedürfnisse hätte, die er befriedigen könne. Er sagte, wenn mir danach zumute sei, dann könnte ich zu ihm kommen. Ich habe ihm gesagt, er solle seine Finger von mir lassen und dass er der Letzte wäre, von dem ich etwas wollte.»

Dru presste die Lippen zusammen. Seine Hände ballten sich zu Fäusten. Er wirkte wütend genug, um Abel in Stücke zu reißen. Spontan ergriff sie seine Hände und hielt sie fest.

«Dru, bitte. Beruhige dich doch.»

«Sag mir nicht, dass ich mich beruhigen soll, Sara. Er hätte dich umbringen können.»

«Du weißt doch gar nicht, ob es Abel war.»

«Du hast ihm gedroht. Wer hätte sonst einen Grund gehabt?»

Ein Mann von Drus Ehrgefühl würde sie rächen wollen. Sie sagte sich, dass sie das hätte bedenken sollen, bevor sie weiteres Unheil anrichtete.

Sie hatte gar nicht gemerkt, dass sie weinte, bis er ihr die Tränen von den Wangen tupfte und sie sanft in die Arme nahm.

«Sara, nicht.» Er hielt sie behutsam fest. «Du zitterst ja.»

«Versprich mir, dass du nichts Übereiltes tun wirst, Dru.»

«Das kann ich nicht.»

«Versprich's mir.»

«Ich werde nichts Übereiltes tun», murmelte er widerstrebend.

«Und was wäre übereilt?»

Er antwortete nicht. Sie überließ sich ganz seiner Umarmung und ihrem Trostbedürfnis. Es war so lange her, dass sich jemand für sie eingesetzt hatte, sie das Gefühl gehabt hatte, jemandem etwas zu bedeuten, dass sie es noch ein wenig länger genießen wollte.

Wenn er ihr doch nur verzeihen könnte. Wenn er sie doch nur wieder lieben könnte.

29. Kapitel

Dru hielt Sara fest und versuchte, ihr etwas von ihrer Angst zu nehmen. Sie zitterte noch immer, und ihre Tränen benetzten sein Hemd, doch selbst jetzt, während er sie zu trösten suchte, verfluchte er im Stillen Abel Foster.

Wie konnte dieser selbstgerechte Moralapostel es wagen, den Leuten zu predigen, Sara sei eine Verräterin, wenn er sich eigentlich nur über ihre Abfuhr ärgerte?

Um sie abzulenken, sagte er freundlich: «Jemand möchte dich gerne sehen.» Er ließ sie los und bettete sie wieder auf die Kissen. «Wisch dir die Tränen ab, ich bin gleich wieder da.»

Elizabeth saß bei Jamie in der Küche. Ihren Maisbrei hatte sie gleichmäßig auf dem Tisch und in ihrem Gesicht verteilt. Dru holte ein Küchenhandtuch, befeuchtete einen Zipfel und wischte ihr Gesicht und Haare damit ab. Sie lehnte sich so weit wie möglich zurück, um dem Tuch zu entgehen.

«Mama möchte dich sehen», sagte er. Das Wort lenkte sie für einen Augenblick ab.

«Mama?»

«Ja, Mama.» Er hob sie hoch und setzte sie mühelos auf seine Hüfte. Er fand es beunruhigend, wie warm und vertraut sich das anfühlte. Sein Herz war noch viel zu wund, um es neuen, kritischeren Verletzungen auszusetzen.

«Wie geht es Miss Sara?» Jamie wischte immer noch Brei auf.

«Den Umständen entsprechend gut. Ich glaube, sie fiebert ein wenig. Hast du nach Louzanna geschaut?»

«Sie schläft noch.»

«Gut. Wir lassen sie am besten ein wenig in Ruhe.»

Dru ließ Jamie in der Küche und trug Elizabeth die Treppe hoch. Goldie folgte ihnen. Als er mit Elizabeth ins Zimmer trat, schimmerten Tränen in Saras Augen.

«Mama!», quietschte das Kind glücklich und beugte sich von Drus Arm zu ihr hinunter.

Saras Blick wanderte von ihm zu Elizabeth, und ihr Gesicht verzog sich. Dru eilte an ihre Seite. «Hast du Schmerzen?»

Sie wischte sich die Augen und versuchte zu lächeln. «Das sind Freudentränen. Bitte, gib mir Elizabeth.»

«Sie könnte dir wehtun.»

«Bitte», drängte Sara.

Er setzte ihr Elizabeth auf den Schoß, blieb aber in der Nähe, um sie ihr notfalls gleich wieder fortzunehmen.

«Mama?»

«Was ist, Liebes?»

«Wauwau.»

«Ich kann den Wauwau sehen.» Sara blickte auf Goldie hinunter, die ihre Schnauze auf die Bettkante gelegt hatte. Die alte Hündin schaute Elizabeth hingebungsvoll an.

Als Sara ihm den Blick zuwandte, sah Dru Sterne in ihren Augen.

«Du hast den Hund mitgebracht.»

Hin und her gerissen zwischen Vergangenheit und Gegenwart, hätte er am liebsten übersehen, wie sie ihn anschaute. Er zuckte die Achseln.

«Goldie konnte ja nicht gut allein in Doc Porters Haus bleiben.»

«Aua, Mama?» Elizabeth hatte die Finger im Mund und musterte stirnrunzelnd Saras Verband.

«Nein. Mir geht's gut.»

«Küsschen?», erbot sich Elizabeth und schob die Lippen vor.

Dru hielt sie fest, damit sie sich nicht auf Sara lehnte, obwohl er sich dabei plötzlich wie ein Scheusal vorkam. «Kein Küsschen. Sie sollte nicht an die Wunde kommen.»

Elizabeth zeigte auf die Beule an ihrer Stirn. «Auch Aua. Küsschen, Mama.»

Mit sorgenvollem Blick legte Sara behutsam die Hand auf die Beule. «Was ist denn mit ihr passiert?»

«Ein kleiner Zusammenstoß mit dem Küchentisch. Sie und Goldie haben gestern Abend Fangen gespielt.»

Sara entspannte sich, beugte sich vor, um zärtlich Elizabeths Beule zu küssen, und schlang dann den Arm um den kräftigen Körper ihrer Tochter. Elizabeth legte den Kopf auf Saras gesunde Schulter und lag fingernuckelnd da. In diesem Augenblick herrschte eine so innige Vertrautheit zwischen den beiden, dass Dru sich plötzlich sehr einsam fühlte. Er trat ans Fenster.

Draußen leuchtete der wolkenlose Himmel in sommerlichem Blau. Drus Blick wanderte über den Rasen vor dem Haus, der dringend gemäht werden musste. Links war eine Ecke von Abel Fosters Haus zu sehen, was ihn an Saras Erzählung erinnerte, und ihm gefror das Blut in den Adern.

Er trat wieder an Saras Bett, wo sie und Elizabeth Kuckuck spielten. Elisabeth bedeckte ihre Augen und spähte dann kichernd durch die gespreizten Finger nach ihm.

Er nahm sie auf den Arm, als hätte er das schon sein Leben lang getan. «Deine Mama muss jetzt ein bisschen schlafen.»

«Jetzt schon?» Sara klang enttäuscht, obwohl sie erschöpft wirkte.

«Du brauchst Ruhe, damit du wieder gesund wirst.» Er hoffte inständig, sie möge nicht durchschauen, dass er sie nur beruhigte, um fortzukommen.

Er musste einem gewissen Zeitungsherausgeber auf der Hauptstraße dringend einen Besuch abstatten.

★★★

Zornig wie Sherman beim Einmarsch in Atlanta stürmte Dru das Büro des *Magnolia Creek Sentinel* und warf die Tür so heftig hinter sich zu, dass die Fensterscheiben klirrten und der Bürojunge sich unter den Schreibtisch duckte. Abel kam aus dem Hinterzimmer geschossen. Ihm fiel die Kinnlade herunter, als Dru wutschnaubend durch den Raum stampfte.

Dru blieb erst stehen, als sie sich Auge in Auge gegenüberstanden. Er überragte Abel und stellte zufrieden fest, dass der Mann sich wahrhaftig duckte. Dru musterte ihn von oben bis unten und suchte nach einer Verletzung, die Sara ihm mit ihrem Wanderstock zugefügt haben könnte, aber leider sah Abel völlig unversehrt aus.

«Wo waren Sie gestern Abend, Foster?»

«Was geht Sie das an?»

Dru packte ihn mit beiden Händen am Hemd und hob ihn hoch. «Weil es mich etwas angeht.»

Abels Gesicht lief rot an, als er so an seinem Kragen hing. Er stotterte und umklammerte Drus Handgelenk.

«Ich … war … hier», keuchte er.

«Wie lange?» Als Abels rotes Gesicht allmählich hübsch violett anlief, ließ Dru ihn los. Abel sackte an der Schreibtischkante zusammen. Sein Gehilfe darunter starrte aus seiner Deckung zu Dru hoch, als hätte er einen Wahnsinnigen vor sich.

Dru holte tief Luft und versuchte es noch einmal. «Wann haben Sie gestern Abend das Büro verlassen?»

«Nach Mitternacht.»

«Waren Sie allein hier?»

Abel schüttelte den Kopf und zeigte auf den sommersprossigen Burschen, der jetzt bleich geworden war wie Zeitungspapier. «Pete war auch hier.»

«Stimmt das, mein Sohn?» Dru streckte dem Jungen die Hand entgegen und zog ihn auf die Füße.

Pete nickte heftig. «Die … Druckerpresse war kaputt.»

Dru wandte sich wieder an Foster. «Woher weiß ich, dass er nicht für Sie lügt?»

«Ich würde für niemanden lügen, Sir!» Pete richtete sich auf und meldete sich selbst zu Wort, bevor Abel den Mund aufbekam.

«Witham Spalding war ebenfalls hier.» Abel hatte sich wieder etwas gefasst, zog seine Jacke zurecht und richtete seinen Kragen. Er schäumte vor Wut, und sein Blick durchbohrte Dru, aber es gelang ihm, höflich zu bleiben.

«Die ganze Zeit?», fragte Dru.

«Die ganze Zeit», versicherte ihm Abel. «Sie können ihn fragen.»

Dru kannte Witham Spalding schon seit Ewigkeiten, wie fast alle in Magnolia Creek. Der alte Knabe verbrachte seine Zeit meist mit anderen alten Männern vor dem Gemischtwarenladen.

«Das werde ich, sobald ich hier fertig bin.»

Abel vergrößerte den Abstand zwischen sich und Dru, indem er sich hinter den Schreibtisch begab. «Worum geht's eigentlich?»

«Oh, ich glaube, Sie wissen mehr, als Sie zugeben wollen, Abel. Wie ich erfahren habe, gibt es Seiten an Ihnen, von denen die meisten Leute nichts ahnen.»

«Wenn Sie diesen Quatsch meinen, den Ihre Frau erzählt …»

Dru fiel ihm ins Wort. «Nach gestern Abend habe ich allen Grund, ihr zu glauben.»

Abel erblasste und massierte sich die Schläfen. «Was … was ist denn passiert?»

«Jemand hat Sara gleich nach Sonnenuntergang überfallen. Ihr die Schulter aufgeschlitzt, aber wie ich annehme, wollte er ihr an die Kehle. Hat wohl angenommen, sie sei tot, und hat sie hinter dem Haus liegen gelassen. Da Sie zu den wenigen Menschen gehören, mit denen sie gestern geredet hat, und da sie gedroht hat, Ihren Übergriff öffentlich zu machen, würden Sie vermutlich am meisten von ihrem Tod profitieren, Abel.»

Foster hielt abwehrend beide Hände hoch. «Das kann doch nicht ihr Ernst sein, Talbot. Wenn Sie mich des Mordes anklagen wollen, brauchen Sie Beweise. Ich war bis zwölf Uhr hier, und in der Zeit, die Sie genannt haben, waren Pete, Witham und ich beim Abendessen. Minnie hat uns den Korb gegen vier gebracht, aber wir haben erst sehr viel später gegessen.»

Dru ließ sich seine Enttäuschung nicht anmerken. Er hätte Abel liebend gern dort eingesperrt gesehen, wo er hingehörte.

«Sara hat ihren Angreifer bei dem Handgemenge verletzt. Haben Sie unter Ihrer Jacke irgendwelche Wunden versteckt?»

«Wunden?» Abels Gesicht verlor jede Farbe. Für einen Augenblick wirkte er verstört, fasste sich dann aber rasch wieder.

«Nein. Ich kann zum Beweis mein Hemd ausziehen, falls Sie darauf bestehen, aber Sie sind auf dem Holzweg, Talbot.»

Mittlerweile glaubte Dru ebenfalls, dass er sich geirrt hatte, aber Abel sollte sich nicht zu früh in Sicherheit wiegen. Dru strich sein Hemd glatt und zog seine Ärmelmanschetten zurecht.

«Ich werde den Überfall bei Damon Monroe anzeigen, aber wenn ich davon ein Wort in dieser Zeitung sehe, komme ich wieder.»

«Wollen Sie mir drohen?»

«Denken Sie, was Sie wollen.»

Ohne ein weiteres Wort marschierte er aus dem Büro, während Abel ihm nachstarrte. Dru war erst wenige Schritte gegangen, als Fosters rothaariger Bürojunge ihn einholte.

«Doc Talbot? Kann ich eine Minute mit Ihnen sprechen?»

Dru blieb stehen und musterte Pete von oben bis unten. Der Junge war groß und schlank, aber kräftig.

«Hast du einen Stein in mein Fenster geworfen?», fragte ihn Dru.

Der Jungen erbleichte, sodass seine Sommersprossen sich vom Weiß abhoben. «Nein, Sir!»

Dru bemühte sich, keine voreiligen Schlüsse zu ziehen, nur weil der Bursche für Foster arbeitete. «Was ist denn?»

«Mr. Foster war wirklich gestern Abend im Laden, genau wie er sagte. Denken Sie nicht, ich würde für ihn lügen, ich kann ihn nämlich nicht einmal besonders gut leiden.»

Dru blickte die Straße entlang. Es waren erst wenige Leute unterwegs; eine Frau mit leerem Korb in der Hand huschte rasch in einen Laden, nachdem sie ihn kühl gemustert hatte. Ein Bauernjunge fuhr auf einem Fuhrwerk mit quietschendem Rad vorbei und wühlte die schlammige Straße auf.

«Vielen Dank für die Mitteilung, mein Junge.»

«Schon gut, Sir. Noch eins, bevor Sie gehen.»

«Ja?»

Dru rieb sich den Nacken und drehte den Kopf von einer Seite zur anderen. Die lange Nacht im Schaukelstuhl machte sich bemerkbar. Die Strapazen und die Enttäuschung nach seiner Auseinandersetzung mit Abel hatten ihn erschöpft.

«Meiner Mutter geht es in letzter Zeit ziemlich schlecht. Ich dachte, vielleicht könnten Sie einmal nach ihr sehen. Vielleicht haben Sie was, das ihr hilft.»

Dru starrte Pete einen Augenblick an und kam zu dem Schluss, dass den Jungen entweder ungeheurer Mut oder schlichte Verzweiflung dazu gebracht hatte, einen Geächteten um Hilfe zu bitten.

«Es wird mir eine Ehre sein, sie zu besuchen, mein Sohn.»

«Ich möchte ihr aber vorher sagen, dass Sie kommen. Wie wär's mit heute Nachmittag nach der Arbeit? Ich bin gegen vier Uhr fertig.»

Er dachte an Sara und das Chaos zu Hause und überlegte. «Vier Uhr passt mir.»

Pete beschrieb ihm den Weg und rannte dann zurück ins *Sentinel*-Büro. Statt sich über seinen ersten Patienten zu freuen, war Dru enttäuscht, dass er bei der Suche nach Saras Angreifer nicht weitergekommen war. Auf dem Weg zum Büro des Marshals wurde er zunehmend unruhig.

Wer auch immer Sara schaden wollte, er stellte weiterhin eine namen- und gesichtslose Bedrohung dar.

30. Kapitel

Sara war wach, als Dru zurückkehrte. Ihre Wunde schmerzte, und ihre Schulter war steif, aber stärker als der Schmerz war die Erleichterung, als er zur Tür hereinkam. Sie lächelte ihm entgegen und erwartete, dass er sich auf den Stuhl neben dem Bett setzte, doch er ging stattdessen zum Fenster.

«Es war nicht Abel.» Er klang sowohl enttäuscht als auch erschöpft. «Er war bis Mitternacht in seinem Büro. Mit zwei anderen, die das bezeugen können.»

«Es tut mir Leid, Dru. Es tut mir Leid, dass du dir solche Sorgen machst. Es tut mir Leid, dass ich dir das antue.»

Er trat ans Fußende des Bettes, und sie bewunderte seine breiten Schultern und seine markanten Züge. Unter dem Mantel schaute ein zerknittertes und schlammverschmutztes Hemd hervor. Er war immer noch nicht rasiert.

«Bist du dir völlig sicher, dass du nicht von deinem Vater oder einem deiner Halbbrüder überfallen worden bist? Deckst du sie vielleicht in der irrigen Vorstellung, mich schützen zu müssen?»

«Natürlich nicht.» Sie schüttelte den Kopf und versuchte, überzeugend zu klingen. «Ich glaube nicht, dass einer mich hätte einholen können, nachdem er mit der Fähre auf die Collierseite und wieder zurückgefahren war.»

Schmerz durchzuckte ihre Schulter. Sie wimmerte, und Dru war sofort bei ihr. Vorsichtig setzte er sich aufs Bett und fasste nach ihrer Hand.

«Geht es dir gut?»

«Es tut ganz schön weh», gestand sie widerstrebend.

Er zog eine Ecke des Verbandes herunter und untersuchte die Wunde. «Es blutet aber nicht.» Dann maß er den Puls. Als er fertig war, ging er nicht aus dem Zimmer, wie sie erwartet hatte, sondern blieb bei ihr sitzen. Zärtlich umschlang er ihre Hand.

«Ich habe auch eine gute Nachricht», sagte er sanft.

«Die wäre wirklich einmal nötig.»

«Um vier besuche ich meine erste Patientin.»

«O Dru. Das ist ja wunderbar. Wer ist es denn?»

«Die Mutter des Bürojungen bei Foster. Offenbar geht es ihr schon eine ganze Weile schlecht. Er ist mir nachgelaufen, als ich den *Sentinel* verließ.»

Sara musste unwillkürlich lächeln. «Er hat auch mitbekommen, wie ich mit Abel gesprochen habe.» Sie legte die Hand aufs Herz und lachte leise, wollte wieder Hoffnung schöpfen. «Vielleicht funktioniert es bereits, Dru. Vielleicht habe ich doch einmal etwas richtig gemacht.»

«So einfach ist das nicht, Sara.»

Sie wollte sich die Hoffnung nicht nehmen lassen. «Und warum nicht? Warum kann es nicht so einfach sein? Wenn sich herumspricht, dass du ein guter Arzt bist, werden die Leute bestimmt zu dir kommen.»

«Du glaubst wirklich, das genügt?»

«Großvater sagt immer, der Glaube ist die halbe Kur.»

Sie sah auf ihre lose verschlungenen Hände hinunter, immerhin ein Anfang. Großvaters Ratschlag fiel ihr wieder ein.

Sie schluckte Scham und Angst hinunter, atmete tief durch und umschloss Drus Hand mit den Fingern. Er sah sie eine Weile prüfend an. Einen Herzschlag lang dachte sie, er würde sich zurückziehen, aber er tat es nicht.

«Ich möchte dir alles erzählen, Dru.»

«Kannst du es nicht für eine Weile gut sein lassen? Du hättest gestern Nacht sterben können …»

«Noch ein Grund mehr, dir zu erzählen, was wirklich geschehen ist, solange es mir noch möglich ist.»

«Damit *du* dich besser fühlst? Geht es dir darum, Sara?»

«Damit du dich besser fühlst», sagte sie leise.

Er schüttelte ungläubig den Kopf. «Du meinst, wenn ich alles über dich und deine Liebhaber weiß, geht es mir besser?»

«Meine Liebhaber?» Großvater hatte Recht. Die Wahrheit wäre nur halb so schlimm wie seine Vorstellung. Er wollte ihr seine Hand entziehen, aber sie hielt sie fest. «Bitte, Dru», flüsterte sie. «Es wird Zeit, dass ich einiges erkläre.»

Drus erster Impuls war, aus dem Raum zu stürzen. Allein ihre Berührung brachte ihn fast um den Verstand. So nah bei ihr zu sein schürte ein Verlangen in ihm, das er weder wünschte noch brauchte. Selbst mit all ihren Wunden war Sara so schön, dass es ihm körperliche Schmerzen bereitete. Dachte sie wirklich, es wäre besser, ihm alle schmutzigen Einzelheiten ihres Zusammenlebens mit einem anderen Mann zu enthüllen? Glaubte sie wirklich, dass er leichter vergessen konnte, wenn er alles wusste?

Doch so von der Wärme ihrer Hand durchströmt, konnte er ihr nichts abschlagen. «Du solltest eigentlich schlafen.»

«Ich will nicht schlafen. Ich möchte es hinter mich bringen.»

«Aber Sara …»

Sie streckte ihre freie Hand aus und verschloss seine Lippen mit den Fingern. «Ich bin immer noch deine Frau, Dru. Ich bin immer noch hier. Wenn es die geringste Möglichkeit gibt», sie schlug die Augen nieder und zögerte, als müsse sie ihren ganzen Mut zusammennehmen, «wenn es überhaupt eine Möglichkeit gibt, wenigstens einen kleinen Teil von dem zu retten, was die Zukunft einst für uns bereit hielt, dann muss ich sie wahrnehmen.»

Er schloss die Augen. Sie hatten zwei leidenschaftliche Wochen verbracht, sich Hals über Kopf ineinander verliebt, eine überstürzte Hochzeit und eine selige Hochzeitsnacht erlebt. Und jeder Augenblick war so voller Verheißungen, so voller Hoffnungen gewesen. Da Sara offenbar entschlossen war, ihm alles zu erzählen, riss er sich zusammen.

«Dann fang an. Erzähl.»

Sie begann so leise, dass er sich zu ihr neigen musste, um sie zu verstehen.

Plötzlich verschwand alles, der überheizte Raum, Elizabeths Gelächter, das von unten heraufdrang, das Vogelgezwitscher aus dem Ahorn im Vorgarten – bis auf den Klang von Saras Stimme.

«Etwas über ein Jahr nachdem wir von deinem Tod gehört hatten, fühlte ich mich so elend, dass ich mich erbot, einige von Jamies Pflichten zu übernehmen. Als ich die Hauptstraße entlangging, stieß ich vor der Fleischerei mit einem Yankeelieutenant zusammen und ließ meinen Einkaufskorb fallen. Als wir die Sachen von der Straße aufheben wollten, stießen wir mit den Köpfen aneinander. Er lächelte höflich und erkundigte sich nach meinem Namen.

Er erzählte, er käme aus einer kleinen Stadt in Ohio, hätte mächtiges Heimweh und würde mich gern nach Hause begleiten. Er erbot sich, meinen Korb zu tragen, und da dieser sehr schwer war, hatte ich nichts dagegen. Als ich neben ihm herging, musste ich daran denken, dass du dich so weit von zu Hause fort bestimmt auch sehr einsam gefühlt hast. Der Gedanke, dass du gefallen warst und nie wiederkommen würdest, überfiel mich mit solcher Gewalt, dass ich zu weinen begann. Als er die Tränen in meinen Augen sah, gab er mir sein Taschentuch.»

«Und wie hieß er?» Er musste es von ihr hören, wollte die Tiefe des Gefühls ermessen, das sie noch für den Mann hegte.

«Jonathan. Jonathan Smith.» Sie klang ganz sachlich und sah ihm dabei in die Augen. «Er war blond und blauäugig. Nicht so groß wie du, von mittlerer Größe. Manche würden ihn als gut aussehend bezeichnen.» Sie zuckte die Achseln. «War er wohl auch, aber anders als du. Nicht so groß und nicht so kräftig.» Sara stockte und befeuchtete ihre Lippen.

«Brauchst du Wasser?», fragte er.

Sie schüttelte den Kopf und fuhr fort. «Schon bald war es in der ganzen Stadt herum, dass man mich in seiner Begleitung hatte nach Hause gehen sehen. Zweifellos verdankte ich das Minnie Foster, aber es war mir gleichgültig. Ich hatte mir nichts zuschulden kommen lassen.

Zum ersten Mal seit Hughs schrecklicher Nachricht hatte ich das Gefühl aufzuwachen, wieder lebendig zu sein. Statt in einem Albtraum zu leben, begann ich mich wirklich wieder auf den nächsten Tag zu freuen. Ich ging häufiger in die Stadt, vermutlich in der Hoffnung, Lieutenant Smith wieder zu treffen, obwohl ich mir das damals nie eingestanden hätte. Die Yankees hatten neben der Bank einen Militärposten eingerichtet, wo auch Jonathan stationiert war. Er stellte mich einigen Freunden vor und lud mich zu einem Picknick ein.

Zuerst lehnte ich ab, aber er war sehr überzeugend. Er heuchelte Verständnis – ich sei schließlich Witwe und überhaupt –, er wisse, ich sei nicht auf eine kurze Romanze aus, aber ein wenig Gesellschaft könne doch nicht schaden. Er schäkerte und flirtete, und schließlich gab ich nach und willigte ein.

Ich wollte mich nicht hinter Louzannas Rücken davonstehlen, deshalb erzählte ich ihr, wohin ich ging und mit wem. Da sie ja steif und fest behauptete, du wärst noch am Leben, war sie natürlich empört, aber ich ging trotzdem mit Jonathan zum Picknick. Dabei stellte sich heraus, dass er mich küssen wollte. Ich verweigerte ihm den Kuss, und er bedrängte mich auch nicht weiter, war aber den ganzen Nachmittag so galant und freundlich, so aufmerksam, dass ich dann auf dem Heimweg meine … meine Meinung änderte.»

«Du hast ihm also erlaubt, dich zu küssen.»

Sara war bis unter die Haarwurzeln heftig errötet. «Ja, leider. Ich befürchtete, Louzanna müsste mir das ansehen. Ich war wütend auf mich, dass ich Jonathan geküsst hatte, aber ich sagte mir immer wieder, dass ich nichts Unrechtes getan hätte, denn du würdest ja nie mehr zurückkehren.» Sie streckte den Arm aus und legte ihre warme Hand an seine Wange. «Du kannst dir nicht einmal vorstellen, wie das war, zu wissen, dass ich nie wieder deine Stimme hören und nie wieder dein Gesicht sehen würde. Dass du mich nie wieder berühren würdest.» Sie ließ ihre Hand wieder sinken und fuhr fort.

«Ich begann, mich jeden Tag kurz mit Jonathan zu treffen. Wir spazierten über den Rathausplatz und unternahmen manchmal Picknickausflüge. Schließlich hieß es, die Unionstruppen würden abmarschieren, und er bat mich, meine Sachen zu packen und mit ihm fortzuziehen. Ich erklärte ihm, ich könne Louzanna auf keinen Fall allein lassen und außerdem wären wir nicht verheiratet. Er machte mir einen Antrag, sagte, er wünsche sich nichts sehnlicher, als mich zu seiner Frau zu machen, aber bis die offizielle Bestätigung für deinen Tod käme, müssten wir noch warten.»

«Aber du bist trotzdem mit ihm fortgegangen.»

«Was hätte dich denn eher überzeugt, Dru? Louzannas Ausbrüche oder Hughs Bericht, du wärst in seinen Armen gestorben?»

Er wusste, dass er an ihrer Stelle zweifellos mehr auf Hughs Worte als auf Louzannas Theater gegeben hätte.

«Weiter», drängte er, weil er es hinter sich bringen wollte. Er fragte sich, was wohl geschehen wäre, wenn er seine Identität früher preisgegeben und nicht erst abgewartet hätte, bis er den Gedanken an die Rückkehr zur Front wieder ertragen konnte. Was wäre geschehen, wenn er so rechtzeitig geschrieben hätte, dass ein Brief zu ihr durchgekommen wäre? Vielleicht wäre alles anders geworden.

«Was hat dich denn schließlich bewogen, Lou allein zu lassen?»

«Jonathan sagte, solange ich in deinem Haus wohnte, bei deiner Schwester, würde die Vergangenheit nie vergangen sein und ich würde nie darüber hinwegkommen. Die Vorstellung, dass ich mein Leben trauernd verbringen würde wie Lou, erschreckte mich. Es ging ihr viel besser, wenn sie regelmäßig ihre Tees trank und sich auf das Quilten konzentrierte. Jamie war da und kümmerte sich um sie. Jonathan war meine Chance auf ein neues Leben, einen Neuanfang. Obwohl ich für ihn nicht so viel empfand wie für dich, fühlte ich mich in seiner Gesellschaft wohl, und er brachte mich zum Lachen. Ich kam zu dem Schluss, da ich dich ja bereits verloren hatte, gäbe es nichts mehr zu verlieren, und so packte ich die Gelegenheit beim Schopf, noch einmal glücklich zu werden.

Ich nahm kaum etwas mit und hinterließ Louzanna eine Nachricht. Jonathan bereitete alles für meine Reise nach Illinois vor, wo er stationiert sein würde. Er bezahlte ein Zimmer in einem Gasthaus in einer kleinen Stadt am Fluss, und dort besuchte er mich, wenn er Urlaub hatte.

Immer wieder versicherte er mir, dass er unbedingt heiraten wollte, dass wir aber noch warten müssten. Ich schrieb Lou erneut und teilte ihr meine Adresse mit, falls sie Nachricht vom Kriegsministerium bekäme, aber ich habe nie etwas von ihr gehört.»

Sie hatte also mit ihrem Liebhaber zusammengelebt, sich aushalten lassen und mit ihm geschlafen, ihren süßen Körper mit ihm geteilt. Dru hätte ihr am liebsten den Mund verboten, aber aus irgendeiner perversen Neugier heraus hielt er sich zurück.

«Ein paar Wochen, nachdem ich mich ihm hingegeben hatte, begann er sich zu verändern. Vielleicht spürte er mein Bedauern über das, was ich getan hatte, vielleicht war einfach sein Jagdinstinkt befriedigt.

Seine Besuche wurden immer seltener, bis er schließlich kaum noch vorbeikam. Ich war bereits schwanger, als er mir eines Tages mitteilte, sein Regiment zöge weiter. Er hinterließ mir eine Hand voll Goldstücke und das Versprechen, mir zu schreiben und nach dem Krieg zu mir zurückzukehren, aber nachdem er abmarschiert war, habe ich nie wieder etwas von ihm gehört.»

Sie erschauerte, als sei die Erinnerung allzu schmerzhaft für sie. «Lissybeth wurde in dem Gasthaus geboren. Der Krieg ging zu Ende, und ich wartete auf Jonathans Rückkehr. Als das Geld schließlich fast ausgegeben war und immer klarer wurde, dass er entweder gefallen war oder aber gelogen hatte und gar nicht zurückkommen wollte, begab ich mich mit Elizabeth auf die Suche nach ihm. Ich verbrauchte fast das ganze restliche Geld, um nach Ohio zu kommen, in seine angebliche Heimatstadt, nur um herauszufinden, dass er mich auch hier belogen hatte.

Zufälligerweise lebte dort wirklich ein Mann namens Jonathan Smith, aber der war schon über sechzig und hatte keine

Verwandten. Ich werde nie meine Beschämung vergessen, als der alte Herr mir die Tür öffnete. Er warf einen Blick auf mich und Elizabeth und rief seiner Frau zu: ‹Nun sieh dir das an, Ma. Da ist schon wieder eine.›

«Es stellte sich heraus, dass ich nicht die einzige Frau war, die Jon betrogen hatte, und auch nicht die einzige, mit der er während des Krieges zusammengelebt hatte.» Sie verstummte und sah Dru schließlich mit trockenen Augen an. «Du siehst, ich habe meinen Ruf für einen Lügner ruiniert. Ich war ja so dumm. Er wollte nichts von mir als … nun, das was er bekommen hat. Er hat mich benutzt und verlassen und das Gleiche noch wer weiß wie vielen anderen angetan.»

Dru hielt es nicht länger auf seinem Platz. Er ließ Saras Hand los und begann durchs Zimmer zu gehen. «Und wie bist du von Ohio aus hierher gekommen?»

«Die Smiths vermittelten mir eine Stelle als Pflegerin bei einer alten Frau. Nicht gegen Lohn, sondern gegen Unterkunft und Verpflegung für Elizabeth und mich. Als die Frau starb, tauchten ihre Verwandten auf und verkauften das Haus. Im Frühling fand ich Arbeit auf einer Farm. Ich musste wieder an Kentucky denken und an zu Hause und war es leid, von Almosen zu leben. Ich hatte etwas zurückgelegt, und zusammen mit dem letzten Rest des Geldes, das Jon mir gegeben hatte, reichte es für die Rückkehr. Ich war ganz unten, Dru. Ich wollte unbedingt mit meinem Großvater sprechen und meine Mutter wieder sehen.

Elizabeth sollte ein richtiges Zuhause haben, einen Platz im Kreis einer Familie. Ich habe mich zur Fähre durchgeschlagen, aber mein Vater … nun, du weißt ja, er hat mich davongejagt. Ich wusste nicht wohin, außer zu Louzanna, und Gott sei Dank hat sie mir mein Verhalten nicht nachgetragen.»

Dru verstand jetzt, warum Sara so sicher war, dass Smith sie nie suchen und Anspruch auf Elizabeth erheben würde. Er musste an die muntere blonde Kleine mit dem sonnigen Lächeln denken. Bevor sie den ersten Atemzug getan hatte, war sie schon von ihrem Vater verlassen worden.

«Dru?»

Er wandte sich um. Sara lag da, erschöpft und abgekämpft, und wartete auf seine Reaktion.

Was erwartet sie von mir? Dass ich ihr verzeihe?

Er wusste nicht, ob er sich nach ihrem Geständnis nun besser oder schlechter fühlte. Der Mann hatte jetzt einen Namen und ein Gesicht, aber damit war Drus wundes Herz noch lange nicht geheilt.

Er fuhr sich mit der Hand übers Kinn. Sie sah ihn aufmerksam an und wartete auf eine Äußerung. In ihrem Blick lag so viel unverhohlene Sehnsucht nach Vergebung, dass er kein Wort herausbrachte.

Sie lächelte gezwungen, um die Situation zu entspannen, aber ihre zitternden Lippen verrieten sie. «Ich war so in Jonathan vernarrt, dass ich meinen Ruf aufs Spiel setzte. Ich habe ihn niemals so geliebt wie dich, denn ich wusste, unsere Liebe ist einzigartig und unersetzlich. Als ich dann in Illinois mit ihm geschlafen hatte und alles zu bereuen begann, war es zu spät zur Umkehr.»

31. Kapitel

Sara verstummte und hoffte inständig, dass sie mit ihrem Bekenntnis nicht alles noch schlimmer gemacht hatte.

Dru saß mit zusammengebissenen Zähnen reglos da. Vor allem aber wirkte er traurig und müde, und dazu hatte er nach den Strapazen der letzten Stunden auch allen Grund.

Sara konnte nur abwarten, ob Großvater Recht behielt. Hoffentlich würde Dru jetzt, nachdem er die Wahrheit erfahren hatte, anders über sie denken.

Plötzlich fiel ihr ein, dass er heute Nachmittag seinen ersten Patienten besuchen sollte. «Warum ruhst du dich nicht ein bisschen aus, Dru?»

«Ich muss erst noch nach Lou sehen.»

«Wie geht es ihr?»

«Als ich zuletzt bei ihr war, hatte sie sich ein wenig beruhigt, lag aber noch im Bett. Es war ein hartes Stück Arbeit, sie davon zu überzeugen, dass du noch lebst.»

«Wenn du mir mein Nachthemd bringst, kann ich ihr zeigen, dass es mir gut geht.»

«Das wirst du schön bleiben lassen.»

«Ich würde es aber trotzdem gern wieder anziehen.» Ihre Wangen brannten.

Er nahm ihr Nachthemd aus der Kommodenschublade, brachte es ihr ans Bett und ließ es in ihren Schoß fallen wie eine heiße Kartoffel.

Verlegen schaute sie auf das Knäuel aus weißem Musselin. «Ich fürchte, du musst mir helfen.»

Seine Haltung wurde sofort wieder sachlich, aber als er ihr zu Hilfe kam, merkte sie, dass er um Distanz kämpfen musste. Schamhaft versuchte sie sich das Laken vorzuhalten.

«Lass das Laken los, Sara. Du kannst nichts vor mir verstecken, was ich nicht schon gesehen hätte.» Seine Stimme war leise, angespannt und gepresst.

Sie hob den Arm und versuchte, nicht an seine Nähe und ihre Blöße zu denken. Das Hemd blieb an ihrem Ellenbogen hängen, und er musste sich über sie beugen, um den Stoff zu lösen. Die raue Wolle seines Mantels streifte ihre Brustwarzen, und sie sog leise, fast unhörbar, die Luft ein. Sofort erstarrten seine Hände. Seine Lippen waren nur einen Herzschlag entfernt. Er schloss die Augen. Sie hielt den Atem an.

Küss mich.

Küss mich, und alles wird wieder gut.

Ein schmerzhafter Ausdruck flog über sein Gesicht. Unglaublicherweise begannen seine stets so sicheren, sensiblen Hände zu zittern. Er zerrte am Hemd und zog es bis zur Taille herunter. Dann trat er zurück.

«Danke», flüsterte sie.

Er nickte und blickte dann zur Tür.

«Hilf mir bitte beim Aufstehen.» Trotz ihrer brennenden Schulter versuchte sie zu lächeln. Trotz ihrer flammenden Wangen. Schmerzhaft meldeten sich Körperteile, die lange fühllos gewesen waren.

Sein Blick wanderte von der Tür zu ihrem Gesicht. «Du bleibst im Bett.»

«Bitte lass uns nicht streiten, Dru. Louzanna war immer gut zu mir. Sie muss mich sehen, damit sie glauben kann, dass ich wohlauf bin.» Sara versuchte, sich ohne seine Hilfe zu bewegen, schaffte es auch bis zur Bettkante, hatte aber Angst, ihre Beine würden beim Aufstehen versagen.

Sie sah ihn durch eine Haarlocke an, die ihr vor die Augen gefallen war. «Ich gehe, ob du mir hilfst oder nicht», drohte sie.

***

Trotz seiner Bedenken stand Dru dann neben ihr, strich ihr das Haar zurück, legte ihr die Hand auf die Stirn, um zu prüfen, ob sie fieberte, und murmelte, sie sei ein verdammter Dickkopf.

Er legte den Arm um sie, half ihr, die Decke zurückzuschlagen, und stützte sie beim Aufstehen. Bevor der Saum ihres Hemdes auf ihre Knöchel fiel, waren zu seiner Qual kurz ihre wohlgeformten Schenkel sichtbar.

Endlich stand sie. Sie klammerte sich an seinen Arm, und er hielt sie fest und redete sich ein, es sei ja nur aus Sorge, sie könne fallen.

«Jetzt hilf mir über den Flur. Louzanna braucht mich.»

«Ich bin dagegen, Sara.»

«Meine Wunden heilen. Lous nicht. Nun komm.»

Ihr Gang war kaum mehr als ein Schlurfen. Sie musste große Schmerzen haben. In einer langen, langsamen Odyssee kamen sie schließlich vor Louzannas Tür an.

Er führte sie hinein und half ihr, sich ans Fußende des Bettes zu stellen. Lou war immer noch unter einem Berg von Steppdecken vergraben. Nur Augen, Nase und ihr Haarschopf waren sichtbar.

Sara flüsterte: «Lou?»

Eine schwache Stimme drang durch den Berg von Patchwork. «Ich bin wach», sagte sie mit brüchiger Stimme.

«Ich bin's, Lou. Sara.»

Lous Augenlider flatterten, und schließlich öffnete sie die Augen. Sie starrte einige Sekunden zur Decke, bevor sie den Kopf hob.

«Sara? Du bist's *wirklich*? Du bist *wirklich* noch am Leben?»

Dru hielt immer noch Saras Taille umfasst und fürchtete, sie loszulassen.

«Dank Dru gibt es mich immer noch», sagte sie und sah lächelnd zu ihm auf.

«Komm näher, ich möchte dich ansehen.» Lous Stimme war bereits kräftiger. «Ich muss mich vergewissern, dass du kein Geist bist wie Mason. Wenn dir etwas passiert wäre, Sara, ich weiß nicht, was ich tun würde.»

«Ach, Lou.» Sara zwang Dru, mit ihr ums Bett zu gehen, sodass sie Louzannas bleiche Hand ergreifen konnte. Ihre Knie zitterten, und er wusste, sie würde gleich zusammenbrechen. Sie klammerte sich an ihn wie ein junges Blatt an einen sturmumtosten Baum, aber ihre Stimme klang sicher und überzeugend.

«Ich lebe noch und bin ganz gewiss kein Geist. Ich glaube, es wird Zeit, dass du aufstehst, findest du nicht? Jamie ist hier, aber er wird nicht ewig bleiben. Und dem Lärm nach, den ich aus dem Erdgeschoss höre, braucht Elizabeth dich.»

«Elizabeth braucht mich?» Lou stützte sich auf die Ellenbogen und verursachte eine Quiltlawine. «Wer kümmert sich denn um Elizabeth?», murmelte Lou.

«Jamie.» Sara sah zu Dru auf und schien für einen Augenblick zu vergessen, wer sie war und was sie hier tat. Dann schüttelte sie den Kopf, fasste sich wieder und konzentrierte sich auf Louzanna. «Bitte, versuche aufzustehen und dich anzuziehen, Lou. Ich bin sicher, wenn du erst einmal deinen Tee getrunken hast, geht es dir bestimmt viel besser.»

Lou nickte. «Das nehme ich auch an. Meinst du, ich sollte schon aufstehen, Dru?»

«Ich denke, das würde dir ausgezeichnet bekommen.» Seine Geduld mit Louzanna war fast erschöpft, besonders da sie Saras Hand Hilfe suchend umklammert hielt und ihr die letzten Kräfte raubte. Was Sara offenbar nicht störte, denn sie redete weiter behutsam und freundlich auf Lou ein, als spräche sie mit Elizabeth und nicht mit einer erwachsenen Frau. Er sah, dass Sara wirklich sehr um seine Schwester besorgt war. Und, dass sie jeden Moment schwächer wurde.

Er flüsterte ihr ins Ohr: «Mehr kannst du im Augenblick nicht tun. Komm ins Bett.»

Sie unterdrückte ein zitterndes Lächeln und schüttelte kaum merklich den Kopf. In diesem Augenblick stemmte sich Lou aus dem Bett hoch und stand auf. Ihr Nachthemd war zerknittert, ihre Locken aufgelöst und zerzaust, sodass das Haar ihren Kopf umstand wie eine Pusteblume. Mason Blaylocks Verlobungsring hing ihr am Hals wie ein Mühlstein.

Louzanna sprach mit sich selbst, als sie unter dem Bett nach ihren Pantoffeln suchte. «Ich habe das Gefühl, die Krise ist noch nicht ganz vorbei», sagte sie warnend. Ihr Kopf und ihre Schultern waren unter dem Bett verschwunden. «Vielleicht brauche ich noch etwas Zegonia-Tinktur?»

«Was?» Sara blickte Dru fragend an.

Dru flüsterte: «Ein altes Soldatenmittel.»

«Mit Sicherheit eins der besten Mittel, die ich je hatte», versicherte Lou, nachdem sie sich mit dem fehlenden Pantoffel in der Hand unter dem Bett hervorgekämpft hatte.

Dru räusperte sich und griff dann ein: «Sara muss jetzt mit mir ins Bett.» Kaum hatte er es ausgesprochen, merkte er, was er gesagt hatte, und blickte Sara an, um zu sehen, wie sie reagierte; doch ihr Gesicht hatte mittlerweile jede Farbe verloren, und sie konnte sich vor Schwäche kaum noch auf den Beinen halten.

Statt sie in ihr Zimmer gehen zu lassen, hob er sie hoch und trug sie über den Flur.

«Danke für das alles», sagte er leise.

Einen Arm um seinen Hals gelegt, blickte sie zu ihm auf. «Ohne Louzanna stünden Elizabeth und ich jetzt auf der Straße, und wir hätten wohl nie erfahren, dass du noch lebst.»

Der Rest ihrer Gedanken blieb ungesagt.

32. Kapitel

Der nächste Monat verging in angespannter Ruhe. Die Sommerhitze nahm zu, Saras blaue Flecken verblassten, und langsam verheilte auch ihre Schulter. An einem strahlenden Julinachmittag ging sie mit Elizabeth und Goldie hinaus. Während die beiden unter einer Persimone spielten, saß sie in einem Stuhl aus Weidenrinde.

Jamie arbeitete im Garten. Vor dem Krieg hatte Sara seine ruhige Kraft und seine stille, gleich bleibende Freundlichkeit bewundern gelernt, und jetzt, da er zurückgekehrt war, auch noch ein wenig bleiben wollte, fiel ihr auf, wie wohltuend seine Anwesenheit sich auf Louzannas Nerven auswirkte. Er war stets zur Stelle, beruhigte Lou, nahm Elizabeth mit, wenn es Probleme gab, und kümmerte sich um den Garten und um Reparaturen.

Sara sah zu, wie Lissybeth sich auf Goldie setzte und händeklatschend so tat, als ritte sie auf dem Hund, der zufrieden auf der Decke lag. Amüsiert stand Sara auf, um Goldie zu retten.

Gerade zeigte sie auf eine braune Eidechse, die an der Baumrinde hinaufsauste, als plötzlich Dru auftauchte. Jedes Mal, wenn sie ihn sah, schlug ihr Herz schneller. Sie hatte sich an das plötzliche Feuer gewöhnt, das bei ihrem Anblick in seinen Augen aufflammte, aber auch daran, wie er es rasch und sorgfältig wieder erstickte.

Sie wusste nicht, wie sie ihn je wieder zurückgewinnen sollte, denn er ließ sie weder körperlich noch seelisch an sich heran. Die meiste Zeit verbrachte er in der Praxis, und wenn er zu Hause war, waren sie immer mit Louzanna, Elizabeth und oft auch Jamie zusammen.

Seit Dru Petes Mutter behandelt hatte, kamen hin und wieder Patienten zu ihm. Erst gestern hatte er einer Frau am Stadtrand Geburtshilfe geleistet. Sara war begeistert gewesen, als sie davon erfuhr, hätte ihn allerdings gern dabei unterstützt.

«Du bist früh zurück», sagte sie lächelnd.

Er sah sich im Hof um, winkte Jamie zu und nahm zu ihrer Überraschung auf dem Weidenstuhl Platz. Er schaute Elizabeth an, und sein Blick sprach Bände. Sara vermutete, dass er an Jonathan denken musste.

Elizabeth stand auf und stürzte auf ihn zu, warf sich gegen sein Knie, plapperte etwas von Wauwau und 'dechse, lächelte mit zurückgelehntem Kopf ihr gewinnendes Grübchenlächeln und tat alles, um seine Aufmerksamkeit und vielleicht sogar ein Lächeln zu erhaschen.

Dru rührte sich nicht, und Sara empfand Mitleid mit beiden. Da kam plötzlich ein etwa zehnjähriger Junge in kurzen Hosen, mit verschrammten Schuhen und heruntergerutschtem Hosenträger ums Haus gerannt. Sein Haar war zerzaust und sein sonnenverbranntes Gesicht rot vor Anstrengung. Er sah völlig verängstigt aus.

Dru schob Elizabeth sanft von seinem Knie fort und wartete, während der Junge zusammengekrümmt nach Luft schnappte.

Dru berührte seine Schulter. «Ruhig atmen und entspannen, mein Sohn.» Als der Junge schließlich wieder zu Atem gekommen war, fragte Dru: «Wie heißt du? Was ist geschehen?»

«Harold junior. Harold Newberry ist mein Vater.»

Sara kannte den Namen. Newberry hatte die Mühle der Talbots erworben, die Zahlungen an Louzanna aber eingestellt, nachdem die Yankees die Mühle niedergebrannt hatten.

«Meine kleine Schwester hat schlimmen Krupphusten, und Mama hat eine Todesangst, dass sie sterben könnte. Daddy wollte nicht, dass ich zu Ihnen gehe, aber Mama hat gesagt, ich soll Sie auf der Stelle holen. Ich war am Haus von Doc Porter, ab da waren Sie nicht, deshalb bin ich hierher gekommen.» Er sah Dru flehend an. «Sie müssen mitkommen. Sie müssen einfach, Doc.»

Saras Herz begann zu stolpern, aber Dru blieb kühl und sachlich. Jamie kam mit der Hacke in der Hand angerannt. Dru bat ihn anzuspannen, redete dem Jungen dann beruhigend zu und erkundigte sich genauer nach dem kranken Kind.

«Dru, warte.» Sara nahm Elizabeth auf den Arm und lief neben ihm her. «Lass mich mitkommen.» Sie wollte nicht nur helfen, sondern auch auf der Rückfahrt mit ihm allein sein.

Er verlangsamte nicht einmal seinen Schritt.

Sie ging schneller. Mit ihm Schritt zu halten war plötzlich lebenswichtig.

«Ich werde dir auch nicht im Weg sein, versprochen. Ich bin auch Mutter, Dru. Ich weiß, wie eine Frau sich in so einer Situation fühlt. Bitte, nimm mich mit.»

In Drus Augen spiegelte sich ein innerer Kampf, und seine Unentschlossenheit war fast mit Händen zu greifen.

Dann wandte er sich zuerst dem Jungen zu. «Lauf vor und warte hinter der Scheune auf mich, Harold. Dein Pferd kannst du hinten an den Einspänner binden.» Als er sich wieder zu

Sara umdrehte, waren seine Lippen fest zusammengepresst. Sie hielt seinem undurchdringlichen Blick stand und flehte ihn stumm an, sie mitzunehmen.

Schließlich sagte er fast gequält: «Beeil dich. Ich fahre vor das Haus. Warte dort auf mich.»

Voller Sorge, Dru könne sie zurücklassen, wenn sie sich nicht beeilte, drückte sie Elizabeth an sich und rannte ins Haus, um Louzanna das Kind zu übergeben.

* * *

Als Dru mit dem Einspänner über die Straßen fuhr, blies ein Sommerwind die Hitze durch Magnolia Creek. Zwischen ihnen eingezwängt saß der Newberry-Junge, und hinter dem Wagen her lief die alte lendenlahme Stute, auf der der Junge in die Stadt geritten war.

Dru hantierte unruhig mit den Zügeln und starrte vor sich auf die Straße. Er versuchte sich einzureden, einzig die Sorge um ihre Sicherheit habe ihn bewogen, Sara mitzunehmen, dabei hatte er bis zum Herbst eigens Jamie eingestellt, um über Sara und das Haus zu wachen, und so war seine Entschuldigung eben nur das – eine Entschuldigung.

Aus irgendeinem unerfindlichen Grund hatte er es nicht über sich gebracht, sie zurückzulassen.

Denn er wollte mit ihr allein sein.

Der Gedanke tauchte aus dem Nichts auf, so offensichtlich und so verstörend, dass er das Gefühl hatte, die Kontrolle zu verlieren, was ihn ungemein erboste. Je weiter sie zum Stadtrand vordrangen, desto entschlossener wollte er sich beweisen, dass er für ihre Reize unempfänglich war.

Sara hatte sich auf dem abgeschabten Ledersitz zurückgelehnt und hielt die Augen auf die Straße gerichtet, während ihr vereinzelte Haarsträhnen um Wangen und Wimpern wehten. Selbst mit dem Jungen zwischen ihnen registrierte Dru jede Bewegung Saras. Als die Farm der Newberrys in Sicht kam, fluchte er insgeheim auf seine zunehmende Schwäche.

Harold Newberrys Familie wohnte weit draußen, dort, wo die Stadt in endlose, einst fruchtbare Zuckerhirsefelder überging. Die hohen Rohre, die aussahen wie Mais ohne Schopf, gediehen von Kentucky bis zum Golf von Mexiko. Ein Produkt der Zuckerhirse war die Melasse. Die Leute tauchten gern knusprige Kekse – oder was sonst gerade zur Hand war – in den Sirup, der für dreißig Cent pro Gallone im Handel war.

Drus Großvater, der auf einem kleinen Stück Land als Erster in der Gegend Hirse angebaut hatte, war der Gründer der Zuckermühle gewesen. Als mehr und mehr Farmer sich ansiedelten und immer mehr Zuckerhirse angebaut wurde, erwarb Großvater Talbot die Mühle und begann gegen Entgelt die Hirse der benachbarten Farmer zu verarbeiten. Später kaufte er eine zweite Mühle und erweiterte sein Geschäft, bis er schließlich nach Ansicht der Leute ein Vermögen gemacht hatte.

Seit dem Krieg lagen viele der umliegenden Felder brach, und nur hin und wieder kämpfte sich ein übrig gebliebenes Hirserohr durch das dichte Unkraut. Einige Farmer in der Gegend hatten zwar die Felder gejätet und erneut Hirse angebaut, aber da die Mühlen zerstört waren, sahen sich die Farmer gezwungen, die Zuckerhirse außerhalb Kentuckys verarbeiten zu lassen.

Dru hielt die Augen auf die Straße gerichtet, als er in die weite Zufahrt zu den Newberrys einbog und auf das alte Haus zusteuerte, in dem früher sein Großvater gewohnt hatte. Erinnerungen überwältigten ihn beim Anblick des zweistöckigen Gebäudes mit den Resten der riesigen alten Mühle dahinter.

Mrs. Newberry, eine unauffällige Frau Mitte dreißig, wartete nervös auf der Veranda. Sie eilte die Stufen hinunter, stellte sich hastig als Dinah vor, ergriff Drus Hand und dankte ihm überschwänglich für seine Hilfsbereitschaft. Er nahm seine Arzttasche, während Harold junior vom Wagen kletterte und die alte Mähre losband, bevor er ins Haus rannte.

Sara ergriff Drus Hand und lächelte ihm aufmunternd zu, als sie vom Wagen stieg, dann raffte sie ihren Rock und ging mit Mrs. Newberry zum Haus. Er folgte den Frauen durch das spärlich möblierte Farmhaus in einen stickigen Raum, wo Harold junior neben einem Kinderbettchen wartete.

Ein fieberndes einjähriges Mädchen lag unruhig darin, erschöpft vom Krupphusten. Jeder mühsame Atemzug war von einem pfeifenden, rasselnden Ton begleitet. Ihre kläglichen, heiseren Schreie klangen wie die einer Katze.

Die winzige Kleine hatte aschblondes Haar und blaue Augen wie ihr Bruder. Sie sah so vertrauensvoll zu Dru auf, dass er ohne Frage lieber einen Saal voll verwundeter Soldaten behandelt hätte, als das Schicksal eines einzigen hilflosen Kindes in der Hand zu haben. Männer, die ihr Leben in der Schlacht riskierten, wussten, worauf sie sich einließen. Dieses kleine Mädchen war so jung, so unschuldig. Er hoffte inständig, dass er ihm helfen konnte.

Dinah Newberry rang die Hände, legte immer wieder die Hand auf die Stirn der Kleinen und strich ihre feinen Locken zurück.

«Wie heißt sie?», fragte er leise und hoffte, ruhiger und zuversichtlicher zu klingen, als er sich fühlte.

«Violet.» Dinah Newberrys Stimme war tränenerstickt. Die

Kleine war mittlerweile fast zu erschöpft zum Weinen und kämpfte um jeden Atemzug. Trotz der Hitze im Raum hatte ihre Mutter ihr die Beine mit Flanell umwickelt.

«Haben Sie ihr ein Brechmittel gegeben?» Dru griff bereits nach seiner Tasche.

«Nein, aber ich habe ihre Füße heiß gebadet und versucht, sie warm zu halten.» Dinah stellte sich neben ihn.

Dru holte eine Flasche mit dem Brechmittel aus Lobelie und Blutkrautpulver hervor und wandte sich Dinah zu. «Ich brauche einen Löffel.»

Sara wollte gerade etwas sagen, als plötzlich Harold Newberry senior hereinstürzte. Der Mann warf einen verzweifelten Blick auf das Bettchen, sah Dru und Sara an und wandte sich dann an seine Frau. «Verdammt noch mal, Dinah! Ich habe dir doch gesagt, du sollst ihn *nicht* holen lassen.»

Dinah Newberry brach in Tränen aus. Bevor Dru reagieren konnte, stellte sich Sara zwischen Harold Newberry und seine Frau. «Ich gehe mit Harry junior nach nebenan, Mr. Newberry, damit der Doktor der kleinen Violet helfen kann. Ich glaube, Sie kommen am besten auch mit.» Sie strich Harry junior übers Haar. «Vielleicht kannst du mir zeigen, wo ich einen Löffel für den Doktor finde.»

Da ging Newberry auf sie los. «Wer gibt Ihnen das Recht, einfach in mein Haus zu kommen und mich herumzukommandieren?»

Sara war zwar vorübergehend sprachlos, wollte aber nicht klein beigeben. Dru trat rasch dazwischen. «Hören Sie, Newberry ...»

Dinah Newberry fasste ihren Mann am Ärmel. «Bitte, Harold», schluchzte sie verzweifelt. «Ich möchte nicht schon wieder ein Kind verlieren.»

Der Mann fasste sich rasch wieder. Hilflos sah er auf seine Frau, warf einen Blick aufs Kinderbett und folgte dann wortlos Sara und seinem Sohn.

Dru musste schnellstens etwas gegen die Entzündung und Reizung im Rachen des Kindes tun. Dinahs Angst schien sich auf Violet zu übertragen, die nun heftiger hustete und keuchte.

Sara brachte den Löffel, sah Dinah über das Kinderbett gebeugt stehen und legte den Arm um die Schultern der Frau.

«Der Doktor kennt sich aus», sagte sie beruhigend. «Ich weiß, wie Sie sich fühlen. Ich habe auch ein kleines Mädchen. Es ist fast zwei.»

Dinah nickte und sah zu, wie Dru einen halben Teelöffel Brechmittel abmaß. Er versuchte, Violet das Mittel einzuflößen, aber die Kleine begann heftiger zu husten und warf den Kopf hin und her, um dem Löffel auszuweichen. Dru wischte sich mit dem Ärmel über die Stirn.

«Warum lässt du das nicht ihre Mutter machen?», schlug Sara leise vor.

Dru zögerte, wollte einerseits alles nur Mögliche versuchen, ärgerte sich aber, dass die Idee von Sara stammte und er nicht selbst darauf gekommen war.

Dinah ging eilig um das Bettchen herum, und Dru reichte ihr den Teelöffel. Liebevoll redete sie auf die Kleine ein und brachte sie schließlich dazu, das Mittel zu schlucken.

Dru stand daneben, während Mrs. Newberry das strampelnde Kind beruhigte. Sie warteten fünfzehn Minuten und verabreichten ihr dann eine zweite Dosis. Als Violet genug erbrochen hatte, sodass ihr Magen leer und ihr Rachen frei war, bat Dru Sara, einen halben Teelöffel Cayenne und eine Tasse Essig aufzukochen.

«Mein Großvater hat ein Heilmittel gegen Krupphusten, das noch nie versagt hat.» Sara lächelte Mrs. Newberry beruhigend zu.

Dru unterbrach sie. «Sara, wenn du bitte einfach Cayenne und Essig aufkochen würdest ...»

Sie trat näher und senkte die Stimme zu einem Flüstern. «Wenn Mrs. Newberry glaubt, wir hätten etwas, das todsicher wirkt, geht es ihr bestimmt viel besser, Dru.»

«Wir sind hier, um Violet zu helfen, nicht ihrer Mutter. Du hast versprochen, dich zurückzuhalten», erwiderte er flüsternd.

Sie öffnete den Mund, um zu widersprechen, ging dann aber ohne ein weiteres Wort hinaus. Einige Minuten später kam sie mit der heißen Mischung zurück und stellte sie auf den Nachttisch. Dann verließ sie das Zimmer. Dru rief: «Bleib in der Nähe», und sah ihr nach.

Dann wandte er sich an Dinah.

«Sobald die Mischung handwarm ist, tauchen Sie ein Tuch darin ein und reiben ihr zehn Minuten lang Hals und Brust damit ab. Dann befeuchten Sie ein paar Flanellstreifen und machen einen Halswickel.» Er fand die Behandlung eines Babys ebenso nervenaufreibend wie herzzerreißend. Saras Vorschlag, Dinahs Hilfe in Anspruch zu nehmen, war ausgezeichnet gewesen. Das Kind war viel ruhiger, wenn seine Mutter es betreute.

Die Zeit verging, während Dru zusah, wie Dinah auf den Klang des Hustens lauschte. Er wusste nicht, wie lange Sara fort war, als ein Gewehrschuss die Stille zerriss.

Er fuhr vom Kinderbett hoch und raste, in kalten Schweiß gebadet, blindlings in die Richtung, aus der der Schuss gekommen war – irgendwo aus der Nähe der Scheune.

«Sara!», rief er im Laufen. «Sara!»

Harold junior kam aus dem Nebengebäude gestürzt. «Sie sind draußen am Schweinestall.» Er rannte neben Dru her.

Drus Herz hämmerte wie ein Stein in einer leeren Milchkanne, als er um die Ecke eines windschiefen Hühnerstalls bog und Sara mit bluttriefenden Händen am Schweinestall stehen sah.

33. Kapitel

Sara winkte Dru mit einer blutigen Hand zu. Er rannte zu ihr, packte sie bei den Oberarmen und starrte ihr ins Gesicht. Sein Blick war durchdringend, sein Gesicht aschfahl.

«Was ist los? Wie geht es Violet?» Drus Gesichtsausdruck ließ sie das Schlimmste fürchten.

«Was, zum Teufel, geht hier vor?» Er war wütend, sein Mund zornig zusammengepresst. Harold Newberry zerrte keuchend und schnaufend ein totes Schwein an den Hinterbeinen aus dem Schweinestall.

«Du brauchst nicht zu schreien, Dru.» Seine Hände hielten immer noch ihre Oberarme umklammert. Langsam rann ihr das Blut von den Händen an den Armen entlang zu den Ellenbogen.

Dru brüllte, als wäre sie taub. «Hat er auf dich geschossen?»

«Natürlich nicht. Hör auf, mich so anzuschreien.»

«Ich schreie, wann ich will. Was treibst du hier eigentlich?»

«Ich zeige Mr. Newberry, wie man ein Amulett gegen den Krupp herstellt.» Sie winkte den Mann herbei und händigte ihm die Kugel aus, die sie in der Faust gehalten hatte, und nahm dafür einen feuchten Lappen entgegen. Während sie sich die Hände abwischte, warf sie einen Blick auf das tote Schwein und sagte: «Sie müssen die Kugel flach klopfen und dann mit einem Nagel ein ordentliches Loch hineintreiben.»

«Ein Amulett?» Dru blieb vor Zorn die Spucke weg.

Sara trat näher und senkte die Stimme. «Du solltest aufhören zu brüllen, Dru. Mr. Newberry und ich kommen wunderbar zurecht.»

Sie versuchte überzeugend zu klingen, aber sie war verunsichert, seit Dru so wutentbrannt aufgetaucht war. «Das ist eine von Großvaters Heilmethoden, und die wirkt garantiert.»

«Ein totes Schwein?»

Da sie wusste, dass die beiden Newberrys die Ohren spitzten, sagte sie zu Dru: «Nicht das Schwein. Die Kugel aus dem Schwein. Man muss sie herausholen, wie einen Pfannkuchen flachklopfen, ein Loch hindurchbohren, damit man einen Faden hindurchziehen kann, und sie dem Baby um den Hals hängen.» Sie schnippte mit den Fingern. «Und der Krupp verschwindet wie der Blitz.»

Dru machte den Eindruck, als hätte er sie am liebsten gefesselt und in den Wagen gepackt. Er fuhr sich mit der Hand durchs Haar und über den Nacken, entfernte sich ein paar Schritte und kam dann wieder. Die Mittagssonne stand nicht mehr ganz so hoch am Himmel, glühte aber immer noch. Sein Hemd war schweißnass, und die hochgerollten Hemdsärmel entblößten seine sehnigen Unterarme. Seine dunklen Augen starrten sie finster und durchdringend an.

Sara senkte die Stimme zu einem Flüstern. «Was ist denn mit dir los?»

«Komm wieder ins Haus. Sofort.»

«Aber …»

Ohne ein weiteres Wort ergriff er ihren Arm und führte sie über den Hof ins Haus. Erst in dem kleinen Schlafzimmer ließ er sie wieder los. Dinah Newberry tauchte gerade ein Stück Flanell in die warme Mischung aus Essig und Cayenne. Als Dru und Sara eintraten, blickte sie auf. Der scharfe Geruch brannte Sara in den Augen.

«Setz dich da hin.» Dru zeigte auf einen leeren Stuhl neben der Tür.

«Ich will …»

Er ließ sie nicht ausreden. Er trat zwei Schritte vor und näherte sein Gesicht dem ihren, bis sie Auge in Auge standen.

«Setz dich!»

Sie wusste, wann es besser war nachzugeben, und gehorchte. Dru ging wieder zu Dinah und zeigte ihr, wie man die Füße des Babys mit dem warmen Flanell massiert. Dann half er ihr, Violets Hals mit dem feuchten Stoff zu umwickeln.

Sara fuhr fort, sich die Hände zu säubern. Drus Heilmethoden hatten Hand und Fuß – sie würden Violet große Erleichterung bringen. Aber Großvater vertraute auf althergebrachte Zaubermittel, und auch wenn es bestimmt die Kräuter waren, die den Körper heilten, so verhalfen die Zaubermittel dem Patienten und seinen Angehörigen hoffentlich zu innerer Ruhe.

Als Dru schließlich seine Ärmel herunterrollte, erklärte er Dinah: «Ich denke, es wird ihr bald viel besser gehen. Sie atmet bereits leichter. Sie warm zu halten dürfte bei dieser Hitze kein Problem sein, aber wenn es abkühlt, wärmen Sie einen Stein an, umwickeln ihn mit Stoff und legen ihn an ihre Füße. Bis morgen sollte eine deutliche Besserung eintreten. Wenn nicht, soll der Junge mich wieder holen.»

Dinah Newberry ergriff seine Hände. «Vielen Dank, Doktor. Vielen Dank, dass Sie gekommen sind. Sie wissen ja gar nicht …»

In diesem Augenblick kam Mr. Newberry herein und hielt ihnen mit ausgestrecktem Arm die flach geklopfte, durchbohrte Kugel an einem Stück Schnur entgegen. «Alles fertig. Hab es genauso gemacht, wie Ihre Frau gesagt hat, Doc.» Er wollte Dru das Amulett reichen, aber Dru starrte es nur an.

Sara stand auf und ging lächelnd zu Mr. Newberry, der das Amulett in ihre Hand fallen ließ. Sie kümmerte sich nicht um Drus Schweigen, sondern trat ans Bett, hob behutsam Violets Kopf und hängte ihr das Amulett um den Hals. Dann schloss sie die Augen und raunte dreimal vernehmlich einen Spruch.

«Kugel, vertreibe den Krupp. Kugel, vertreibe den Krupp. Schütze dieses Mädchen. Hilf bei der Heilung. Mach das Kind gesund und lass es frei atmen.»

Als Sara die Augen öffnete, sah sie in Drus Gesicht. Er wirkte so zornig, als könnte er mit den Zähnen Felsen zermalmen.

«Vielleicht sollte ich im Wagen warten», schlug sie vor.

«Du wartest auf der Veranda auf mich. Rühr dich nicht vom Fleck», befahl er.

Sie fand seinen Ton unerträglich, aber da die Newberrys aufmerksam zuhörten, beherrschte sie sich, drehte sich auf dem Absatz um und ging hinaus.

* * *

Dru sah ihr nach, immer noch wütend darüber, dass sie ihm so einen furchtbaren Schrecken eingejagt hatte.

Während er seine Jacke nahm, sie über den Arm legte und nach seiner Arzttasche griff, dankte Dinah Newberry ihm überschwänglich. Er folgte Harold senior in die Stube, wo er Sara durch ein offenes Fenster sehen konnte. Sie saß mit angelehntem Kopf und verschränkten Armen in einem Schaukelstuhl auf der Veranda schaute über die Landschaft.

Mr. Newberry hatte sich in mürrisches Schweigen gehüllt. Bei seinem eigenen unerfreulichen Gemütszustand suchte Dru förmlich Streit. Er wollte keinesfalls gehen, bevor er einiges klargestellt hatte.

«Ich weiß, dass manche Leute mich wegen Saras Verhalten im Krieg nur zähneknirschend akzeptieren, aber wenn Sie damit nicht leben können, Newberry, dann steht es Ihnen frei, mit Violet nach Hopkinsville zu fahren und sie dort von einem Arzt behandeln zu lassen.»

Harold Newberry schüttelte aufgeregt den Kopf. «Das Gerede über Ihre Frau und von der Sache in der Zeitung haben wir zwar gehört, aber wir sind nicht gegen Sie. Meiner Meinung nach waren Sie und Ihre Schwester mir gegenüber mehr als anständig. Sie hätten mich und meine Familie einfach hier wegjagen können, als ich meine Schulden bei Ihnen nicht mehr bezahlt habe.»

«Warum wollten Sie dann nicht, dass ich zu Ihnen herauskomme? Warum haben Sie Ihrer Frau nicht schon früher erlaubt, mich zu holen?», wollte Dru wissen.

«Das war nicht gegen Ihre Frau gerichtet. Himmel, sie will ja wirklich helfen. Nur, ich kann die Behandlung nicht bezahlen.» Er senkte den Kopf und knetete seine schwieligen Hände. «Ich wollte nicht, dass sie Sie holen lässt, weil ich kein Geld habe.»

Dru wusste, wie schwer es Newberry fallen musste, das zuzugeben.

«Wenn das Leben eines Kindes in Gefahr ist, spielt Geld

keine Rolle. Sie wissen ja, wo sie mich finden, wenn Sie wieder bei Kasse sind.»

«Es sieht nicht danach aus, als hätte ich die Mühle so bald wieder instand gesetzt.»

«Ich wünschte, ich könnte irgendwie beim Wiederaufbau helfen», erklärte Dru. «Wenn ich Geld hätte, würde ich Ihnen gerne etwas leihen, aber damit käme das Material auch nicht schneller.»

Newberry schüttelte den Kopf. «Ich schulde Ihnen auch so schon genug, Doc.»

«Wie steht es denn mit den Hirsefarmern in der Gegend? Die müssten doch bereit sein, Ihnen zu helfen, damit sie ihre Hirse in der Nachbarschaft verarbeiten lassen können.»

«Das sollte man eigentlich annehmen. Aber viele haben ihre eigenen Farmen noch nicht wieder instand gesetzt, jedenfalls nicht so, dass sie Zeit hätten, mir zu helfen.»

«Vielleicht muss man das nur ein wenig organisieren.» Dru wünschte, man könnte Newberry irgendwie helfen, die Mühle zu reparieren und einigermaßen betriebsbereit zu machen, bevor die Hirse erntereif war.

«Ich möchte Ihnen wirklich danken, Doc.» Newberry streckte ihm die Hand entgegen. «Es ist mir ungeheuer peinlich, dass ich Ihnen im Augenblick nichts bezahlen kann, aber wie wäre es, wenn Sie mit Ihrer Frau zum Abendessen blieben? Es ist nicht viel, aber das, was wir haben, teilen wir gern.»

Dru blickte durchs Fenster hinaus und sah, wie Sara im Schaukelstuhl die Hände faltete.

«Danke, Mr. Newberry. Wir würden gerne bleiben, aber ich muss noch einmal in die Praxis.»

Auch wenn dort niemand auf ihn wartete. Dru war viel zu wütend auf Sara, als dass er ans Essen hätte denken können.

34. Kapitel

Nachdem sie sich alle verabschiedet hatten, führte Dru Sara zur Kutsche. Er stellte seine Tasche auf die Bodenbretter und merkte dann, dass sie darauf wartete, dass er ihr beim Einsteigen half.

Er wappnete sich innerlich, holte tief Luft und griff nach ihrer Hand. Als ihre Augen sich trafen, wich sie seinem Blick aus. Während er ihr hochhalf, streiften ihre Brüste sein Hemd. Der Stoff ihres Baumwollkleids streichelte seine Hand. Ihr weißer Spitzenunterrock blitzte verlockend unter ihrem Kleidersaum hervor.

Wut und Enttäuschung nagten an seiner Seele. Er konnte es kaum erwarten, in die Stadt zurückzukehren, sie am Haus abzusetzen und zur Praxis zu fahren, wo sie außer Reichweite war.

Als er aufstieg, ordnete sie umständlich ihren Rock auf dem rissigen Ledersitz. Dru wandte sich zum Haus der Newberrys um, tippte grüßend an seinen Hut, und dann trabten sie los.

Ohne den Jungen in ihrer Mitte musste er sich zwingen, die Augen auf der Fahrspur und die Hände an den Zügeln zu halten. In verstocktem Schweigen fuhren sie durch weite Felder, über sanfte Hänge und durch dicht bewaldetes Gelände.

Die Luft war heiß und feucht. Über den gleichmäßigen Hufschlag des Pferdes hinweg hörte er Sara sagen: «Dru?»

«Was ist?»

«Ich wusste nicht, dass es dich so aufregen würde, wenn ich Mr. Newberry zeige, wie man ein Amulett macht.»

Sie hatten einen schmalen Bach überquert, der durch eine bewaldete, schattige Senke floss. Dru lenkte den Einspänner an den Straßenrand, zügelte das Pferd und zog die Bremse an.

Ein Eichelhäher schwang sich vor der Kutsche her und setzte sich auf einen nahen Ast. Schließlich wandte Dru sich Sara zu und sah, wie ihre Augen ängstlich aufblitzten. Sie rückte ans entfernte Ende des Sitzes – eine Bewegung, die ihn noch mehr reizte – und blickte sich um, als stellte sie plötzlich fest, wie hilflos sie war, hier draußen ganz allein mit ihm.

«Es ist mir mehr als gleichgültig, wie viele alberne Amulette du verteilst, Sara.»

«Warum hast du dann so getobt?»

Er atmete tief durch und starrte auf die Flecken blauen Himmels zwischen den Blättern des Baumgewölbes, das die Straße überspannte. Er war zutiefst aufgewühlt, sein Magen war wie zugeschnürt und sein Herz völlig aus dem Takt geraten.

«Als ich hörte, wie das Gewehr losging, dachte ich, du wärst tot. Jemand hat versucht, dich umzubringen … hast du das schon vergessen?»

«Ich habe bekanntlich eine Narbe davongetragen. Es wird wohl noch eine ganze Weile dauern, bis ich es vergessen kann, aber das ist immer noch kein Grund, sich so aufzuregen.»

«Woher, zum Teufel, sollte ich wissen, was los war? Du hast gesagt, wenn ich dich mitnehme, würdest du dich zurückhalten.»

«Du schreist mich schon wieder an.»

«Richtig, verdammt nochmal!»

«Ich kann durchaus auf mich selbst aufpassen, Dru Talbot.»

Mittlerweile kochte er vor Wut und Enttäuschung, und er lachte heiser auf. «Aber sicher. Vor knapp einem Monat hat jemand dich niedergestochen. Dein Vater hat dir ins Gesicht geschlagen, als du wieder in die Stadt kamst. Du bist von dem erstbesten Mann, der dir über den Weg lief, geschwängert und verlassen worden. Doch, in der Tat. Du kannst wirklich verdammt gut auf dich aufpassen!»

Kaum waren die groben Worte heraus, bedauerte er sie schon, aber es war zu spät. Sara wurde blass und verstummte. Tränen schimmerten in ihren Augen und verstärkten das leuchtende Wasserblau. Dru kam sich wie ein Esel vor.

Er hatte nicht so aus der Fassung geraten wollen, aber der Gewehrschuss hallte ihm immer noch in den Ohren. Und er sah sie vor sich mit blutigen Händen; und das immer noch lebhafte Bild, wie sie vornüber fiel und blutend auf der Küchenschwelle lag; dazu seine tiefe, unausgesetzte Furcht, sie könne erneut überfallen werden – all das hatte ihn überwältigt.

Sein Ausbruch hatte sie offenbar so erschreckt, dass sie aussah, als wolle sie jeden Moment vom Fuhrwerk springen. Ohne zu wissen, was er tat, noch bevor er überhaupt ahnte, dass er sie berühren würde, nahm er sie in die Arme. Ohne nachzudenken, presste er sie an sich und bedeckte ihren Mund mit dem seinen.

Als ihre Lippen sich überrascht öffneten, nutzte er die Gelegenheit, vertiefte den Kuss und drang mit der Zunge in ihren Mund. Ihre Hände fassten nach seinem Hemd und zerknüllten es in der Faust.

Er drängte sie gegen den schwarzen Kutschensitz, drückte sich an sie und verlor nun völlig die Beherrschung. Wochen, Monate, Jahre unerfüllten Verlangens brachen sich Bahn, als er seine Lippen heftig auf ihren Mund presste.

Sie ächzte und versuchte, sich ihm zu entwinden. Doch er begehrte sie viel zu sehr, um sie loszulassen. Brennend vor Gier schob er eine Hand vor und umfasste ihre Brüste. Sara erstarrte, als er an den Kleiderknöpfen nestelte.

Der erste ging mühelos auf, der zweite folgte. Der dritte Knopf riss ab und fiel klingelnd auf den Kutschenboden. Jetzt erwiderte sie seinen Kuss, ihre Zunge umspielte die seine, ihre Hände entspannten sich.

Seine Hand schlüpfte unter den Kleiderstoff und zwischen ihre heißen Brüste. Ihre seidenweiche Haut, ihre Wärme erregten ihn so sehr, dass es kein Zurück mehr gab. Doch kurz vor dem Höhepunkt erschauerte er und zwang sich, den Mund von ihrem zu lösen.

Mit geschlossenen Augen und stoßweise atmend lehnte er seine Stirn an ihre.

Wie sehr er sich auch bemühte, es zu leugnen und sich selbst zu belügen, sie hatte nicht das Geringste von ihrer Anziehungskraft verloren. Trotz der Trennung durch den Krieg und trotz ihres Fehltritts begehrte er Sara so heftig wie zuvor.

Er hatte sie nicht berühren, geschweige denn küssen wollen. Er hatte nicht damit gerechnet, dass es so weit kommen würde, aber bei Sara hatten seine Gefühle schon immer verrückt gespielt. Solange sie Teil seines Lebens war, würde er stets entflammbar bleiben.

Sara lag vollkommen reglos in seinen Armen, ihr Atem ging rasch und flach. Langsam ließ er sie los, dann beugte er sich vor, stützte die Ellbogen auf die Knie und barg den Kopf in den Händen.

***

Mit zitternden Fingern hielt Sara ihr Kleid zu. Ein Knopf fehlte. Sie entdeckte ihn auf dem Boden und wollte ihn aufheben.

Dru war schneller und erwischte den Bronzeknopf vor ihr. Er hielt ihn in der offenen Handfläche und starrte ihn an, bevor er ihn ihr mit abgewandtem Blick reichte. Sie umklammerte das Metall, das sich in ihrer heißen Faust erwärmte.

Sie hatte sich eine Gelegenheit gewünscht, mit ihm allein zu sein – aber nicht so. Ganz und gar nicht so. Sie hatte noch nie diese strafende, erbitterte Seite an ihm kennen gelernt und nicht gewusst, dass er so zornig werden konnte. War der Krieg daran schuld, oder war sie anfangs zu verliebt gewesen, um diesen Zug an ihm zu bemerken?

Eine ruhige Unterhaltung, vielleicht ein zarter Kuss. Ein neuer Anfang. Darauf hatte sie gehofft, als sie ihn heute gebeten hatte, mitfahren zu dürfen. Stattdessen hatte er sie rücksichtslos geküsst, bis sie nachgegeben hatte, und dann hatte er sich genauso unvermittelt zurückgezogen.

Offenbar hatte er erreicht, was er wollte. Sie starrte auf seinen vorgebeugten, unnahbaren Rücken.

«Nun, Dru, du hast mir bewiesen, wie schwach ich bin. Zu schwach, um mich zu schützen. Zu schwach, um zu widerstehen.»

«Ich habe das nicht gewollt.»

«Nein? Und was wolltest du dann?»

Er sah sie schließlich an, undurchdringlich, kalt und prüfend. Unbarmherzig. «Nichts. Überhaupt nichts.»

«Aha.»

Die Straße vor ihnen war gähnend leer, das Laub hing lustlos, schlaff und still in der Sommerhitze.

«Und nun, Dru?»

Sie dachte, er wäre zu zornig, um zu antworten, bis er tief aufseufzte und sagte: «Jetzt fahren wir nach Hause.»

35. Kapitel

Um Abstand zwischen sich und Dru zu schaffen, ließ Sara Dru das Pferd allein ausspannen und eilte ins Haus, um sich mit Elizabeths Lächeln zu trösten und auf andere Gedanken zu kommen.

Sie hastete durch die Küche in den Salon, eingehüllt von dem Duft frischen Brotes, der das ganze Haus erfüllte. Doch der warme, heimelige Geruch vermochte ihre Traurigkeit kaum zu lindern. Sie hatte sich so um Dru bemüht, doch nun war alles verloren, und zwischen ihnen herrschte nur noch eine gereizte, stumme Wachsamkeit, genährt von seinem Zorn und ihrer Scham.

Wann werde ich es je lernen?

Wann werde ich nachdenken, bevor ich handle?

Dru war ein Ehrenmann und wollte offenbar zu seinem Ehegelübde stehen; aber anscheinend hielt einzig und allein sein Pflichtgefühl ihn von einer Scheidung ab. Nur deshalb durfte sie bleiben, obwohl er sie ganz sicher nicht mehr liebte. Das war mittlerweile völlig offensichtlich.

Während sie der Stimme ihrer Tochter durchs Haus folgte, überlegte sie, dass es keinem von ihnen nutzte, wenn sie weiterhin einem hoffnungslosen Traum nachhing.

Was sie auch tun mochte, um sich zu bewähren, Dru würde ihr wohl nie verzeihen, und wenn er das nicht konnte, gab es für sie keinen Platz mehr in seinem Haus oder seinem Leben. Und ganz gewiss gab es in seinem Herzen keinen Platz für Elizabeth. Und was sollte sie ihrer Tochter sagen, wenn Elizabeth seine Abneigung bemerkte?

In der angespannten Stille, die auf der Heimfahrt zwischen ihnen geherrscht hatte, hatte Sara gequält die brutale Wahrheit erkennen müssen. Wenn sie blieb, würden sie alle drei ihr Leben lang leiden. Doch wenn sie ihn von seiner Verpflichtung entband und um die Scheidung bat, dann wäre er frei und könnte mit einer anderen Frau glücklich werden.

Sie liebte Dru genug, um sein Glück zu wünschen, obwohl sie keine Ahnung hatte, wo sie bleiben oder was sie tun sollte.

Die Türen des Salons standen offen. Die goldenen Bilderrahmen und die Kristalltropfen an den Kronleuchtern funkelten im Nachmittagslicht, das durch die hauchdünnen Spitzengardinen drang.

«Mama!», rief Elizabeth, blieb aber zufrieden auf Louzannas Schoß sitzen und spielte mit dem Opalring. Louzanna allerdings sah so besorgt und verängstigt aus, dass Sara fürchtete, sie stünde wieder kurz vor einer Nervenkrise. Goldie stand auf und trottete ihr entgegen.

Sara tätschelte den Hund und blieb dann wie angewurzelt stehen, als sie Billy, einen ihrer drei jüngeren Brüder, am Fenster entdeckte. Sie hatte ihn seit seinem zehnten Lebensjahr nicht mehr gesehen. Jetzt, mit sechzehn, war er größer als sie, mager und schlaksig mit einem kastanienbraunen Schopf, der ihm in die Stirn fiel. Nervös strich er sich die Strähnen zurück, mit schlanken Fingern, die zarter waren als die der anderen männlichen Colliers.

Er liebte Musik und hatte früh angefangen, die Fiedel zu spielen. Er erfand selbst Lieder und unterhielt damit die Familie in kalten Winternächten. Mit dem verschossenen Strohhut in der Faust, seiner zu kurzen Hose und dem geflickten Hemd wirkte er im Salon der Talbots allerdings so fehl am Platz wie ein Baptist in einem Wirtshaus. Saras Herz rutschte ihr bis in die Knie, als sie seine rot geränderten Augen und sein blasses, trauriges Gesicht bemerkte.

«Was ist los?» Ihre Stimme wurde plötzlich brüchig und drohte zu versagen. «Großvater ist tot, nicht wahr?»

Billy bebte so heftig, dass seine Hemdsärmel um seine dünnen Arme zitterten. «Nein. Großvater hat mich geschickt, ich soll dich holen.»

Sara hatte das Gefühl, im nächsten Augenblick in Ohnmacht zu fallen. «Mama? Nicht Mama!»

Er kam zu ihr und ergriff ihre Hände. «Nein, Sara. Nicht Mama, jedenfalls noch nicht. Vater ist tot. Er ist heute Morgen gestorben.»

«Vater?» Sie starrte ihn ungläubig an, drückte kurz seine Hände und ließ sie dann los.

Sie hätte nie gedacht, dass Daddy sterben könnte. Er war schließlich erst sechsundfünfzig. Die Leute, die ihn kannten, erklärten immer, DeWitt Collier wäre sogar zu gemein zum Sterben. Allerdings besaß ihr Vater zahlreiche Feinde. Die Colliers hatten sich, so lange sie denken konnte, mit mehr als einem Nachbarn angelegt.

«Wer hat ihn umgebracht?»

«Niemand. Am anderen Flussufer grassiert seit ein paar Tagen eine schreckliche Krankheit. Daddy schien es besser zu gehen, aber heute Morgen hat er überall geblutet, und dann wollte er aufstehen und ist gestorben. Mama ist außer sich. Jetzt hat Jane es bekommen. Und Fannie.»

DeWitt Collier war oft hassenwert, grausam und einschüchternd gewesen; aber er war immerhin ihr Vater. Er hatte für sie gesorgt und seine Familie auf die einzige Weise zusammengehalten, die er kannte – mit der Rute in der einen und der Bibel in der anderen Hand. Es war Sache Gottes, über ihn zu richten, nicht ihre. Jetzt galt ihre Sorge dem Rest ihrer Familie.

«Wie geht es den anderen?» Sie hatte Angst vor der Antwort.

Sie lebten in der ganzen Gegend verstreut – Donnie und Darrel mit ihren Familien; Sue und Jo, ihre beiden älteren Schwestern, die geheiratet hatten und fortgezogen waren, lange bevor Sara Drus Frau geworden war; Ethan und Ray; Ronnie, der bei Jo wohnte, weil Daddy ihn einmal fast umgebracht hatte, als er ihn mit zwölf in Mädchenkleidern erwischte. Aufgeregt versuchte sich Sara zu konzentrieren.

«Was ist mit Großvater? Ist er auch krank?»

Billy schüttelte den Kopf. «Großvater ist gesund. Er wollte, dass ich dich hole, und er hat gesagt, ich soll auch deinen Mann mitbringen.» Er schlug mit dem Hut gegen seinen Schenkel. Seine Unterlippe begann zu zittern.

Sara umarmte ihn. Elizabeth wand sich aus Louzannas Schoß, kam herbeigerannt und zupfte an Saras Rock. Sara hob das Kind hoch, strich ihm das blonde Haar aus der Stirn und küsste es auf die Nase. Louzanna kam zu ihr und ergriff ihre Hand.

«Geh nicht, Sara», flüsterte Lou. «Bitte, bring dich nicht in Gefahr.»

«Großvater braucht deine Hilfe, Sara», drängte Billy.

«Ich komme.» Sie sah Lou an. «Ich kann nicht anders. Meine Familie braucht mich.»

«Da draußen wartet der Tod auf uns alle.» Louzanna sah aus dem Fenster. Voller Angst, dass Lou hysterisch werden könnte, wenn sie sie am dringendsten brauchte, verbarg Sara ihre eigene Verzweiflung. Sie zwang sich zu einem Lächeln und bemühte sich um einen ruhigen Tonfall.

«Ich muss mit Billy fort. Nur für einen Tag oder so.» Sie übergab ihrer Schwägerin rasch Elizabeth. «Ich muss Elizabeth wieder bei dir und Jamie lassen. Schaffst du das, Lou? Kannst du für mich auf sie Acht geben?»

Louzanna schwankte. Verzweifelt sah sie erst Billy an, dann Goldie und wollte offenbar protestieren, als Elizabeth die Arme um Lous Hals schlang, ihre Nase gegen Lous Nase stupste und sagte: «Meine Wu.»

Lou richtete sich auf, sah Sara in die Augen und nickte: «Wir schaffen das schon.» Sie bemühte sich angestrengt zu lächeln, obwohl ihre Mundwinkel angstvoll zitterten, aber sie schien sich zu beruhigen. «Aber diesmal muss Dru mit dir gehen.»

* * *

«Und wohin?»

Dru trat ins Zimmer und sah Sara neben einem schlanken, zarten jungen Mann stehen, der ihr so ähnlich sah, dass der Fremde ein Collier sein musste. Saras Gesicht war gerötet, die Augen glänzten von ungeweinten Tränen.

«Was ist denn los?», erkundigte sich Dru.

Sara stellte hastig ihren Bruder vor. Der Junge nickte und trat unbehaglich von einem Fuß auf den anderen. Angesichts der zerzausten Haare und der rot geränderten Augen des jungen Mannes wusste Dru, dass bei den Colliers etwas Schlimmes passiert sein musste.

«Daddy ist tot. Einige meiner Geschwister sind krank, und Großvater hat nach mir geschickt.» Saras Gesicht drückte eine solch feste, hartnäckige Entschlossenheit aus, dass Dru wusste, jeder Einspruch wäre Zeitverschwendung.

Nun, da ihr Vater gestorben war, würde man vielleicht nie erfahren, ob DeWitt Collier für den Überfall mit dem Messer verantwortlich war. Das war der erste Gedanke, der sich ihm aufdrängte, rasch gefolgt von Zorn. Er war immer noch gereizt, immer noch wütend auf sich wegen der Ereignisse in der Kutsche, doch vor allem war er die Sorgen um Sara restlos leid.

Er war es leid, unter den Gesichtern auf der Hauptstraße nach Saras Angreifer zu suchen und sich zu fragen, ob und wann der Mann noch einmal zuschlagen würde. Er hatte es so satt, Sara zu begehren, sich mit dem Gedanken an den anderen Mann zu quälen und sich zu fragen, ob er das alles hätte verhindern können, wenn er schneller gehandelt hätte. Und doch verspürte er immer noch das Bedürfnis, sie zu beschützen.

«Du wirst nicht dorthin zurückgehen. Bis jetzt hat man dich nicht gewollt. Du bist ihnen nichts schuldig», wandte er ein.

Sara ging zu ihm. «Es sind meine Leute, Dru. Meine Familie», sagte sie leise.

«Sie haben dich fortgejagt. Ich bin immer noch nicht überzeugt davon, dass dein Vater nicht versucht hat, dich umzubringen. Du gehst hier nicht weg, nur mit diesem Knaben als Beschützer.»

«Du kannst nicht von mir verlangen, dass ich meine Familie im Stich lasse.»

«*Sie* haben *dich* im Stich gelassen.»

«Weil Daddy das so wollte. Jetzt ist er tot. Mama braucht mich jetzt, und Großvater rechnet damit, dass ich nach Hause komme. Er möchte auch, dass du kommst, aber ob du mich begleitest oder nicht, ich muss hin, Dru.»

Er ging zum Beistelltisch, nahm die Kristallkaraffe und goss sich einen Whiskey ein, bevor er sich an Billy Collier wandte. «Kannst du die Symptome beschreiben?»

Der junge Mann erschrak, als er merkte, dass Dru mit ihm sprach; dann wich er einen Schritt zurück. «Was meinen Sie?»

«Was fehlt ihnen?» Dru tippte auf Cholera. Während des Krieges war sie wegen der schrecklichen sanitären Verhältnisse in den Lagern immer wieder ausgebrochen. Und die Colliers lebten in der Flussniederung, die im Frühling und Sommer überflutet wurde und selbst bei bestem Wetter nie völlig austrocknete.

Billy sah Sara an. Sie nickte ermutigend.

«Schlimme Kopfschmerzen. Durst.» Dem jungen Mann versagte die Stimme. Er schluckte. «Daddy ist gelb geworden. Zum Schluss hat er aus Nase und Mund geblutet.»

«Was ist es, Dru?», fragte Sara.

Da er wusste, dass seine Schwester auf jedes Wort lauschte, schüttelte Dru kaum merklich den Kopf. Zu seiner Erleichterung begriff Sara das Zeichen und drängte ihn nicht.

«Ich bin mir nicht sicher», sagte er nur.

«Egal, wie du dich entscheidest, ich kann nicht länger warten.» Sara wandte sich um, ergriff Billys Hand und durchquerte, ihren Bruder im Schlepptau, das Zimmer. Dru packte sie, als sie an ihm vorbeikam.

«Halt mich bitte nicht auf», murmelte sie.

Geistesabwesend streichelte er mit dem Daumen ihren Oberarm. Sie war eine Kämpferin, seine Sara, so viel stand fest. Allerdings fürchtete er, dass den Colliers etwas bevorstand, gegen das sie machtlos war, welche Tinkturen und Zaubermittel sie und ihr Großvater auch zusammenbrauen mochten.

«Und wenn es das Gelbfieber ist?», flüsterte er.

«Dann muss ich immer noch hin.»

Dru wusste, dass er zum Wohl aller Bewohner Magnolia Creeks ebenfalls dorthin musste. Als einziger Arzt meilenweit war es an ihm, die Diagnose zu stellen, und wenn es tatsächlich das Gelbfieber sein sollte, dann musste er veranlassen, dass die Stadt unter Quarantäne gestellt wurde.

Obwohl es seit Jahren keinen Gelbfieberfall mehr gegeben hatte, wusste er noch genug darüber, um sich keine Illusionen über den Ernst der Lage zu machen.

Sara war dabei, in die Hölle zu marschieren, und er hatte nicht vor, sie allein gehen zu lassen.

36. Kapitel

Die Nacht hüllte das Land in kohlschwarze Schatten. Dru hatte keine Ahnung, wo genau sie hergingen, aber Sara und Billy folgten unbeirrt einem Labyrinth von Waldwegen, bis sie eine kleine Hütte auf einer Lichtung am anderen Ende von Magnolia Creek erreichten. Die Mücken waren gnadenlos in der Niederung.

Es stank derartig nach Urin, Kot und Tod in der Hütte der Colliers, dass ihm beinahe übel wurde, als er Sara und ihrem Bruder hineinfolgte. Einige Fenster waren mit gefettetem Pergament verkleidet. Lücken zwischen den Balken waren mit krümeligem Lehm zugeschmiert. Dru vermutete, dass die Hütte über siebzig Jahre alt sein musste.

Er sah sich um und fand es nahezu unvorstellbar, dass eine sechzehnköpfige Familie auf so beengtem Raum leben konnte. Das Hütteninnere war mit einer langen, handgeschnitzten, aufgebockten Tischplatte, Bänken, einem Bett und anderen Alltagsgegenständen möbliert. An der gegenüberliegenden Wand diente eine riesige lehmverkleidete Feuerstelle als Heizung für den Winter und als Kochstelle. An einem Gestell über dem offenen Feuer hingen zwei Eisentöpfe. Daneben stand ein Spinnrad, während ein Webstuhl kostbaren Platz an der anderen Wand beanspruchte. Eine windschiefe Holzleiter führte in einen offenen Verschlag über der einen Hälfte des Raumes, von dem ausgefranstes Bettzeug herabhing. Die Hütte war beengt, schäbig und deprimierend, ohne jede Annehmlichkeit, und Dru fand es unvorstellbar, dass jemand so Lebendiges wie Sara an einem so elenden Ort aufgewachsen war.

Er sah auf Anhieb, warum Sara das alles so bereitwillig hinter sich gelassen hatte. Sie hatte ihm einmal erzählt, sie habe schon als Kind davon geträumt, ein anderes Leben zu führen, und habe Doc Porters Bitte, sich um Louzanna zu kümmern, als Himmelsgeschenk empfunden.

Eine dünne, hohläugige Frau, die Sara entfernt ähnlich sah, eilte herbei, um sie zu begrüßen. Sara nahm ihre Mutter in die Arme und drückte sie an sich, bevor Dru sie daran hindern konnte. Die beiden Frauen wiegten sich hin und her und weinten still, bis Saras Mutter sich als Erste aus der Umarmung löste. Sie fuhr sich mit dem mageren Handrücken über die Augen und starrte an Sara vorbei Dru an.

«Ist er das?», flüsterte sie.

«Ja, Mama, das ist Dru. Er ist mitgekommen, um uns zu helfen.» Sara schaute ihn über die Schulter an, wandte sich jedoch rasch wieder ab. Nach dem nachmittäglichen Vorfall in der Kutsche konnte er ihr keinen Vorwurf machen, wenn sie ihm immer noch misstraute.

Sara stellte ihn ihrer Mutter, Tessa Collier, vor, die die Arme verschränkte und ihre Ellbogen umklammerte, als wolle sie sich in sich selbst verkriechen.

«Hast du es gehört? Hat Billy es dir erzählt?», fragte Tessa.

«Vater ist tot. Ich weiß, Mama. Ist … ist sonst noch jemand gestorben?»

Tessa schüttelte hastig den Kopf. «Nein, aber Jane und Fannie sind krank. Es geht ihnen sehr schlecht. Kittie und Arlo habe ich zu Jo geschickt.»

«Und wo … wo ist Vater jetzt?» Sara sah sich um, als erwarte sie, dass DeWitt als Geist erschiene.

«Donnie und Darrel haben ihn heute Nachmittag oben auf dem Hügel begraben.» Tessa wischte sich erneut die Augen. «Ich kann nicht fassen, dass er tot ist», flüsterte sie.

Dru hätte nicht sagen können, ob sie traurig oder erleichtert klang.

«Mrs. Collier», sagte er freundlich und trat mit seiner Arzttasche in der Hand vor, «kann ich die Mädchen sehen?»

Sie wollte ihn gerade durchs Zimmer führen, als Saras Großvater zur Tür hereinkam. Dru war Daniel Wilkes erst einmal begegnet, und zwar an ihrem Hochzeitstag, aber die beiden hatten nur wenige Worte miteinander gewechselt.

Wilkes war groß und aufrecht wie ein alter Hickory und wirkte auch ebenso zäh. Sein Gesicht hatte die Farbe alten Leders, runzlig und sonnengegerbt. Was Dru am meisten fesselte, waren die unirdische Farbe seiner himmelblauen Augen und der durchdringende Blick, mit dem der Mann Sara, ihre Mutter und schließlich Dru begutachtete.

Wilkes nickte ihnen stumm zu.

«Sir», sagte Dru.

Sara stürzte sich sofort in die Arme ihres Großvaters.

«Ich bin froh, dass du gekommen bist, Sarie. Und dass du deinen Mann mitgebracht hast. Folgt mir.» Der alte Mann führte sie an das einzige Bett im Raum, wo die beiden kleinen Mädchen nebeneinander auf einer buckligen Maisstreumatratze schliefen. Sie lagen unter einem ausgebesserten Laken und einer Decke, die aus Wollhosen, Jacken und Mänteln zusammengeflickt war.

Der alte Dan bat Tessa, die Öllampe näher ans Bett zu holen. Als ihre Mutter davonging, beugte sich Sara über die Mädchen, doch Dru packte sie am Arm, bevor sie eine ihrer Schwestern berühren konnte.

«Sie haben Gelbfieber, Sara.» Er sprach mit gedämpfter Stimme, während seine Gedanken hundert Richtungen gleichzeitig nahmen. Mit einem Blick hatte er sich überzeugt, dass die gefürchtete Seuche ausgebrochen war. Er musste die Stadt warnen und Damon Monroe veranlassen, Magnolia Creek unter Quarantäne zu stellen. Der Fährbetrieb musste eingestellt werden, um Reisende fern zu halten, bis die Bedrohung vorbei war.

Dan Wilkes beobachtete ihn genau.

Tessa Collier kam zurück. Ihre Hände zitterten so, dass das Lampenlicht heftig flackerte. Wilkes ergriff die Lampe und hielt sie ruhig.

«Wie lange sind sie schon krank?» Dru wollte feststellen, in welchem Stadium des Gelbfiebers die Mädchen sich befanden.

«Jane musste sich vor Fannie hinlegen, etwa vor drei Tagen», sagte Tessa.

«Jane ist dreizehn», erklärte ihm Sara. «Und Fannie zehn.»

«Bist du das, Sara?» Die Ältere von beiden, Jane, sprach so leise, dass sie kaum zu hören war.

Sara schüttelte Drus Griff ab, ließ sich auf der Bettkante nieder und ergriff die Hand ihrer kleinen Schwester. «Ich bin's, Jane. Ich bin da.»

«Bleibst du jetzt bei uns?»

«Für eine Weile.»

«Du hast mir gefehlt, Sara. Wenn du gehst, nimmst du mich dann mit?»

Sara hatte einen Kloß in der Kehle. «Mal sehen.»

«Ich sterbe wie Daddy.»

«Nein. Das lassen wir nicht zu.»

«Versprochen?»

«Versprochen.»

Jane verstummte. Die kleine Fannie lag totenstill da und rührte sich nicht einmal beim Klang der Stimmen. Dru fühlte ihnen nacheinander die Stirn. Ihre trockene, heiße Haut hatte sich um die Augen gelb verfärbt. Er legte der Kleineren den Daumen ans Kinn, öffnete behutsam ihren Mund und hörte, wie Sara nach Luft schnappte. Fannies Zunge war fast schwarz.

«Haben sie in letzter Zeit erbrochen?» Er maß Fannies Puls. Die Kleine war so dünn, dass er kaum Hoffnung hatte, dass ihr Körper dem Kampf gewachsen war.

«Nicht mehr», sagte Tessa.

«Ist sonst noch jemand krank? Wie geht es Ihnen selbst? Wie fühlen Sie sich?»

Tessa schüttelte den Kopf. «Ich hatte vor Jahren Gelbfieber, als Sara noch ein Würmchen war. Sie hatte auch einen Anflug und ein paar von den älteren Kindern, aber sie wurden alle wieder gesund.» Sie runzelte die Stirn. «Ich erinnere mich nicht mehr, wer damals sonst noch krank war. Manche ja, manche nicht. DeWitt aber nicht, glaube ich.»

Zumindest im Augenblick war Sara also sicher. Nach allem, was er über das Gelbfieber gehört oder gelesen hatte, bekam man es kaum zweimal. Die meisten Leute überlebten allerdings die erste Erkrankung nicht.

«Wie behandeln Sie sie?», wandte sich Dru an Wilkes. Er

wollte gerade seine Tasche abstellen, als der Alte herankam, die Lampe hob und Sara in die Augen sah.

«Was würdest du denn tun, Sarie?», fragte er.

Dru sah, wie sie die Stirn runzelte. Nachdenklich blickte sie auf ihre Schwestern hinunter und sah dann wieder zu ihrem Großvater auf.

«Abreibungen mit Essig.»

Der alte Dan nickte. «Und was noch?»

«Tee aus Katzenminze und Polei. Das Bett warm halten. Schwitzen lassen.»

Wieder: «Was noch?»

Sara kaute nachdenklich an der Unterlippe. «Kamille. Wasserdost.»

«Richtig.» Ihr Großvater zupfte an seinem langen Bart.

«Gemahlene Lobeliensaat zum Erbrechen.»

Das vierte Kraut, das sie nannte, war das, das Dru zuerst angewandt hätte.

«Ich habe es mit allen versucht», sagte Dan Wilkes. «Sehr gut, Sarie. Sehr gut.»

Dru hörte beeindruckt zu. Sara hatte gerade die Kräuter und Anwendungen aufgezählt, die er aus seinem Studium kannte, allerdings hatten weder sie noch Daniel erwähnt, dass man die Mädchen von der Familie oder den Nachbarn fern halten sollte.

Die Ansicht, dass eine Krankheit auf den Zustand des Körpers zurückzuführen war und nicht auf Ansteckung, war in der Medizin immer noch weit verbreitet. Er selbst neigte eher der Theorie mit den Keimen zu und befürchtete, dass sie sich beim Betreten des Hauses der Gefahr einer Ansteckung ausgesetzt hatten.

«Sonst noch was, Sarie?» Dan beobachtete sie genau, als wolle er ihre Gedanken lesen.

«Für jede eine Puppe. Ein Gebet und einen Zauber.» Sara wandte sich erklärend an Dru. «Eine Puppe ist ein Spielzeug, aber auch ein Zaubersäckchen mit gemischten Kräutern – drei, sieben oder neun. Außerdem fügt man Dinge hinzu, die dem Kranken gehören, ein Haar, einen Fingernagel. Man stopft ein fingerdickes Musselin-Säckchen damit aus und bindet ein Ende ab, sodass es wie ein Kopf aussieht, und näht es dann oben zu.»

«Warum gehst du nicht nach nebenan und fängst schon mal mit den Puppen an, während ich mich mit Talbot unterhalte.» Sara zögerte, während Daniel schwieg. Offenbar ging sie nur ungern.

Dru empfand plötzlich das Bedürfnis, sie zu berühren. Sanft und beruhigend legte er ihr die Hand auf die Schulter. Ihre Augen weiteten sich vor Erstaunen, und ihre Lippen erzitterten in einem herzerweichenden, flüchtigen Lächeln. Es tat ihm in der Seele weh zu sehen, wie viel diese einfache Geste ihr bedeutete.

«Geh nur, Sara», sagte er freundlich. «Ich werde sehen, was ich tun kann, um deinem Großvater zu helfen.»

«Aber …»

«Nun geh schon.» Er sah, dass sie zögerte, und wusste, dass sie an der Heilkraft der Zaubermittel zweifelte, aber dann beugte sie sich über ihre Schwestern, flüsterte ihnen etwas zu und fuhr mit den Fingern durch ihr langes Haar, bevor sie sich umwandte und zur Tür hinauseilte.

«Sind Sie einverstanden mit dem, was sie sagte, Talbot? Den Mitteln, die sie vorgeschlagen hat?», fragte Wilkes.

Als er dem alten Mann in die Augen sah, hatte Dru das Gefühl, der Mann wisse schon, was er sagen wollte. «Mit allem, außer diesem Puppenkram.»

«Puppen sind kein Spielzeug.»

«Ich weiß, dass Sie das anders sehen. Aber ich würde zuerst anderes tun, bevor ich mich auf Zaubermittel verließe.»

«Zum Beispiel?»

«Die Sache eindämmen. Zu verhindern suchen, dass sie sich ausbreitet. Ich würde die Mädchen waschen, das Bett abziehen. Meine Hände sauber halten.»

«Ich habe kein Bettzeug mehr», sagte Tessa bekümmert. Sie war so still, so zurückhaltend gewesen, dass Dru vergessen hatte, dass sie anwesend war und auf jedes ihrer Worte lauschte.

Sicher war DeWitt Collier im selben Bett gestorben. Wenn es nach Dru ginge, würde er das ganze Ding verbrennen. «Betten Sie sie auf sauberen Kleidungsstücken, was immer Sie dahaben. Das Bettzeug muss verbrannt werden. Ebenso alles, was die Mädchen oder Ihr Mann am Leib hatten.»

Er sah sich in der armseligen Hütte um und dachte an all die Kleider- und Wäscheschränke zu Hause, die von besticktem Leinen und Louzannas kostbaren Quiltstapeln überquollen. Das meiste wurde nie angerührt, außer wenn Louzanna alles neu zusammenfaltete, damit die Kanten nicht ausbleichten und verschlissen.

Die Augen des alten Mannes nahmen einen abwesenden Ausdruck an, als könne er durch die Wände der baufälligen, voll gestopften Hütte sehen. «In meiner Jugend haben wir immer die Habe der Verstorbenen verbrannt, damit der Teufel nicht hineinfährt.» Er kratzte sich an der Schulter. «Ihre Stadt hat eine schlimme Zeit vor sich», warnte er. «Sie werden sich im Auge des Sturms befinden, Talbot. Glauben Sie, Sie sind gewappnet?»

Dru dachte an die Zelte auf dem Schlachtfeld, den ohrenbetäubenden Kanonendonner, die Schreie der Verwundeten und Sterbenden. Mit blutiger Schürze hatte er in Feldlazaretten gestanden, Eingeweide in Bäuche zurückgeschaufelt und so viele Gliedmaßen amputiert, dass sie sich fast einen Meter hoch vor dem Sanitätszelt stapelten. Manchmal kam das einzige Licht zum Arbeiten aus ausgehöhlten, mit Öl gefüllten Kürbissen, die man mit Dochten versehen hatte.

«Ein Mann tut seine Pflicht, so gut er kann.»

Er erwiderte Wilkes eindringlichen Blick und begriff plötzlich. «Deshalb sollte ich heute Sara begleiten. Damit ich gewappnet bin.»

Dan nickte. «Man muss seinen Feind kennen.»

Hinter ihnen auf dem Bett begann Fannie schwach zu husten. Tessa schrie auf, taumelte und fiel neben dem Bett auf die Knie. Blut rann dem Kind aus der Nase.

Dru fragte sich, ob Dan Wilkes Sara deshalb hinausgeschickt hatte. Hatte er gewusst, dass der Tod der Kleinen unmittelbar bevorstand? Zum zweiten Mal an diesem Tag löste das Schicksal eines Kindes ein Gefühl ungeheurer Hilflosigkeit in Dru aus. Keiner von ihnen konnte im Augenblick mehr tun, als es dem armen Mädchen und seiner Schwester etwas leichter zu machen.

Er zog seinen Mantel aus, legte ihn auf eine Bank neben sich und stellte seine Tasche daneben. Der Gedanke an Sara brach ihm förmlich das Herz. Für ihre Schwestern konnte niemand mehr etwas tun. Kein Zaubertrank, keine Kräutermischung, keine magische Puppe konnten sie noch heilen.

37. Kapitel

Derweil füllte Sara mit zitternden Händen fingerlange Musselinkissen mit gemahlenem Wasserdost, Polei und Katzenminze. Dann fügte sie Haarsträhnen der Mädchen hinzu, die sie ihnen im anderen Zimmer ausgezupft hatte, und band einen Teil ab, sodass die Musselinsäckchen wie arm- und beinlose Puppen aussahen.

Kerzen flackerten auf dem schmalen Regal mit Großvaters Zaubersachen. Sara ging zum Altar, hielt die Puppen fest in der Hand und wiederholte dreimal das Vaterunser, bevor sie mit einem Zauberspruch begann.

«Fieber, Fieber, geh rasch wieder, lass Fannie in Ruh, verschwinde du.» Sie sprach die Beschwörung dreimal für jedes Mädchen, hielt dabei die Puppen umklammert und stellte sich dabei die Kinder vor, wie sie zuletzt ausgesehen hatten, als sie jung und sorglos, gesund und munter vor der Hütte gespielt hatten.

Dabei schoss ihr Lissybeths Bild durch den Kopf, das sie rasch zu verdrängen suchte, damit die Krankheit nicht auf ihre Tochter überging. Als sie Schritte hinter sich hörte, fuhr sie erschrocken zusammen und wandte sich um, in der Erwartung, ihren Großvater zu sehen.

Auf der Schwelle stand Dru und beobachtete sie.

Sein Blick wanderte über den ordentlichen Wohnbereich, die Kräuterbündel über ihren Köpfen, den Altar mit Großvaters Kerzen, Steinen, Musselin, Garn und einigen Schalen. Dru wirkte ernst, sein Blick war voller Trauer.

«Was ist los?», fragte sie und versuchte zu schlucken.

«Fannie ist gerade gestorben. Dein Großvater kümmert sich um Jane. Sie ist noch nicht über den Berg.»

«Ich muss zu ihnen.» Tränenblind wollte sie zur Tür, doch Dru stellte sich ihr in den Weg.

«Dein Großvater will, dass du mit mir in die Stadt zurückkommst.»

Sein Bild schwankte und verschwamm. Sie fuhr sich mit dem Handrücken über die Augen. «Ich kann jetzt nicht weg. Jemand muss sich um die Aufbahrung kümmern. Meine Mama …»

«Es ist das Gelbfieber, Sara. Ich muss zurück, um zu erfahren, ob noch weitere Fälle bekannt geworden sind, und Monroe davon überzeugen, die Stadt unter Quarantäne zu stellen.» Sein Blick suchte in ihrem Gesicht. «Ich werde dich nicht hier lassen», sagte er leise, «auch nicht für eine Nacht.»

Es lag etwas so Zwingendes in seinem Blick, dass ihre Hände, die die Puppen umklammerten, zu zittern begannen.

«Weil Großvater es so will?»

Er schüttelte den Kopf und trat näher. «Ich möchte, dass du mit mir zurückkommst, Sara.» Er hob die Hand und umfasste ihr Gesicht.

Sie hielt den Atem an. Sie hob den Blick und schaute ihm in die Augen, sah, wie er so nahe kam, dass sie die Augen schloss, bevor sie in Versuchung geriet, ihm die Arme entgegenzustrecken und abgewiesen zu werden. Ihr Herzschlag verdreifachte sich. Ein Schock durchfuhr sie, als seine Lippen die ihren berührten. Dieses Mal küsste er sie mit schmerzlicher Sanftheit, einer Zärtlichkeit, wie sie sie vor der furchtbaren Begebenheit in der Kutsche ersehnt hatte.

Voller Angst, sich zu rühren, voller Angst, den Zauber zu zerstören, öffnete sie die Lippen. Er umarmte sie nicht; er berührte nur ihre Wange und küsste sie. Sie neigten sich einander zu, ihre Herzen strebten zueinander, bis seine Hemdbrust das

Mieder ihres Kleides berührte. Erst da hob Dru den Kopf und beendete den Kuss.

Und auch wenn der Kuss eher von Angst und Not als von Vergebung und Liebeshoffnung zeugte, er war immerhin ein Anfang.

Sara legte Fannies Puppe auf Großvaters Altar. Die für Jane behielt sie. Sie versuchte unter Tränen zu lächeln.

«Wir müssen zurück, Sara. Es ist zu spät, um heute Abend noch eine Stadtversammlung einzuberufen, aber morgen früh muss ich alle warnen und herausfinden, ob es in der Stadt noch weitere Fälle gibt.»

«Glaubst du wirklich, dass das Gelbfieber ansteckend ist?»

Dru wischte ihr mit dem Daumen die Tränen ab. «Niemand weiß ganz genau, wie es sich ausbreitet, aber falls es übertragbar ist, müssen wir das verhindern.»

Ihr sank das Herz in die Knie. In ihrer Vorstellung breitete sich das Fieber aus wie ein böser Fluch. Sie schaute auf ihre Hände und musste erneut an Elizabeth denken und daran, welche Gefahr sie möglicherweise ins Haus trug. «Ich habe die Mädchen angefasst. Und du auch.»

«Deine Mutter vermutet, du hättest bereits Gelbfieber gehabt und sie ebenfalls. Daniel wahrscheinlich auch. Ich hoffe inständig, dass sie Recht hat. Gelbfieber bekommt man wohl nur einmal, wie ich gelesen habe. Aber wir haben es womöglich in den Kleidern. Da bin ich mir nicht sicher.»

«Und was machen wir jetzt?»

«In die Stadt zurückkehren. Uns gründlich waschen und heute in Doc Porters Haus bleiben. Ich werde Jamie wecken, er soll uns Kleider zum Wechseln bringen und diese hier verbrennen. Morgen früh gehe ich dann zum Bürgermeister und zum Marshal.»

«Vielleicht bleibt das Fieber ja auf dieser Seite des Flusses.»

Dru drückte ihre Hand. «Hoffentlich.»

Offensichtlich fand er das wenig wahrscheinlich.

***

Trauer war eine schwere Last, und an diesem Abend war Daniel Wilkes besonders niedergedrückt. Innerhalb von vierundzwanzig Stunden hatte er trotz aller Bemühungen seinen Schwiegersohn und eine Enkelin verloren.

Erschöpft, die Bibel in der Hand, ging Dan zum riesigen Steinofen und setzte sich neben eine flackernde Öllampe. Er konnte nicht so gut lesen wie seine Großmutter, aber der alte, in Leder gebundene Text lag so tröstlich in seiner Hand. Seine Lieblingsverse kannte er auswendig. Seine Großmutter war es auch gewesen, die die alten Überlieferungen an ihn weitergegeben hatte, das Wissen um Heilkräuter und Zaubermittel. Eine Frau vertraute dieses Wissen immer einem Mann an und ein Mann einer Frau. So war die Ordnung der Dinge. Keins der Geheimnisse war je niedergeschrieben worden. Sie würden dann ihre Wirksamkeit verlieren.

Insgeheim wünschte er sich, er wäre noch in Saras Alter und besäße ihre Jugend, ihre Lebendigkeit, ihr Vertrauen, ihren Glauben an ihre heilenden Fähigkeiten. Er hatte die rechte Wahl getroffen, als er schon früh seine Geheimnisse an sie weitergegeben hatte. Sie war nicht nur vertrauenswürdig, sie besaß auch eine rasche Auffassungsgabe. Ihr Leuchten konnte einen Raum erhellen.

Sara zog Dru Talbot derart an, dass es knisterte, als entlüde sich ein Blitz zwischen den beiden. Dan hatte auf einen Blick erkannt, dass nicht nur das Ehegelübde seine Enkelin und ihren Gatten miteinander verband. Starke, unwiderstehliche Leidenschaft zog sie zueinander hin, doch zwischen ihnen standen auch Enttäuschung, Kummer, Zorn und auf Seiten des Mannes eine finstere Schuld. Ihre bewegte Vergangenheit drohte sie gewaltsam auseinander zu reißen.

Während Dan vom einen zum anderen sah, flüsterte er rasch einen schützenden Zauberspruch für Sara, denn welche Prüfung auch auf sie zukommen mochte, sie würde sich ihr stellen müssen.

Die Frauen hatten Fannie auf dem Tisch aufgebahrt und wuschen sie behutsam. Die Luft war schwer von Kummer. Sie nähten ein Totenhemd aus einer alten Pferdedecke und bereiteten das Kind für das Begräbnis vor.

Das Gesicht der armen Tessa war leer, ihre Seele war geflohen, während sie ihrem Kind vorsichtig zum letzten Mal Gesicht, Hände, Arme und Füße wusch. Sara, nicht so schicksalsergeben wie ihre Mutter, weinte stumm um die verlorene Zukunft mit Fannie und vor allem um ihre Mutter. Nun, da Sara selbst eine Tochter hatte, fiel es ihr noch viel schwerer, Tessa so leiden zu sehen. Sie musste sich fragen, wie sie es ertragen würde, diese herzzerreißende Pflicht bei ihrem eigenen Kind zu erfüllen, eine Frage, auf die nur tiefster Schmerz die Antwort war.

Am anderen Ende des stickigen Zimmers kümmerte sich Dru um Jane. Des Doktors Mut und Hartnäckigkeit überraschten und erfreuten Dan. Dru Talbot stand mit aufgerollten Ärmeln und schweißglänzender Stirn über das Bett gebeugt, wusch Jane immer wieder Arme und Beine ab und flößte ihr Kräutermischungen ein.

Dan ahnte bereits, dass Jane überleben würde. Ein paar Minuten, nachdem Sara in den Anbau gegangen war, hatte er eine

Veränderung an dem Kind festgestellt. Bei ihrer Rückkehr hatte Sara ihrer Schwester eine Puppe in die schlaffe Hand gelegt, mit tränenüberströmten Wangen zu ihm aufgesehen und mit vertrauensvollem Lächeln gesagt: «Jetzt wird sie leben, Großvater. Unsere Jane wird leben.»

Dan wartete, bis der letzte Stich am Totenhemd getan war. Dann stand er auf, rief Sara zu sich, blickte ihr in die angsterfüllten Augen und befahl ihr, mit ihrem Mann nach Magnolia Creek zurückzukehren.

38. Kapitel

Weit nach Mitternacht durchstreifte Sara in einem der Nachthemden Esther Porters das obere Stockwerk von Doc Porters Haus und wartete auf Drus Rückkehr. Er hatte sie in einen kleinen, rückwärtigen Schuppen geführt, ihr eine Pferdedecke gereicht und sie aufgefordert, sich auszuziehen und ihre Kleider auf einen Haufen zu werfen.

Als sie fertig war, ging er mit ihr durch den dunklen Hinterhof zur Tür, ließ sie ins Haus und erklärte ihr, wo sie eine Lampe fände. Er befahl ihr, sich gründlich zu waschen, dann begab er sich zu Fuß auf den Heimweg, um Jamie zu wecken und ihn um Hilfe zu bitten.

Sara ging mit der Lampe in der Hand den kurzen Flur entlang, der die beiden kleinen Zimmer im oberen Stockwerk trennte. Sie wählte das, das weiblicher wirkte.

Über dem Bett hing ein Porträt in einem ovalen Rahmen. Sie hob die Lampe, um das Hochzeitspaar zu betrachten, das auf sie herablächelte – eine junge Ausgabe Doc Porters und seiner Frau. Der gute Doktor trug einen Sonntagsanzug, seine Frau ein fließendes weißes Kleid. Aufrecht saß er auf der Lehne seines Stuhles und hielt einen Veilchenstrauß in der Hand. Sara fragte sich, ob Doc Porter seine Frau schon damals so geliebt hatte wie am Ende ihres Lebens oder ob ihre Liebe mit den Jahren langsam gewachsen war …

Im Untergeschoss fiel eine Tür ins Schloss, und die Dielen knarrten. Sara kehrte dem Porträt den Rücken zu und stellte die Lampe auf den Sekretär an der Tür. Das Licht ergoss sich auf den Flur, vergoldete die abgetretenen Eichendielen und verdrängte die Schatten. Sie ging bis an den Rand des Lichtkegels und spähte angestrengt ins enge Treppenhaus.

«Dru?», rief sie leise und starrte in die gähnende Finsternis hinab. Ihre Hand fuhr zum weiten Halsausschnitt des geborgten Nachthemdes, und an ihrer nackten Kehle fühlten sich ihre Finger plötzlich kalt an. «Bist du das?»

«Ja, ich bin's, Sara. Geh wieder zu Bett.»

«Hast du Jamie geweckt?» Sie blieb stehen und hoffte, dass er am Fuß der Treppe auftauchte, aber vergebens. «Dru?»

«Geh ins *Bett*, Sara.»

«Ist zu Hause alles in Ordnung? Hast du mir etwas zum Anziehen mitgebracht?»

«Ja.» Dann Stille.

Warum wollte er im Dunklen bleiben und nicht mit ihr reden?

«Bleib oben.»

«Warum?» Sie wartete auf dem Treppenabsatz. «Ist alles in Ordnung? Wie geht es Elizabeth?»

«Das Haus war dunkel. Sie schlafen alle fest.»

Sara wünschte, diese schreckliche Nacht wäre endlich vorbei. Sie wünschte, sie könnte heim zu ihrem Kind und die

Erinnerung an Fannies qualvolle letzte Stunden, Janes Leiden und den tiefen Kummer ihrer Mutter auslöschen.

«Geh wieder ins Bett», drängte Dru erneut.

«Ich war noch nicht im Bett.»

Es entstand eine lange, stumme Pause, dann hörte sie ein resigniertes Seufzen. «Ich bin nicht angezogen.»

Ihre Wangen erglühten, und sie wollte ihn schon erinnern, dass sie ihn bereits nackt gesehen hatte, aber sie besann sich eines Besseren und ging wieder ins Schlafzimmer.

Die Treppen knarrten, als Dru nach oben kam. Sara näherte sich der Lampe, um sie herunterzudrehen, wenn er durch den Flur gegangen wäre. Als sein Schritt unvermittelt vor ihrer Tür innehielt, geriet ihr Herzschlag aus dem Takt.

Wie von einem geheimen Magnetismus gezwungen, drehte Sara sich langsam um. Dru stand mit nacktem Oberkörper im Halbdunkel und hielt mit einer Hand krampfhaft ein um die Hüften geschlungenes Handtuch fest, während er sich mit der anderen durchs feucht glänzende Haar fuhr. Seine Schulter war von einer wulstigen Narbe gezeichnet, wie die an seiner Schläfe, eine bleibende Erinnerung an den Krieg. Die Intimität seiner Fast-Nackheit löste das glühende Verlangen in ihr aus, sich in wilder Verzweiflung ans Leben zu klammern.

* * *

Dru ermahnte sich, zu gehen, zu laufen, notfalls durch den Flur zu rennen. Alles, nur um den Bann zu brechen. Vor dem Schein der Lampe hob sich Saras üppige Silhouette in lockender Deutlichkeit gegen den Stoff eines fließenden, weißen Nachthemds ab, die verführerische Wölbung ihrer Brüste, die sanfte Rundung der Hüften, der Umriss ihrer wohlgeformten

Schenkel. Wie ein seidener Mantel umfloss ihr kastanienbraunes Haar ihre Schultern bis zur Taille.

Nach einem Blick fühlte er sich außerstande vorbeizugehen. Er konnte an nichts denken als an das überwältigende Verlangen, sie zu berühren. Er wusste, ihr Haar würde sich auf seiner Haut anfühlen wie Seide, und ihre Lippen würden so warm und voll schmecken wie edler Bourbon.

Er ballte die Hände zu Fäusten. Immer noch begehrte er nur sie und keine andere.

Jeder andere hätte sie mittlerweile genommen.

Du bist eben nicht jeder andere. Du bist immer noch ihr Mann.

Ein Grund mehr, zu tun, was du willst.

Er wusste, es gäbe kein Zurück mehr, wenn er über die Schwelle träte. Die Vorhänge waren zugezogen, die Decke zurückgeschlagen. Das Bett lockte.

Nur deine Sturheit und dein Stolz hindern dich, sie zu nehmen. Der Stolz ist ein kalter und einsamer Bettgenosse.

Mit sechs Schritten war er bei ihr. Plötzlich sah er in diese wunderbaren, leuchtenden Augen. Ihre Lider waren rot und geschwollen vom Weinen, doch sie hielt seinem Blick stand, ohne mit der Wimper zu zucken. Und obwohl er wusste, was sie verloren hatte, was sie in dieser Nacht durchlitten hatte, konnte er sein Verlangen nicht zügeln.

Sara trat einen Schritt zurück. Als sie gegen den Sekretär stieß, öffneten sich überrascht ihre Lippen. Sie seufzte leicht auf.

Bevor er sich wieder besinnen konnte, ließ er das Handtuch fallen, legte seine Hände auf ihre Schultern und zog sie an sich. Dann presste er unvermittelt seine Lippen grob auf die ihren. Es war ihre Schuld. Sie brauchte kein Wort zu sagen, ja, ihn nicht einmal zu berühren, um ihn um den Verstand zu bringen.

Er drängte sie gegen den Sekretär. Nach dem Vorfall auf dem Rückweg von den Newberrys erwartete er Widerstand, doch als sie unter seinen Lippen leise aufstöhnte, die Arme um seinen Hals schlang und mit den Fingern in seinem Haar wühlte, war er verloren.

Der weiche Baumwollstoff ihres weiten, weißen Nachthemds kitzelte auf seiner Haut, als er sich gierig an sie presste. Der ganze Hunger der Kriegsjahre, alles, was er sich in diesen letzten, quälenden Wochen versagt hatte, in denen er sie ständig vor Augen hatte, ihre Stimme gehört, sich von ganzem Herzen danach gesehnt hatte, sie zu besitzen, das alles ließ ihn die Beherrschung verlieren.

Der Kuss dauerte an, lange und heftig, und sagte sehr viel mehr, als Worte je ausdrücken können. Er begehrte sie. Er brauchte sie. Es gab kein Zurück mehr. In dieser schwülen Nacht in diesem stillen Haus würde es geschehen.

Mit einer raschen Bewegung unterbrach er den Kuss, schob den Arm unter ihre Kniekehlen, hob sie hoch und trug sie ins Bett. Er presste sie in die Kissen, und bevor sie nur Atem holen konnte, lag er auf ihr.

Er wollte zärtlich zu ihr sein, aber seine Lust überwältigte ihn, als sie sich ihm entgegenbog und seinen Namen flüsterte.

Er konnte die Bilder nicht verdrängen, die ihm die Seele vergifteten, Bilder von Sara mit einem anderen Mann. Es war so verdammt einfach, sich *seine* Sara, *seine* Frau, in den Armen ihres Liebhabers vorzustellen – eines Mannes, der nicht einmal verdiente, die gleiche Luft wie sie zu atmen.

Dru löste seinen Mund von ihrem. Seine Stoppeln zerkratzten ihre weiche Wange, als er nach dem Saum ihres Nachthemdes griff und es über ihre seidigen Schenkel bis zur Taille hochzog.

Er zwängte sein Knie zwischen ihre Beine, öffnete sie, erforschte sie mit seiner Erektion. Sie fühlte sich feucht und heiß an, willig und bereit. Ohne zu zögern, ohne einen Gedanken bis auf den einen, versank er in ihr.

Du gehörst immer noch mir, Sara. Du gehörst immer noch mir.

***

Ein leiser Schrei entfuhr Sara. Sie schloss die Augen, biss sich auf die Lippen, denn sie wollte Dru und begehrte ihn, obwohl sie wusste, dass er sie im Zorn und nicht aus Liebe nahm. Enttäuschung und Ärger hatten schließlich die Oberhand gewonnen. Er bestrafte nicht nur sie, sondern auch sich selbst für die Vergangenheit, und doch spürte sie, dass er seinen Zorn zügelte. Er hatte die Macht, sie zu verletzen, doch er nutzte sie nicht.

Er drang noch einmal in sie ein und verharrte dann vollkommen reglos, als versuche er das Begonnene noch einmal aufzuhalten.

Tränen traten ihr in die Augen und flossen heiß und schwer über ihre Wangen. Er hob den Kopf und starrte sie an, die Augen dunkel wie die Nacht und tief wie die Ewigkeit. Dann senkte er die Lider und schirmte einen Blick ab, der sich heiß wie seine schweißglatte Haut unter ihren Händen anfühlte.

Eine weitere Träne stahl sich aus ihrem Augenwinkel.

«Du bist meine Frau, verdammt nochmal.» Seine Stimme klang rau und gepresst, als hätte er Schmerzen. Sie nickte, schloss die Augen und ließ den Tränen freien Lauf. Sie war seine Frau, und doch …

Sie glitt mit den Händen seine Wirbelsäule hinab bis zu seinen Hüften, presste dann fordernd die Handflächen gegen sein Gesäß. Sie begehrte ihn viel zu verzweifelt, um sich zu weigern, auch wenn es ihr das Herz zerriss, dass er sie in dieser Weise nahm, so ohne Liebe.

Er seufzte, ein tiefes, verräterisches Geräusch der Resignation, und küsste zu ihrer Überraschung zärtlich die Tränen von ihren Schläfen. Sie schloss die Augen, als er seine Lippen auf ihre nassen Wimpern drückte und eine Spur federleichter Küsse bis zu ihrem Mund zog.

Trotz dieser Zärtlichkeit gab es kein Zeichen von Liebe. Sie wussten beide, was sie taten und warum. Sie hob ihm die Hüften entgegen, drängte ihn stumm, sich zu bewegen, aber es gab kein zärtliches Flüstern, keine Liebesworte. Begierde trieb sie zu beenden, was sie angefangen hatten.

Langsam zog er sich zurück, um dann mit solch qualvoller Entschiedenheit in sie einzudringen, dass sie befürchtete, sie müsse schreien. Sie spielte mit der Zunge in seinem Ohr. Er bewegte sich immer schneller, hob ihr Gesäß an, knetete es, und seine Stöße wurden immer wilder und heftiger.

Sara drückte die Fersen ins Bett, folgte ihm. Sie keuchte atemlos bei jedem seiner Stöße. Er brachte sie bis an den Rand der Erfüllung und zog sich dann wieder zurück, bis sie ihn schließlich anflehte, ihr die ersehnten erlösenden Wonnen zu bringen.

Unvermittelt stöhnte er auf und stieß tief in sie hinein. Das Betthaupt schlug gegen die Wand. Er krampfte sich zusammen und erbebte. Während sich sein Samen in sie ergoss, barst sie zu Sternenstaub. Als sie wieder zur Erde schwebte, gab es nur noch ihren Herzschlag und den Nachhall ihres heftigen Atmens.

***

Die Flamme der Öllampe begann zu blaken und erlosch. Dru nahm nichts mehr wahr als die Dunkelheit und sein Herz, das im Gleichklang mit ihrem schlug. Sara rührte sich nicht und fürchtete sich, ihn anzusprechen. Er versuchte sich einzureden, dass das keine Rolle spiele.

Seine Arme und Beine fühlten sich wie tote Gewichte an. Doch wenigstens war sein Körper entspannt. Er war erschlafft bis ins Mark, aber ihm war klar, dass die Erleichterung weder umfassend noch von Dauer sein konnte. In seinem Kopf herrschte immer noch Aufruhr.

Saras Tränen hatten ihn gerührt, ihn zur Besinnung gebracht, ihn besänftigt, sodass ein Akt, der aus Enttäuschung und Zorn begonnen hatte, mit mehr Zärtlichkeit zu Ende gegangen war, als er selbst es für möglich gehalten hatte.

Langsam löste er sich von ihr, rollte auf den Rücken und legte den Arm über seine Augen. Sie streckte sich neben ihm aus, zog ihr Nachthemd herunter und wurde wieder vollkommen still.

In verlegenem, eisigem Schweigen lagen sie nebeneinander, Hüfte an Hüfte, Schenkel an Schenkel. Er ließ den Arm sinken und drehte den Kopf, um in der Finsternis ihr Profil zu betrachten, während sie zur Decke starrte.

Er schluckte. Er hasste sich für seine Schwäche, aber sie hatte ihn nicht überrascht. Wenn es um Sara ging, hatte er noch nie einen klaren Kopf behalten können.

«Es hat sich nichts geändert.» Der raue Klang seiner eigenen Stimme durchschnitt die angespannte Stille. Er hatte nicht geplant, mit ihr zu schlafen, und ganz sicher nicht darüber nachgedacht, was er jetzt sagen sollte.

«Ich weiß», sagte sie benommen. «Ich verstehe.»

«Wirklich?»

«Ja. Ein Mann ... hat eben Bedürfnisse.»

«Es musste ja früher oder später geschehen, wenn wir beide unter einem Dach leben.» Er fühlte sich innerlich kalt, fast tot. Wann und wo war er sich selbst und anderen so fremd geworden?

Es entstand eine kleine Pause. Mit brüchiger Stimme räumte sie ein: «Ja. Sicher. Das stimmt.»

«Es war eine rein körperliche Angelegenheit, Sara. Nicht mehr.»

Es gab keine Antwort, nur Schweigen.

* * *

Sara fühlte sich elend vor Einsamkeit, obwohl Dru immer noch neben ihr lag. Schließlich stand er auf. Sie hörte, wie er durchs Zimmer ging und sein feuchtes Handtuch aufhob. Es klatschte, als er es ausschüttelte. Mit geschlossenen Augen stellte Sara sich vor, wie er es um seine Hüften wand und barfuß zur Tür tappte.

«Deine sauberen Kleider sind auf dem Tisch im Flur. Ich breche morgen früh auf, um den Bürgermeister und den Marshal aufzusuchen.»

«Wenn ich nach Hause ginge, würde Elizabeth dann krank?» Sie hätte sich gern dorthin zurückgezogen und ihr wundes Herz gepflegt.

Er wartete eine Weile in der Tür, kaum mehr als ein Schatten, bevor er antwortete: «Ich weiß es wirklich nicht genau.»

«Dann gehe ich nicht heim. Das kann ich nicht riskieren.»

Sie merkte, dass sie unwillkürlich das Haus der Talbots ihr Heim genannt hatte. Es war nicht wirklich ihr Heim und würde es auch nicht sein, bis er die Wahrheit akzeptieren und ihr verzeihen konnte, doch im Augenblick, solange Elizabeth dort war, kam es für sie einem Heim am nächsten.

Sie würde alles tun, was man von ihr verlangte, nur damit Elizabeth in Sicherheit war.

39. Kapitel

Dru stand mitten im Gerichtssaal des Rathauses von Magnolia Creek, das sein Großvater vor dreißig Jahren hatte errichten lassen. Es war ein imposantes Backsteingemäuer auf einem Kalksteinfundament. Mit seinen dorischen Säulen und der achteckigen Kuppel wirkte es übertrieben majestätisch.

Als die Turmuhr elf schlug, schaute Dru aufgewühlt auf den Raum voller Menschen, voller Sorge, es könne zu spät sein, eine Gelbfieberepidemie zu verhüten. Womöglich breitete sich das Fieber schon unter ihnen aus, sodass aus dieser spontanen Versammlung eine todbringende wurde.

Gegenüber auf dem Podium saß Abel Foster und nickte blasiert den Leuten zu, die immer zahlreicher in den Saal strömten.

«Man muss seinen Feind kennen.» Schon früh am Morgen, noch bevor Sara sich rührte, hatte Dru Daniel Wilkes Rat befolgt, sich zu Abel Foster aufgemacht und dem Herausgeber erklärt, er beabsichtige, den Bürgermeister aufzusuchen und ihn zu bewegen, die Stadt unter Quarantäne zu stellen. Dazu brauche er die Unterstützung des *Sentinel*, falls es Widerstand gegen die Quarantäne gäbe. Abel erklärte sich ohne Wenn und Aber damit einverstanden, und Dru vermutete, Saras Besuch könne diesen Gesinnungswechsel bewirkt haben. Abel bestand allerdings darauf, in vorderster Front bei der Geschichte dabei zu sein.

Sie begaben sich ins Büro des Bürgermeisters, um ihm die Situation zu erläutern. Der kahlköpfige Langston wollte jedoch keine Panik erzeugen und schreckte davor zurück, die Reisefreiheit einzuschränken. Er zweifelte Drus Diagnose, seine Erfahrung und schließlich seine Motive an.

«Wollen Sie so die Stadt wieder für sich gewinnen, Talbot? Im Augenblick ist niemand erkrankt, und schon gar nicht an Gelbfieber.»

«Waren Sie in jedem Haus?», fragte Dru. «Können Sie die Garantie für das Leben der Bürger übernehmen? Falls das Fieber um sich greift, können Sie den Leuten dann ins Gesicht sagen, Sie hätten davon gewusst, aber nichts unternommen, um sie zu warnen?»

Nach einer kurzen, aber hitzigen Auseinandersetzung wies Dru den Bürgermeister darauf hin, dass Abel mitgekommen war, um über ihr Gespräch zu berichten, und so erklärte sich George Langston schließlich einverstanden. Er begleitete Dru und Abel persönlich über die Hauptstraße zum Büro Damon Monroes.

Als Dru, Abel und der Bürgermeister am Gemischtwarenladen vorbeikamen, folgte ihnen Witham Spalding mit seinen Kumpanen, denn er witterte etwas Interessanteres, als auf einer Bank zu sitzen und Fliegen totzuschlagen.

Der Marshal rekrutierte Witham und seine Freunde gleich als Hilfssheriffs und forderte sie auf, von Tür zu Tür zu gehen und Bericht zu erstatten, falls sie einen Kranken entdeckten. Dru erklärte ihnen, auf welche Symptome sie achten sollten.

Kaum hatten sie die erste Häuserreihe hinter sich, verbreitete sich die Nachricht von der Untersuchung wie ein Lauffeuer. Innerhalb einer Stunde waren bereits etliche Bürger bei Langston aufgetaucht, um eine Stadtversammlung zu fordern, während andere hastig packten und voller Panik die Stadt verließen.

Und nun hatten sich die anständigen Bürger von Magnolia Creek entweder versammelt und brachten sich damit womöglich gegenseitig in Lebensgefahr, oder sie waren aus der Stadt geflohen und verbreiteten die Krankheit in der ganzen Gegend.

Die Leute, die immer noch unter den Kriegsfolgen zu leiden hatten, wollten erfahren, welches Elend ihnen jetzt wieder bevorstand. Auf dem Rathausplatz drängten sich gespannte, ängstliche Familien im Schatten der Bäume und suchten Schutz vor der bereits drückenden Hitze. Die Türen des Rathauses standen weit offen, um sie aufzunehmen.

Im voll besetzten Saal knarrten die Holzstühle. Aufgeregte Mütter brachten ihre plappernden Kinder zum Schweigen. Dru stand an der Stelle, wo sein Großvater einst das Gebäude eröffnet hatte, und stellte fest, dass die bereits nervöse Menge immer unruhiger wurde. Minnie Foster in der ersten Reihe tat so, als kenne sie ihn nicht.

Endlich trat Bürgermeister Langston ein. Der Mann ließ sich Zeit und grüßte auf seinem Weg durch den Gang zuvorkommend nach allen Seiten. Schließlich betrat er das Podium und bat um Ruhe.

«Ich bin sicher, Sie alle kennen Dr. Talbot.» Langston machte eine Pause; das Unausgesprochene stand unüberhörbar im

Raum. Unterdrücktes Gemurmel erhob sich, danach herrschte eisige Stille. Die Spannung und die Angst im Raum waren fast mit Händen zu greifen.

Dru unterdrückte seine Gefühle und sah herausfordernd in die Menge. Auch wenn er das Geschehene nicht vergessen konnte, er wollte verdammt sein, wenn er zuließe, dass jemand auch nur ein Wort gegen Sara äußerte.

Langston musterte die Menge. «Der Doc sagt, drüben an der Collier-Fähre sei das Gelbfieber ausgebrochen.»

Bevor er weitersprechen konnte, rief jemand: «Woher weiß er denn, dass es das Gelbfieber ist und nicht die Cholera? Es hat hier seit Jahren keine Gelbfieberepidemie mehr gegeben.»

Der Bürgermeister bat um Ruhe. Dru wollte selbst antworten, aber Langston unterbrach ihn. «Talbot hat Medizin studiert. Wenn er nicht weiß, was Gelbfieber ist, dann weiß es wohl niemand. Sein Vorschlag lautet, die Stadt unter Quarantäne zu stellen, bis die Gefahr vorüber ist.»

«Ich muss einen Bullen verkaufen», rief ein Farmer. «Die Straßen waren seit dem Krieg nicht mehr so gut wie jetzt, und ich habe vor, zur Abwechslung mal Geld zu verdienen. Gesperrte Straßen können wir sicher nicht brauchen.»

Ein älterer Herr stand auf. «Was bringt es denn, wenn wir die Stadt abriegeln? Wenn die Leute krank werden, kann man eben nichts machen. Außerdem haben einige schon gepackt und die Stadt verlassen.»

Ein kräftiger junger Mann mit einem kleinen Jungen auf dem Arm erhob sich und ließ seinen Blick über die Menge schweifen. «Haben wir noch nicht genug durchgemacht? Wenn Gefahr für unsere Familien besteht, sollten wir auf den Doc hören und die Straßen abriegeln, bis wir außer Gefahr sind.»

Es gab Stimmen für und gegen die Quarantäne. Der Farmer prügelte sich fast mit einer älteren Dame, die ihren Sonnenschirm schwang.

Dru ergriff die Initiative, bevor Langston reagieren konnte, und stieß einen langen, schrillen Pfiff aus, der die Menge verstummen ließ. «Es gibt keinen Grund zur Panik. Ich würde gern wissen, ob es in Ihren Familien jemanden gibt, der in letzter Zeit starkes Fieber hatte, oder ob Sie Besucher empfangen haben, die mit Colliers Fähre gekommen sind.»

Drei Familien hoben die Hand und berichteten, sie hätten Gäste gehabt, die die Fähre benutzt hätten, aber diese wären höchstens zwei Tage geblieben, und keiner hätte einen kranken Eindruck gemacht.

Dann hob ein anderer Mann die Hand. «Ich heiße Nate Dickens, und ich wohne in der Flussniederung. Mein zwanzigjähriger Sohn ist vor ein paar Tagen krank geworden. Er hat arg gefiebert und böse Kopfschmerzen gehabt, aber heute Morgen ging es ihm besser.»

Drus Zuversicht schwand dahin. Gelbfieber flammte auf, besserte sich scheinbar und kehrte dann umso schlimmer zurück. Bevor er etwas dazu sagen konnte, lenkte ihn eine leise Unruhe im Hintergrund des Raumes ab. Der Umriss einer Frau erschien im Rahmen der geöffneten Doppeltür. Auf den ersten Blick erkannte er Sara.

* * *

Sara hatte lange geschlafen und war in einem leeren Haus aufgewacht. Sie hatte sich rasch angezogen und war dann, allzu nervös zum Essen, auf die Veranda getreten, wo sie erst eine und dann eine weitere Familie von gegenüber auf dem Weg in die Stadt sah. Als zwei Einspänner und ein vierrädriges Fuhrwerk in der gleichen Richtung vorbeirumpelten, vermutete sie, es müsse etwas vor sich gehen, und verließ hastig das Haus.

Sie schlüpfte ins Rathaus und war froh, dass fast alle Menschen im Raum ihre Blicke aufmerksam auf die Männer vorne gerichtet hatten. Als sie hinter die letzte Stuhlreihe trat, merkte sie, wie eine ältere Frau die Stirn runzelte und dann abrückte, um nicht neben ihr stehen zu müssen.

Sara ignorierte die Kränkung und konzentrierte sich auf Dru. Er sah so gut aus, so stark und so stolz. Seine dunklen Augen unter den finster zusammengezogenen Brauen waren von Sorge umschattet.

Er stand neben einem stämmigen Mann mit hängenden Wangen und Geheimratsecken. Neben ihm stand der Marshal, Mr. Monroe, und daneben saß, selbstgefällig wie immer, Abel Foster mit Stift und Block.

Beim Anblick des Zeitungsmannes rieselte ihr ein unerwarteter Schauer den Rücken hinunter. Dru war gerade dabei, die Symptome und Stadien des Gelbfiebers zu erläutern, als plötzlich eine bebrillte Frau aufstand, mit entsetztem Gesicht die Hand ihrer Tochter ergriff und sie durch den Gang zerrte.

Der hastige Aufbruch der Frau blieb nicht unbemerkt. Köpfe drehten sich. Man tauschte ängstliche Blicke. Die Leute begannen, unruhig auf ihren Stühlen hin und her zu rutschen.

«Eines können wir ganz und gar nicht brauchen, und das ist Panik.» Drus Stimme blieb beherrscht und sicher. Sara war stolz darauf, wie er die Menge unter Kontrolle hielt, besonders, da die Furcht immer mehr um sich griff.

Der Metzger, noch in seiner blutigen Schürze, aber mit Bowlerhut, sprang auf. «Woher sollen wir wissen, dass Talbot

Recht hat? Wir haben nur sein Wort. Warum bitten wir nicht noch einen anderen Arzt, einen Blick auf die Leute an der Fähre zu werfen?»

Dru wurde wütend. «Bis wir einen anderen Arzt aus Hopkinsville geholt haben, hat sich das Fieber weiter ausgebreitet.»

Jemand brüllte: «Bis jetzt hat es doch in der Stadt noch niemand!»

Die Stimme einer Frau erschallte laut und klar. «Sie haben sich in Ihrer Frau geirrt, Dru Talbot. Woher wissen wir, dass Sie sich hier nicht auch irren? Vielleicht haben Sie sich das Ganze ja nur ausgedacht, um ein paar Patienten zu bekommen!»

Sara wollte im Boden versinken vor Scham. Sie hätte sich am liebsten unsichtbar gemacht. Wenn die Beleidigung Dru getroffen haben sollte, ließ er sich das nicht anmerken, aber er nahm sie auch nicht hin. Stattdessen trat er an den Rand des Podiums vor.

«Lassen Sie meine Frau aus dem Spiel!», brüllte er zurück. «An Colliers Fähre ist das Gelbfieber ausgebrochen, ob Sie's nun glauben oder nicht. Gestern Abend habe ich eine Zehnjährige sterben sehen und ihre Schwester war auch dem Tod nahe, doch wir haben hoffentlich etwas für sie tun können. Wenn Sie Ihrer Familie den Tod wünschen, dann kann ich Ihnen das nicht ausreden, also machen Sie, was Sie wollen. Warten Sie ab, bis jemand Blut erbricht, rufen Sie *dann* einen anderen Arzt und fragen Sie ihn nach seiner Meinung. Sie haben viel mehr zu verlieren als ich, verdammt nochmal.»

Saras Wangen waren schamrot, aber ihr wurde ganz warm ums Herz. Dru hatte sie soeben vor der ganzen Stadt verteidigt.

Witham Spaldon stand auf. «Was wollen Sie unternehmen, Bürgermeister?»

Der Bürgermeister folgte seinem politischen Instinkt und wandte sich an Dru. «Ich lasse den Doc entscheiden.»

«Ich werde zuerst zu Mr. Dickens gehen und seinen Sohn untersuchen. Wenn er Gelbfieber haben sollte, werde ich das Haus unter Quarantäne stellen und Marshal Monroe auffordern, die Straßen zu sperren.»

Ein Tumult entstand, wie Sara ihn noch nie erlebt hatte. Marshal Monroe verlangte lautstark Ruhe, während einige Leute hastig zum nächsten Ausgang strebten. Andere blieben einfach in stummer Bestürzung sitzen.

Sara wartete das Ende der Rede des Bürgermeisters ab, in der er die Bürger von Magnolia Creek daran erinnerte, dass sie doch immer so gut zusammengehalten hätten und er dies auch jetzt von ihnen erwarte, dann wurde die Versammlung geschlossen, und das Rathaus leerte sich rasch.

Dru nahm seine Arzttasche, stieg vom Podium und ging durch den Mittelgang. Sie wusste nicht, ob er sie beim Eintreten bemerkt hatte, doch an der letzten Stuhlreihe blieb er stehen und kam dann auf sie zu.

Sie musste schlucken, denn ihr lag das Herz auf der Zunge. Ihr Blick wanderte über sein Gesicht, berührte seine Lippen, die Narbe an seiner Schläfe, die gemeißelte Linie seines kräftigen Kinns. Er sah sie ausdruckslos an.

«Ich begleite dich zurück», sagte er kühl. Sie nickte, und sie traten gemeinsam ins Sonnenlicht hinaus. Sie blinzelte und hob die Hand, um die Augen zu beschatten.

Als jemand dicht neben ihr flüsterte: «Das ist sie», hob Sara das Kinn und sah starr geradeaus.

Als hätte sich das, was letzte Nacht zwischen ihnen geschehen war, nie ereignet, standen sie und Dru nebeneinander in der schweren, feuchten Mittagshitze. Sara schmeckte immer noch seine Lippen und fühlte immer noch seine Hände an ihrem Körper. Die letzte Nacht hatte ihr sehnsüchtiges Verlangen und den innigen Wunsch nach einer Wiederbelebung ihrer Ehe noch gesteigert.

Er hatte sie im Gerichtssaal verteidigt – hatte sie sogar als seine Frau bezeichnet. Sie hoffte, dass er doch noch etwas für sie empfand, trotz seines abweisenden Verhaltens nach der letzten Nacht.

Am Fuß der Treppe wartete Nate auf sie. Er musterte Sara rasch von oben bis unten. Falls ihn ihre Anwesenheit störte, sprach er es nicht aus.

«Ich nehme Sie mit nach Hause, dann können Sie sich meinen Sohn ansehen, Doc.» Voller Hoffnung fügte er hinzu: «Eigentlich verschwende ich nur ungern Ihre Zeit.»

«Vorsicht ist besser als Nachsicht, Nate. Ich habe meinen eigenen Wagen», erklärte ihm Dru. «Ich muss vorher … meine Frau wieder zur Praxis bringen.»

Sara neigte sich zu ihm. «Ich komme mit.»

Dru schien widersprechen zu wollen, unterließ es dann aber, denn Dickens hatte ihnen aufmerksam zugehört. Sie begaben sich zum alten Einspänner Doc Porters am Rand des Platzes. Die Leute standen grüppchenweise im Park und verfolgten Sara und Dru mit den Blicken.

Er half ihr wortlos auf den Wagen und kletterte dann neben sie.

«Du wirst meine Hilfe brauchen», erklärte sie ihm. «Großvater hat es vorausgesehen.»

Mit zusammengepressten Lippen ergriff er die Zügel, der

Rotfuchs zog an, und sie folgten Nate Dickens die Straße entlang.

«Was wirst du tun, wenn sein Sohn tatsächlich Gelbfieber hat?», fragte sie.

«Im alten Mietstall unten an der Birchlane ein provisorisches Krankenhaus einrichten. Monroe sagt, das Gebäude stehe seit dem Krieg leer. Wir müssen die Kranken vom Rest der Stadt fern halten und sie dort pflegen, wenn ihre Familien sie zu uns bringen. Manche lassen sich sicher lieber zu Hause isolieren.»

«Du kannst dich doch nicht alleine um alle kümmern, Dru. Wenn die Krankheit sich schnell ausbreitet, wirst du mich brauchen. Außerdem, wenn ich nicht zu Elizabeth darf, werde ich verrückt vor Sorge. Bitte, lass mich dir helfen.»

Während er um die Ecke bog, musterte er sie mit zusammengebissenen Zähnen. Nach langem, angespanntem Schweigen sagte er schließlich: »Nur wenn deine Anwesenheit niemanden fern hält.»

40. Kapitel

Zwei Wochen später drang ein Schwall schwüler Hitze in die Küche, als Louzanna Lissybeth am offenen Gewächshausfenster hochhielt, damit sie ihrer Mutter zuwinken konnte. Sara stand in der Mitte des Hofes und wollte nicht näher kommen.

«Was meinst du, wie lange wird die Quarantäne noch dauern?», versuchte Louzanna Lissybeth zu übertönen, die brüllte: «Mama! Mama, komm!»

«Das wissen wir nicht», rief Sara zurück. «Vorgestern wurden drei neue Fälle aus einer Familie eingeliefert.»

Angst schnürte Lou das Herz ein, und sie musste nach Atem ringen, nahm sich aber zusammen. Sie hatte an Lissybeth zu denken, und außerdem war Sara von ihr abhängig. Alle brauchten sie. Sie musste einfach durchhalten und durfte sich nicht kraftlos wie ein welkes Veilchen ins Bett flüchten.

Lissybeth zappelte heftig. Jammernd und quiekend warf sie sich über Lous Arm. Schließlich setzte Lou das strampelnde Kind ab. Die enttäuschte Kleine begann mit der flachen Hand gegen die Hintertür zu schlagen, während sie aus vollem Hals nach ihrer Mutter brüllte.

Verstört begann Lou, an ihren Haaren zu zupfen und die zerzausten Spitzen festzustecken, aber ihre Locken waren mittlerweile ein hoffnungsloser Fall. Lange Strähnen hingen ihr auf den Rücken. Ihre dunkle Kleidung klebte ihr am Leib. Die Hitze im Haus war erstickend.

Elizabeth begann zu heulen und versetzte der Tür einen letzten Hieb, bevor sie zusammensank, den Kopf auf die Knie legte und jämmerlich zu schluchzen begann.

Draußen im Hof war Sara den Tränen nahe. Sie klammerte sich an ihren Rock und versuchte, Elizabeth beruhigende und Lou entschuldigende Worte zuzurufen.

«Mach dir keine Sorgen», rief Lou zurück. «Sie hört sofort auf, wenn du weg bist. Wir werden in den Salon gehen und die Vorhänge zuziehen, damit es kühl und ruhig bleibt. Ich kann sie bestimmt zu einem Schläfchen bewegen.»

«Wo ist Jamie?»

«Er staubt die hohen Bücherregale für mich ab. Pass auf dich auf und hab ein Auge auf Dru. Uns geht es gut.»

Louzanna betrachtete Elizabeth mittlerweile als das Kind, das sie nie bekommen würde, und ertappte sich immer öfter bei dem Wunsch, Dru möge rasch einsehen, was für ein wunderbares, reizendes, kluges und gutes Mädchen Elizabeth war, und sie doch noch lieb gewinnen wie eine eigene Tochter.

Lou beobachtete, wie Sara sich mit dem Handrücken die Augen wischte, dann ihren Rock raffte und aus dem Garten rannte. Als Sara fort war, kniete sich Louzanna neben das verzweifelt schluchzende Kind und nahm es in den Arm. Dann wandte sie sich um und sah Jamie in der Tür stehen.

Seine starken Hände hielten eine Leiter, die er zurück in den Schuppen schleppen wollte. Sein besorgter Blick wanderte zu den Gewächshausfenstern. «War das Miss Sara? Wie geht es ihnen?»

«Es sind einige neue Fälle von Gelbfieber aufgetreten.» Lou seufzte. «Hoffentlich sehen die Leute jetzt ein, wie wichtig Dru für diese Stadt ist. Er und Sara riskieren ihr Leben, um die Kranken drüben im Mietstall zu pflegen.»

Sie wusste, wenn sie länger über die gefährliche Lage nachdachte, in der Dru und Sara sich befanden, würde sie bestimmt in Ohnmacht fallen. Ihre geistige Gesundheit hing nur an einem seidenen Faden.

Jamie streckte die rechte Hand aus. Als er scherzhaft mit dem Finger vor Lissybeths Nase wackelte, hörte die Kleine sofort auf zu schreien und begann zu schniefen. Schließlich barg sie kichernd ihr Gesicht an Lous Hals.

Louzanna spürte, wie sie langsam ruhiger wurde, und versuchte zu lächeln. Dieser verlässliche, freundliche Mann war so lange ein Teil ihres Lebens gewesen, dass sie seine Loyalität für selbstverständlich gehalten hatte. Plötzlich fiel ihr auf, dass sie sich noch nie dafür bedankt hatte, was er alles für die Familie getan hatte.

Als er wieder zur Hintertür wollte, streckte sie die Hand aus und berührte ihn am Ärmel. «Bitte warte, Jamie.»

Er erstarrte und blickte auf ihre Hand hinunter. «Was ist, Miss Lou?»

«Ich wollte dir nur sagen, wie sehr ich zu schätzen weiß, dass du immer noch hier bist. Ich weiß, du wolltest eigentlich nach New York und könntest auch schon lange fort und in Sicherheit sein. Sara sagt, es gebe keinen Grund zur Sorge, es träten jeden Tag weniger Gelbfieberfälle auf …»

«Machen Sie sich keine Gedanken, Miss Lou. Ich bleibe hier, solange Sie mich brauchen.»

Überrascht und verwirrt von den unausgesprochenen Gefühlen in seinen Augen, sah Louzanna ihm nach, wie er durchs Gewächshaus ging. Als er die Leiter durch die Hintertür bugsierte, ergriff sie Masons Ring. Dann presste sie den Opal mit der flachen Hand ans Herz.

Seit etwas über drei Wochen hatte das Gelbfieber Magnolia Creek fest im Griff. Trotz Drus anfänglicher Sorge, dass die Stadt sich gegen Saras Mitarbeit wehren würde, verschwanden die Widerstände rasch angesichts der Hilflosigkeit.

Sara blieb furchtlos, ihre Ruhe und ihr Mut riefen bei Jung und Alt gleichermaßen Bewunderung hervor. Meist arbeiteten sie allein im Mietstall, nur hin und wieder wollten Verwandte den geliebten Menschen nicht allein lassen – meist Mütter, die ihre Kinder pflegten, bis sie selbst erkrankten.

Die andere verlässliche Hilfe kam von einer älteren Frau namens Lorma Pickering, die erklärte, sie müsse ohnehin an irgendetwas sterben, und bevor sie zu Hause herumsäße und sich Sorgen machte, wolle sie lieber die Gelegenheit ergreifen, sich nützlich zu machen. Und obwohl jetzt nur noch ein halbes Dutzend Patienten zu versorgen war, stand Mrs. Pickering ihnen unermüdlich zur Seite.

Voller Hoffnung, dass nun das Schlimmste überstanden

war, ließ Dru den Blick durch den Mietstall schweifen, um zu sehen, ob Mrs. Pickering immer noch auf den Beinen war. Sein Blick fiel auf Sara, die zwischen Pritschen und Feldbetten hin und her lief, ihre Hand hier auf eine fiebrige Stirn legte, dort stehen blieb, um jemandem einen Schluck Wasser zu reichen, Decken zurechtzuziehen, eine Hand zu halten. Sie rieb die Patienten mit Essigwasser ab und flüsterte ihnen aufmunternde Worte zu.

Die Isolierung der Kranken hatte die Seuche nicht eindämmen können, was Drus Glauben an die Ansteckungstheorie ziemlich erschütterte. Trotz seiner Bemühungen hatte sich das Fieber rasch ausgebreitet, bis über fünfzig Bürger erkrankt waren, viele davon schon in der ersten Woche.

Bisher waren dreiunddreißig gestorben. Dru führte ein Tagebuch, in das er Namen, Alter und Symptome der Opfer eintrug und außerdem sorgfältig festhielt, wer mit wem Kontakt gehabt hatte. Doch mit Sicherheit wusste er nur, dass kaum ein Opfer das letzte Stadium der Krankheit überlebte.

Sara wandte sich langsam um, als spüre sie seinen Blick. Sie hatte die Hände voll schmutziger Kleidungsstücke, ihre Augen waren von Müdigkeit umschattet, und ihr Gesicht war von einer tiefen Traurigkeit gezeichnet, die sie sich nur selten anmerken ließ. Als sie bemerkte, dass er sie beobachtete, zog sie leicht die Mundwinkel hoch. Sie fuhr sich mit dem Arm über die Stirn, drehte sich um und ging durch das baufällige Gebäude in die Nacht hinaus.

Das Flackern eines schwach brennenden Feuers hinter dem Mietstall warf unheimliche Schatten über das dämmrige Innere der alten Scheune. Tag und Nacht verbrannten sie dort Lumpen, Handtücher und benutztes Bettzeug.

Wenn Dru sich im Mietstall umsah, fühlte er sich wieder

wie in einem Feldlazarett. Nach der Kapitulation hatte er gedacht, das Schlimmste sei vorüber, aber als er jetzt Elsie Jackman, der Frau seines Freundes Keith, ein fleckiges Laken über das Gesicht zog, fragte er sich, ob das Unglück ihm nach Hause gefolgt war.

Die arme Elsie würde keinen Sonnenaufgang mehr sehen, nie mehr ihre Kinder im Arm halten; und doch hatte sie sich wie einige andere bis zum bitteren Ende geweigert, Saras Hilfe anzunehmen. Dru trat vor die Scheune und schaute über die Straße, wo Keith mit seinen Kindern auf Nachricht wartete. Unter dem weiten Nachthimmel blieb Dru stehen, stemmte die Hände in die Hüften und atmete tief die frische Luft ein, bevor er die Straße überquerte. Keith bemerkte ihn sofort.

Neben Keith stand ein Junge und hielt seine kleine Schwester im Arm. Dru wollte rufen, obwohl er einen Kloß im Hals hatte, aber die Endgültigkeit dessen, was er zu sagen hatte, schnürte ihm die Kehle zu. Er konnte nur mit einem Kopfschütteln seine Niederlage eingestehen.

Keith sank in sich zusammen, seine Hände hingen schlaff an ihm herab. Der Sohn drückte das Gesicht ans Bein des Vaters und begann zu weinen. Voller Zorn auf diese schreckliche Krankheit, aber auch auf sich selbst, weil er nicht viel mehr tun konnte, als den Leuten beim Sterben zuzuschauen, kehrte Dru um. Er hätte sich am liebsten irgendwo ausgestreckt und nur noch geschlafen, bis die Seuche vorbei war. Stattdessen ging er zurück in die riesige Scheune, wo eine Siebzehnjährige, die kurz vor ihrer Hochzeit erkrankt war, nach Wasser rief.

Er winkte Sara zu und reichte dem Mädchen Wasser in einem Silberbecher, den ihre Mutter zusammen mit anderen Dingen für die letzte Reise ihrer Tochter geschickt hatte. Dru strich dem Mädchen über die trockene Stirn, dann stand er langsam auf, um sich wieder einmal die Hände zu waschen. Seine Haut war mittlerweile rissig von der Seifenlauge.

Er ging wieder hinaus und traf Sara an, die in den mondlosen, sternenfunkelnden Himmel blickte. Sie hatte die Arme um ihre Taille geschlungen und wiegte sich langsam von einer Seite zur anderen. Er trat hinter sie und hätte am liebsten die Arme um sie gelegt, sie getröstet und an sich gedrückt. Seit jener Nacht nach der Rückkehr von der Fähre hatte er sie nicht mehr berührt, jener Nacht, in der er im alten Haus des Doktors mit ihr geschlafen hatte.

«Wie geht's?» Er musste das Prasseln des Feuers übertönen.

Sara wirbelte herum. «Ich habe dich gar nicht kommen hören.» Sie ging einen Schritt auf ihn zu und blieb dann abrupt stehen. «Und dir?»

«Ganz gut. Ich bin nur müde.»

«Mir tun alle Knochen weh», sagte sie und rieb sich die Schulter. Sie versuchte zu lächeln.

Er fuhr herum und legte ihr die Hand an die Stirn.

«Es geht mir gut», protestierte sie. «Wirklich. Ich bin einfach nur müde.»

«Warum gehst du nicht zum Haus und schläfst ein bisschen?»

Wenn sie sich vor Erschöpfung nicht mehr auf den Beinen halten konnten, hatten sie abwechselnd in Doc Porters Haus geschlafen.

Sie schüttelte den Kopf. «Für eine Weile geht's noch.»

«In den letzten vierundzwanzig Stunden hat es keinen neuen Fall gegeben.»

«Ich wollte es nicht laut sagen, aber ich habe auch mitgezählt.» Sie seufzte tief auf. «Meinst du, es ist bald überstanden?»

«Wir können nur hoffen und beten.»

Sie wirkte so verloren, so einsam, dass es ihm das Herz zusammenzog. Er wusste, wie sehr ihr Elizabeth fehlte. Er hätte gern ihre Hand gehalten, aber selbst an dieser einfachen Geste wäre sein Herz beteiligt, und er hatte weder den Mut noch die Kraft, es noch einmal von ihr zermalmen zu lassen.

«Wie schaffst du das nur, Sara?»

«Wie schaffe ich was?»

«Tag für Tag hier zu sein, dich um die Kranken zu kümmern, Wasser zu schleppen, Hände zu halten und Leute zu trösten und zu pflegen, die nichts mit dir zu tun haben wollen?»

Sie sah stirnrunzelnd ins Feuer. «Wenn du mich das fragen musst, dann kennst du mich ganz und gar nicht.»

Sie hatte Recht. Er kannte ihren Körper, den er trotz seiner ungeheuren Erschöpfung immer noch begehrte. Doch im Grunde wusste er nichts von ihr. Die siebzehnjährige Sara hatte ihn unbedingt heiraten wollen. Doch die Frau, zu der sie geworden war, kannte er nicht.

Seit seiner Heimkehr hatte er sich aus lauter Zorn und Bitterkeit nicht die Mühe gemacht, herauszufinden, wer sie war oder was sie sich wirklich für sich und ihr Kind erträumte.

«Ich hätte das hier nicht ohne dich geschafft, Sara.» Das sagte sich mühelos, denn es war die Wahrheit. Ohne Angst vor dem Fieber hatte sie ihm die Kraft gegeben, auch dann weiterzumachen, wenn er sich vor Müdigkeit kaum noch auf den Beinen halten konnte.

Sie schien überrascht über sein Lob, was ihm verriet, wie wenig sie von ihm erwartete.

«Ich bin froh, dass ich helfen kann. Das hatte ich mir für uns erträumt … damals, zu Anfang.» Sie starrte weiter ins Feuer und wechselte das Thema. «Ich vermisse Elizabeth.»

Sie erwähnte ihm gegenüber das Kind fast nie. Jetzt fiel ihm auf, dass sie annehmen musste, es sei ihm gleichgültig.

«Ich … ich weiß.» Zu spät, zu wenig, dachte er.

Eine Eule schrie in den Bäumen hinter ihnen, und Sara fuhr zusammen.

«Was ist los?»

«Ein böses Omen. Großvater würde Salz ins Feuer streuen, um das Unglück zu verhindern.»

«Unglück?» Er lachte, aber es war ein kaltes, hohles Lachen ohne jede Heiterkeit. «Schlimmer kann es doch nicht mehr werden.»

«Vielleicht ist es ja bald vorbei.»

Genau in diesem Augenblick hörten sie ein Fuhrwerk heranrollen. Dru dachte an Elsie, erinnerte sich an den Schmerz und die Verwirrung in ihren Augen, als es zu Ende ging. Er hatte es sich zur Gewohnheit gemacht, den Leichenbestatter zu begleiten, wenn er die Toten auf einen neuen Teil des Friedhofs brachte, wo Fichtensärge neben offenen Gräbern warteten. Jetzt würden sie Keiths Frau dorthin bringen.

«Ich bin bald wieder da», erklärte er Sara. Er ließ sie höchst ungern zurück, aber da die meisten Leute sich vom Mietstall fern hielten und zwei Wochen ohne Überfall oder Drohungen vergangen waren, hatte seine Wachsamkeit etwas nachgelassen.

«Du solltest hineingehen und vielleicht ein wenig schlafen», sagte er. «Geh aber nicht allein zum Haus. Warte, bis ich wiederkomme, dann begleite ich dich.»

«Danke, Dru», sagte sie leise und starrte weiter ins Feuer.

«Ich bin wirklich nicht das Ungeheuer, für das du mich hältst, Sara.» Er ließ den Kopf auf den schmerzenden Schultern kreisen.

«Du lässt mich bleiben. Das ist mehr, als die meisten Männer tun würden.»

«Du bist immer noch meine Frau», sagte er sanft.

«Wir könnten uns scheiden lassen.»

Sein Magen verkrampfte sich. «Willst du das denn?»

Sie wurde ganz still. Die Eule schrie wieder. Das kleine Feuer flackerte auf und sank in sich zusammen.

Sie ließ ihn ohne Antwort gehen.

* * *

Sara wäre ihm am liebsten nachgelaufen, hätte seine Hand genommen und beteuert, sie würden das alles schon irgendwie überstehen, es würde bestimmt alles besser und sie wolle auf gar keinen Fall die Scheidung, sei aber mittlerweile völlig verunsichert.

Sie starrte ins Feuer, blieb aber nur ein paar Minuten allein, denn ein großer, breitschultriger Mann bog um die Scheune. Er kam direkt auf sie zu.

Ihr wurde leicht ums Herz, denn sie dachte, Dru sei zurück, doch dann merkte sie, dass nicht er es war. Ängstlich wandte sie sich zum Scheunentor, als Abel Foster in den Feuerschein trat. «Sara, warten Sie.»

Sie schlang die Arme um ihre Taille.

«Dru ist in der Scheune», log sie. Sie wollte sich gerade ins Innere flüchten, als Abels Worte sie aufhielten.

«Ich brauche Ihre Hilfe.»

Etwas Verzweifeltes und Unsicheres lag in seiner Stimme, etwas völlig Untypisches, das sie innehalten ließ.

«Sie müssen mit mir nach Hause kommen.»

«Ich bin doch nicht verrückt!» Sie wollte gehen.

«Sara, bitte warten Sie. Minnie ist krank. Ich fürchte, sie stirbt.»

«Ich werde Dru zu Ihnen schicken, sobald er wieder da ist.»

«Haben Sie nicht gesagt, er wäre hier?» Er schaute zur Tür.

«Er ist bald wieder da. Er ist mit dem Bestatter fort.»

«Minnie möchte *Sie* sehen.»

«Ich bin der letzte Mensch auf der Welt, nach dem Ihre Frau schicken würde.»

Er schüttelte den Kopf, nahm den Hut ab, um sein Haar zurückzustreichen, und setzte ihn wieder auf.

«Sie hat immer wieder nach Ihnen gefragt.»

«Ich kann auch nicht mehr tun als Dru.»

«Da habe ich aber etwas anderes gehört. Die Leute haben mir erzählt, was Sie geleistet haben. Man schwört, Sie wären eine echte Heilerin, Sie hätten eine besondere Gabe.»

Ihr Herz schlug wie wild. Sie blickte über die Schulter und sehnte das Rumpeln der zurückkehrenden Totenkutsche herbei, aber es war noch viel zu früh. Mr. Pickering würde sie ganz bestimmt nicht retten.

Abel nahm den Hut wieder ab, drehte ihn in den Händen und drängte: «Bitte kommen Sie mit, Sara. Ich fürchte, Minnie hat nicht mehr viel Zeit.»

Sie wünschte, sie besäße Großvaters Fähigkeit, einem Menschen ins Herz zu schauen und zu erkennen, ob jemand die Wahrheit sagte. Bei Jonathan Smith hatte ihre Intuition versagt. Und vielleicht versagte sie auch jetzt, denn Sara begann Abel allmählich zu glauben. Seine Wangen waren gerötet, seine Augen glänzten. Sein Gesicht war von Kummer gezeichnet.

«Wie lange ist sie denn schon krank?», fragte sie.

«Zwei Tage.»

Zorn wallte in ihr auf. Die Frau wohnte direkt neben Louzanna und Elizabeth.

«Was haben Sie sich denn dabei gedacht, Abel? Sie hätte beim ersten Anzeichen von Fieber isoliert werden müssen.»

Er nickte heftig. «Sie hat mir erst heute Morgen erzählt, dass es ihr nicht gut geht. Seit sie sich krank fühlt, hat sie allerdings das Haus nicht mehr verlassen.»

«Vielleicht ist es ja nicht das Gelbfieber.»

«Ich fürchte doch.» In seiner Panik wurde er immer ungeduldiger.

Wenn er Recht hatte, müsste man Minnie herbringen oder das Haus unter Quarantäne stellen. Es gab keine Zeit zu verlieren, und Dru würde noch über eine Stunde fort sein. So gern sie sich auch geweigert hätte, für Sara war die Entscheidung gefallen. Sie rollte die Ärmel herunter und ordnete mit einer Hand ihr Haar.

«Ich muss noch meine Sachen holen und Mrs. Pickering Bescheid sagen, wohin ich gehe.»

41. Kapitel

Den Beutel mit ihren Kräutern fest in der Hand, folgte Sara Abel durch die Dunkelheit zu seinem Einspänner auf der anderen Straßenseite. Sie ermahnte sich immer wieder, ruhig zu bleiben, tief durchzuatmen und auf der Hut zu sein.

Sie kletterte in den Wagen, ohne sich von Abel helfen zu lassen, und rückte so weit wie möglich von ihm ab, wild entschlossen, bei einem Annäherungsversuch sofort hinauszuspringen. Sie klammerte sich an den Sitz und behielt Abel unauffällig im Auge, beruhigte sich aber damit, dass sowohl Dru als auch Marshal Monroe ihr versichert hatten, Abel könne sie nicht angegriffen haben.

Als Abel vor seinem Haus anhielt, blickte Sara sehnsüchtig auf das Haus der Talbots nebenan. Oben in Louzannas Zimmer brannte Licht und lockte sie heimzugehen, sich ein langes, kühles Bad zu gönnen, saubere Kleider anzuziehen, mit Elizabeth zu spielen und all die Schrecken der letzten Wochen auszusperren.

Stattdessen kletterte sie vom Einspänner und folgte Abel argwöhnisch bis zur Haustür. Ihre Schritte hallten durch die stille, warme Nachtluft. Die Häuser an der Straße waren meist dunkel, und während Sara auf der Veranda wartete, dass er die Tür aufschloss, zitterte sie trotz der Hitze.

Als sie endlich eintreten konnte, wäre sie am liebsten wieder umgekehrt.

«Minnie ist oben», sagte er nervös und blieb stehen, um auf sie zu warten.

Sara zögerte auf der Schwelle und spähte in den schwach erleuchteten Eingang, der in einen Salon führte. Eine geschwungene Treppe ragte in den Raum. Eine Flurlampe im ersten Stock erleuchtete die oberen Stufen.

Die gedämpfte Stille in dem verdunkelten Haus wurde nur vom Ticken einer hohen Standuhr am Ende der Diele unterbrochen. Sara wollte schon wieder umkehren, da rief eine schwache Stimme: «Abel, bist du's?»

«Ich bin's, Minnie. Wir kommen hoch.» Abel bemerkte Saras Zögern und blieb stehen. «Sie haben nichts zu befürchten, Sara.»

Genau in diesem Augenblick rief Minnie noch einmal jämmerlich: «Abel?»

Saras Entschluss war gefasst. Sie umfasste den Kräuterbeutel fester, trat ein und ging zur Treppe.

Das Haus der Fosters war fast so schön wie das der Talbots. Der Boden im Flur war mit einem rot-goldenen orientalischen Läufer bedeckt. Gaslampen hingen an Wänden mit goldschimmernden Paisleytapeten. Sara erkannte ein Gemälde, das einst über dem Kamin in Lous Zimmer gehangen hatte.

Abel führte sie ins große Schlafzimmer, und auch ohne Minnie zu untersuchen, wusste sie, dass diese an Gelbfieber erkrankt war. In der stickigen Luft hing der gleiche Fäulnisgeruch wie im Mietstall.

Abel ließ seinen Hut auf einen Stuhl an der Tür fallen, strich sich mit der Hand übers Haar und ging zum Bett seiner Frau. Minnies auffallend gelbes Haar stach grell von ihrer bleichen Haut ab, die vor dem gestärkten weißen Kissenbezug kreidig wirkte. Mit angstvoll aufgerissenen, glasigen Augen blickte Minnie Sara entgegen.

«Gott sei Dank, dass Sie gekommen sind», flüsterte sie und leckte sich die trockenen Lippen.

Bis jetzt war ihre Zunge noch nicht schwarz, also bestand noch Hoffnung. Sara legte den Beutel auf den Nachttisch und bat Abel, frisches Wasser zu holen.

Zuerst schien er zögerlich, doch dann verließ er hastig das Zimmer. Sara griff nach Minnies Handgelenk. Ihr Puls war unregelmäßig und die Haut heiß und trocken.

«Ich sterbe», krächzte Minnie.

«Nicht, wenn Sie kämpfen», sagte Sara so überzeugend wie möglich.

«Ich musste Sie sprechen.» Minnie ergriff Saras Hand und umklammerte sie mit dünnen, krallenähnlichen Fingern. «Sie müssen mir vergeben.»

Sara, die gerade nach dem Kräuterbeutel greifen wollte, hielt mitten in der Bewegung inne. So einfach konnte sie nicht vergessen, was Minnie zu Louzanna gesagt hatte.

Sie richtete sich auf und sah Minnie in die Augen. «Ich glaube, der Mensch, den Sie um Verzeihung bitten sollten, ist Louzanna. Sie hat Sie für eine gute Freundin gehalten, Minnie.»

Minnie schüttelte den Kopf und schluckte, eine langsame, quälende Bewegung. «Davon rede ich nicht. Ich rede von einem Stein, den ich durch Ihr Fenster geworfen habe, und von der Nacht, in der … in der ich versucht habe, Sie umzubringen.»

«Minnie!» Unversehens kam Abel zurück ins Zimmer gestürzt. Wasser schwappte aus dem Krug in seiner Hand, als er ans Bett eilte. «Minnie, was erzählst du da?» Er wandte sich an Sara. «Sie ist im Fieberwahn. Sie weiß nicht, wovon sie spricht.»

«Doch, das weiß ich. Und du weißt auch, dass es stimmt, Abel. Ich weiß, dass du mich schon lange verdächtigst, Sara überfallen zu haben, auch wenn du … du kein Wort gesagt hast.»

Mit zitternden Händen stellte Abel den Krug ab. Hilflos sah er von einer zur anderen.

«Ich habe Sie mit Abel draußen an der Scheune gesehen, kurz nachdem wir die Nachricht von Drus Tod erhalten hatten. Ich sah, wie er Sie küsste», erzählte sie Sara.

«Das war doch nicht meine Schuld!», protestierte Sara.

«Aber er *wollte* Sie. Das konnte ich nicht ertragen, und dann, nachdem Sie mir schon meinen Mann wegnehmen wollten, sind Sie auch noch mit einem Yankee davongelaufen. Die Yankees haben meinen Jungen umgebracht. Ich konnte nicht ertragen, Sie direkt nebenan vor meiner Nase zu haben. Ich wollte, dass Sie so leiden, wie ich gelitten habe.»

Stöhnend versuchte Minnie, sich zu bewegen. «Ich sah Sie an jenem Nachmittag fortgehen, später belauschte ich dann Louzanna und Dru und wusste, dass er Sie suchen wollte. Wegen der defekten Presse würde Abel erst spät nach Hause kommen, deshalb habe ich Ihnen im Dunkel auf dem Hof aufgelauert. Ich war da, als Sie aus dem Wald kamen.»

Minnie schloss die Augen. Ihre schmale Unterlippe zitterte. «Sie haben sich gewehrt und mich fast niedergeschlagen, als ich auf Sie einstach. Ich dachte, Sie wären tot. Als ich ins Haus kam, hatte ich eine große Schwellung und einen Schnitt im Gesicht. Abel erzählte ich dann, ich wäre auf der Treppe gestürzt, aber am nächsten Tag hat Dru ihn ausgefragt und ihm mitgeteilt, Sie hätten Ihrem Angreifer einen Hieb versetzt ...» Sie wandte sich an ihren Mann. «Du hattest mich doch im Verdacht, oder?»

«Ach, Minnie», sagte er traurig. «Ich hätte dein Geheimnis immer für mich behalten.»

«Für mich gibt es kein Immer mehr. Ich wollte es von der Seele haben», flüsterte sie und sah wieder zu Sara auf. «Können Sie mir vergeben?»

Sara erschauerte und entzog Minnie die Hand. Unbewusst griff sie sich an die Schulter mit der gezackten Narbe unter dem Stoff, eine grausame Erinnerung daran, wie knapp sie dem Tod entronnen war.

«Ihnen vergeben? Sie hätten meine Tochter fast zur Waise gemacht.»

«*Mir* haben die Yankees das einzige Kind genommen.» Minnies Zähne begannen in einem Anfall von Schüttelfrost zu klappern.

Abel führte Sara behutsam vom Bett weg, setzte sich dann

und ergriff die Hand seiner Frau. «Minnie, halte durch. Du wirst schon wieder gesund.» Er blickte zu Sara auf. «Sie helfen ihr doch? Wenn jemand sie retten kann, dann Sie.»

Sara strich ihren Rock glatt und starrte auf die Frau im Bett hinunter. Minnies Augen waren voller Angst und Schmerz wie bei vielen Kranken, die Sara gepflegt hatte. Manche hatten ebenfalls schlecht über Sara geredet, doch keiner hatte versucht, sie umzubringen.

Wortlos griff sie nach dem Beutel auf dem Tisch, wickelte sich das Ende um die Hand und wollte gehen.

«Du bist eine geborene Heilerin, Sarie. Du bist in der Lage, das zu tun, was Generationen von Colliers vor dir getan haben.»

Minnie Foster bat aber nicht nur um Heilung, sondern auch um Vergebung – also nicht mehr und nicht weniger als das, was sich Sara von Dru wünschte. Wie konnte sie ihr das verweigern, wonach sie selbst sich so sehr sehnte?

Sie drehte sich um, trat wieder an Minnies Bett, ließ den Beutel auf den Tisch fallen und sah Abel an.

«Sie werden mir helfen müssen», sagte sie und öffnete den Beutel. «Gießen Sie etwas Wasser in das Glas.»

Minnies Mund war schlaff, ihre Augen matt. «Was haben Sie vor?»

«Nun, Mrs. Foster, ich habe mich entschlossen, Ihnen nicht nur zu verzeihen, sondern ich will auch versuchen, Ihnen das Leben zu retten.»

Der Bestatter fuhr am Mietstall vor. Die Fahrten zum Friedhof belasteten Dru immer mehr als die Bekämpfung des Fiebers. Er hatte sein Leben lang Arzt werden wollen, doch niemals hätte er sich träumen lassen, dass er sich die Arbeit mit dem Bestatter teilen würde.

Er sprang vom Wagen, atmete tief durch und füllte seine Lungen mit frischer Luft, bevor er wieder in die dämmrige Scheune zurückging. Seine restlichen Patienten schliefen fast alle.

In einer entfernten Ecke stöhnte heiser ein Mann. Mrs. Pickering saß auf einem Stuhl an der Tür. Sie hatte die Hände im Schoß gefaltet, ihr Kopf war nach vorn gesunken, und sie schnarchte wie eine Lokomotive. Dru musterte sie kopfschüttelnd, bis er Saras Abwesenheit bemerkte.

Er berührte Mrs. Pickering an der Schulter, die sofort mit einem Schnaufer hochfuhr. Für ihn allerdings nicht rasch genug.

«Wie lange ist Sara schon weg?», wollte er wissen. «Ist sie alleine fortgegangen?»

«Sie hat mir gesagt, wo sie hingeht, aber ich hab's vergessen.» Sie runzelte angestrengt die Stirn.

«Ist sie zum Doktorhaus gegangen, um sich auszuruhen?» Die Frau des Schlachters wurde unruhig, deshalb eilte Dru zu ihr, wischte ihr den Schweiß von der Stirn und den Speichel vom Kinn.

«Ich glaube, sie ist mit einem Mann weg.»

«Mit welchem Mann?»

Mrs. Pickering stützte den Ellenbogen in eine Hand und tippte sich mit der Fingerspitze an die Schläfe. «So ein großer. Ich kenn ihn gut, aber im Augenblick fällt mir doch im Leben sein Name nicht ein.»

Dru ließ den Waschlappen ins lauwarme Essigwasser fallen.

Sie schnippte mit dem Finger. «Jetzt weiß ich's wieder. Abel Foster. Seine Frau ist krank geworden. Er hat Sara mitgenommen, damit sie nach ihr sieht.»

42. Kapitel

«Abel Foster?»

Lorna Pickering wich erschrocken zurück und presste die Hand aufs Herz. «Ach du lieber Himmel! Was ist denn mit Ihnen los, Dru Talbot?»

«Seit wann sind sie weg?»

Sie zögerte und blickte an die Decke. «Oje, warten Sie mal.»

Während sie überlegte, raubte ihm würgende Panik den Atem. Dann hielt er es nicht mehr aus und eilte zum Einspänner. Welche Rolle spielte es schon, wie lange sie fort waren? Schon ein Herzschlag war zu lang.

Mrs. Pickering folgte ihm durchs Tor. Die Straße war totenstill und menschenleer. «Ich weiß nicht genau, wann sie abgefahren sind. Vielleicht vor einer Stunde. Vielleicht schon früher. Minnie ist doch so eine nette Frau. Ich habe sie allerdings schon seit Wochen nicht mehr gesehen.»

Dru kletterte hastig auf den Einspänner, ergriff die Zügel und ließ sie auf den Rücken des Roten knallen. Das Pferd zog an, der Wagen setzte sich in Bewegung und ratterte durch die stille Nacht.

Vor dem Haus der Fosters zog Dru die Bremse an und sprang vom Wagen. Von Panik getrieben, eilte er zur Veranda, donnerte mit der Faust gegen die Tür und prüfte dann, ob sie verschlossen war. Die Tür schwang auf, und er trat ins schwach beleuchtete Haus. Durch eine Türöffnung zur Linken sah er, wie Abel sich von einer Couch erhob.

Innerhalb von Sekunden stand Dru vor Foster und packte ihn am Kragen. Abels Gesicht zeigte weder Überraschung noch Furcht.

«Wo ist Sara?», wollte Dru wissen.

«Oben bei meiner Frau.» Abel klang abwesend und erschöpft.

Dru ließ ihn stehen und eilte mit großen Schritten die Stufen hinauf. Er hastete durch den Flur und öffnete mehrere Türen, bis er Sara fand. Sie hielt Minnie an Kopf und Schultern fest, während die Frau sich in einen Eimer erbrach.

«Sara.» Ihr Name verschwand in einem halb erstickten Seufzer der Erleichterung.

Sie wischte sich die Hände ab und drehte sich um. Ihr Gesicht leuchtete auf, als sie ihn erblickte, und verriet viel mehr, als er erwartet oder verdient hatte.

«Ist alles in Ordnung?» Ohne nachzudenken, ging er durchs Zimmer, bis er so dicht vor ihr stand, dass er das Lampenlicht in ihren Augen gespiegelt sah.

«Mir geht's gut.» Die Andeutung eines Lächelns umspielte ihre Lippen. Über seine Schulter hinweg bemerkte sie Abel, der sie von der Tür aus beobachtete.

«Wie geht es ihr?» Foster schaute voll banger Hoffnung zum Bett.

Sara strich sich die Haare aus dem Gesicht. Auf dem Nachttisch brannte ein silberner Kerzenleuchter, daneben lag ihr Kräuterbeutel mit Stoffstücken und Schnur.

«Ich habe getan, was ich konnte. Alles andere müssen wir Gott und der Zeit überlassen. Flößen Sie ihr teelöffelweise die Kräutermischung ein, die auf dem Tisch steht», wies Sara ihn an. «Lassen Sie sie nicht allein.»

An Dru vorbei ergriff Abel Saras Hände. «Sie haben mehr getan, als wir erwarten durften. Ich hoffe, Sie verzeihen mir, wie Sie Minnie verziehen haben.»

«Was geht hier eigentlich vor?» Dru schaute vom einen zum

anderen und sah dann fragend Sara an. Doch nun begann Minnie zu stöhnen, und Sara eilte wieder zu ihr.

Abel hielt Drus festem Blick stand. «Minnie hat zugegeben, dass sie auf Sara eingestochen hat.»

Drus Blick flog zum Bett mit der fiebernden Frau. Minnie Foster war zwar eine Wichtigtuerin, aber dass diese winzige, scheinbar harmlose Person versucht haben sollte, Sara umzubringen, konnte er kaum glauben.

Abel starrte auf seine Schuhspitzen, und Scham und Reue lasteten auf seinen Worten. «Minnie hat Arthurs Tod nicht verkraftet. Ihr ganzer Kummer und Hass haben sich auf Sara konzentriert. Und dass sie damals gesehen hat, wie ich Sara küssen wollte, war auch nicht gerade hilfreich.»

Dru konnte immer noch nicht fassen, dass Minnie für den brutalen Überfall verantwortlich sein sollte, doch falls es stimmte, dann konnten sie jetzt aufatmen. «Und Sie wissen genau, dass das keine Fieberphantasien sind?»

Abel nickte und zupfte an seinem Backenbart. «Als ich in jener Nacht aus dem Büro kam, hatte Minnie eine starke Schwellung im Gesicht. Sie hat mir erzählt, sie wäre gefallen, aber danach benahm sie sich seltsam. Jedes Mal, wenn ich ins Zimmer kam, zuckte sie zusammen. Sie verbrachte offenbar noch mehr Zeit als sonst damit, Ihr Haus zu beobachten, und weigerte sich, auf die Straße zu gehen. Weiß der Himmel, was sie geplant hat, wenn ich tagsüber bei der Zeitung war.»

Nach Abels Bericht war Dru eher zornig als erleichtert. «Sie ahnten, dass sie eine Gefahr darstellt, und haben mir nicht Bescheid gesagt? Oder dem Marshal? Wenn sie nun noch einmal versucht hätte, Sara umzubringen?»

«Seit jener Nacht hat Minnie sich vor ihrem eigenen Schatten gefürchtet. Als ich bemerkte, dass Jamie wieder bei Ihnen wohnt und sich immer in der Nähe Ihrer Frau aufhält, dachte ich, Sie hätten ihn zu Saras Schutz eingestellt.» Abel sah Dru unverwandt in die Augen. «Verurteilen Sie Minnie nicht vorschnell, Talbot. Als Arthur starb, war es fast so, als sei ein Stück von Minnies Verstand mit ihm gestorben. Das sollten Sie doch nachfühlen können. Sehen Sie sich Ihre Schwester an. Was hätten Sie getan, wenn es *Ihre* Frau gewesen wäre? Wären Sie auf schnellstem Weg zu Monroe gelaufen, oder hätten Sie versucht, ihr zu helfen?»

Hinter ihnen zog Sara in selbstloser Sorge für die Frau, die ihr das Leben nehmen wollte, die Laken glatt und schüttelte die Kissen auf.

«Hat Minnie Sara alles gestanden?»

«Ja, und trotzdem hat Ihre Frau sich bemüht, ihr das Leben zu retten.»

Ihre Frau.

Drus Augen ruhten auf Sara, die mit Minnie flüsterte und ihr das Haar bürstete. Als Minnie endlich ruhig dalag, trat Sara vom Bett zurück. Ihr Blick suchte Dru, und sein Herz zog sich schmerzhaft zusammen.

Saras kummervolle Augen gewährten ihm einen Blick in ihre Seele, während sie sorgsam die Kräuterpäckchen im Beutel verstaute. Die Samen und Pulver ihres Großvaters hatten sich in den letzten Wochen als überaus wertvolles Geschenk für sie beide erwiesen. Als Sara fertig war, kam sie zu ihm.

«Mehr kann ich im Augenblick nicht tun», erklärte sie Abel. «Wir können sie zum Mietstall mitnehmen.»

Abel erhob sofort Einspruch. «Lieber lasse ich das Haus unter Quarantäne stellen. Ich gehe nirgendwohin, bis ich weiß, dass sie sich wieder erholt oder ...» Er konnte nicht weitersprechen, und seine langen, tintenfleckigen Finger zitterten, als er die Hände vors Gesicht schlug.

Dru wollte etwas einwenden, doch Sara legte ihm die Hand auf den Arm.

«Es schadet doch nicht, wenn wir sie hier lassen. Seit zwei Tagen hat es keine neuen Fälle mehr gegeben, und da Minnie schon seit einiger Zeit krank ist, gilt das immer noch.»

Abel ließ die Hände sinken und flüsterte: «Ich wusste nicht einmal, dass sie krank ist, bis ich heute Nachmittag heimkam und merkte, dass sie nicht aufstehen konnte. Ich werde sie pflegen. Ich verspreche, niemanden ins Haus zu lassen. Und ich werde auch nicht ausgehen. Bitte, Talbot.»

«Was ist mit der Zeitung? Sie bleiben wirklich hier, und der *Sentinel* erscheint erst wieder, wenn wir wissen, dass Sie sich nicht angesteckt haben?» Dru wollte ganz sichergehen, bevor er aufbrach.

«Es wird erst wieder eine Zeitung geben, wenn das hier vorbei ist. Damit habe ich ohnehin viel zu viel Zeit verbracht. Wenn ich mehr zu Hause gewesen wäre, hätte ich das alles vielleicht verhindern können. Zumindest hätte ich gewusst, dass sie krank ist.» Abel sah erst Sara, dann Dru an. «Wenn sie überlebt, werden Sie Minnie dann anzeigen?»

Erneut berührte Sara Dru am Ärmel und lenkte seinen Blick auf sich. «Es ist vorbei, Dru. Minnie hat es aus Kummer getan. Sie braucht Verständnis und Vergebung, keine Bestrafung.»

Er zögerte. «Du willst das Risiko eingehen?»

«Menschen können sich ändern. Wenn ich ihr verzeihe und eine neue Chance gebe, dann kannst du das doch gewiss auch.»

Verzeihung. Das Einzige, um das Sara ihn gebeten hatte.

«Gut», erklärte er Abel. «Ich bin bereit, den Überfall nicht zu melden, wenn Sie für Saras Sicherheit garantieren, falls Minnie überleben sollte.»

Abel streckte ihm die Hand entgegen. «Sie haben mein Wort.»

43. Kapitel

Louzanna wachte auf, weil Lissybeth in dem Bettchen rumorte, das Jamie in Lous Zimmer gestellt hatte. Seufzend warf sie die Steppdecke zurück und schlüpfte aus dem Bett.

«Was ist denn, Kleines?» Noch im Halbschlaf sah sie im Dämmerlicht des Morgengrauens prüfend auf Lissybeth hinunter. Das Kind hatte die Finger in den Mund geschoben und jammerte leise.

Louzanna begann Elizabeths Bäuchlein ruhig kreisend zu massieren, wie Sara es ihr beigebracht hatte. Trotz ihrer Benommenheit spürte sie, dass etwas nicht in Ordnung war. Sie rieb sich die Augen, beugte sich tiefer zu Elizabeth hinunter und hielt die Hand an ihre Stirn. Die Haut des Kindes fühlte sich heiß an.

In Louzannas Kopf erhob sich ein Dröhnen, durchlief ihre Glieder und ließ ihre Knie zittern. Lou vermochte sich zunächst kaum zu rühren, dann rannte sie voller Angst zum Fenster, rief nach Jamie und eilte wieder zurück zum Kinderbett. Sie legte noch einmal die Hand an Elizabeths Stirn und dann an ihre eigene. Das Kind war eindeutig heiß, fiebrig und unruhig.

Louzanna wäre fast über Goldie gestolpert, als sie zum Kleiderschrank eilte und ein Kleid nach dem anderen herauszerrte, alles Trauerkleidung, alles mit schwarzen Borten oder Spitzen verziert. Das meiste war abgetragen, viele Kragen und Röcke gewendet. Ihre gesamte Garderobe türmte sich auf dem Bett wie eine schwarze Gewitterwolke.

Lou eilte zurück ans Kinderbett und kniete daneben nieder. Normalerweise wachte Lissybeth lächelnd auf, stellte sich ans Gitter und rief: «Wu! Wu!», bis Louzanna aufwachte.

Nun stand die Sonne bereits über dem Feld hinter dem Wald, während Lissybeth einfach matt dalag und Lou aus glasigen Augen anstarrte.

Louzanna warf ihre Nachtmütze aufs Bett, dann zog sie ihr Musselinhemd aus. Sie wühlte sich durch den schwarzen Berg, entdeckte ein Hemd und warf es sich über. Dann griff sie nach einem Korsett, schleuderte es jedoch zur Seite. Keine Zeit, sich mit den Schnüren abzumühen. Sie begann ein Kleid überzuziehen, hörte Nähte reißen und merkte, dass sie auf dem Saum stand. Schließlich schlüpfte sie in die Ärmel und knöpfte das Mieder zu, ließ allerdings die Manschetten offen.

«Raschraschrasch. Raschraschrasch.» Die Worte wurden zu einem hysterischen Singsang. «MussJamiesuchen. SchnellJamiesuchen.»

Ungeduldig griff sie nach ihren Schuhen, zog sie über die nackten Füße, sah sich hastig noch einmal im Zimmer um, stahl sich dann leise hinaus und schloss Elizabeth mit Goldie ein.

***

Mutig trat Lou aus der Hintertür und ging an Pumpe, Regenfass, Abort und Räucherkammer vorbei. Bis zu Jamies Hütte in einigen Metern Entfernung war es immer noch ein weiter

Weg. Lou stellte sich auf die Zehenspitzen, beugte sich vor und rief seinen Namen.

Keine Antwort. Sie ballte die Hände zu Fäusten, rief noch einmal, und dann fiel ihr zu ihrem Schrecken ein, dass er manchmal früh aufstand, um auf die Jagd zu gehen.

Sie schlug die Hand vor den Mund, um einen Aufschrei zu unterdrücken. Es gab nur einen Weg, Dru und Sara zu benachrichtigen: Sie musste selbst hingehen.

Bei dem Gedanken, den Hof zu verlassen, wurden ihre Hände eiskalt und feucht. Ihre Beine begannen zu kribbeln, ihr Atem ging flach und schnell. Sie war wie gelähmt bei der Vorstellung, Dru suchen zu müssen, doch dann trat Elizabeths liebes, vertrauensvolles Lächeln vor ihr inneres Auge.

Das Leben des Kindes lag in ihrer Hand. Lou drehte sich rasch um und eilte ums Haus, bevor sie es sich anders überlegen konnte.

Im kühlen Schatten des Hauses hielt sie noch einmal an und spähte um die Ecke. Der Vorgarten war leer, die Straße hinter dem Zaum verlassen.

Nichts war dort draußen – zumindest nichts für das bloße Auge Sichtbare; doch sie wusste besser als jeder andere, dass der Tod sein Gesicht erst zeigte, wenn es zu spät war.

Lou sah zum Fenster im Obergeschoss hoch, hinter dem Elizabeth wohl verwahrt in ihrem Bettchen fieberte. Wenn sie nichts unternahm, um Lissybeth zu retten, würde sie sich das niemals verzeihen.

Wie im Traum setzte sie einen Fuß vor den anderen, bis sie auf dem gepflasterten Weg zum Tor war. Sie taumelte, fasste sich aber wieder und lauschte auf ihren eigenen Atem. Angst ließ ihr Herz rasen, und das Pochen dröhnte so laut in ihrem Kopf, dass jeder Gedanke darin versank.

Am Tor, das dank Jamies Reparatur nicht mehr schief in den Angeln hing, blieb sie stehen. Seit fünfzehn Jahren hatte sie es nicht mehr berührt. Ihr wurde übel. Ihr Atem stockte. Als sie die Hand auf das Holz legte, begann sie Sterne zu sehen und taumelte, doch sie hielt sich fest, wartete den Anfall ab und stieß das Tor auf.

Nun geh schon. Los, geh!

Es war bereits sommerlich schwül, und der Himmel im Osten erstrahlte in grellen Farben, doch sie nahm nichts davon wahr, sondern rannte nur, kämpfte gegen den grausamen Sog des Hauses an und floh vor drohenden, sichtbaren und unsichtbaren Gefahren.

Schutz- und wehrlos eilte Lou durch Straßen, über die sie als Kind gegangen war, zu Doc Porters Haus. Niemand öffnete. Zitternd sank Lou gegen das Verandageländer, strich sich mit beiden Händen das Haar aus den Augen und atmete tief durch. Der alte Mietstall lag am anderen Ende der Stadt – ein entsetzlicher Gedanke, aber es gab kein Zurück mehr.

Die Hauptstraße sah noch genau so aus wie früher. Am Rathausplatz stand noch die alte steinerne Bank, auf der Mason um ihre Hand angehalten hatte.

Lauf. Lauf weiter.

Sie rannte und rannte. Ihre Füße waren mittlerweile voller Blasen. Masons Ring schlug ihr gegen die Brust. Sie war blind vor Panik. Die Ladenbesitzer öffneten ihre Läden und fegten den Bürgersteig. Sie nahm sie kaum wahr. Jemand rief ihren Namen, doch sie rannte einfach weiter mit wehendem Rock, der ihre nackten Knöchel und Waden entblößte.

Sie wusste noch, dass sie einmal mit ihrem Vater am alten Mietstall gewesen war und beim Beschlagen eines Pferdes zugeschaut hatte. Nun waren die aufgemalten Blockbuchstaben über der Tür so verblasst, dass man sie kaum noch lesen konnte, und das alte Dach war eingesunken.

Lou stürmte blindlings aus dem hellen Licht des neuen Tages in die dunkle Scheune. Der Geruch nach Krankheit und Tod ließ sie taumeln.

44. Kapitel

Dru legte gerade ein leeres Feldbett zusammen, als eine Frau mit aschfahlem Gesicht und aufgelöstem Haar zur Tür hereinstürzte. Fast hätte er seine Schwester nicht erkannt.

Er ließ das Feldbett fallen und eilte auf sie zu.

«Dru?» Sie klang zittrig und schwach wie eine alte Frau. «Dru, wo bist du? Sara?»

Sie stieß mit dem Schienbein gegen ein Feldbett und beugte sich vor, um sich bei dem alten Mann darin zu entschuldigen, der an Gelbfieber im letzten Stadium litt. Beim Anblick seiner scheußlich dunklen Zunge schreckte sie zurück.

«Lou, *bleib stehen*!» Dru lief quer durch den Stall, um seine Schwester abzufangen, bevor sie den Patienten auf ihrem Weg Schaden zufügte.

Sara war ebenfalls unterwegs und streckte gerade die Hand nach Lou aus, als ihre Schwägerin in eine Kiste voll schmutziger Handtücher und Lappen fiel. Der Kiste kippte um, und Louzanna sank auf dem schmutzigen Haufen wie ein Soufflé in sich zusammen und blieb verwirrt liegen.

Mit Drus Hilfe gelang es Sara, Lou aus dem Wäschehaufen zu zerren und wieder auf die Beine zu stellen.

Louzanna umklammerte verzweifelt Saras Hände. «Du

musst nach Hause kommen. Ich fürchte, Elizabeth hat Gelbfieber.»

«Nein. Das ist nicht möglich.» Saras Stimme klang leise und blechern. Ihre Augen suchten Drus. Bei allem, was sie durchgestanden hatten, hatte er noch nie solches Leid in ihrem Gesicht erblickt. Sie sah aus, als schnitte man ihr bei lebendigem Leib das Herz aus der Brust.

Behutsam ergriff er ihren Arm, zog sie an sich und hielt sie fest.

«Ich muss zu ihr», sagte sie benommen, blickte fassungslos und verwirrt um sich und wollte sich losmachen. «Ich muss zu ihr, Dru.»

Er umklammerte ihre Arme und zwang sie, ihm in die Augen zu sehen. «Nimm Louzanna mit. Wascht euch Hände, Arme und Gesicht. Sobald ihr zu Hause seid, soll Jamie euch saubere Sachen bringen. Zieht diese hier aus und legt sie irgendwohin, wo Jamie sie verbrennen kann, ohne sie zu berühren. Dann wascht euch noch einmal ganz gründlich.»

Louzanna nickte geistesabwesend, doch Sara würde trotz ihrer Sorge seine Anweisungen genau befolgen, das wusste er.

Lou schaute sich in der Scheune um und musterte mit entsetztem Gesicht die verbliebenen Patienten. Sie wusste offenbar, dass einige von ihnen nur noch Stunden zu leben hatten. Es war eine Begegnung mit dem Tod, vor dem sie doch so ungeheure Angst hatte.

Als Lou mit den Zähnen zu klappern begann, befürchtete Dru, sie würde noch endgültig verrückt, wenn sie nicht sehr bald nach Hause käme. Er nahm beide Frauen am Arm und führte sie hinaus.

Er half Lou auf den Einspänner und ergriff Saras Hand. Er umfasste ihr Gesicht und sah ihr tief in die Augen.

«Elizabeth wird schon wieder gesund.»

«Sie muss», flüsterte Sara. «Sie ist alles, was ich habe.»

Bevor er etwas entgegnen konnte, hielt sie sich am Wagen fest und ließ sich von ihm hinaufhelfen.

«Wirst du's schaffen?» Er reichte ihr die Zügel.

Sie nickte.

Dru sah seine Schwester an, die kerzengerade dasaß und die Arme um ihre Taille geschlungen hatte. Er ahnte, dass sie nichts wahrnahm und ins Leere starrte.

«Vergiss meine Anweisungen für das Umziehen und Waschen nicht, Sara. Ich komme nach Hause, sobald ich kann.»

* * *

Sara half Lou, Drus Anweisungen aufs genaueste zu befolgen, drängte allerdings sehr, denn sie wollte rasch zu Elizabeth. Jamie lief zwischen Haus und Scheune hin und her, holte Kleider und berichtete, dass Elizabeth immer noch schlief.

In Hemdbluse und Rock rannte Sara dann barfuß durchs Haus, die Treppe hinauf und am bunten Glasfenster auf dem Treppenabsatz vorbei.

Sie öffnete vorsichtig die Tür zu Louzannas Zimmer und erstarrte. Boden und Bett waren mit schwarzen Kleidungsstücken übersät. Vorsichtig bahnte sich Sara einen Weg durch die Unordnung.

Unter dem Gitterbett lag Goldie mit der Schnauze auf den Pfoten. Elizabeth fühlte sich zwar warm an, aber nicht allzu fiebrig und schien friedlich zu schlafen. Da Sara sie nicht wecken wollte, begann sie vor lauter Nervosität, Lous Kleider fortzuräumen.

Dann konnte sie nur noch warten. Voller Angst vor dem,

was die nächsten Stunden bringen würden, lief sie von Fenster zu Fenster. In den letzten Wochen hatte sie so viele Kinder sterben sehen, dass sie törichterweise angenommen hatte, ihr Herz sei abgestumpft, aber diese neue Gefahr hatte jedes Quäntchen Angst wieder aufleben lassen.

Sara starrte durchs Fenster in den Hof hinaus, als sie eine leise Stimme hinter sich hörte.

«Mama?» Lissybeth stand im Bettchen und sah sie mit weit aufgerissenen Augen ungläubig an.

«Hallo, Kleines.» Sara eilte zum Gitterbett, nahm Elizabeth auf und drückte die Wange an die Stirn der Kleinen. Louzannas Diagnose war richtig; Lissybeth hatte leichtes Fieber. Als die Kleine begann, auf den Fingern zu kauen, zog Sara ihr sie aus dem Mund.

«Lass Mama einmal nachsehen, ob du ein Zähnchen bekommst.» Hoffnungsvoll betastete sie das Zahnfleisch der Kleinen und spürte die scharfen Kanten eines neuen Zahns, der die Haut durchstoßen hatte.

Erleichtert brach Sara in Tränen aus. In diesem Augenblick kam Louzanna mit Jamie herein und erstarrte, als sie Sara weinen sah. «Du lieber Gott, nein!»

Sara schüttelte lächelnd den Kopf. «Ich glaube, sie zahnt. Ich werde ihr den Kiefer mit Whiskey einreiben, um die Schmerzen ein wenig zu betäuben, und sie im Auge behalten, aber ich glaube, sonst geht es ihr gut.»

«Es ist nicht das Gelbfieber?» Lou schlang wieder die Arme um die Taille.

«Nein, Lou. Sie zahnt nur.» Sara setzte Lissybeth ins Bett, sodass sie Lou beruhigend und tröstend in den Arm nehmen konnte. «Du warst so ungeheuer mutig.»

«Ich habe es wirklich geschafft, nicht? Ich habe das Haus

verlassen.» Lou war bleich und zittrig, doch es sprudelte erstaunt aus ihr heraus. «Ich kann gar nicht glauben, dass ich es tatsächlich gewagt habe. Und nichts ist passiert. Überhaupt nichts. Und Elizabeth ist auch nicht krank.»

Louzanna trat ans Bettchen und strich Elizabeth über die seidigen Locken. «Eigentlich hätte ich gar nicht gehen müssen, oder?»

«Nein, aber ich bin so froh, dass du es trotzdem gewagt hast. Sie hätte schwer krank sein können. Du hast schon wieder etwas Mutiges und Wunderbares für uns getan, und das werde ich dir nie vergessen», versprach Sara.

Lou lächelte auf Elizabeth hinunter und drehte sich dann zu Sara um. «Was auch geschehen ist und was zwischen dir und Dru noch geschehen mag, ich werde immer deine Schwester sein, Sara. Immer.»

45. Kapitel

Als Lou drei Tage später morgens die Augen öffnen wollte, schoss ihr ein brennender Schmerz durch den Kopf. Sie stöhnte auf und wollte sich aufrichten, sank jedoch gleich wieder zurück. Jeder Muskel in ihrem Körper schrie. Schüttelfrost erschütterte ihre schmerzenden Knochen.

Sie hörte, wie Elizabeth hinter der Tür durch den Flur rannte. Bilder der armen, leidenden Patienten Drus gingen ihr durch den Kopf. Seit dem Besuch im Mietstall hatte sie die schrecklichen Szenen dort nicht vergessen können.

Erneut versuchte sie aufzustehen, fiel aber auf die Kissen zurück. Es war höchste Zeit, dass sie sich ums Frühstück kümmerte. Heute war Montag, der Tag fürs Brotbacken und die Kochwäsche, aber sie konnte weder Arme noch Beine rühren.

Sie hörte, wie Sara Elizabeth ermahnte, leise zu sein, und sie von der Tür wegführte. Die arme Sara. Sie war seit ihrer Rückkehr so still und in sich gekehrt, dass Lou fürchtete, Sara könne sie verlassen wollen. Nach DeWitt Colliers Tod hinderte sie nichts mehr daran, zu ihrer Familie zurückzukehren. Nichts, außer Dru.

Der pochende Kopfschmerz ließ Lou aufstöhnen. Um sich abzulenken, überlegte sie, wie sie Dru und Sara wieder zusammenbringen könnte. Die beiden Menschen, die sie am meisten liebte, hatten jedes Glück der Welt verdient, aber dazu mussten sie wieder zueinander finden.

Lou schloss die Augen und nickte trotz des Sonnenlichts im Zimmer wieder ein. Sie träumte von Mason, der sie lächelnd aufforderte, sich neben ihn auf die verwitterte Bank am Rathausplatz zu setzen. Dann von Dru und Sara, die zuschauten, wie eine schöne, erwachsene Elizabeth im elfenbeinfarbenen Hochzeitskleid die Treppe herunterkam.

Lou wollte schlucken, aber ihre Kehle war wie zugeklebt. Unruhig schlief sie wieder ein, und als sie erwachte, stand Sara an ihrem Bett. Zuerst glaubte sie, wieder zu träumen, bis Sara sie ansprach.

«Normalerweise stehst du doch als Erste auf, Lou. Geht es dir auch gut?» Sara runzelte sorgenvoll die Stirn.

«Keine Angst. Es sind nicht die Nerven. Mir tut nur alles weh.»

Sara erbleichte, und Lou konnte sehen, wie sie sich zu einem Lächeln zwang. Sara legte den Handrücken an Lous Wange. Sie brauchte nichts zu sagen. Ihr entsetzter Gesichtsausdruck verriet, dass das Schlimmste zu befürchten war.

***

Das Schlimmste war überstanden.

Nach wochenlangem Einsatz im Kampf gegen die Krankheit und bei der Pflege seiner letzten Patienten – die Schlachtersfrau hatte zu seiner Überraschung überlebt – kehrte Dru schließlich nach Hause zurück. Magnolia Creek hatte die Seuche so duldsam über sich hinwegziehen lassen wie den Krieg.

Frisch gewaschen und gekleidet, mit feuchtem Haar, das in seinen Kragen troff, ging er durch den Garten zur Hintertür. Üppige Blüten säumten den Hof und vereinten sich zu einem prächtigen sommerlichen Farbenspiel. Er blieb stehen, um einen umgestürzten Wassereimer aufzurichten, bewunderte die pastellfarbenen Wicken und die leuchtend roten Geranien, die Sara vor dem Gewächshaus gepflanzt hatte.

Sie hatte ihm ausrichten lassen, Elizabeth sei gesund, und beim Betreten des Hauses ertappte er sich dabei, dass er auf ihre Stimme lauschte, doch alles war verdächtig ruhig.

Er fand Elizabeth in Jamies Obhut im Salon. Gesund und munter wie immer, stand das kleine Mädchen vor Louzannas Lieblingsohrensessel und neckte Goldie mit einer braunäugigen Puppe. Kaum hatte sie ihn erblickt, rannte sie zu ihm und hielt ihm die Puppe hin. «Da?»

«Hübsch.» Der kurze Wortwechsel war ihm nicht so unangenehm wie noch vor ein paar Wochen. Ihm wurde bewusst, dass er sie sogar anlächelte.

Jamie sprang auf und versuchte Elizabeth abzulenken.

«Wo ist Sara?», fragte Dru.

«Oben bei Miss Louzanna.»

«Und wie geht es Lou?»

Jamie zögerte. Dru dachte, dass seine Schwester ihre Krise eigentlich überstanden haben müsste. «Schau nicht so besorgt drein, Jamie. Sie beruhigt sich schon wieder. Wie immer.»

Elizabeth küsste ihre Puppe. Jamie sagte etwas, das Dru nicht verstand. «Verzeihung.» Er drehte sich zu ihm um. «Was hast du gesagt?»

«Miss Lou hat keine nervöse Krise. Sie hat Gelbfieber.»

* * *

Sara saß tief schlafend auf einem Stuhl neben Lous Bett. Sie hielt Lous Hand. Ein Sonnenstrahl entflammte tiefrote Glanzlichter auf Saras kastanienfarbenem Haar. Ihre Haut war weiß wie Sahne, und halbmondförmige Schatten lagen unter ihren Augen.

Er kniete sich neben den Stuhl und legte sanft seine Hand auf Saras, sodass ihre drei Hände übereinander lagen – Louzannas unten, dann Saras, dann seine eigene.

Sara wachte langsam auf, hob den Kopf und sah ihn blinzelnd an. «Du bist tatsächlich wieder zu Hause?»

«Wie lange geht das schon so? Warum hast du mich nicht holen lassen?»

«Sie ist erst gestern erkrankt. Heute Morgen ging es ihr schlecht, Dru. Sehr schlecht.»

Er schaute auf die gelbe Haut seiner Schwester und schmeckte plötzlich Galle.

Nicht Lou. Sie hat doch kaum gelebt. Sie hat den Tod nicht verdient.

«Setz dich doch.» Sara stand auf und bot ihm ihren Stuhl an. Er wollte ablehnen, ließ sich dann aber fallen, plötzlich so schwach wie abgestandener Tee.

«Und wie sieht es unten aus?», fragte sie.

«Elizabeth ist mit Jamie und Goldie im Salon.» Er nahm die Hand seiner Schwester und schüttelte hilflos den Kopf.

«Lou hat noch keiner Menschenseele etwas zu Leide getan.»

Saras Tränen ließen ihre Augen noch blauer leuchten. «Louzanna hat ihr Leben riskiert, um Elizabeth zu retten. Und das ist nun der Lohn für ihren Mut.»

«Manchmal sind Verwandte der Opfer in den Mietstall gekommen, aber nicht alle sind krank geworden. Auch ich nicht.» Seufzend lehnte er sich im Stuhl zurück, mit hängenden Schultern, müde bis ins Mark. Er musste Jamie zu Marshall Monroe schicken, um die Quarantäne zu verlängern.

Sara stand still neben ihm. Für einen Augenblick dachte er hoffnungsvoll, sie würde ihn berühren. Aber sie seufzte nur und sagte: «Vielleicht werden wir nie wissen, woher dieser Fluch kommt und wie er sich ausbreitet, Dru. Wir müssen jetzt an Louzanna denken. Das allein ist wichtig.»

* * *

Sara hätte gern mehr getan oder gesagt, aber sie wussten beide, dass Louzanna sich rasch dem letzten Stadium des Gelbfiebers näherte. Es gab wenig Hoffnung, dass sie überleben würde, und je länger das Fieber währte, desto geringer wurde sie.

«Du siehst erschöpft aus, Sara. Warum ruhst du dich nicht ein bisschen aus. Ich bleibe bei ihr», sagte Dru.

«Ich werde mich ums Abendessen kümmern und nach Elizabeth schauen. Der arme Jamie muss schon seit Stunden auf sie aufpassen.» Sie ging durchs Zimmer, goss frisches Wasser in eine Waschschüssel und reinigte sorgfältig und gründlich Hände und Unterarme, wie er es im Mietstall immer verlangt hatte. Sie spürte, dass er sie beobachtete, und die Eindringlichkeit seines Blicks machte sie verlegen.

Als sie sich aufrichtete und umdrehte, sah er fort.

«Minnie ist an dem Morgen nach unserem Besuch gestorben.» Sara dämpfte rücksichtsvoll die Stimme, um Louzanna nicht zu stören. «Abel ist heute vorbeigekommen und hat es Jamie erzählt. Er will noch eine Woche zu Hause bleiben, obwohl bei ihm noch keine Anzeichen von Gelbfieber aufgetreten sind.»

Dru sah aus, als wolle er Lou zum Weiterleben zwingen. Er zog das Spitzenkissen glatt und berührte dabei mit den Fingern eine Puppe, die Sara darunter geschoben hatte. Er hielt das kleine Stoffding hoch, drehte es in der Hand hin und her und starrte auf die ungleichmäßigen Stiche, mit denen die Kräuter eingenäht waren. Dann schüttelte er den Kopf.

«Du hältst mich bestimmt für töricht», sagte Sara.

«Nicht mehr als mich. Im Augenblick wäre ich bereit, alles zu glauben.»

Sara ging zu ihm, und als er nicht aufsah, kniete sie sich neben den Stuhl und legte die Hand auf seinen Arm. «Dru, sieh mich an.»

Er blickte sie aus seinen tiefen, dunklen Augen an. Sie glühten zornig, zornig vor Enttäuschung und Angst angesichts eines Feindes, den er nicht bezwingen konnte.

«Du hast alles getan, was in deiner Macht stand.»

«Einundvierzig Leute sind gestorben. Einundvierzig von zweiundfünfzig Fällen, die ich behandelt habe. Was bin ich denn für ein Arzt, dass ich so wenige retten konnte?»

«Du bist nur ein Mensch. Großvater sagt, dass keine Heilkunst wirklich heilt. Wie es ausgeht, liegt allein in Gottes Hand, und das vergessen wir allzu oft. Dagegen sind wir machtlos.»

«Siehst du eigentlich immer nur das Gute, Sara? Was ist, wenn Gott Louzanna zu sich nehmen will? Sitzt du dann auch ergeben da und versuchst, ihren Tod schönzureden?»

Sara sah Lou an, und aufsteigende Tränen verschleierten ihr den Blick. Die arme, ängstliche Louzanna. Die als Einzige so mutig gewesen war, eine gefallene Frau und ihr uneheliches Kind aufzunehmen. Die sie so liebte, dass sie sie als ihre Schwester bezeichnet hatte, die für sie eingetreten war und sie der öffentlichen Meinung zum Trotz nicht abgewiesen hatte. Lou hatte als Einzige an Drus Rückkehr geglaubt und sich dafür eingesetzt, dass sie wieder eine Familie wurden.

Über Saras Wange rann eine Träne, die sie seufzend fortwischte. Sie versuchte so ehrlich wie möglich zu antworten.

«Das ist nun einmal meine Überzeugung, aber wenn Gott Lou zu sich nehmen will, dann weiß ich wirklich nicht, was ich tun soll.»

46. Kapitel

Als Lou das Fieber besiegt und das Schlimmste überstanden hatte, jubelten alle. Doch Louzannas Körper, geschwächt vom Wüten der Krankheit, begann zu versagen. Der Tod klopfte erneut an die Tür, und Louzanna wusste das besser als jeder andere.

Nichts von dem, was Dru sagte oder unternahm, wollte helfen. Kein Kräutersud Saras beseitigte Louzannas Überzeugung, dass sie im Sterben lag.

Eines Abends in der Dämmerung saß Sara auf der vorderen Veranda im Schaukelstuhl, eine schon fast schlafende Lissybeth auf dem Schoß und eine laut schnarchende Goldie zu ihren Füßen. Jamie saß an einen Pfosten gelehnt und schaute zum Himmel, an dem die ersten Sterne erschienen. Beide schwiegen. Beide dachten an die Frau oben im Haus.

Plötzlich hallten Drus Schritte durch den Flur. Sie drehten sich gleichzeitig nach ihm um.

«Sie möchte dich sehen», erklärte Dru Jamie, als er aus der Tür trat.

Jamie zögerte, dann stand er auf und klopfte sich den Hosenboden ab. Als er stumm an Sara vorbeiging, wich er ihrem Blick aus.

Dru hatte seit Tagen höchstens ein paar Minuten geschlafen und fast jeden wachen Augenblick am Bett seiner Schwester verbracht.

Er hatte schon wieder Gewicht verloren: nicht so viel wie im Krieg, aber sein Gesicht und seine Augen waren von Sorge und Anspannung gezeichnet. Sara wünschte, sie könnte die tiefen Linien um seine Augenwinkel, die Furchen um seinen Mund mildern und glätten.

«Wie geht es ihr?», fragte Sara.

«Sie ist so geschwächt. Sie hat nicht mehr viel Zeit.» Er bebte unter einem tiefen Seufzer.

Die Daumen im Hosenbund, trat er an den Rand der Veranda und blickte über den Vorgarten. In den Häusern an der Straße hatte man bereits die Lampen angezündet. Ein paar Türen weiter jagte eine Kinderschar Leuchtkäfern nach und spielte in der zunehmenden Dunkelheit Verstecken. Das Leben in Magnolia Creek ging allmählich wieder seinen gewohnten Gang.

Aber würde ihr eigenes Leben ohne Louzanna je wieder sein wie zuvor?

Sara stand auf und legte das schlafende Kind an ihre Schulter. Unvermutet trat Dru auf sie zu und streckte zu ihrem Erstaunen die Arme nach Lissybeth aus.

«Ich trage sie für dich nach oben», sagte er sanft.

Sara stockte das Herz. «Das ist aber nicht nötig.»

«Ich weiß. Ich möchte es aber.»

Behutsam übergab sie Dru ihre Tochter. Er legte Elizabeth an seine Schulter. Neben Drus ebenholzschwarzem Haar wirkten Lissybeths blonde Locken wie gesponnenes Gold. Ihr Rücken sah winzig aus in seinen Händen, doch diese drückten nichts als Zärtlichkeit aus.

Dru schwieg, doch Sara spürte, dass er Elizabeth aus den gleichen Gründen tragen wollte wie sie selbst manchmal. Das kleine Bündel im Arm zu halten war beruhigend und tröstlich für ein kummervolles Herz.

Sara lächelte ihm verständnisvoll zu. Er trat zur Seite und ließ sie vorgehen. Als sie die Treppe hinaufstieg, war ihr seine Gegenwart bei jedem Schritt bewusst. In ihrem Zimmer zündete Sara eine Lampe an, und als sie sich umdrehte, sah sie noch, wie Dru Elizabeth behutsam in ihr Gitterbett legte.

Er spürte, dass er beobachtet wurde, und sah auf. Ihr wurde heiß unter seinem brennenden Blick. Sie konnte kaum atmen, als er näher kam und mit seinen forschenden, dunklen Augen tief in ihr Inneres schaute.

Wortlos schloss er sie in die Arme und drückte sie an sein Herz, wie er es mit Elizabeth getan hatte. Sie umschlang ihn, hielt ihn fest, bot ihm mehr als Trost, bot ihm stumm eine Liebe bis ans Ende ihrer Tage und gab ihm wortlos zu verstehen, er müsse sie nur annehmen.

* * *

Louzanna hatte das Gefühl, schief in den Kissen zu hängen wie eine aufs Bett geworfene Lumpenpuppe. Doch sie hatte nicht genug Kraft, sich selbst wieder aufrecht hinzusetzen.

Es klopfte leise an der Tür, und sie wusste, es war Jamie. Ihre geschwächte Stimme versagte, aber die Tür öffnete sich dennoch. Er schlüpfte ins Zimmer und ließ taktvoll die Tür offen stehen.

Als er vor ihrem Bett stand, bedeutete sie ihm, sich auf den Stuhl zu setzen, den Dru verlassen hatte. Verlegen wollte er sich weigern, setzte sich dann aber doch und ließ den Blick durchs Zimmer schweifen, ohne ihr ins Gesicht zu sehen.

«Jamie, bitte, schau mich an.»

Als er ihr schließlich in die Augen sah, erkannte Louzanna ihr Schicksal in dem unverhohlenen Kummer auf seinem Gesicht.

«Nimm es dir nicht so zu Herzen, Jamie. Früher oder später müssen wir alle sterben. Ich gehe eben ein bisschen früher.»

«Sie doch nicht, Miss Louzanna. Noch nicht, jedenfalls.»

«Dru will es nicht wahrhaben, aber ich weiß, dass ich sterbe. Er und Sara tun so, als ginge es mir besser, aber meist sitzen sie nur da, und ihr verlegenes Schweigen spricht Bände. Niemand will mit mir über meinen Tod reden, obwohl er schon anwesend ist, hier vor unserer Nase.» Sie konnte sich nur unter großen Mühen verständlich machen, deshalb wartete sie, bis er sich weiter zu ihr heruntergebeugt hatte. «Wir waren fast unser ganzes Leben zusammen, nicht wahr, Jamie?»

Sie griff nach Masons Ring und spürte das kalte, kostbare

Metall und den Opal in ihrer Handfläche. «Hilf mir, ihn abzunehmen, ja?»

Tränen liefen ihm über die Wangen. «Sie haben sich doch noch nie von ihm getrennt, Miss Lou. Warum wollen Sie ihn denn jetzt abnehmen?»

«Ich brauche ihn nicht mehr.»

Er schüttelte den Kopf. «Doch. Sie werden wieder gesund.»

«Lügner.» Sie lächelte völlig entspannt. Es war zu spät für alles, für Zweifel, selbst für die Angst, deren Gefangene sie so lange gewesen war. Sie war sich ihr ganzes Leben lang einer Sache nie sicherer gewesen und hatte sich auch noch nie so mutig gefühlt.

«Sei nicht so stur. Hilf mir, Jamie.» Er hatte sie ihr ganzes Leben lang unterstützt. Nun wollte sie ihn unterstützen, solange sie noch konnte.

Er rutschte vom Stuhl auf die Bettkante und umfasste sie so, dass er ihren Kopf und ihre Schultern vom Kissen heben konnte. Sie nahm ihre ganze Kraft zusammen und zog sich die Kette über den Kopf. Behutsam legte er Lou wieder hin und schüttelte ihr das Kissen auf, um es ihr so bequem wie möglich zu machen. Dann setzte er sich wieder auf seinen Stuhl.

Erst umklammerte sie Ring und Kette, dann hielt sie sie ihm hin. Der schwere Opal schaukelte und kreiste am Ende der Goldglieder, fing das Licht ein und schien zu flimmern, als bewahre er ein Geheimnis.

«Ich möchte, dass du ihn bekommst, Jamie.»

«Das kann ich nicht annehmen, Miss Lou.»

«Doch, du kannst, und du wirst ihn nehmen. Du willst doch immer noch nach New York zurück, oder?»

«Das stimmt.»

«Dazu brauchst du Geld. Mehr als den hier kann ich dir leider nicht geben. Verkaufe ihn, besorge dir alles, was du brauchst, und denke manchmal an mich.»

«Das kann ich nicht annehmen.»

«Doch.» Sie nickte langsam. «Du kannst, und du musst. Möchtest du etwas ganz Schlimmes erfahren?»

Er antwortete nicht, aber sie sprach trotzdem weiter, mit häufigen Pausen, weil sie keine Luft mehr bekam.

«Als Vater starb und Dru gleich zu Hugh Wickham ging, um deine Freilassungsurkunde ausstellen zu lassen … war ich todtraurig.»

Jamie setzte sich ein wenig auf, aber sein Gesicht blieb undurchdringlich.

«Wirklich …» Sie nickte. «Ich hatte Angst, dass du, wenn du … deine Freiheit hättest … dass du fortgehen würdest und ich dich nie wieder sähe.»

Er senkte den Kopf, starrte auf das vielfarbige Funkeln des Opals, der sich an seiner Kette drehte, ließ die Schultern hängen und weinte hemmungslos.

«Deshalb … musst du den Ring annehmen, Jamie. Bitte. Ich flehe dich an. Der Gedanke, dass ich … so selbstsüchtig war … dass du Sklave bleiben solltest, nur damit du … immer bei mir bleibst.»

«Sie mussten mich nicht besitzen, um mich hier zu halten, Miss Lou. Sie hätten nur ein Wort sagen müssen.»

«Jetzt weiß ich das, aber nun ist es zu spät. Mason war die Liebe meines Lebens, Jamie, aber ich glaube, ich habe seinen Ring all die Jahre nur getragen, weil es viel sicherer war zu trauern, als sich dem Leben zu stellen. Vielleicht habe ich deshalb nicht erkannt, was ich erkannt hätte, wenn ich stärker gewesen wäre.»

Er streckte seine starke, dunkle Hand aus und umschloss die ihre, dann nahm er Ring und Kette. Sie ließ sie los, und er legte sie in seinen Schoß. Die Kette hing unbeachtet zwischen seinen Knien.

«Ich würde Sie lieber lebendig sehen, Miss Louzanna, als das hier von Ihnen zu bekommen.»

«Es soll nicht sein.» Sie konnte sich selbst kaum noch hören. Sie fürchtete den Tod nicht länger. Nun war ihre einzige Sorge, dass die Zeit nicht mehr reichte, ihren Lieben alles mitzuteilen, was sie ihnen unbedingt noch sagen wollte.

«Ich habe noch eine letzte Bitte an dich, und dann wäre es schön, wenn du Dru und Sara holen könntest.»

Jamie hörte ihren Erklärungen genau zu. Bevor er ging, um ihren letzten Willen auszuführen, hielt sie ihm die Hand hin. Er zögerte lange, aber als er sie schließlich nahm, drückte er sie ruhig und sanft, bis sie ihn bat zu gehen.

Die Nacht war angebrochen, und eine sanfte Brise wehte durch den alten Ahorn vor dem Haus. Vor dem offenen Fenster raschelte beruhigend das Laub. Elizabeth schlief fest in ihrem Bettchen. Die Zeit schien still zu stehen, als Dru Sara im Arm hielt.

Eine tiefe Ruhe überkam ihn, wie er sie seit dem Krieg nicht mehr erfahren hatte.

Während der Gelbfieberkrise hatte er kaum Zeit gehabt nachzudenken, geschweige denn, sich mit der Zukunft zu beschäftigen. In dieser Zeit hatte Sara gezeigt, dass sie ihn treu und zuverlässig bei seiner Arbeit unterstützen konnte und fähig war, zu vergeben und zu verstehen. Sie war eine liebevolle und hingebungsvolle Mutter. Sie war die beste Freundin seiner Schwester.

Sie war genau so, wie er sich seine Ehefrau immer erträumt hatte.

Er löste sich von ihr, sodass er ihr in die Augen sehen konnte, und die Sehnsucht darin verschlug ihm den Atem. Er umfasste ihr Gesicht mit den Händen und hob ihr Kinn an, doch gerade, als er den Kopf senkte, als seine Lippen die ihren berühren wollten, klopfte es an die Tür. Hastig fuhren sie auseinander. Nur noch ein Gedanke beherrschte sie.

Louzanna.

Dru ließ die Hände sinken. Sara folgte ihm zur Tür.

«Was ist, Jamie?» Jamie hatte ganz offensichtlich geweint. Dru tastete blind nach Saras Hand, fand sie und hielt sie fest. «Ist sie …?»

«Nein. Sie möchte Sie beide sehen.» Jamie versuchte nicht, seine Tränen zu verbergen.

Louzanna lächelte schwach, als sie eintraten. Dru eilte zu ihr, setzte sich und ergriff ihre Hand.

«Hast du Schmerzen?»

Sie schüttelte den Kopf. «Ich bin müde. So … unendlich müde.»

Im Stillen verfluchte er sich selbst. War er denn so ein schlechter Arzt? Er konnte ja nicht einmal seine eigene Schwester retten.

«Mir bleibt nicht mehr viel Zeit», sagte Lou leise und sah sie der Reihe nach an.

Aus Hilflosigkeit sagte Dru gereizt: «Das weißt du doch gar nicht.»

«Ich weiß es. Ich wollte … dass ihr alle herkommt, alle drei, um … euch zu sagen, wie viel ihr mir bedeutet. Ihr seid meine Familie, ihr alle. Nicht … nicht nur Dru, sondern auch du, Sara. Du bist für mich wie eine Schwester gewesen, hast mir

Elizabeth anvertraut und warst mir so ein Ansporn, mehr zu leisten, als ich mir selbst zugetraut habe. Und Jamie» – sie sah lange zu ihm auf, ohne ein Wort zu sagen – «Jamie, du ... weißt, was du mir bedeutest.»

«Louzanna, du musst dich schonen», sagte Dru voller Qual und Panik.

«Wofür denn?» Lou lächelte ein wehmütiges, wissendes Lächeln.

Irgendwie fand Sara die Kraft, sich Dru gegenüber aufs Bett zu setzen, Lous Hand zu ergreifen und sie ein letztes Mal zu ermutigen: «Sag, was du sagen möchtest, Louzanna.»

«Ich habe ... die beste Zeit meines Lebens im Innern dieses Hauses vertan, nur um ... vor diesem Augenblick zu fliehen. Nun ist er da. Und ich habe ... keine Angst. Ich denke an all ... die Zeit, all die Jahre. Ich wünschte, ich könnte ... noch einmal neu beginnen. Aber dann würde ich wirklich *leben.*»

Louzanna ergriff Drus Hand und führte sie langsam mit Saras zusammen. Dru sah Sara in die Augen und hielt ihre Hand fest, auch nachdem Lou losgelassen hatte.

«Ihr beide müsst jetzt leben», mahnte Lou. «Die Liebe leben, die ihr füreinander empfindet.» Sie blickte Jamie an und wandte sich dann an Dru. «Manchmal hat man die Liebe direkt vor Augen, aber aus irgendeinem Grund ... will man sie nicht sehen. Lass dich nicht durch die Meinung und das Gerede anderer Leute davon abbringen. Und gib Acht, dass du sie nicht aus Sturheit und Stolz verlierst.»

Saras Hände umschlossen Drus Finger fester, und ihre Liebe zu ihm war unübersehbar.

Lou fuhr fort. «Ich habe ... Jamie Masons Ring geschenkt. Und ich möchte, dass du, Sara, dafür sorgst, dass jede Dame ...

aus meinem Nähkränzchen sich einen Quilt aussucht. Aber behalte einige deiner Lieblingsstücke … für Elizabeth.»

«Das werde ich.» Sara wischte sich die Augen. «Ich verspreche es dir.»

Louzanna atmete tief ein. Ihr schien die Kraft zum Ausatmen zu fehlen, doch dann stieß sie einen langen Seufzer aus. «Jetzt … möchte ich mit Dru allein sein.»

Als Sara sich über Lou beugte, um sie auf die Wange zu küssen, musste Dru sich abwenden. Er hörte Sara flüstern: «Danke, Louzanna. Vielen Dank für alles, was du für mich und Elizabeth getan hast. Ich werde dich nie vergessen. Auf Wiedersehen, liebe Schwester.»

Jamie musste Sara aus dem Zimmer führen. Als Dru schließlich mit seiner Schwester allein war, sah er ihr tief in die Augen und musste sich eingestehen, dass sie ihren Zustand besser eingeschätzt hatte als er. Sie hatte ihren Frieden gefunden und war bereit zu gehen.

«Nimm dir das nicht so zu Herzen, Dru», sagte Lou. «Ich bin im Augenblick wahrscheinlich ruhiger als … ich in meinem ganzen Leben je war. Ich habe nichts mehr zu befürchten, weißt du. Ich brauche nicht mehr davonzulaufen.»

«Du wirst mir fehlen, Lou.» Bei diesen Worten brach ihm die Stimme.

«Du … hast doch Sara und Elizabeth. Warte nicht zu lange damit … ihr zu sagen, dass du sie immer noch liebst. Ich habe es immer gewusst, aber sie weiß es nicht. Du musst es ihr sagen … und auch, dass du ihr verzeihst. Fangt noch einmal von vorn an mit eurer Ehe. Lasst das Vergangene vergangen sein.»

Ihr Atem stockte, blieb aus. Ihre Augenlider flatterten. Dru fürchtete schon, sie sei dahingegangen, doch dann öffnete sie noch einmal die Augen. Er hielt ihre Hand ganz fest, als sie flüsterte: «Ich möchte kein Versprechen auf dem Totenbett … aber mein allergrößter Wunsch ist … dass du und Sara … dass ihr miteinander … glücklich werdet.»

Als ihre Stimme erstarb, küsste Dru seine Schwester auf die Wange. Sie hatten einander ein ganzes Leben lang nahe gestanden. Sie hatte an ihn geglaubt, lange bevor er an sich selbst glauben konnte.

Er hielt ihre Hand und blieb die ganze Nacht bei ihr sitzen, bis er schließlich begriff, dass seine Schwester ihn verlassen hatte.

47. Kapitel

Die Leute würden sich immer daran erinnern, dass die Quarantäne am Tag der Beerdigung Louzanna Talbots aufgehoben wurde. Auf Drus Rat hin öffnete George Langston die Straßen, und Menschen und Waren begannen wieder nach Magnolia Creek zu strömen.

Sara stand in Trauerkleidung mit Dru am Grab und hielt Elizabeth an der Hand. Fast, als spüre sie die Feierlichkeit des Augenblicks, war Elizabeth ungewöhnlich ruhig, während der Baptistenprediger das Vaterunser und den dreiundzwanzigsten Psalm an Lous Grab rezitierte.

Sara sah Dru forschend an. Verständlicherweise war er in den letzten drei Tagen sehr in sich gekehrt gewesen und hatte sich jeden Abend früh in sein Zimmer zurückgezogen. Die Zärtlichkeit, die er an dem Abend gezeigt hatte, als Lou gestorben war, schien mit seiner Schwester dahingegangen zu sein.

Er war keineswegs grob oder mürrisch, sondern einfach in seinen Kummer versunken, mied das Haus und ging Sara aus dem Weg.

Trotz ihrer eigenen Trauer und Zukunftssorgen hatte Sara Jamie zu Lous Quiltdamen geschickt, um sie zum Tee einzuladen, und so den Wunsch ihrer Schwägerin erfüllt. Alle bösen Gefühle, die die Damen ihr gegenüber vielleicht immer noch hegten, wurden zumindest so weit zurückgestellt, dass sie vorbeikamen, um sich von über dreißig Decken jeweils eine auszusuchen.

Jetzt am Grab war Sara in Gedanken versunken, und so hatte Elizabeth es leicht, ihrer Hand zu entwischen. Das Kind sauste zwischen ihr und Dru hin und her und ergriff dann Drus Hand. Er schaute hinunter, überrascht, dass das lockenköpfige Engelchen sich an ihn klammerte.

Elizabeth hob fragend die feinen Brauen.

«Wu?» Sie wollte wissen, wo ihre Freundin war.

Mit wehem Herzen wollte Sara Elizabeth wegziehen, aber Dru war schneller, hob das Kind hoch und setzte es auf seine Hüfte.

Nase an Nase mit dem kleinen Mädchen flüsterte er sanft: «Lou ist nicht hier.»

«Wann tommt Wu?» Elizabeth zupfte an seinem Kragen.

Dru räusperte sich. «Nie mehr.»

Die unendliche Trauer in seiner Stimme brach Sara das Herz.

Tief betrübt dachte Sara an alles, was Lou für sie getan hatte, und an ihr gemeinsames Leben. Dann wanderten ihre Gedanken zu ihrer eigenen Familie, zu Großvater und Mama. Sie dachte an die kleine Schwester, die sie verloren hatte, sogar an ihren Vater. Sie hatte nichts mehr von ihrer Familie gehört, deshalb konnte sie nur beten, dass es nicht noch weitere Todesfälle gegeben hatte.

Der Prediger schlug die Bibel zu und ging ums Grab, um Dru die Hand zu schütteln. Seine freundlichen Worte des Beileids konnten den tiefen Schmerz allerdings nicht lindern.

Es war Zeit, heimzugehen, obwohl das Haus kein wirkliches Heim mehr war ohne Lou, die im Salon an ihrem Stepprahmen gesessen oder Lissybeth etwas vorgelesen hatte. Nie wieder würde sie in der Küche wirtschaften oder durch die Gewächshausfenster den Wechsel der Jahreszeiten verfolgen.

Sara hatte sich ausgeweint und warf einen Blick auf all die neuen Grabsteine auf dem Friedhof. Unversehens verschwamm alles vor ihren Augen, ihre Ohren begannen zu dröhnen, und ihr Blickfeld schrumpfte zu einem Stecknadelkopf aus Licht. Dann begann die Welt zu kreisen, und alles um sie herum verschwand.

Sie war wieder siebzehn, lag auf dem dunklen Dachboden und träumte davon, durch den Wald zur alten Eiche zu laufen, wo sich der Morgentau sammelte. Sie wollte unbedingt bei Sonnenaufgang ihr Gesicht damit benetzen, aber anders als beim ersten Mal wusste sie jetzt, dass sie nicht einfach irgendeinen Mann bezaubern wollte – sie würde Dru Talbot begegnen.

Allerdings wusste sie tief in ihrem Innern, dass sie sich erst durch die überwältigende Dunkelheit um sie herum kämpfen musste, bevor sie vom Dachboden klettern konnte.

«Sara?»

Sie blinzelte und schlug die Augen auf. Das erste Gesicht, das sie sah, war das seine.

«Dru.» Sein Name schwebte auf einem erleichterten Seufzer. Sie würde gar nicht nach Dru suchen müssen; er war hier neben ihr, wo er hingehörte. Seine warmen Hände lagen auf ihren Schultern, sein Gesicht befand sich dicht vor ihr, sodass sie tief in seine ausdrucksvollen, dunklen Augen blicken konnte. Doch diese einst so jungen, hoffnungsvollen, schönen Augen waren nun von Trauer gezeichnet.

Als Sara sich mühsam aufrichtete, wurde ihr klar, dass sie gar nicht träumte. Sie lag ausgestreckt auf dem Sitz des Einspänners, und Dru saß direkt neben ihr.

Eine kleine Menschenmenge hatte sich um das Fuhrwerk versammelt: der Prediger, Jamie mit Elizabeth, Lous Nähkränzchen, Lorna Pickering. Sara rieb sich die Augen und stellte fest, dass sie ihre schwarzen Handschuhe trug. Der Einspänner stand neben dem Friedhof, wo ein frisches Grab neben einem Erdhügel gähnte.

Louzannas Beerdigung.

Die Zeit geriet in Bewegung, und alles rückte wieder an seinen Platz.

«Ich weiß gar nicht, was mit mir los war. Ich dachte an Lou, und plötzlich wurde mir schwarz vor Augen.»

«Geht es dir nicht gut?»

«Ich bin nur so müde. Es ist so heiß hier draußen.»

Dru legte die Hand an ihre Stirn, um festzustellen, ob sie Fieber hatte. Sie schüttelte den Kopf. Sie hatte weder Schmerzen noch andere Beschwerden, die auf Gelbfieber hindeuten.

Gerade wollte sie ihm versichern, sie sei noch nie in ihrem Leben in Ohnmacht gefallen, da erinnerte sie sich, dass sie doch schon einmal bewusstlos geworden war. Als sie Elizabeth erwartet hatte.

«Sara?» Er neigte sich zu ihr und sah ihr forschend in die Augen.

Sara schluckte, dann rechnete sie hastig nach, zählte die

Tage, die Wochen, seit sie mit Dru in Doc Porters Haus zusammen gewesen war.

«Es geht mir gut … wirklich.» Sie hoffte inständig, dass sie nicht so erschüttert klang, wie sie sich fühlte.

«Ganz bestimmt?»

Sie nickte.

«Hast du Schmerzen hinter den Augen?»

«Nein. Keine.» Sie schüttelte den Kopf.

«Muskelschmerzen? Halsweh?»

«Nichts dergleichen. Bitte, Dru, fahr mich einfach wieder nach Hause.»

Nach einer weiteren stummen Musterung setzte er sich mit höflichem Abstand neben sie auf seinen Platz und warf einen raschen Blick auf die ängstlichen Gesichter um den Einspänner.

«Nur Erschöpfung. Kein Gelbfieber.» Die Mitteilung löste eine Welle der Erleichterung aus.

Bevor Jamie sein Pferd holte, reichte er Elizabeth zu Dru hinauf, während Sara benommen und stumm daneben saß. Vor der Abreise nach New York wollte Jamie noch eine Nacht in der Hütte verbringen.

«Kannst du sie halten?» Dru zögerte, ihr Elizabeth zu übergeben, und sah Sara aufmerksam an.

«Es geht mir wieder gut.» Sara unterdrückte ihr Zittern, streckte die Arme nach ihrer Tochter aus und nahm Lissybeth auf den Schoß. Ihr Blick ruhte auf Dru, der die Pferde über die stillen Straßen nach Hause lenkte.

Erwarte ich etwa ein Kind von ihm?

Nach Louzannas Tod war ihr Platz in seinem Haus mehr als gefährdet.

Und wenn sie tatsächlich wieder ein Kind erwartete? Wie

sollte sie jemals für sich selbst, Elizabeth und ein zweites Baby sorgen?

Wie sollte sie es Dru sagen? Sie wussten beide, dass ein Kind, das sie in der Nacht in Doc Porters Haus empfangen hätte, aus Zorn und nicht aus Liebe entstanden wäre.

48. *Kapitel*

Dru beobachtete, wie Sara mit den Händen an Elizabeths stämmigen Beinchen hinunterfuhr und dann ihre beschuhten Füßchen gegeneinander schlug. Das Kind kicherte, und das unerwartet fröhliche Geräusch taute sein Herz ein wenig auf und linderte den hartnäckigen Kummer.

Er musterte Sara verstohlen und fand sie für seinen Geschmack viel zu blass. Er war nicht davon überzeugt, dass sie vor Hitze und Müdigkeit in Ohnmacht gefallen war. An diesem Nachmittag waren noch mehr erhitzte, müde Menschen versammelt gewesen, doch allein Sara war zusammengebrochen.

Er packte die Zügel fester und sah sie wieder an. Sie fühlte sich vielleicht wirklich nicht krank, aber er wollte sie zu Hause lieber noch einmal gründlich untersuchen. Der Krieg und die Seuche hatten ihn vor allem eins gelehrt: Das Leben und die Zeit waren viel zu hinfällig und flüchtig, um sie für selbstverständlich zu halten.

* * *

Im Haus herrschte Stille. Sara war oben, um Elizabeth ins Bett zu bringen. Dru saß allein im Salon am aufklappbaren Sekretär vor der aufgeschlagenen Familienbibel mit der Familienchronik der Talbots. Vor einer Viertelstunde hatte er Louzannas Todesdatum neben dem Tag ihrer Geburt eingetragen. Dabei war sein Blick auf Saras und sein Hochzeitsdatum mit ihren Namen gefallen, und seitdem hatte er sich nicht mehr gerührt.

Als die Dielen im Flur knarrten, blickte er auf und sah, wie Jamie ins Zimmer trat. Dru schlug die Bibel zu, schob sie fort und stand auf.

«Hast du alles gepackt?»

Jamie schloss die Salontüren hinter sich. «Miss Louzanna hat mir noch einen letzten Auftrag gegeben.» Aus der Uhrentasche seiner Weste zog er einen schmalen goldenen Ring und ließ ihn in Drus Hand fallen.

«Miss Lou sagte, Sie wüssten hoffentlich, was Sie damit anfangen sollen.»

Dru erkannte Saras Hochzeitsring mit dem eingravierten Lorbeerkranz. Er hatte nicht gewusst, was sie damit gemacht hatte, und war davon ausgegangen, dass sie ihn während des Krieges verkauft oder eingetauscht hatte.

«Das war der Hochzeitsring meiner Großmutter», sagte er leise, schob ihn auf die Spitze seines Zeigefingers und drehte ihn, um die durch langes Tragen stellenweise kaum noch erkennbare Gravur zu betrachten.

Jamie zögerte und rieb sich den Nacken. «Miss Sara hatte ihn mit einer Nachricht für Miss Lou hier gelassen, als sie fortging. Miss Lou hat ihn aufgehoben, damit Sie ihn Miss Sara wiedergeben können.»

Dru starrte den Ring an und sah Sara an ihrem Hochzeitstag vor sich, so jung, so unschuldig. An jenem Tag hatten Sterne in ihren Augen getanzt. Er war so verliebt gewesen, so stolz darauf, sie zu seiner Frau zu machen, so sicher, dass er der Richtige für sie war. Er hatte es gewagt, ein siebzehnjähriges Mädchen zu heiraten, das er erst seit zwei Wochen kannte. Er hatte ihr nicht nur seinen Namen gegeben, sondern sie auch vor den zukünftigen Gefahren in diesen schweren Zeiten schützen wollen. Er war mit der Erinnerung an ihre Hochzeitsnacht in den Krieg gezogen und hatte gehofft, sie würde vielleicht ein Kind von ihm erwarten.

Ein Kind.

Dru starrte auf den Ring auf seiner Fingerspitze.

Erwartet Sara ein Kind von mir?

Er fuhr auf, steckte den Ring in die Tasche und hätte auf dem Weg zur Tür fast Jamie zu Boden gestoßen.

«Ich muss fort. Ich muss noch einmal in die Praxis.» Noch während er sich hastig entschuldigte, fiel Dru ein, dass Jamie im Morgengrauen fort wollte. Er hielt in seinem überstürzten Aufbruch inne und streckte ihm freundschaftlich die Hand entgegen, obwohl er eigentlich nicht wahrhaben wollte, dass er den Mann womöglich zum letzten Mal in seinem Leben sah.

«Versprich mir, dass du uns irgendwie mitteilst, wo du dich aufhältst.»

«Bestimmt, sobald ich mich niedergelassen habe.»

«Ich kann dir gar nicht genug für alles danken, was du für meine Schwester und mich getan hast. Und für Sara. Ich weiß, dass dein Leben nicht leicht war, Jamie. Ich wünschte, es wäre anders gekommen ...»

«Sobald es Ihnen möglich war, haben Sie mir das eine geschenkt, das mir im Leben am wichtigsten war. Meine Freiheit.»

«Ich weiß nicht, was ich in den letzten Wochen hier ohne dich gemacht hätte. Danke, dass du geblieben bist.»

«Das habe ich für Miss Lou getan. Um ihr das Leben zu erleichtern. Ich wäre schon früher gekommen, wenn ich erfahren hätte, dass sie mich braucht.»

«Das weiß ich. Und sie wusste es auch.» Dru klopfte Jamie auf die Schulter und drückte ihm noch einmal kräftig die Hand. «Geh mit Gott, Jamie. Du hast hier immer ein Zuhause, wenn du es brauchst.»

Sara zog die Vorhänge in ihrem Zimmer zu, vergewisserte sich noch einmal, dass Elizabeth auch schlief, und lächelte, als sie Goldie unter dem Bettchen schnarchen hörte. Sie kraulte den Hund am Kopf, setzte sich dann in den Schaukelstuhl und rechnete zurück bis zur Nacht in Doc Porters Haus.

Ich könnte schwanger sein.

Sie legte die Hand auf ihren Bauch und versuchte sich daran zu erinnern, wie sie sich während der Schwangerschaft gefühlt hatte. Sie erinnerte sich nur noch an die letzten Monate, die Rückenschmerzen, die geschwollenen Fesseln und an ihren Appetit auf Butter. Heute Abend hatte sie sich besonders viel Butter aufs Brot gestrichen.

Sie erhob sich vom Schaukelstuhl und trat an Elizabeths Bett, zog eine dünne Decke über das Kind und ging dann zum Standspiegel neben der Frisierkommode.

Sara musterte ihr Spiegelbild und bezweifelte, dass irgendein Mann sie im Augenblick begehrenswert finden könnte, geschweige denn Dru. Ihre Augenlider waren geschwollen vom Weinen, und sie hatte dunkle Ringe unter den Augen. Sie umfasste ihre Brüste unter dem Kleid und zuckte vor der unangenehmen Fülle zurück. Selbst der Stoff ihres Hemdes rieb schmerzhaft an ihren Brustwarzen. Hatte sie die Veränderung nicht bemerkt oder nur nicht wahrhaben wollen?

Sie dachte zurück an die Nacht in Doc Porters Haus.

Wenn sie tatsächlich schwanger war, würde sie das vor Dru nicht verbergen können – aber wenn sie es ihm erzählte, würde er sich gezwungen sehen, sich ehrenhaft zu verhalten und sie allein des Kindes wegen bei sich zu dulden. Er würde ihr vielleicht nie vergeben und sie nie wieder lieben, aber er würde sich ihr gegenüber für immer verpflichtet fühlen.

Undenkbar.

Und was war mit Elizabeth? Wie würde Dru sie behandeln, wenn er erst ein eigenes Kind hätte? Dann wäre Lissybeth für Dru, ihre Geschwister und alle anderen in der Stadt immer der Bastard.

Sara hielt die Zwiesprache mit ihrem Spiegelbild nicht mehr aus. Vielleicht sollte sie nach Hause gehen, bei ihrer Mutter wohnen und mit Großvater reden, um die richtige Entscheidung treffen zu können.

Da die Quarantäne aufgehoben war und ihr Vater nicht mehr lebte, hinderte sie eigentlich nichts mehr daran, nach Hause zurückzukehren.

Nichts als Dru und die Wahrheit.

49. Kapitel

Dru eilte mit langen Schritten durch die dunklen Straßen nach Hause. Um keine voreiligen Schlüsse zu ziehen, hatte er sich im Ärzteblatt in der Praxis über Schwangerschaft informiert.

«Die Dauer dieses Entwicklungsprozesses beträgt in der Regel neun Kalendermonate, vierzig Wochen oder zweihundertundachtzig Tage. Allgemeine Anzeichen umfassen das Ausbleiben der Menstruation, morgendliche Übelkeit ab der fünften oder sechsten Woche, Sodbrennen, einen schmerzhaft geblähten Unterbauch am Abend mit dem Bedürfnis, Bänder und Schnürungen zu lösen, Verdauungsstörungen, Reizbarkeit, Appetit auf ausgefallene Speisen.»

Neben anderen Leiden und Beschwerden waren Ohnmachten aufgeführt – was ihn sehr verunsicherte.

Der Band von Dr. A. W. Chace erwähnte weitere körperliche Anzeichen und Symptome und fügte hinzu:

«Wegen des hochempfindsamen Zustands des Nervensystems bei allen schwangeren Frauen und der auffallenden Empfänglichkeit von Geist und Körper sollten schwangere Frauen aufregende Szenen meiden und sorgfältig davor bewahrt werden, widerwärtige oder empörende Dinge zu erleben oder zu hören. Sie sollten jede Ansteckungsgefahr meiden, denn wenn sie selbst möglicherweise auch von einer Erkrankung verschont bleiben, kann das Kind im Mutterleib ernsthaft davon betroffen sein und bei der Geburt alle Symptome zeigen.»

Sara hatte in den letzten Wochen Widerwärtigkeiten aller Art erblickt, mehr als einer Frau zugemutet werden sollten. Sie war immer wieder dem Gelbfieber ausgesetzt gewesen. Sie selbst hatte sich offenbar nicht angesteckt, aber nach der Lektüre fragte er sich, ob nicht womöglich das Ungeborene geschädigt worden war.

Auf dem Heimweg schwankte Dru zwischen Angst und einem blassen, fernen Hoffnungsschimmer.

Als er den Salon betrat, brannte dort nur noch eine Lampe.

Die Küche war dunkel, der Herd kalt, das Erdgeschoss verlassen. Er drehte die Lampe aus und stieg im Schein des Lichts aus dem oberen Flur langsam die Treppe hinauf.

Als er vor Saras Tür stand, hörte er ihre Schritte und klopfte leise, bevor er es sich anders überlegen konnte.

Sie öffnete halb die Tür, knotete den Gürtel eines weiten Hausmantels zu und strich sich das Haar aus den Augen.

«Du bist zu Hause.» Sie schien überrascht, ihn zu sehen.

Aber warum auch nicht? Er war ihr seit Tagen aus dem Weg gegangen.

«Ich war in der Praxis. Ich musste dort etwas erledigen.»

«Jamie will schon im Morgengrauen fort.»

«Ich habe mich bereits von ihm verabschiedet.»

«Ich habe ihm etwas Proviant eingepackt.»

«Gut. Vielen Dank.» Er blickte zu Boden und sah ihre Zehen unter dem Mantelsaum hervorragen. Ihre Füße waren nackt, wie damals, als sie sich kennen gelernt hatten. Ihr langes, kastanienbraunes Haar fiel ihr offen über den Rücken bis zur Taille. Er trat näher und nahm den Geruch von Seife und Puder wahr.

«Also.» Sie blickte über die Schulter und sah dann wieder zu ihm auf. «Elizabeth schläft. Ich wollte gerade ins Bett.»

«Geht es dir wieder besser?»

«Ich bin nur müde. Ich brauche Schlaf, das ist alles. Gute Nacht, Dru.» Sie wollte die Tür schließen. Sie sprach zu hastig, und was sie sagte, klang ihm sehr nach Ausrede.

Er legte die Hand an die Tür, um sie aufzuhalten. Ihre Augen weiteten sich vor Überraschung. Die Tür stand weit genug offen, dass er an ihr vorbei ins Zimmer sehen konnte. Elizabeth schlief fest in ihrem Kinderbett.

Saras Decke war noch nicht zurückgeschlagen. Auf der

Patchworkdecke lagen Elizabeths Kleidchen und ein offener, verbeulter alter Ranzen. Seine Augen flogen zu Sara. Sie hielt seinem Blick stand.

«Willst du irgendwohin?»

«Ins Bett.» Sie versuchte wieder, die Tür zu schließen, aber er wollte sich nicht aussperren lassen.

Ihre Wangen verloren die Farbe, als er die Tür weiter aufstieß. Sie ließ los und trat ins Zimmer zurück.

«Du willst fort?» Er bewegte sich auf das Bett mit dem Ranzen zu.

Sie faltete die Hände. Ihre Augen weiteten sich, als er auf sie zukam.

«Ich dachte, ich gehe nach Hause und schaue nach, wie es Mama geht.» Sie zuckte die Achseln, als wäre damit alles geklärt. «Ich weiß nicht einmal, ob noch jemand aus der Familie krank geworden oder gestorben ist.»

«Du konntest doch gar nicht schnell genug dort weg, als der Doc dich damals hierher geholt hat.»

«Mittlerweile weiß ich, was es bedeutet, eine Familie zu haben, selbst eine Familie wie meine. Sie sind immer noch meine Verwandten, und wenn es hart auf hart kommt, bleibt einem nur die Familie.»

Dru ging zum Bett, nahm den Saum eines Kinderkleidchens in die Hand und fuhr geistesabwesend über die saubere Kreuzstichstickerei, die Louzanna angebracht hatte. Es durchzuckte ihn schmerzhaft. Außer Sara hatte er jetzt gar keine Verwandten mehr.

«Offenbar packst du für einen langen Besuch. Willst du dieses Mal endgültig fort?»

«Ich will nur meine Mutter besuchen.»

«Wovor läufst du weg, Sara?»

«Ich laufe nicht weg.»

«Es sieht mir aber ganz danach aus. Verheimlichst du mir etwas?»

«Nein.»

Er schüttelte den Kopf und trat noch einen Schritt vor. Sie stand mit dem Rücken am Bett und konnte nicht weiter zurück. Ihre Hand wanderte zur Kehle und blieb in der Grube liegen, die der offene Kragen ihres Hausmantels entblößte.

Sie fuhr sich mit der Zunge über die Lippen. «Ich dachte, nach Louzannas Tod wärst du ganz gern eine Weile allein.»

«Ist das alles, was dich hier gehalten hat? Louzanna und die Quarantäne?» Er schaute auf Goldie und sprach mit gedämpfter Stimme, um das Kind nicht zu wecken. «Warum hast du es jetzt so eilig mit dem Fortgehen?»

«Ich habe es nicht eilig, ich ...»

«Was verbirgst du vor mir?» Sein Blick wanderte über ihren Körper, die üppigen Kurven, die sich unter dem dünnen Hausmantel abzeichneten. Waren ihre Brüste voller? Oder wollte er sich nur etwas einreden?

«Nichts. Ich habe nicht das Geringste zu verbergen.»

«Du bist schwanger, nicht wahr, Sara?»

Ihr Mund öffnete und schloss sich, ohne dass sie ein Wort herausgebracht hätte. Er hatte blind geraten und hätte nie gedacht, dass ihn die Wahrheit beinahe umwerfen würde.

«Du *bist* schwanger, verdammt nochmal!»

Sie wirbelte herum, starrte auf die Kleidungsstücke auf dem Bett und wischte sich verzweifelt verräterische Tränen ab.

«Sara ...»

«Ich wusste, du würdest es nicht wollen.»

«Was meinst du damit, ich würde es nicht wollen? Wolltest du fort, ohne mir zu sagen, dass du ein Kind von mir erwartest? Ich bin nicht Jonathan Smith. Ich würde mir nie mein Kind wegnehmen lassen.»

Sie drehte sich wieder zu ihm um. «Ich wollte zur Fähre, um nachzudenken!»

«Worüber denn? Was gibt es da nachzudenken?»

Sie schob mit beiden Händen ihr Haar zurück und lachte schrill.

«Was es nachzudenken gibt? Vielleicht, dass ich wieder schwanger bin, und dieses Mal von einem Ehemann, der meinen Anblick nicht erträgt. Ich kann dich eigentlich nicht einmal als meinen Ehemann bezeichnen, denn wir führen keine Ehe. Du liebst mich nicht mehr. Sonst könntest du mir verzeihen.» Sie atmete tief durch. «Ich kenne dich nicht einmal mehr. Du bist nicht der Mann, den ich geheiratet habe.»

«Du bist auch nicht mehr die Frau, die ich geheiratet habe.»

«Ich war damals noch ein Mädchen.»

Dru drehte sich um und ging zur Frisierkommode. Zuerst stand er nur da und starrte vor sich hin. In seinem Kopf wirbelte es, er konnte keinen klaren Gedanken fassen. Dann bemerkte er vier abgewetzte Papierquadrate, die wie ein Puzzle zu einem Rechteck ausgelegt waren, und erkannte seine Handschrift in den regelmäßigen Linien auf den Fragmenten.

Es war sein letzter Brief an Sara, den sie all diese Jahre aufbewahrt hatte und der vom vielen Lesen zerfallen war. Eine plötzliche Ruhe überkam ihn, ein so überwältigender Frieden, dass er sich beinahe hinsetzen musste.

Er wandte sich um und ging wieder zu ihr.

«Ich war ein Träumer», bekannte er. «Ich wollte ein Haus voller Kinder und eine Frau, die mich genug liebt, um mit mir durch dick und dünn zu gehen. Ich wollte mich hier in Magnolia Creek niederlassen und ein ruhiges Leben als Gemeindearzt führen. Ich wollte mit erhobenem Kopf über die Straßen gehen, die mein Großvater anlegen ließ, als er diese Stadt mitbegründete.»

«Und ich habe das alles zerstört.»

«Der Krieg hat es zerstört, nicht du.» Er hielt inne und atmete erst einmal durch, denn er war sich vollkommen bewusst, dass seine gesamte Zukunft von dem abhing, was er nun zu sagen hatte. «Seit Lous Tod denke ich ständig daran, dass wir es dieses Mal richtig machen sollten, Sara. Vielleicht können wir ja beide bekommen, was wir uns schon immer gewünscht haben.»

«Was sagst du da?» Sara traute ihren Ohren nicht.

«Vielleicht können wir beide bekommen, was wir uns schon immer gewünscht haben – falls du dir ein Kind von mir wünschst. Falls du wirklich wieder meine Frau sein willst.»

Er ragte hoch vor ihr auf, doch sie hatte keine Angst vor ihm, obwohl er sich in ihr Zimmer gedrängt hatte. Sie hatte nur Angst davor, neue Hoffnung zu schöpfen und sich dann erneut das Herz brechen zu lassen.

«Und wie, Dru?»

Er griff in seine Uhrentasche und tastete darin herum. Sie sah, dass er einen goldenen Ring herauszog. Ihr blieb fast das Herz stehen, als sie den Ring erkannte, den er ihr zur Hochzeit geschenkt hatte.

«Würdest du ihn wieder tragen, Sara? Willst du wieder meine Frau sein?»

Sie hätte ihn liebend gern übergestreift, aber sie zögerte und fragte sich, warum Dru so plötzlich seine Meinung geändert hatte. Wohl eher wegen des ungeborenen Kindes als aus Liebe zu ihr, fürchtete sie.

«Es geht dir nur um das Baby, nicht wahr? Ich soll nicht mit deinem Kind fortgehen.»

«Würdest du das denn wirklich tun, Sara? Wenn ja, dann wäre gar nichts mehr von dem Mädchen übrig, in das ich mich einst verliebt habe. Dann gäbe es auch keine Ehe mehr zu retten.»

«Du hast dich gar nicht in mich verliebt, Dru.» Sie wäre am liebsten vor Scham im Boden versunken, aber es war die Stunde der Wahrheit, und es musste gesagt werden. «Ich habe dich verzaubert.»

Zuerst runzelte er die Stirn, doch dann hoben sich seine Mundwinkel zu einem angedeuteten Lächeln. «Du hast mich *verzaubert*? Wovon redest du da?»

«An dem Tag, an dem wir uns kennen gelernt haben, konntest du gar nicht anders. Ich hatte an jenem Morgen eins von Großvaters ältesten Zaubermitteln angewandt. Ich habe bei Sonnenaufgang mein Gesicht mit Morgentau benetzt. Jeder Mann, der mir gefiel, hätte sich an dem Tag in mich verliebt.»

«Du willst damit sagen, dass du an jenem Tag einen Ehemann finden wolltest, und zufälligerweise bin ich dann aufgetaucht?»

Sie zuckte die Achseln.

«Aber du hast doch immer gesagt, du traust der Zauberei nicht mehr so sehr wie dein Großvater.»

«Aber warum sollte ein Mann wie du sich sonst in ein armes Mädchen vom anderen Flussufer verlieben?»

«Wenn du das glaubst, dann hast du wahrscheinlich auch nicht wirklich geliebt. Das war wohl auch nur Zauberei.»

«Aber natürlich habe ich dich geliebt. Als wir uns damals auf der Fähre getroffen haben, habe ich mich sofort aufrichtig in dich verliebt.»

Er ergriff ihre Hand. «So aufrichtig, wie ich mich in dich verliebt habe, ob Zauberei oder nicht. Diese Liebe hat mich den ganzen Krieg hindurch begleitet, und ich liebe dich bis zum heutigen Tag, bis zu dieser Minute. Doch meine Sturheit und mein Stolz waren mir im Weg.»

«Aber …»

«Das hat nichts mit irgendeinem alten Zauber und auch nichts mit dem Baby zu tun, Sara. Vor ein paar Stunden hatte ich noch keine Ahnung, dass du schwanger bist, bis mir plötzlich aufging, warum du in Ohnmacht gefallen sein könntest. Aber Lou hatte Jamie beauftragt, mir deinen Hochzeitsring wiederzugeben, und als ich den sah, war mir sofort klar, er gehört wieder an deinen Finger, und wir beide gehören zusammen. Ich will, dass du meine Frau bist, und ich wünsche mir die Familie, von der ich immer geträumt habe. Und ich werde dafür sorgen, dass dieses Mal nichts zwischen uns steht – weder die Stadt noch die Vergangenheit.»

Ihr Herz war bereits übervoll, aber sie wollte, dass er es aussprach. «Kannst du mir vergeben, Dru?»

«Ich verdiene erst, dein Mann zu sein, wenn du mir vergibst, Sara. Ich würde verstehen, dass du nichts mehr mit mir zu tun haben willst, wenn ich alles erklärt habe.»

«Du machst mir Angst, Dru.»

«Ich bin im Krankenhaus aufgewacht, ohne zu wissen, wer ich war und wo ich mich befand, aber schon bald erinnerte ich mich wieder. Ich wusste meinen Namen und auch, dass ich Arzt war. Und natürlich erinnerte ich mich an dich.»

«Du hast gesagt, es hätte sechs Monate gedauert, bis dein Gedächtnis zurückkehrte.»

«Ich habe gelogen. Ich habe dich belogen. Ich habe die Ärzte und Schwestern im Gefangenenlazarett belogen. Ich täuschte den Gedächtnisverlust vor, damit ich nicht für einen Gefangenenaustausch in Frage kam. Ich wollte nicht wieder zurück, Sara, nicht so schnell. Ich war nur knapp dem Tod entronnen. Ich konnte mich noch nicht den Verwundeten stellen, die ich behandeln und retten sollte und von denen so viele nicht zu retten waren.»

Er schüttelte den Kopf. «Ich hatte ja keine Ahnung, dass diese gestohlenen Wochen mich unsere Ehe kosten würden. Wenn ein Brief zu euch durchgekommen wäre, wenn du erfahren hättest, dass ich noch lebe, dann wärst du erst gar nicht mit Jonathan Smith davongelaufen.»

Sie schloss die Augen und dachte an all die Wochen und Monate des Leids und der Trauer, während er im Gefangenenlazarett gelegen und vorgegeben hatte, sich nicht an seinen Namen zu erinnern.

«Ich mache dir keinen Vorwurf, wenn du mir nicht verzeihen kannst», flüsterte er.

Sara schüttelte den Kopf, faltete die Hände und bemühte sich um Verständnis. Bis jetzt hatte sie nur die körperlichen Narben gesehen, die er im Krieg davongetragen hatte, aber für einen Mann wie Dru, einen guten, ehrenhaften, selbstlosen Mann, musste es eine schreckliche Last gewesen sein, zu lügen, nur um sich nach all den schrecklichen Erlebnissen einige Monate Frieden zu verschaffen.

Nun bat er also sie um Vergebung, bat sie um die Worte, die ihnen einen neuen Anfang ermöglichen konnten.

«Vielleicht», sagte sie und ergriff seine Hand, «vielleicht sollten wir uns jetzt gegenseitig vergeben, Dru, und wenn wir uns unser Verhalten auch noch selbst verzeihen, dann können wir vielleicht die Kriegsjahre hinter uns lassen.»

Er hielt den Ring hoch. «Willst du ihn wieder tragen?»

Sie wollte ja sagen, als ihr Blick auf das Gitterbett fiel und sie zögerte.

«Was ist?»

«Elizabeth.»

«Was ist mit Elizabeth?»

«Ich möchte nicht, dass sie im Schatten von Brüdern und Schwestern steht, die deine Kinder sind. Der Gedanke, dass sie ein Bastard ist …»

Er umschloss ihr Gesicht mit den Händen und zwang sie, ihm in die Augen zu sehen.

«Hör zu, Sara. Dem Gesetz nach warst du immer noch meine Frau, als Elizabeth gezeugt wurde. Sie ist zwar nicht mein Fleisch und Blut, aber durch dich trägt sie meinen Namen. Sie ist Elizabeth Talbot. Ich nehme sie gern als meine Tochter an, und so soll es von jetzt an sein.»

Sara war viel zu verblüfft, um etwas zu sagen, als er ihr den Ehering über den Finger schob und sie in seine Arme zog. Er küsste sie mit ungeheurer Zärtlichkeit auf den Kopf, auf die Stirn, die Augen.

«Du zitterst ja», sagte er.

«Ich fasse das alles nicht.» Sie tastete nach dem Goldreif am Ringfinger der linken Hand, um sich zu versichern, dass sie das alles nicht nur träumte.

«Glaube mir, Sara.» Er besiegelte seine Worte mit einem Kuss, der langsam begann, ihr dann aber den Atem raubte. «Ich begehre dich, Sara.»

«O Dru.» Sie barg ihr Gesicht an seinem Hemd.

«Du machst mir ja das Hemd nass.»

Sie lachte und weinte gleichzeitig, während sie nach dem obersten Hemdknopf griff. «Ich glaube, dagegen kann ich etwas tun», flüsterte sie.

«Ich bitte darum.»

Ihre Hände zitterten, aber es gelang ihr, sein Hemd weit genug aufzuknöpfen, um mit den Händen darunterschlüpfen und über seinen sehnigen Brustkorb fahren zu können. Ihre Fingerspitzen liebkosten seine Brustwarzen, und sie hörte ihn aufseufzen. Urplötzlich lag sie, an seine nackte Brust geschmiegt, in seinen Armen, und er trug sie durch den Flur in sein Zimmer.

Er stieß die nur angelehnte Tür mit dem Fuß auf und trug Sara zum Bett. Bevor er sie hinlegte, sah er ihr lange in die Augen, und sie zerschmolz innerlich.

«Willst du das auch, Sara?»

«Ich will. Ich will deine Frau sein und deine Kinder bekommen. Ich will an deiner Seite arbeiten, solange wir leben.»

Er legte sie aufs Bett, breitete ihr Haar auf dem Kissen aus und fuhr genüsslich mit den Fingern durch die kastanienbraune Seide. Dann lächelte er auf sie herunter, und sie hielt den Atem an, als seine Lippen sich den ihren näherten.

Dieses Mal nahm er sie sanft, als wäre es das erste Mal, als wäre sie wieder ein siebzehnjähriges Mädchen und nicht Mutter von bald zwei Kindern. Er öffnete ihren Hausmantel, entblößte ihren betörenden Körper und bewunderte sie ausgiebig, prägte sich jede Wölbung und Rundung ihrer Brüste, ihrer Hüften, ihrer Taille ein, bevor er seine Kleider auszog, sie auf den Boden warf und sich dann wieder zu ihr legte.

«Küss mich, Dru», flüsterte sie.

Er gehorchte mit sanften, warmen Lippen. Er erkundete sie mit der Zunge, schmeckte, spielte in ihrem Mund, an ihrem Hals, ihren Schultern. Seine Hände waren zärtlich, und doch waren es die Hände eines starken, tüchtigen Mannes, eines Mannes, der heilen und kämpfen, einem Kind auf die Welt helfen und den Garten umgraben konnte.

Er liebte sie die ganze Nacht hindurch und besiegelte so das Versprechen, das sie mit dem Ring erneuert hatten. Als sie sich schließlich erfüllt in den Armen lagen und sich vor Erschöpfung nicht mehr rühren konnten, lächelte Sara.

Die Lampe flackerte und erlosch, aber er hatte ihre Freude bemerkt. «Worüber lächelst du?»

«Ich hätte nie gedacht, dass ich noch einmal so glücklich sein könnte», flüsterte sie.

«Das freut mich.» Er zog sie dicht an sich und legte ein Bein über ihre Schenkel.

«Sara?»

«Ja, Dru?»

«Versprichst du mir eines?»

«Was du auch willst.»

«Wenn dir wieder jemand erzählt, ich wäre tot, dann lass dir den Leichnam zeigen.»

50. Kapitel

Am nächsten Morgen um acht Uhr klopfte jemand an die Haustür, und die Hölle brach los. Goldie bellte und Elizabeth begann zu weinen. Noch völlig erschöpft, schoss Dru nackt aus dem Bett und griff nach seiner Hose. Sara strich sich das wirre Haar aus den Augen. Sie lag immer noch in Drus Bett und trug nichts am Leib als ihren Ehering.

Völlig konfus sah sie zu, wie er sich seine Hose überzog und dabei auf einem Fuß über den Boden hüpfte. Dann griff er nach seinem Hemd und stürzte wortlos aus der Tür. Sie schlüpfte aus dem Bett und wühlte unter dem Bettzeug verzweifelt nach ihrem Hausmantel. Sie war schon auf dem Weg durch den Flur, als sie ihn überzog.

Goldie hatte Elizabeth allein gelassen und war Dru gefolgt. Sara hörte den Hund im Hausflur bellen, als sie ans Gitterbettchen trat.

«Mama ist doch da, meine Kleine. Nicht weinen. Es ist doch gut.» Sie hob Lissybeth aus dem Bett, drückte sie an sich, küsste sie auf die Wange und wiegte sie hin und her.

«Wu?»

Bei dem Gedanken an Lous Tod umschlang Sara Lissybeth fester.

«Sie ist nicht hier, Liebes, aber jemand ist an der Haustür.»

Sie wollte gar nicht wissen, wer es war und was er wollte; sie musste wieder an Lou denken und hoffte inständig, dass nicht erneut das Unglück an ihre Haustür klopfte.

Sara schaukelte Elizabeth auf ihren Knien, bis das Kind wieder lächelte, und setzte es dann ab. Stimmen drangen durchs Treppenhaus. Sie hörte Dru mit einem Mann sprechen und dann eine Frauenstimme.

Mit zitternden Händen zerrte Sara hastig ein burgunderrotes, gemustertes Kleid aus dem Schrank, das ihr hoffentlich passte. Als ihr Blick auf ihren Ehering fiel, fuhr sie kurz mit dem Finger über den Reif und schloss die Augen.

Ist es wirklich wahr? War die letzte Nacht kein Traum?

Ihre Anspannung stieg mit jeder Minute, die sie zum Anziehen brauchte. Sie hatte keine Ahnung, wie sie heute Morgen mit Dru sprechen, wie sie sich verhalten sollte. Warum war das Leben immer so kompliziert?

***

Barfuß, das schief geknöpfte Hemd über der Hose, riss Dru die Tür auf und überraschte Hugh Wickham mit zum Klopfen erhobener Faust. Neben ihm standen Anne und die beiden Jungen mit zugedeckten Schüsseln.

«Du hast doch hoffentlich um diese Zeit nicht mehr geschlafen.» Hugh versuchte, an Dru vorbei in den Flur zu schauen. «Auf, auf, Dr. Talbot! Die Quarantäne ist vorbei, und die Wickhams kommen zu Besuch.»

Alle Wickhams strömten ins Haus, die kleinen Jungen vorneweg.

«Sind Sara und Lou in der Küche?» Ohne auf die Antwort zu warten, eilte Anne dorthin, dicht gefolgt von ihren Söhnen.

Dru hatte gerade die Tür geschlossen, als er sie aus dem anderen Zimmer rufen hörte: «Aber der Herd ist ja noch kalt. Ich werde Feuer machen und den Kaffee aufsetzen, den ich mitgebracht habe.»

Hugh stand immer noch auf seinen Krücken im Flur und sah sich langsam um. «Bei dir sieht es fast noch so aus wie früher», sagte er.

Dru begann, das Hemd in die Hose zu stopfen.

Hugh sah ihn mit einem schiefen Lächeln wissend an. «Ich hoffe, wir stören nicht. Wir wollten euch schon lange besuchen, aber dann wurde die Quarantäne verhängt. Wie wir gehört haben, ist sie seit gestern aufgehoben.»

«Das stimmt. Hatte jemand bei euch draußen Gelbfieber?»

«Nicht, dass ich wüsste. Aber du sollst eine Menge zu tun gehabt haben.»

Dru nickte. «Das ist wahr. Magnolia Creek hat zweiundvierzig Menschen verloren.» Er holte tief Luft und zögerte, bevor er schließlich sagte: «Gestern haben wir Lou beerdigt.»

Hughs Lächeln erstarb. Er hatte Louzanna immer gemocht

und sie oft zum Lachen gebracht. «Verdammt, Dru. Wir hatten keine Ahnung, sonst hätten wir euch nicht so überfallen. Wenn wir lieber wieder gehen sollen …»

«Ganz und gar nicht.» Dru schaute die Treppe hoch und fragte sich, wo Sara blieb. Er fuhr mit der Hand über die Stoppeln an seinem Kinn.

Anne kam aus der Küche. «Der Herd ist an, und der Kaffee ist aufgesetzt. Wir haben auch frisches Brot dabei. Ich hatte eine reiche Bohnenernte, deshalb habe ich Bohnen mit Speck gekocht und ein bratfertiges Huhn zum Mittagessen mitgebracht. Ich hoffe, Sara und Lou nehmen mir meine Aufdringlichkeit nicht übel.» Sie machte eine Pause, um Luft zu holen, und bemerkte Hughs Gesichtsausdruck. «Was ist los, Dru? Sara ist doch noch hier, oder?»

«Sie ist noch da. Sie wird gleich herunterkommen.»

Er hatte allerdings keine Ahnung, wann und ob überhaupt. Er hatte sich einen ruhigen Morgen allein mit ihr und Elizabeth vorgestellt, ihren ersten Tag als richtige Familie, aber es sollte offenbar nicht sein.

Hugh übernahm es, Anne über Louzanna zu informieren. Sie war schockiert und traurig über die Nachricht.

«O Dru, es tut mir so Leid. Wir hätten nicht kommen sollen.» Anne sah ihn besorgt an.

Dru wusste, die Wickhams würden gehen, wenn er sie darum bat, aber er freute sich, seine Freunde wieder zu sehen und das Haus voller Leben zu haben.

Familie und Freunde. Das war das Wichtigste im Leben.

«Ich würde mich freuen, wenn ihr bleibt», versicherte er ihnen. «Mir läuft schon das Wasser im Mund zusammen, wenn ich an das Huhn denke.»

«Meinst du, Sara hat etwas dagegen, wenn ich ein kleines

Frühstück bereite? Wir haben die Jungen so früh geweckt, dass sie schon wieder hungrig sind.»

«Fühlt euch wie zu Hause», erklärte er. «Ich gehe nach oben und sehe nach, wo sie bleibt.»

«Wenn sie so zerzaust aufgewacht ist wie du, wird es wahrscheinlich ein Weilchen dauern, bis sie so weit ist.» Hugh lachte, bis seine Jungen anfingen, sich zu zanken. Er ging ins Esszimmer, um sie zu beruhigen.

Dru eilte nach oben und fuhr sich im Gehen mit der Hand durchs Haar. Wie erwartet, war Sara nicht mehr in seinem Zimmer. Ihre Tür war verschlossen. Verlegen klopfte er an und wartete.

Sie hatte Elizabeth im Arm und trug ein Kleid, das er noch nie gesehen hatte und das sich über ihren vollen Brüsten spannte. Ihr prächtiges Haar hatte sie bereits ordentlich geflochten und zu einem Nackenknoten gewunden.

Ihre Wangen leuchteten rosig. Ihre Augen glänzten, ihre Lippen waren geschwollen von einer durchküssten Nacht. Doch sie lächelte nicht mehr, und ihm wurde schwer ums Herz.

Sara hatte Dru noch nie so gesehen. Sein Haar stand in allen Richtungen vom Kopf ab, und sein Hemd war schief zugeknöpft.

«Ist alles in Ordnung bei dir?», fragte er.

«Natürlich. Was ist denn los? Wer ist da?»

«Hugh und Anne mit ihren Söhnen. Sie kocht schon Kaffee. Sie hat etwas zu essen mitgebracht.»

Sie hatte Anne seit Beginn des Krieges nicht mehr gesehen. Nun stand die Frau dort unten und kochte Kaffee.

Als Drus Ehefrau hätte sie es sein müssen, die die Wickhams bewirtet.

«Was ist denn los?» Dru sah sie prüfend an.

«Alles», sagte sie.

«Was soll das heißen, *alles*?»

Sie eilte zum Bett, setzte Elizabeth zwischen die Kleider und Strümpfe, die noch vom letzten Abend dort lagen, und begann ihr das Nachthemd auszuziehen.

Als sie das benutzte Hemd beiseite warf, spürte sie seinen Blick. Sie schloss die Augen und holte tief Luft.

Dru kam ihr nach. «Was ist denn? Bereust du die letzte Nacht schon?»

Sie wirbelte so rasch herum, dass sie fast auf ihn gefallen wäre. Ihr Herz klopfte wie wild, und ihr Mund war plötzlich trocken. «Du etwa?»

Sie starrten einander in die Augen, bis Dru plötzlich lächelte. «Wir haben noch nicht besonders viel Übung.»

«Worin?»

«Im Verheiratetsein.»

Sie seufzte erleichtert und sah lächelnd zu ihm auf. «Nein, offensichtlich nicht.»

«Also, was ist los?»

«*Ich* sollte unten sein und unseren Gästen das Frühstück machen, nicht umgekehrt.»

Er zuckte die Achseln. «Anne macht das nichts aus. Sie kocht gern.»

«Aber …»

«Sie wusste nichts von Louzannas Tod. Ich habe es ihnen erzählt und sie gebeten zu bleiben. Lass Anne helfen. Das gibt ihr das Gefühl, dass sie etwas für uns tun kann.» Er fuhr Sara über den Arm. «Du siehst heute Morgen wunderschön aus.»

Sie errötete und flüsterte: «Und du siehst aus, als wärst du gerade aus dem Bett gefallen. Warum machst du dich nicht frisch, während ich nach unten gehe und mich um unsere ersten Gäste kümmere?» Dann fügte sie rasch hinzu: «Aber beeil dich.»

«Du bist ja nervös.»

«Ich hab noch nicht viel Übung darin, dir eine richtige Ehefrau zu sein, Dru. Das ist alles neu für mich.»

Er zog sie an sich und küsste sie innig, bis Elizabeth wieder ihre Aufmerksamkeit verlangte.

«Du machst das schon, Mrs. Talbot. Nach letzter Nacht glaube ich nicht, dass wir uns Sorgen machen müssen.»

* * *

Sie frühstückten und unterhielten sich mit den Wickhams. Um halb zwölf klopfte es erneut an die Tür, und jetzt öffnete Sara. Harold und Dinah Newberry, Harold junior und eine blühende kleine Juliet – immer noch mit der flach geklopften Kugel um den Hals – standen vor der Haustür. Harold Newberry hielt einen riesigen Schinken in der Hand. Um ein Uhr saßen dann alle gemeinsam am Mittagstisch.

Eine halbe Stunde später erschien Abel Foster. Dru warnte den Zeitungsmann, nicht über die fünf Kinder und den Hund zu stolpern. Abel sagte, er käme nur für einen Augenblick herein, um ihnen beiden etwas mitzuteilen.

«Ich möchte die Runde nicht stören», erklärte Foster Dru und Sara, als sie allein im Salon waren. «Ich wollte Sie nur wissen lassen, dass ich einen Artikel über Louzanna plane, einen würdigenden Nachruf. Dabei wollte ich auch etwas über die Geschichte Ihrer Familie schreiben und was der Name Talbot für die Stadt bedeutet. Wenigstens das kann ich tun, um den Artikel von damals wieder wettzumachen. Nach allem, was Sie beide während des Gelbfiebers für die Stadt geleistet haben und was Sie, Sara, für Minnie getan haben, hätten Sie mehr verdient, aber das zumindest *kann* ich Ihnen schenken. Und außerdem möchte ich Sie aufrichtigst um Verzeihung bitten.»

Sara war sprachlos und konnte sich nur bei ihm bedanken. Auch Dru dankte Abel und schüttelte ihm die Hand.

Sie gingen wieder ins Esszimmer. Dru nahm seinen Platz am Kopf des langen Tisches ein und sah Sara lächelnd in die Augen. Sie schaute in die Runde mit den Wickhams und ihren Jungen, den Newberrys mit ihren Kindern und vor allem Elizabeth – die zufrieden auf Annes Schoß saß –, und ihr wurde das Herz so übervoll, dass sie befürchtete, vor aller Augen in Tränen auszubrechen.

Hastig entschuldigte sie sich und lief durch die Küche ins Gewächshaus. Goldie folgte ihr und legte sich zu ihren Füßen nieder. Dort an der Fensterbank, mit Blick auf den Hof mit den üppigen Gemüsebeeten und den voll erblühten Sommerblumen, spürte sie Louzannas Gegenwart stärker denn je und wünschte sich, ihre Freundin wäre da, um an ihrem Glück teilzuhaben.

Sara wollte sich gerade wieder zu den anderen gesellen, da spürte sie, wie ein stilles Gefühl des Friedens sie überkam, und sie bemerkte, dass jemand sie beobachtete.

Ihr Blick glitt prüfend über den Waldrand, bis sie Großvater Wilkes entdeckte, der mit der geschulterten Flinte vor den Bäumen stand.

Lächelnd winkte sie ihm zu, und er winkte zurück.

Bevor sie aus dem Fenster rufen konnte, er solle hereinkommen, hatte er sich bereits umgewandt und war mit den Bäumen verschmolzen.

«Bis bald, Großvater», versprach sie ihm flüsternd und wünschte sich, sie hätte ihm wenigstens erzählen können, dass die Vergangenheit ihre Zukunft nun nicht mehr überschattete und dass sich ihre lang gehegten Träume doch noch erfüllt hatten.

Aber je mehr sie darüber nachsann, desto sicherer war sie, dass Großvater es bereits wusste.

Very British: Landschaften der Liebe

Unterhaltung (nicht nur) für Frauen bei rororo

Rosamunde Pilcher
Die Muschelsucher
Roman. 3-499-13180-3

Wintersonne
Roman. 3-499-23212-X

Kitty Ray
Nells geheimer Garten
Roman. 3-499-23238-3
Als die Literaturdozentin Ellis in das kleine Cottage ihrer verstorbenen Großtante Nell zieht, entdeckt sie deren Tagebuch. Es erzählt die Geschichte einer tragischen Liebe und eines großen Geheimnisses. Ein Geheimnis, das Ellis einen Weg in die Zukunft weist.

Die Gabe einer Liebe
Roman. 3-499-22851-3

Rückkehr nach Manor Hall
Roman 3-499-22852-1
«Eine charmante Liebesgeschichte.» (The Times)

Diana Stainforth
Unter den Hügeln von Wales
Roman
Alex Stapleton lebt mit ihrem Mann Robert glücklich in London. Als Robert, ein bekannter Arzt, in Bosnien durch eine Landmine ums Leben kommt, bricht für Alex eine Welt zusammen.

3-499-23436-X